La Alcaldesa

Sandra Sabanero

EDICIONES B
GRUPO ZETA

Barcelona • Bogotá • Buenos Aires • Caracas • Madrid • México D.F. • Montevideo • Quito • Santiago de Chile

1.ª edición: agosto 2007

© Sandra Sabanero. 2007

©Ediciones B México, S.A. de C.V. 2007
Bradley 52, Colonia Anzures. 11590, México, D.F.
www.edicionesb.com
www.edicionesb.com.mx

ISBN: 970-710-258-6

Impreso por Quebecor World.

La Alcaldesa
Sandra Sabanero

*Para mi querida Macrina con toda
la solidaridad de una madre.*

Agradecimientos

Para Moisés por sus imprescindibles consejos.

Para Tico por sus informaciones valiosas.

Primavera 2007

Emiliano Quiroga, el candidato a la Alcaldía de Santa Ana abandonó la plaza de toros, oyendo a sus espaldas aplausos y una canción acompañada del charango, de la guitarra y de las voces de la multitud. La letra hablaba de un nuevo amanecer y de una esperanza. Aquel día, después de la concentración, la gente del barrio popular Plan Dos Mil había organizado una corrida de toros en su honor. Él no pudo disfrutar de la muestra de afecto de sus seguidores porque, a última hora, el jefe de su campaña le notificó un cambio en los planes. Por eso, al finalizar su discurso, portando una maleta con dinero destinado a dádivas y rodeado de cinco colaboradores, se encaminó hacia la salida. Al pasar al lado de Camila, su madre, le dio un beso fugaz en señal de despedida.

Y mientras en el recinto se escuchaba el ole, ole, el toro salía a la arena y dos novilleros ondeaban sus capotes llamando su atención y esquivando sus acometidas, Emiliano llegó a la improvisada pista de aterrizaje, que se encontraba cerca de ahí. Orlando, su padre y el piloto ya lo esperaban. El grupo abordó la avioneta a las 17:09 horas. En medio de un torbellino de polvo y el ruido de los motores, la máquina levantó el vuelo. Casi al instante algo crujió en su interior y se tambaleó. Volvió a tomar impulso, ronroneó cual bestia agónica, zigzagueó de un lado para otro y se precipitó pesadamente a tierra cerca de un grupo de árboles. Se escuchó un golpe seco, seguido de una explosión y la aparición de llamas. Una parvada de pájaros salió volando y desapareció en el cielo, en tanto el viento arrastraba billetes chamuscados.

El retumbar del estallido discorde llegó nítido hasta la plaza de toros. Con una mirada incrédula la gente se preguntó por la causa del estrépito. Dominados por un fatídico presentimiento, sus risas se disiparon y enmudecieron como si se les hubiera atravesado una bola de masa en la garganta. Un segundo estallido logró sacudirles la parálisis y todos corrieron hacia la salida. Entonces se armó un pandemónium. El torero arrojó la capa al piso y se unió a la muchedumbre. Nadie se acordó del toro que, sin saber adonde dirigirse, optó por echarse pachorrudamente en medio de la arena.

Al llegar a la salida, Camila vislumbró las llamaradas que, cual lenguas anaranjadas, se trenzaban en el aire para enseguida fundirse en una columna de humo. Acezando por la carrera y sin importarle el peligro, intentó acercarse a la avioneta. No pudo y cayó de rodillas contra el cielo rojizo del ocaso. Intentó ponerse de pie, pero continuó clavada en la tierra, dominando con la vista la escena. ¿Qué había pasado con sus piernas que no le respondían? Se arrastró por el suelo. La gente se le fue acercando. Sintió asfixiarse, el aire no entraba a sus pulmones. Quiso hablar, tampoco pudo, tenía la lengua pegada al paladar. Haciendo un esfuerzo sobrehumano logró abrir la boca y suplicó: «Ayúdenlos, busquen un médico.»

Alguien dijo: —Ya no vale la pena. Es demasiado tarde.

—¿Qué quiere decir con que ya no vale la pena?

Levantó la mirada y, al ver la avioneta convertida en una bola de fuego, tembló con todo el cuerpo y le zumbaron los oídos. Súbitamente la asaltó el bisbiseo de voces que le hicieron pensar en los murmullos en una iglesia. Aquel remolino de rumores aumentó hasta convertirse en un galope de caballos sobre piedras. Se tapó los oídos y con el pelo revuelto sobre la cara, se quedó suspendida, oscilando en un espacio vacío. Entre la multitud, Camila creyó distinguir a Atonal, el agorero, enfundado en una túnica encarnada, arrojando al aire un puñado de hojas de coca y pronunciando un augurio aciago. La visión duró el tiempo inasible que transcurre entre el inicio y la terminación de un suspiro. Fue entonces cuando ella empezó a gritar, sintiendo la muerte deslizarse a su lado. Su clamor se ahogó en el crepitar de las llamas. Adelante, a los lados y atrás, rostros de curiosos y por encima de ellos, una nube de humo. Silencio. Solo se escuchó el arrastrar de pies, levantando el polvo del suelo.

Todo desapareció, las siluetas humanas, los gritos, las llamas y el sol, y ella se dobló como muñeca de trapo.

Al filo de las dos de la tarde, en Santa Ana, los ruidos se iban diluyendo en la quietud adormilada de la hora de la siesta. Las calles estaban casi vacías. La gente parecía evitar el sol y permanecía en sus casas, agitando los abanicos de paja con la esperanza de ahuyentar el aliento de horno del verano. Los perros callejeros dormitaban bajo la sombra de los árboles, mientras las cigarras rasgaban el aire con su interminable canción. En una tarde así, Camila y Orlando Quiroga, Emiliano, el hijo de ambos y Rengo Reyes, amigo de la familia, llegaron a la ciudad. Venían del Altiplano, de aquellas montañas blancas y heladas como tumbas, en donde la tierra deslavada y estéril como el vientre de una mula vieja no era capaz de dar ni un puñado de yuca.

Orlando era el fruto de los amoríos de Julio, el hijo de la viuda Fanny de Torrico, y de Dionisia, una de sus criadas. Después de embarazarla, él se marchó a Rusia para continuar los estudios de música. Dionisia agradeció a Dios que pese a su embarazo, la patrona no la hubiera despedido. Y aunque las labores domésticas eran duras, a toda hora lucía risueña y rozagante. Tarareando un bolero y girando al compás de la melodía, limpiaba aquel sinfín de habitaciones, sacudiéndoles el polvo y las telarañas. En los baños, sacándole brillo a los grifos de bronce y tallando las tinas percudidas, que nadie usaba. Ponía especial esmero en la recámara del joven patrón. Día a día pasaba el plumero por los muebles, abría el ropero, tocaba la ropa y aspiraba su olor a jabón. Después contemplaba largamente la foto que descansaba en el escritorio, la besaba y emitiendo un suspiro, salía de la habitación.

La casa patronal era un caos de cuartos, sembrados de muebles antiguos, tapetes, pinturas, cortinas y adornos de todas formas y tamaños. Olía a olvido y a humedad. Parecía como si las cosas se estuvieran deshaciendo y haciéndose polvo y polilla a causa del desuso, pues nadie aparte de doña Fanny los habitaba. Aún así la residencia tenía un tinte suntuoso, dentro del cual, el área de servicio constituía un elemento discordante. Una pared de por medio y qué diferente forma de vivir. Allá, los cuartos iluminados por una bombilla salpicada de caca de moscas, eran sombríos. Dos catres y una mesa desvencijada eran todo el mobiliario. Olía a sudor y a ropa sucia. Por la diminuta ventana corría un eterno aliento gélido. El baño lo constituía una regadera atascada de sarro, un retrete sin tapadera y un lavabo con una llave que goteaba sin parar y asegurada con un calcetín. Pero a ella no le interesaban esas minucias, tampoco las náuseas o los mareos, sólo pensaba en el regreso de Julio.

Día a día esperaba con ilusión escuchar el silbato del cartero y le temblaban las manos de emoción, cuando le entregaba aquellos sobres con bordes de franjas rojas y azules. Eso significaba correo del caballero de la casa. Cuando se lo entregaba a doña Fanny permanecía en su cercanía, con la esperanza de que un día sucediera un milagro y ella le dijera: «es para ti», o por lo menos le contara sobre el contenido de la carta. No ocurrió ni lo uno ni lo otro, y solo a través de sus sonrisas y gestos captaba que todo iba bien. Una vez cuando se atrevió a preguntarle cómo estaba el joven Julio, la patrona la puso en su lugar, diciéndole que eso no era asunto suyo.

Así ella debió vivir entre dudas y sueños. ¿Preguntaría alguna vez por ella? ¿Se acordaría de los ratos a gusto que pasaron juntos? ¿También él temblaría de emoción cuando los recordaba? ¿Volverían a repetirlos a su regreso? A lo mejor él le escribía cartas, donde le aclaraba todas esas preguntas y le mandaba decir cosas bonitas, pero doña Fanny se negaba a entregárselas. No tenía forma de comprobar sus sospechas, pues la Doña guardaba la correspondencia bajo llave y cuando conversaba con sus amigas lo hacía en un idioma extranjero.

Por aquellos días, Dionisia estaba tan excitada que olvidó hasta la fecha en que daría a luz. Eso lo supo el día que un punzante dolor le cruzó el vientre y la hizo doblarse involuntariamente. Aún así, siguió fregando los pisos y sólo hizo un alto en las faenas cuando un manantial caliente corrió entre sus piernas. Con dificultad logró llegar hasta el área de servicio. Se bañó, cambió la enagua por una limpia y cubrió su colchón con una sábana blanca. De una caja de cartón sacó tijeras, alcohol, yodo, trapos y un listón. Después de colocar todo sobre la mesa, se acostó en el camastro. En un acto instintivo abrió las piernas, las dobló y mordiendo un pañuelo comenzó a pujar y a respirar hondo. Pero la criatura siguió aferrada a su vientre. Con renovados bríos, ella siguió pujando y acezando hasta que percibió que los huesos de la cadera se le abrían y una cabeza sembrada de oscuros cabellos y cubierta de sebo comenzaba a salir. Con un último esfuerzo, el niño hizo su entrada al mundo lanzando un poderoso berrido.

Lo tomó en los brazos y se lo echó al pecho, mientras lo arrullaba cantando una canción de cuna. Al cabo de un rato, limpió su cuerpo untuoso, le cortó el cordón umbilical y untó yodo alrededor del ombligo. Para ahuyentar a los malos espíritus, ató un listón rojo en torno a su cintura. Enseguida lo vistió con ropas de franela y envolvió como tamal en una cobija de lana. El llanto del recién nacido atrajo la atención de Clotilde, la lavandera que a esas horas tendía ropa en el patio. Entró en el cuarto, preguntándole a Dionisia qué ocurría.

—Me llegó la hora, pues, y he tenido un machito.

—¡Bendito sea Dios!, 'ora sí *tenés* la vejez asegurada. ¿Qué nombre vas a ponerle?

—Orlando Quiroga, como mi padre. Seguro que la patrona no va a querer que lleve el nombre o el apellido de su hijo.

—Claro que no, esa vieja es más engreída que un pavo real. —dijo la lavandera. Por experiencia sabía que, para los patrones, los hijos de las criadas solo constituían un ser más a su futuro servicio—. No *pensés* en eso, mejor aliméntate bien. Voy a prepararte un caldo de paloma con harta verdolaga. No hay como estas sustancias pa' tener harta leche y *podás* alimentar bien al chico. También voy a traer un limón para que le pongas unas gotas en los ojos, eso es bueno para prevenir una infección. Descansa, yo me haré cargo de tus tareas.

Dionisia aprobó el ofrecimiento.

Clotilde cuidó de ella como si fuera su hija y no permitió que los dos días siguientes se moviera de la cama. Rengo, el chico encargado de la limpieza del patio y del jardín, alborozado ante la vista del pequeño, recortó del huerto algunas ramas de hierbabuena y manzanilla para su té y con las flores más bonitas del jardín armó un colorido ramillete para Dionisia.

Orlando pasó los primeros meses de su vida envuelto en un rebozo, al calor de la espalda de Dionisia, mientras ella realizaba las tareas domésticas. Desde su nacimiento, no careció de afecto, pues aparte del amor maternal, contó con el de Clotilde y el de Rengo, quienes lo acogieron como si fuera propio y que se desvivían por atenderlo. Cada vez que tenían un rato libre lo traían en brazos, le cantaban y paseaban por el patio.

A fin de mes, cuando recibían su sueldo, los tres lo llevaban al mercado para comprarle un globo, dulces y mostrarle el mundo que había fuera de las paredes de la casona. Paseaban con él por la plaza y, emocionados, le señalaban con el dedo las palomas que sobrevolaban el campanario de la iglesia, los carros de mulas colmados de frutas que pasaban por las calles, los perros callejeros tomando el sol en las banquetas y los perezosos que se mecían con indolencia entre las ramas de los árboles.

Y desde que él empezó a dar sus primeros pasos, su vida transcurrió al lado de su madre, entre la cocina y el patio, donde comía papilla de plátano, sopa de maní, correteaba entre los charcos de agua jabonosa del lavadero y escuchaba el continuo ruido del caer del cubo dentro del pozo. Sus compañeros de juego eran Rengo y un gato callejero, que por las noches aparecía en el patio hurgando entre los botes de la basura.

Para Dionisia, el niño era un motivo de adoración. Día a día le encontraba más parecido con Julio Torrico: los ojos verdes, la nariz aguileña, las orejas grandes y hasta el mohín pícaro de su boca.

—Cúando lo vea, le dará su apellido. Lo hará, aún contra la voluntad de doña Fanny, pues no va a querer que su sangre ande rodando por el mundo como chucho sin dueño.

—No seas ingenua, mi'ja, los patrones jamás se casan con una sirvienta. Mucho menos se interesan por sus hijos. Lo sé por experiencia propia y porque he visto como se repite la misma historia. —la espetó Clotilde tratando de abrirle los ojos.

—El joven Julio es diferente; él siempre fue amable conmigo.

—Entre la amabilidad y el amor hay un mundo de distancia.

—No solo eso, sino que a las claras se notaba que le gustaba estar conmigo. No se imagina cómo suspiraba y se emocionaba. Usted ya sabe lo que quiero decir…

—Eso no significa nada. Solo son deseos de machos necesitados de mujer. A todos les gusta pasar un rato a gusto en los brazos de una chica joven y bonita. Pero nada más. Después se olvidan hasta de tu nombre. Por tu bien, no te ilusiones, mi'ja. Trata de olvidarlo. Ahorita que todavía estás joven, búscate un marido entre los jardineros y choferes del vecindario. Son gente como nosotros y habrá más de alguno que sea bueno, simpático y guapo.

—Ninguno como el joven Julio. Además, como dice el padre en la misa, cuando uno tiene fe, ocurren milagros. En una radionovela, el hijo de los patrones se casó con la empleada, a pesar de que toda la familia estaba en su contra.

—Tú lo has dicho, en las radionovelas. Esos son cuentos, que no tienen que ver con la vida real. Mírate en este espejo. Un día cuando estés vieja y te quedes sola como yo, te arrepentirás de no haber seguido mis consejos.

Por toda respuesta, Dionisia sonrió y se encogió de hombros.

Era la víspera de la Pascua, cuando doña Fanny recibió una llamada telefónica. Apenas colgó el auricular, salió hacia la cocina, llamando a los criados a grandes voces. Debían hacer una limpieza general, pulir los pisos con cera, adornar las mesas con jarrones rebosantes de flores, lavar las cortinas, almidonar y planchar el mantel y las servilletas de lino, sacar los cubiertos de plata, la vajilla de porcelana y las copas de cristal cortado, pues su hijo llegaría el sábado y quería recibirlo como se merecía. Al escuchar la noticia, a Dionisia casi se le detuvo el corazón de la emoción y su rostro se iluminó con toda la ilusión de su porvenir. ¡El día tan esperado había llegado! Qué largo le parecía esperar tres días para volver a verlo.¿Cómo tendría que comportarse? ¿Cómo le daría la noticia del niño? Quizás ya lo sabía por boca de doña Fanny y hasta traería regalos para los dos. Quizás el mismo día de su llegada podían volver a quererse en su cuarto o bien en la cocina. De solo pensarlo le tembló el cuerpo entero y el deseo se prendió en ella.

Por fin llegó la ansiada fecha. Dionisia se levantó con la aurora y tras terminar la limpieza y preparar la comida, doña Fanny la mandó a ducharse. «Quiero que todo, incluyendo los sirvientes, estén relucientes de limpios». Con una sonrisa de oreja a oreja, ella corrió a cumplir la orden, pues era lo que estaba deseando hacer. Después de bañarse, peinó sus cabellos, tejió cuidadosamente sus trenzas, puso sobre sus labios manteca de cacao y con una rebanada de betabel se coloreó las mejillas. Vistió la pollera dominical de tafetán rosado, calzó los zapatos de charol que solía ponerse los días de fiesta y se cubrió los hombros con la mantilla de vicuña, tantas veces tejida y destejida durante aquellos años, esperando estrenarla cuando Julio regresara.

Satisfecha de su transformación, regresó a la cocina para picar el perejil de la sopa y probar si la carne del asado estaba en su punto. Con una emoción mezclada con pavor pensaba en el encuentro. Lo vería en el instante próximo y no sabía cuál sería la reacción de él. La vehemente exaltación iba creciendo a medida que transcurrían las horas, y ya casi no le cabía en el pecho. Dominada por la impaciencia, a cada rato creía oír el sonido de la aldaba. También temía que con el ruido del cuchillo al cortar las frutas para el postre no escuchara el ruido del llamador. Entonces suspendía la labor y se asomaba a la calle.

Era la una de la tarde cuando, entre los ruidos de la calle, Dionisia distinguió el resonar del llamador de bronce cuyo eco llegó hasta la cocina. Deprisa se alisó el pelo, se ajustó la blusa dentro de la falda y corrió a abrir. A las puertas de la residencia había un taxi y el chofer se disponía a bajar las maletas, pero ella se las arrebató de las manos:

—Buenas tardes, patrón —dijo, dirigiéndose al hombre vestido de traje que descendía del vehículo.

Sin responder, él detuvo la mirada en el rostro de la mujer que lo saludaba. Era la misma sirvienta de hacía siete años. ¡Qué envejecida lucía con las mejillas quemadas por el frío y la sonrisa desdentada!

—¿Cómo hacen ustedes para perder tan rápido los dientes?

—Se me cayeron nomás, patrón.

—¡Cómo no! Se te cayeron porque de seguro jamás te los lavas.

Sin agregar más, abrió una de las portezuelas y ayudó a bajar a una joven mujer que llevaba un recién nacido en brazos. Al verla, Dionisia abrió los ojos desmesuradamente, soltó las maletas y se llevó las manos a la boca, ahogando un grito que, cual rugido de fiera herida, se le escapó de la garganta. Retrocedió, atorándose los zapatos en sus anchas enaguas de holán, se bamboleó, agitó las manos en busca de alguna cosa donde sostenerse y, como si sus piernas fueran de trapo, se dobló y se sintió caer en el fondo de un pozo hondo y oscuro.

Julio Torrico apenas asoció a la mujer de ahora con la muchacha de carnes duras y olor a canela, con quien había retozado algunas veces, animado por las miradas de adoración que ella le lanzaba cada vez que lo veía. Había pasado por su vida sin dejarle más recuerdo que su disposición para el amor y su vigor de potranca salvaje.

En contraste, para Dionisia había significado la vida entera. Al volver de su desmayo, acostada en su catre, entre convulsivos sollozos, murmuraba una y otra vez: «¡Ay, Virgen Santísima, San Antonio Bendito, no puede ser, no puede ser!»

Lo había conocido años atrás, cuando entró a trabajar en esa casa. Una mañana, en el momento que ella servía el desayuno, él le había rozado el trasero con una mano, provocándole un gozoso temblor. Días más tarde, cuando doña Fanny hacía la siesta, la lavandera andaba por el patio y ella se disponía a preparar los bizcochos para el café, él entró en la cocina, cerró la puerta por dentro, la dobló contra la mesa y ahí, entre la masa del pan y los duraznos partidos, se introdujo en su cuerpo. Tras el primer instante de desconcierto, ella no opuso resistencia, lo dejó hacer cuanto quiso. Le gustó sentir sus manos recorriéndola, el roce de sus mejillas rasposas, esa rigidez presurosa dentro de sí y al final el peso desfallecido de su cuerpo sobre el suyo. Al cabo de largo rato, él se levantó, abrochándose los pantalones. Se metió en la boca una de las frutas aplastadas y dándole una nalgada, salió.

Después de aquella tarde, siguieron haciendo el amor a la hora de la siesta. Y a Dionisia la vida se le redujo a esperar la próxima ocasión de sentir aquel cuerpo en el suyo, en espiar hacia su dormitorio, procurando distinguir sus pasos entre los ruidos de la cocina; le bastaba con escuchar el murmullo de aquella voz de notas armoniosas para echarse a temblar de emoción. El solo recuerdo del olor y el roce de su piel, la envolvían en un aturdimiento sensual; aparte de hacer el amor, nada le importaba. Cada vez que sus manos la tocaban, la hacían sentir un hormigueo caminándole por adentro, un calor que iba subiéndole de los pies a la cabeza hasta hacerla gemir como gata en celo, para luego acalambrarla y hacerla estallar como un cohete que se rompía en mil chispas. A su vez, él parecía muy emocionado, pues murmuraba cosas, la tocaba, besaba y lamía por todos lados, como queriendo comérsela de un solo bocado. También gemía como si sintiera cosas bonitas. Además, cuando ella servía la comida en el comedor, en un descuido de doña Fanny, él le guiñaba un ojo o le acariciaba el trasero. Por eso Dionisia pensó que la quería. Aunque a decir verdad, él nunca le había prometido nada; jamás abrió la boca para otra cosa que no fuera para lamerle los senos o comer una fruta.

El hijo de ambos fue concebido en la mesa de la cocina, deprisa y en silencio, entre los olores a plátano, yuca frita, pan caliente y el de sudor que emanaba de sus cuerpos. Ella no había podido contarle lo del chico que esperaba, pues en las últimas semanas, cuando comenzó a tener mareos y vómitos, Julio dejó de ir a la cocina. Andaba atareado, entrando y saliendo de la casa con un portafolio y llamando por teléfono. Una noche, Dionisia lo vio metiendo cosas en maletas y a la mañana siguiente marcharse en un taxi. Según oyó decir a la patrona, se había ido lejos para aprender más cosas de música y ser uno de esos señores, vestidos como pingüinos, que tocaban en lugares donde acudía la gente rica. «¡Qué orgulloso se sentiría de verse repetido en Orlando, los mismos ojos verdes, la misma nariz aguileña!», había pensado muchas veces.

En todos aquellos años no pasó un día sin que ella reviviera el recuerdo de sus ratos juntos; lo mismo si preparaba el dulce de leche, el refresco de guayaba como cuando amasaba la masa de las empanadas, le parecía verlo sobre la mesa, echado sobre ella, entre el olor de la canela y del pan recién horneado. Nítidamente sentía el calor de aquel cuerpo, el roce de sus manos, su aliento a mentol, sus labios recorriéndola y haciéndola temblar entera. Noche a noche, mientras sus manos tejían una mantilla, su mente confeccionaba sueños tersos y espumosos como el hilo de la vicuña. Tanto pensó en ello, que la fantasía y la realidad se le mezclaron con el paso del tiempo, y nunca supo qué recuerdos eran verdaderos y cuáles inventados.

¿Cómo pudo pensar que él se acordaría de los ratos cuando retozaban en la cocina, entre las guayabas reventadas y el calor de la estufa? Había vivido ilusionada con un amor que solo existió en su cabeza. Ahora creía en las palabras de Rengo, quien en una ocasión, cuando la patrona paseaba con una amiga por el jardín, la había escuchado decir muy contrariada que, el hijo se le había casado de repente. Rengo, que en ese momento regaba las flores, de la sorpresa, les tiró un chorro de agua en el vestido. Después de disculparse, fue directo a la cocina y entre resoplidos se lo contó a Dionisia. Ella no le hizo caso, a sabiendas de lo fantasioso que solía ser.

En cambio ahora, la presencia de la esposa confirmó que Rengo había dicho la verdad. Sintió que en un abrir y cerrar de ojos, el sol del mediodía se había escurrido huyendo lejos, dejándole solo frío, oscuridad y un intenso dolor, como de piquetes de alacrán, en las entrañas. Era como si en las venas hubiera dejado de correrle la sangre y la casa entera se hubiera derrumbado encima de ella, aplastándola como a una lombriz.

De nada valieron los regaños de la patrona para obligarla a que sirviera la comida y atendiera a los recién llegados. Inmersa en su profunda pena de amor, Dionisia no escuchaba nada. Tampoco podía responder; las palabras se le deshacían antes de salírsele de la boca. Era como si hubiera perdido la capacidad de hablar. Al verla desecha en lágrimas, Orlando trató de consolarla diciéndole: «Te quiero mucho mamita.»

No resultó. Ella siguió sorbiéndose el llanto, limpiándose la nariz en la enagua y lamentándose. Al niño se le fue el hambre y le invadió la inquietud. Su madre se comportaba como si no fuera la misma, como si se la hubieran cambiado por otra. Tuvo ganas de esconder la cara en su regazo y abrazarla. Pero al acercársele, ella de un empujón lo apartó. Temeroso de volver a ser rechazado, no se acercó más. Pensó que si dormía a lo mejor al despertar, su madre volvía a ser la de antes. Se acostó a los pies del catre que compartían.

Dionisia siguió moviendo la boca, murmurando algo sin palabras. Orlando ya no escuchó más, cerró los ojos y se durmió.

Amanecía. El frío lo despertó. Palpó un pie de su madre y creyendo que dormía, sin hacer ruido recogió la cobija del suelo, la cubrió y acostándose a su lado, la abrazó. Fue entonces, cuando notó la sábana empapada de sangre. Asustado la llamó varias veces y, al ver que no le respondía, aunque tenía los ojos abiertos, comenzó a gritar. La patrona acudió, dijo algo y lo sacó de ahí. Horas más tarde, dos hombres entraron al cuarto y metieron a Dionisia en un cajón y se la llevaron al cementerio.

Sin percatarse de la dimensión de su desgracia, Orlando se acurrucó en un rincón de la cocina, esperando que en cualquier instante su madre entrara con la alegre sonrisa de antes y le ofreciera un jarro de té caliente, muy caliente, pues tenía mucho frío. Algo flotaba en el aire de la cocina, algo como un soplo de hielo, provocándole que los dientes le castañetearan y la piel se le pusiera como cuero de gallina. La llamó varias veces; sus llamados se coagularon en el silencio. Poco a poco, los ruidos del día fueron perdiendo fuerza hasta que solo quedó el rumor de su respiración. El sol desapareció detrás de la ventana, en tanto la llegada de la noche con su costal de sombras fue borrando el color de las cosas.

Doña Fanny entró en la cocina y encendió la luz. En aquella ocasión fue amable, casi afectuosa con él. Lo sentó en la mesa del comedor, le sirvió una taza de leche con chocolate, mientras le decía que ya era tiempo de que se valiera por sí mismo. A partir de aquella noche dormiría en el cuarto de Rengo, pues la niñera de su nieto Julito, ocuparía ese dormitorio.

Por boca de Rengo supo que su madre se había cortado las venas a causa de un «Mal de amores». No comprendió qué significaban esas palabras y preguntó si se trataba de una enfermedad dolorosa, tanto que ella prefirió morir que aguantarla.

—Algo así. Cuando estés grande, vas a entenderlo —le respondió.

Rengo era un ser primitivo, con un rostro de facciones toscas, pero con una alegría que lo exoneraba de su fealdad. Poseía una sonrisa contagiosa y despreocupada. Había llegado con su madre a la casa de los Torrico cuando era un recién nacido. Ella se marchó cuando decidió juntarse con otro hombre. A él lo dejó para que se ganara el pan diario, ayudando a barrer el patio y regar las flores. No sabía cuándo había ocurrido aquello. Acaso cuando andaba en los seis o siete años, acaso cuando apenas comenzaba a valerse por sí mismo. Los detalles de su infancia eran una mezcla desordenada de imágenes borrosas y sin fecha. Lo cierto era que entre la servidumbre encontró una familia y el actual oficio de aprendiz de jardinero lo realizaba con placer, pues amaba el verdor de las plantas y el perfume de las rosas. Cuando las regaba y podaba, les cantaba quedito como a una novia secreta. Pero aún más quería a Orlando. Por eso, cuando este, huérfano y lloroso, llegó a su cuarto, con sencillas palabras y toscas muestras de afecto logró en poco tiempo distraerlo de su aflicción y que se acostumbrara a la ausencia de Dionisia.

Un año después, la patrona decidió que Orlando acudiera por las mañanas a la escuela pública, que por las tardes ayudara en la limpieza del patio y, una vez terminada la tarea, aprendiera con ella el catecismo. Esto último lo consideró indispensable para borrarle de la mente el mal ejemplo de Dionisia, cuando al quitarse la vida, mostró su poco temor a Dios. A partir de los siete años, los días de Orlando transcurrieron entre deberes escolares, domésticos y religiosos. Sin embargo, sus noches eran placenteras. Cuando cenaba en compañía de los otros sirvientes, escuchaba sus anécdotas y cantaba boleros.

Lloviera o tronara, los domingos, la familia Torrico salía de casa rumbo a la iglesia. Doña Fanny y su nuera con una mantilla de encaje liada a la cabeza. A su lado, su hijo Julio y su nieto Julito, con los sombreros entre las manos.

Detrás de ellos, iba Orlando, con la vista baja y las manos entrecruzadas. Al entrar en la iglesia, la familia caminaba por el pasillo central hasta las primeras bancas, donde tomaba asiento, tras de haber saludado al Todopoderoso con una inclinación de cabeza y haciendo la señal de la cruz.

A la entrada del recinto, en un rincón, Orlando detenía sus pasos; el alivio iba entrándole en el cuerpo al quedarse solo. De pie, simulaba rezar, mientras sus ojos felinos recorrían con curiosidad a los feligreses que iban entrando, preguntándose si entre aquellos señores estaría su padre. Aún recordaba lo que Dionisia le había dicho muchas veces: «Tu padre es un caballero fino, que tuvo que irse lejos para aprender cosas propias de la gente rica. Pero un día regresará a quedarse con nosotros y entonces ya seremos una familia». ¿Sabría su padre de la muerte de Dionisia? ¿Cuándo regresaría? ¿Cómo lo encontraría y cómo se llamaría? ¿Quién podría darle razón de su paradero? Nadie parecía saberlo, pues cuando se lo preguntó a Rengo, este le dijo entre dientes:

—A lo mejor también se murió y no nos dimos cuenta. A veces es mejor no tener padre. Olvídalo, no necesitas uno, pues mientras yo viva, nada va a faltarte. Además, si él se presentara de repente, tendrías que dejar a quienes de verdad te queremos. Seguramente ibas a extrañarnos harto.

—Seguiría viniendo a visitarlos –le había respondido Orlando.

—¿A poco crees que a un caballero de categoría le gustaría que tuvieras amistad con pobretones como yo? *Pos no.* ¡Olvídalo mejor!

Sin encontrar respuesta a sus inquietudes y llenándose con la vida de los cuartos de atrás de la cocina, fue olvidándose del padre sin rostro. Tampoco le hizo falta, el jardinero era como su hermano mayor y el resto de la servidumbre su familia. Continuó asistiendo a la escuela hasta terminar el noveno grado, cuando la patrona lo metió en un curso de manejo, a fin de tenerlo como chofer.

Era noviembre. Orlando acababa de cumplir diecisiete años. En la cocina flotaba un olor a bananos fritos y a refresco de tamarindo. Estaba sentado en torno a la mesa de la cocina con los otros criados, esperando impaciente a que la cocinera terminara de atender a los patrones y a ellos les llegara su turno. La niñera tamborileaba con una cuchara. Rengo, Orlando y Clotilde, con aire desanimado, mordisqueaban un pedazo de pan. Cuando la cocinera entró, Orlando se quejó de lo mucho que tardaba en servirles.

—Ni modo, los patrones son primero —respondió ella, mesándose el pelo y volviéndose hacia Orlando—. Aunque tú bien podrías exigir lo que te corresponde. Yo que tú lo hacía.

Él levantó la vista y sin comprender aquella frase, preguntó:

—¿Hacer qué?

Sin responder, la mujer puso una cazuela con papas guisadas y la jarra con agua de tamarindo sobre la mesa y tomó asiento. Llenó un vaso con agua y tras beberlo de un jalón, volvió a la carga.

—Como nieto de doña Fanny, bien podrías exigir un mejor trato.

—¿Qué?

—No vas a decirme que desconoces lo que hubo entre don Julio y tu madre, que en paz descanse... Te pareces harto a él. ¿No te has fijado? Aunque a él eso jamás le importó. Pero aunque le duela, eres su vivo retrato; solo que tú saliste prieto, como la Dionisia —terció Clotilde.

Orlando, que en ese instante se disponía a llevarse el primer bocado a la boca, soltó la cuchara, se levantó de la silla y volvió a caer en ella, estupefacto por la noticia. En ese instante vio claramente su parecido con aquel caballero tieso que apenas lo miraba: alto, con nariz de ave rapaz y grandes orejas. Sin embargo, ese hombre no podía ser su padre, pues las ocasiones que llegó a verlo, le había hablado en el tono autoritario conque solía dirigirse a la servidumbre y sin mirarlo. Por el contrario, cuando hablaba con Julito su voz adquiría tonalidades suaves y lo miraba a los ojos como diciéndole «te quiero». La diferencia de trato para con ambos, era como la que había entre la miel y el vinagre.

La disparidad entre el modo de vida de ambos hijos era aún más acentuada. La vida de Julito transcurría entre lujos, comodidades y atenciones. Se sentaba a la mesa del comedor, asistía a un colegio caro, gozaba de diversiones, una cama blanda y de ropa fina. En cambio, la de él, podía compararse con la de las mulas alrededor de la noria: pesada y monótona, solo acompañada por el chasquido de la cubeta al estrellarse contra el cristal del agua y el rumor de sus pezuñas sobre las piedras. Vivía en los cuartos de detrás de la cocina, vestía ropas de segunda mano y trabajaba duro para ganarse el pan de cada día.

No tenía lugar en el mundo de la familia paterna. Julio Torrico y él no eran padre e hijo, sino patrón y sirviente; dos mundos paralelos que aún habitando bajo el mismo techo, no se tocaban, ni se conocían.

Aquellas reflexiones no le afectaron tanto como el recuerdo de Dionisia. Con violencia, dejó caer el puño sobre la mesa. Ahora comprendía por qué se había suicidado cuando el patrón y su esposa llegaron a la casa. De modo que murió por culpa de ese catrín, que la había despreciado para casarse con una mujer de su categoría. Ese pensamiento lo hizo llevarse las manos a la cabeza; era demasiado para un solo instante. Dio vueltas de un lado al otro de la cocina, musitando:«¡no puede ser, no puede ser!». Al rato, su desconcierto se tornó en rencor; el rostro se le contrajo en una mueca de odio y gritó: «¡algún día, voy a matarlo!»

Los otros empleados lo miraron con desconcierto. Arrepentida de haber abierto la boca, la cocinera se disculpó, diciendo que creía que él ya lo sabía o bien que no lo tomaría de ese modo. Así había ocurrido siempre. Con o sin el consentimiento de las empleadas, los patrones solían llenar de bastardos los cuartos de la servidumbre. Ellas servían para aplacarles la calentura de toros jóvenes. Esa era la costumbre para preservar la virginidad de sus novias hasta el día de la unión matrimonial. Sin embargo, era impensable que uno de ellos se casara con una criada.

Aquel comentario acrecentó su enojo. Había venido al mundo por obra y gracia del capricho de aquel macho quien, luego de haber nacido, lo había botado a la oscuridad del olvido. Eso no iba a quedarse así. No podía quedarse así. Se juró que, así tuviera que venderle el alma al mismo Diablo, llegaría a ser rico y poderoso. Entonces le cobraría a Julio Torrico la humillación infligida.

La niñera tomó la jarra de agua y le dijo:

—¿No *queres* tantita?

—Prefiero morirme de hambre antes que comer algo que venga de esa gente —dijo, arrojó el plato de comida al suelo y salió dando grandes trancos de la cocina.

Encerrado en su cuarto y echado sobre el camastro, imaginó que algún día su padre vendría a ofrecerle reconocimiento o bien a suplicarle ayuda, y él se daría el lujo de desdeñarlo, de arrojarlo a la calle como se arroja a un perro sarnoso. Deseó que toda la nieve de las montañas se desbarrancara, arrasara la casa y ver a los Torrico en la miseria, limosneando un mendrugo de pan.

Cerró los ojos y en su mente apareció el rostro de Dionisia, alegre para luego tornarse triste. Entonces la cólera se transformó en tristeza y murmuró: «me has hecho tanta falta madre, ¡cuánto debiste sufrir!, ¡descansa en paz! Yo voy a cobrarle a este desgraciado todas sus afrentas». Sin poder contenerse, lloró hasta que no le quedó ni una lágrima más. Esas serían las últimas que derramaría en toda su vida. En el interior de sí mismo, iba abriéndose paso otro Orlando, un Orlando con deseos de venganza, un deseo ardiente como brasa al rojo vivo.

Hasta aquel día, había estado conforme con su destino. Nunca le había importado la diferencia entre ricos y pobres. Creía que la vida era así. Por un lado estaban los niños de los sirvientes, cuyas actividades eran iguales a las de sus padres: limpiar los zapatos, los autos y las casas de otros, o bien trabajar de peones en alguna quinta. Por el otro, los hijos de los patrones, que iban a la escuela privada, jugaban y de grandes serían doctores o directores de orquesta. Orlando nunca antes había deseado ser parte de estos últimos. Sus noches eran placenteras con los demás empleados, cuando se sentaba en el patio y a la luz de las estrellas, conversaba y tomaba infusión de mate. Él escuchaba con morboso terror el universo de historias bordadas de fantasía que la cocinera contaba. Insólitas leyendas de ánimas de caras transparentes, cabello hirsuto y enaguas de loco, que solían aparecerse en las noches de luna llena, acompañadas de la presencia de aves siniestras que batían las alas en las ramas de los sauces. Aseguraba que para tentar a los ambiciosos, el Demonio aparecía, enarbolando talegas de oro y montado en un brioso caballo negro, cuyo hocico arrojaba llamaradas y sus herraduras sacaban chispas a las piedras de las calles. Nadie debía aceptar aquellos tesoros. Ni tan siquiera mirar a aquel ser maligno, pues quien lo hacía, moría lentamente, en medio de un tufo a azufre y horribles dolores.

Relataba esas historias, poniendo en la voz un matiz de misterio. La cocinera los tenía a todos con el alma en un hilo de emoción. Solo Rengo no parecía impresionarse, pues siempre se sabía un relato más espeluznante: historias donde él aparecía al lado de hombres valientes. Por supuesto que el más valiente de todos era él, a quien no amedrentaban los vivos y mucho menos los muertos. Así había sucedido la noche, cuando él y el difunto patrón estaban en el jardín y se les apareció la parca. Al verla, a don Julio se le detuvo el corazón del puro susto y murió. En cambio, él, que por aquellos tiempos era apenas un niño, se había quedado tranquilo, aunque la muerte había pasado a su lado rozándolo con su hoz y echándole su aliento de hielo en la cara. «¿En serio?», preguntaron al unísono los demás sirvientes. «Claro. Nomás miren la marca que me hizo con su hoz», respondía, remangándose la manga de la camisa y mostrando orgulloso una cicatriz curvada en el brazo. «Pa' mayores señas, pregúntenle nomás a la patrona. Aunque ella estaba tan aturdida por la muerte del marido, que no debe acordarse de nada.»

Sentado en el suelo, con la boca abierta de emoción, Orlando seguía atento el hilo de sus relatos. Deseaba ser grande para emularlo. No conocía a su padre. Apenas recordaba que Dionisia lo describía como un hombre con los ojos del color de la hierba tierna, amplia sonrisa y mucha sapiencia, quien queriendo aprender muchas cosas, un día se había marchado lejos, cruzando las aguas del lago en un pájaro de acero y desapareciendo por donde el sol se ocultaba tras las montañas. Pero un día regresaría y se quedaría para siempre con ellos. Con esos retazos de recuerdos y las historias de Rengo, intentaba reconstruir la figura paterna. Su imaginación se perdía en la figura de un hombretón de brazos gruesos como troncos de árboles, marcados de venas y nervios y una cara atravesada por una permanente sonrisa. Sería tan valiente como el jardinero, y no le temería a nadie. Lo que no comprendía era por qué nunca había regresado, como Dionisia le aseguraba. Sin encontrar una respuesta a sus dudas, fue olvidándose del padre que nunca llegó a conocer, pues como decía Rengo: «ojos que no ven, corazón que no siente.»

Y ahora, al enterarse de quién era su padre, un mundo violento se agitó bajo los vapores de su conciencia. La imagen paterna de sus sueños se hizo añicos para aparecer frente a él, como un hombre flaco y tieso como caña de pescar y mirada punzante como cuchillo de acero. Dionisia lo había engañado, haciéndolo concebir un coloso de quien no era más que un ídolo de barro que la había utilizado para después olvidarla, como se hace con un canasto inservible.

La idea de ser objeto de uso de los demás, le pareció ruin. No le cabía en la cabeza. Cómo podía ese caballero sentir cariño por un hijo y por el otro no, sólo por el hecho de salir de las entrañas de una mujer, cuyo único defecto era ser pobre. La imagen de la vida, que hasta entonces danzaba en su cabeza, estaba formada de bondad y honestidad. Ahora tenía frente a sí esa realidad vulgar y llana: usar, dejarse usar y ser arrojado a la basura. ¡Bruto! Mil veces bruto por imaginarse un mundo transparente y sin ambages. Aplastar o ser aplastado era la clave de la vida. El mundo giraba al compás del dinero y del poder. Pisaba a los débiles como Dionisia y como él. ¿Quién se preocupaba por cumplir con su deber para con ellos? Nadie. O mejor dicho, con ellos no había obligación, constituían cosas que los patrones usaban, y cuando dejaban de servir, los botaban a los cuartos de atrás de la cocina. La impotencia acumulada rebulló en sus entrañas, como los górgoros del atole hirviendo en las llamas del resentimiento, y tuvo la certeza de que no sería feliz hasta que pudiera lavar la afrenta del agravio recibido.

En eso pensaba cuando notó el insistente canto de un grillo. Se puso de pie y acercándose a la puerta atisbó por una rendija. De un tirón lo sacó de su escondrijo y arrojándolo al piso lo remolió de un pisotón, acallando así su monótono acorde. Así acallaría las creencias morales cultivadas por la patrona, se las arrancaría de la mente como la mala hierba.

Aquella noche decidió abandonar la casa. No quería vivir ni un día más bajo el mismo techo que los Torrico. Esperó a que los últimos ruidos de la casa se apagaran para hacer su atadijo. Sobre el poncho echó un par de pantalones, tres camisas, unas chancletas y su flauta; enrolló todo, lo amarró con un lazo y echándose el bulto al hombro, se dispuso a salir. El crujir de la puerta despertó a Rengo:

—¿'onde vas?

—Adonde sea, cualquier lugar es mejor que aquí.

—¿Estás seguro de lo que haces?

—Sí.

—Entonces espérate, voy contigo.

—No tienes por qué dejar el trabajo, tú no tienes problemas con esta gente.

Rengo se rascó la cabeza, tragó saliva, volvió a rascarse y dijo:

—Pa'que me quedo, si tú te vas. Tú eres como mi familia. Llevamos hartos años de trabajar juntos y a los amigos se les conoce en las desgracias. Por eso voy contigo. Podemos ir a mi pueblo y buscar a mi madre, seguro que no nos negará un rincón donde dormir. Además tengo algunos ahorros. Nos alcanzará para pagar un plato de papas en lo que conseguimos chamba —dijo al tiempo de desanudar un pañuelo y mostrarle unos billetes.

—Gracias, Rengo.

Antes de salir, Orlando echó un último vistazo a su alrededor. En una de las paredes colgaba un calendario deshojado y sobre el catre un despanzurrado muñeco de borra. No olvidaba nada en ese cuarto untado de recuerdos. Al cerrar la puerta tras de sí, cerró su pasado.

Pronto, ambos comenzaron a trabajar de peones en una quinta. Ahí Orlando conoció a Camila. Vivía al lado de su abuelo desde que tenía tres años, cuando quedó huérfana. Al anciano le escaseaba el tiempo para ocuparse de su nieta, pues el trabajo del campo era duro y exigía todo su tiempo. Por eso, ella había crecido libre como flor silvestre, a la buena de Dios. Cuando empezó a atisbar la vida, aparte de barrer la choza y lavar la ropa en la artesa, el abuelo no le impuso más obligaciones hasta que cumplió ocho años y la envió a la escuela rural donde aprendió a leer, escribir, sumar y restar. Tenía once años cuando dejó la escuela y comenzó a trabajar en el campo. A la fecha, rondaba los dieciséis.

Soñadora como era, cuando Camila tropezó con Orlando creyó descubrir tras la dureza de su mirada algo blando, tierno, que le hizo sentir las manos frías y el corazón caliente. Por ello, cuando una tarde, él la tomó de la mano y la condujo hasta un apartado rincón, sin oponer resistencia, ella se entregó al recién descubierto juego. Un juego ansioso y salvaje que la dejaba extenuada y temblorosa, y que ella tradujo como alguna forma de amor. La tarde siguiente, Camila lo esperó en su improvisado escondrijo, donde pasaron horas inolvidables entre los costales de papa, teniendo por testigos los últimos destellos del sol y las primeras sombras de la noche. Cuando las tinieblas cubrieron todo de negro, ella con las trenzas destejidas y la pollera revolcada, echó a correr rumbo a su choza.

Transcurrieron las semanas y tras algunos encuentros más, ella quedó encinta. Orlando no mostró alegría al saberlo. Tampoco enojo. Se limitó a encogerse de hombros y decirle que arreglaría el asunto.

El abuelo era un anciano arisco y de pocas palabras, quien apenas respondía al saludo con un gruñido. Acostumbraba a pasar el día en el surco, arrastrando el arado, sembrando maíz y papas. Por la noche regresaba montado en el burro, al que dejaba en el corral y, a un lado, los aperos de labranza. Al entrar en la choza se lavaba las manos en un cubo de agua, ponía en un plato lo que encontraba en la olla del guiso y luego, sentado en el suelo, se lo comía a cucharadas. Cuando terminaba de cenar, se fumaba un cigarro de hoja de maíz, mientras escuchaba la plática de Camila. Más tarde se acomodaba en un rincón y enrollándose en un poncho de lana, se preparaba para dormir.

—Si esa es la voluntad de ella, a mí no me queda más que ofrecerles por mientras, un lugar en esta choza. Ya más tarde Dios dirá —. Se limitó a decir, cuando supo de las intenciones de Orlando para con su nieta.

La vivienda constaba de una sola habitación de paredes de adobe, techo de paja, piso de tierra y, en la parte trasera, una cerca de piedra, donde se quedaba un burro al lado de un puñado de ortigas.

Durante la misa dominical, en una ceremonia sencilla, la pareja junto con muchas otras, se casó frente a un cura. Como regalo de bodas, Rengo entregó a Camila una cobija de alpaca y a Orlando una flauta. Para festejar el acontecimiento, el abuelo se gastó sus modestos ahorros en comprar bastante comida y bebida, como forma de mostrarle su afecto a su nieta: guiso de gallina, charque, pastel de maíz, dulce de leche, gaseosas y pisco. Una docena de peones, compañeros de trabajo de la pareja, acudieron al festejo. La choza se llenó de voces. Unos pedían té, otros más papas o guiso. Contaban cuentos y reían. En aquella ocasión, el abuelo rió a carcajadas con los chistes y exageraciones de Rengo y, emocionado, escuchó a Orlando tocar la flauta mientras Camila cantaba una canción sobre el vuelo de un cóndor, el amor de una morena y la flor de la canela.

El agasajo terminó a la medianoche, cuando el último invitado, Rengo ahíto de comer y medio mareado por el pisco, se marchó trastabillando. La pareja ocupó el jergón separado del resto de la vivienda por un lienzo de algodón; el abuelo durmió cerca del fogón, mientras cerca de la puerta descansaba una cabra tan flaca, que a través de la piel podían contársele las costillas.

En esa choza de paredes de adobe y olor a pan, Orlando fue muy feliz, pues aunque era modesta, el afecto de sus moradores suplió las carencias. Disfrutó del calor de un hogar, del inmenso amor que Camila le prodigaba y la seguridad que el abuelo irradiaba. Lo fue más aun cuando nació Emiliano. Lo miró arrobado y le pareció la criatura más hermosa del mundo, aunque solo pareciera una bola de carne cubierta de pelos.

Tras dar a luz, Camila permaneció unos días en casa. Él se apresuraba para terminar pronto su trabajo y regresar cuanto antes a su lado. ¡Cómo gozaba, descansando al calor de la lumbre y de su familia! En aquella choza el guiso más sencillo constituía un manjar. Cerca del fuego descansaba un petate cubierto con cueros de chivo. Ahí, cuando caía la noche, Emiliano dormía entre ella y Orlando. Ningún ruido extraño turbaba su intimidad; solo ellos entre el crepitar del fuego y las notas de su flauta.

Cinco años más tarde murió el abuelo. Lo encontraron recargado en un árbol, donde parecía dormitar. Pero cuando se hizo de noche y siguió sin moverse, Camila se dio cuenta de que ya estaba frío. Se fue tan silenciosamente como vivió, sin aspavientos, sin tan siquiera decir adiós. Su parcela quedó en manos de Orlando, un pedazo de tepalcate tieso por el frío eternamente instalado en la tierra y que apenas daba para un plato diario de maíz. Y fue peor cuando llegaron las heladas antes de la época de cosecha. Las milpas se doblaron vencidas por el frío de una noche. Poco a poco, la gente fue abandonando sus tierras, marchándose en busca de otros horizontes, y Acubal acabó convirtiéndose en un pueblo fantasma.

Aunque ganas no le faltaron de secundarlos, Orlando se quedó, porque ni siquiera contaba con dinero para pagar un boleto de autobús. Tampoco había quién pudiera prestárselo, pues Rengo pasaba una temporada en la cárcel, acusado de robo. Desde entonces, la vida se le tornó en un rumiar de hambre y frío. Y el resentimiento agazapado en sus entrañas salió a flote, al imaginar a su hermano disfrutando de toda clase de comodidades. No podía evitarlo, pues en tanto él y su familia padecían hambre, sed y frío, su hermano vivía en la abundancia, sin mover un dedo. Pasaba los días abstraído de la realidad, sin que su mente se tomara un instante de reposo, pensando en su padre y en mil formas de cobrarle su indiferencia y en llegar a demostrarle su valía.

En vano recorría las quintas, ofreciendo sus servicios por lo que fuera. Sobraba mano de obra; muchos trabajaban solo por un plato de comida. Agotado, hambriento y sin un centavo en el bolsillo, regresaba al final del día.

Para poder comer, debieron vender primero el burro, luego el arado y cuando quisieron vender la cabra, antes de que pudieran hacerlo, se murió. Pese al espíritu ahorrativo de Camila, el fruto de las ventas fue acabándose y debieron engañar el estómago, masticando hojas de mate, capaz de quitarles el hambre, aunque les dejara los dientes más verdes que el musgo. Al final solo les quedó la angustia.

Comenzaba el invierno con sus días nublados, y más fríos. La choza de los Quiroga lucía más sombría que de costumbre. Camila, sentada en el suelo, contemplaba el fogón casi apagado. Al rato se levantó y salió. Una capa de escarcha cubría el agua del barril; con un movimiento de la mano la quebró y con una olla sacó agua. Tomó la vasija y entró. Del techo pendía un manojo de hierbas. Arrancó algunas hojas y se disponía a echarlas en el recipiente, cuando escuchó una voz: «Camila». Levantó la vista. Una voluminosa silueta llenó la boca de la choza. Rengo, cargado con un morral de provisiones, llegó a visitarlos.

—Dichosos los ojos, Rengo. ¿A qué debemos el milagro?

—Gracias a Dios, hoy salí libre. Ahí traigo unos pedazos de carne seca, unas papas, sal y azúcar pa' que celebremos mi libertad.

—Compadre, te apareces como caído del cielo. Ahorita mismo estaba rogándole a Dios que me ayudara a conseguir algo para comer, pues no tenemos nada.

Al escuchar la voz de Rengo, Orlando y Emiliano salieron a su encuentro. Y tras un efusivo abrazo, Rengo le entregó al niño una bolsa de dulces. Este, al instante, corrió a un rincón, donde comenzó a devorar las golosinas, olvidándose de los mayores. Los hombres se saludaron con un abrazo.

Mientras tanto, Camila reavivó el fuego, soplando a dos carrillos. Y cuando vio levantarse una llama sobre las brasas, tendió trozos de carne seca y al lado, en una olla, puso agua para las papas. Sentados en torno a las llamas crepitantes, esperaron impacientes a que las papas se cocieran. Y en cuanto la carne empezó a dorarse, masticando ruidosamente, engulleron los trozos, entre trago y trago de mate de coca.

La cálida atmósfera familiar propiciaba la confidencia, y Orlando le agradeció a Rengo su regalo:

—Un amigo tan bueno como tú es el mejor regalo que la vida puede darle a uno. No recuerdo desde cuándo no comíamos algo tan sabroso. Ni tan siquiera tenemos para una papa con sal, mucho menos para carne.

—Con esta tierra seca, nos salió peor el remedio que la enfermedad. Ya ni pa'l atole de Emiliano me alcanza.

Vamos a tener que irnos a una ciudad grande para que yo pueda trabajar de criada y Orlando de chofer. Ya el padre Nicanor nos dio cartas de recomendación, donde dice que somos gente honrada, limpia y sana —agregó Camila.

—El otro día me contaron que en Santa Ana, en la ciudad de allá abajo, hay harto trabajo —terció Orlando.

—Aunque también dicen por ahí, que allá tratan mal a los del interior —replicó Rengo.

—Qué le hace, debo hacerle la lucha. Yo no trabajo pa' que me quieran sino pa' ganarme la comida de la familia. Aquí no hay esperanzas de nada. Lo único que he ganado con tanta ida y venida por las fincas, son varios callos, juanetes y que las chancletas se hicieran pedazos. En cuanto Dios nos socorra con unos centavos para los pasajes del autobús, nos vamos para Santa Ana.

—Allá tú, compadre, *pensalo* bien. No vayas a meter la pata como con esta parcela, que resultó tan seca como limón viejo.

—No me queda de otra, compadre, por el chico debo arriesgar el todo por el todo. Es feo dejar la tierra donde uno ha nacido para irse a meter a un lugar ajeno y aguantar los malos modos de gente extraña. Pero peor será morirse de hambre.

—*Pos* viéndolo de ese modo, tienes razón. Bendito sea Dios, yo no tengo hijos. Estoy solo y mi alma, pero lo prefiero a andar con tantas apuraciones como ustedes —Luego añadió:— si se animan a irse pa'llá, avísenme, ya saben que yo jalo parejo. Estoy muy acostumbra'o a ustedes, es como si fueran mi familia. En cambio, mi madre está bien apegada a su nuevo marido, yo ni falta le hago.

—Gracias a Dios que nos acompañas —dijo Camila, reconfortada ante la idea de contar con su compañía, pues donde él estaba, había alegría. Además era un hombre generoso, aunque a veces lo fuera a costa de tomar lo ajeno, como ocurrió con la cabra que le regaló a Emiliano.

—A lo mejor te toca casarte con alguna de por allá —dijo Orlando.

—Ni lo mande Dios. Yo no estoy hecho pa' una sola mujer. Hoy me gusta una y mañana otra, y si me caso, *pos* tendría que aguantarme siempre con la misma.

—No digas «de esta agua no he de beber» respondió Camila riéndose con picardía.

Rengo guardó silencio. Le encantaba la idea de tener una esposa y muchos chamacos. Pero, al mismo tiempo, la rechazaba, pues se sabía incapaz de serle fiel a una sola mujer y a la vez tampoco concebía la idea de abandonar a sus hijos a la «buena de Dios», como hizo su madre con él. Nadie merecía ser abandonado por sus padres. Para eso mejor no traer niños al mundo.

Por fin, volviendo a la realidad, contestó:

—A lo mejor *tenés* razón y un día me animo. Luego agregó: Voy a dejarles esa plata pa' que compren lo que les haga falta, y si necesitan más ahí nomás me dicen.

Abochornado, Orlando quiso rechazar el dinero. No obstante, pudo más la necesidad que la vergüenza y asintió con un movimiento de cabeza.

—Dios te bendiga, Rengo —dijo Camila agradecida.

—Pa' eso son los amigos, comadre. Hoy por ustedes, mañana por mí.

Cuando Rengo se marchó, los Quiroga, subieron a la cima de la montaña como tantas veces lo habían hecho. Miraron hacia abajo: la falda del macizo se prolongaba hasta una carretera. El sol estaba en su apogeo y entre sus destellos vislumbraron la silueta de Santa Ana. Los campos, a uno y otro lado de una cinta cristalina y fundidos en el horizonte, lucían un llamativo verdor que parecía invitarlos a ir.

De solo pensar en dejar Acubal, a Camila se le humedecían los ojos. Ese lugar rodeado de montañas, cuyo lomo grisáceo se tornaba blanco en el invierno, en verano, aunque las cumbres permanecían empenachadas de bruma, la niebla desaparecía con los primeros rayos del sol y el cielo, al aclararse, iba perdiendo su aire macilento. Por doquier se escuchaba el aleteo del cóndor, el eco de voces y el rugido sordo del viento, arrancándole guijarros a la tierra y entonando una canción. Ahora descubría cuánto había de bonito en los atardeceres, cuando el sol se escondía tras la montaña, hasta desaparecer dejando la tierra a oscuras.

Su corazón inflamado de nostalgia le traía a la mente vivencias de épocas pasadas. Recordó las pocas veces que llovió por las noches. Al amanecer, el viento sacudía las mechas de paja del techo; las gotas de rocío resbalaban, lavando la cara del suelo. Por la mañana, rayos de sol como espigas de luz se metían por las rendijas de la puerta y entre las líneas doradas bailaba la sombra de la cabra, en tanto el ruido de sus pezuñas rompía el silencio.

Camila no quiso marcharse sin antes consultarle a don Atonal, el agorero, para que le presagiara su nueva vida en Santa Ana. Él podía curar todos los males habidos y por haber, hacer hechizos de amor, de muerte y predecir el futuro. Una tarde lo visitó. Vivía en una choza que, cual destartalado sombrero de paja, se alzaba en la punta de un cerro y en cuya puerta, carcomida por las ratas, colgaba una trenza de hojas de coca. En las renegridas paredes de la casucha, las llamas de la lumbre relucían con destellos anaranjados. Veladoras colocadas sobre repisas juntaban su débil luz para reflejarse en las botellas de vidrio y pocillos de latón. Ella lo distinguió detrás de una cortina de humo, sentado frente al fogón. Era un anciano enjuto con la piel resquebrajada por la vejez, cabellos blancos y un halo general de misterio. Al verlo así, en la penumbra, semejaba un ánima, sin aliento de vida, flotando entre la niebla de los vapores que despedían los brebajes. Dispuestos en el suelo, a su lado, descansaban varios pocillos abollados y un costal. Una gallina de plumas coloradas con la lengua afuera, acezando por la sed, yacía amarrada a la pata de un banco.

—Entra, estaba esperándote —dijo cuando la vio frente a la puerta.

—Entonces, ya sabe a lo que vengo.

Asintió con la cabeza. Dio media vuelta y con sus dedos de encorvadas uñas, sacó del costal un puñado de hojas secas y las echó en la olla sobre la lumbre, revolviéndolas lentamente. Cuando hirvió el cocimiento, llenó un pocillo y se dispuso a tomarlo, al tiempo de señalarle a ella un banco donde sentarse. Camila quiso acercase de inmediato, pero una rata que atravesaba el cuarto, le cortó el paso.

Don Atonal encendió una vela. Tomó tragos de la bebida, hizo buches y los arrojó en la cabeza de Camila, al tiempo que murmuraba conjuros. Aquel susurro de frases impronunciables fue subiendo de tono, cada vez con más fervor, con delirio, hasta convertirse en el zumbido de un avispero. Enseguida se acercó al fogón, quemó incienso, desató a la gallina y de un tajo le cortó el pescuezo; un chorro de sangre cayó sobre la lumbre. Crepitando como si les hubiera echado puñados de arena, las brasas formaron una nube grisácea, amenazando con apagarse. Sin embargo, un segundo después, aquel nubarrón moribundo se convirtió en una llamarada roja, la cual comenzó a girar como un torbellino y corrió hacia el techo. Entre aquella reverberación se dibujó una silueta humana y el curandero la observó como descifrando una clave. Y al hacerlo, abrió los ojos desmesuradamente y su rostro se contrajo en una mueca de horror.

—¿Qué es? ¿Qué dice? —preguntó Camila ansiosa.

Él no respondió. Como poseído, leyó aquel mensaje venido del más allá.

Luego cayó de rodillas, santiguándose.

—Por favor, dígame, ¿qué vio?

Estupefacto, él continuó callado y con la vista puesta en la llamarada. Al fin, como volviendo de una pesadilla, sus ojos recobraron el fulgor terrenal y dijo:

—Veo sangre, ríos de sangre. —Deben quedarse aquí, al lado de vuestros antepasados. En aquella ciudad, te veo envuelta en un manto de oro, y a tu alrededor veo muertos.

—¿Quiénes?

—Muchos.

—¿Por qué?

—La planta sagrada, hilo de comunicación con nuestras divinidades ha sido maldecida por la avaricia de los hombres que se enriquecen a costa suya como el zopilote que se nutre de la carroña.

—Pero qué tiene que ver eso con mi viaje a Santa Ana.

—Tampoco lo sé. He visto que los muertos yacen en una casa de techo blanco. A su lado hay una mujer, pero tiene los ojos vendados y no puede verlos. Tampoco a los asesinos.

—¿Quién es esa mujer?

El agorero volvió sus ojos oblicuos hacia ella y dijo:

—Tú. Callar será tu culpa. Por eso padecerás más que el ruiseñor que ha perdido la voz y tanto como el ave sin nido y sin rumbo —sentenció con una voz que no parecía salir de su boca sino del fuego mismo, de las llamas y de la leña que crujía, y cuyo olor a sangre quemada ascendía hacia el techo.

Camila se incorporó de un brinco, arrojó un billete al suelo y abandonó deprisa la vivienda. Asustada, cruzó apresuradamente el cerro, corrió sin detenerse hasta llegar a la entrada del pueblo. Sin aliento, se dejó caer en una piedra, a la sombra de un árbol. Con la punta del delantal se limpió el sudor de la cara, respiró hondo y recargó la cabeza en el tronco. Entonces se reprochó a sí misma haberse gastado lo poco que le quedaba en escuchar falsas premoniciones, y rumió contra el adivino: «viejo mentiroso, me asustó con su sarta de embustes. Seguro inventó ese cuento para sacarme el dinero. ¿Para qué fui a verlo? De todos modos, diga lo que diga, debemos irnos a Santa Ana». La palabra dinero le recordó que Orlando le había prohibido consultarlo, pues lo consideraba un impostor, bueno para sacarle la plata a los tontos. «Si Orlando llega a saber que vine a verlo y le dejé nuestros últimos centavos, la regañada que va a ponerme»… Acongojada, metió la mano en la bolsa de su delantal y en un rincón notó un papel doblado. Con distracción lo sacó y apenas pudo creer lo que sus ojos veían: un billete de denominación regular. Sin detenerse a pensar cómo había llegado a su bolsa, corrió a la tienda a comprar papas, sal y azúcar; quizás hasta le alcanzara para un trozo de queso.

Días más tarde, Orlando le comunicó a Rengo su decisión y, de paso, le pidió dinero prestado para los boletos del autobús.

La noche anterior a la partida, Camila la pasó con los ojos abiertos. Sentía un desasosiego muy grande, un hueco que iba creciéndole dentro del pecho y la hacía temblar. Era como si de repente el cielo se hubiera vuelto opaco y un aire violento la empujara hacia caminos por los cuales no quería andar. ¿Para qué sentir eso? Si nada podía hacer para cambiar su destino. El viaje era inevitable, pues la necesidad de seguir vivos, era quien decidía por ellos. Tenían que buscar el pan de cada día por otros rumbos, arrancar sus raíces, aunque al hacerlo se marchitaran, se secaran, convirtiéndose en polvo. Solo en polvo y quizás con el tiempo en olvido.

El alba la sorprendió sin haber podido conciliar el sueño. El altiplano despertaba al nuevo día, al tiempo que los cóndores iniciaban su vuelo. Su aleteo vibró con acentos lúgubres. El olor a paja humedecida por el rocío se intensificó con los primeros rayos del sol. El astro rey había salido ajeno a sus tribulaciones. No obstante, ella no sintió su calor y el aire, como su habitual sonrisa, parecía agarrotado por el frío. El corazón le dolía ante la inminencia de la despedida. Salió al corral y se sentó cerca de un manojo de ortigas. Ahí la encontró Orlando, rascando la tierra con una vara.

—¿Qué estás haciendo?

—Nada.

Se quedaron uno frente al otro. Él tomó otra vara y escribió su nombre sobre la tierra. Ella apenas lo miró. Estaba triste.

—La gente dice que es más fácil conseguir una buena chamba en Santa Ana que aquí —dijo él, mientras fijaba los ojos en el cielo.

Camila continuó mirando la tierra.

—¿Y, tú qué piensas?

—Nada.

—¿Estás triste?

—De repente, que sí.

—*Entendés*, no tenemos otro camino.

Ella asintió. Orlando adivinó su tribulación y admiró su valor para acompañarlo en aquella aventura. Se acercó a ella y le apoyó la mano en el hombro. A él le ocurría lo mismo. Sin embargo, lo consolaba la esperanza de encontrar allá un trabajo y ganar mucho dinero.

La llegada de Rengo con la cabeza tocada con un enorme sombrero, los ojos cubiertos con lentes de sol y varias cadenas doradas en torno al cuello, los sacó de su ensimismamiento. A duras penas lograron contener la risa al verlo en aquella facha de matón de barrio. Caminaba con un aire de suficiencia, orgulloso de su atuendo, adquirido especialmente para la ocasión.

Al atardecer, partió el autobús. Camila contempló cómo las chozas iban quedando atrás, perdiéndose entre los escasos abetos, diluyéndose en el aire húmedo. Miró hacia el interior del vehículo para no ver cómo Acubal se perdía en la distancia. Cochimba, Pachaca, Coimbra. Los nombres de los pueblos le eran desconocidos. En las terminales, el autobús era perseguido por vendedores que se acercaban a las ventanillas y mostraban sus mercancías: papas asadas, naranjas, plátanos, pan, dulces, chicles y refrescos. «Buena comida, las naranjas están bien dulces, compre marchante, compre». También abundaban los pordioseros estirando la mano y pidiendo una moneda por el amor de Dios. Gente subía y bajaba. Atravesaron el altiplano, cerros y planicies. El sol salió y volvió a esconderse tras las montañas.

Oscureció. En el interior del vehículo solo se escuchaban los ronquidos de los pasajeros. Afuera, dominaba el silencio y los ojos de los búhos brillaban en las tinieblas.

El autobús avanzaba penosamente en el camino lleno de baches y piedras. Sumidos en sus propios pensamientos, apenas intercambiaban de cuando en cuando frases con Rengo, que no cesó de mover la mandíbula, engullendo pan con carne, cacahuates tostados y bebiendo limonada, asuntos de suma importancia para él.

Al amanecer, Orlando se quitó la chaqueta para cubrir a Camila y a él mismo. Abrazados y con Emiliano en el regazo, se quedaron dormidos.

El autobús se detuvo. El chofer abrió la puerta y una bocanada de vapor hirviente mezclado con olor a gasolina le pegó en el rostro. Camila despertó. La luz del sol hirió sus ojos. Se agachó, buscando bajo el asiento sus zapatos. Con la punta del rebozo se limpió el sudor de la cara y se alisó los cabellos y las arrugas del vestido con los dedos. «Que sea lo que Dios quiera», murmuró y, con el niño en brazos, bajó del camión. Vio a los pasajeros deslizarse como hormigas entre los autobuses, cargando cajas y maletas. Por doquier había vendedores de golosinas, cargadores ofreciendo sus servicios, limosneros de toda laya y uniformados apostados a la salida de la central camionera. Sudando a mares, el grupo avanzó hacia la salida, abriéndose paso entre aquel gentío. Con los ojos bien abiertos, Camila observó el mundo que se extendía ante ella como una caja de sorpresas.

Adormecida por el calor, la ciudad hacía siesta. En verano y a esas horas, nadie andaba por las calles, excepcionalmente los menesterosos y los recién llegados del interior. Caminaron al azar, sin saber por dónde andaban. El sol con su ardiente resuello los atolondraba, les equivocaba la memoria y la angustia reprimida pugnaba por salir. A los escasos transeúntes, Rengo les preguntó por la ubicación de la calle La Libertad, pues un conocido le había contado que ahí era el punto de reunión de empleadores y empleados.

Cuando llegaron a La Libertad había pasado la hora de la siesta. Gente, autos, carros de mulas y bicicletas circulaban por la calle sin orden ni concierto. Dos vehículos estaban detenidos a media avenida y sus ocupantes conversaban animadamente sin importarles obstruir la circulación. El semáforo cambiaba a rojo, amarillo y verde sin que nadie le hiciera caso. Bocinazos, gritos y relinchos se mezclaban en una bulla infernal, mientras un policía descansaba en una banca de la esquina y un ciego rasgueaba la guitarra mientras recitaba un estribillo irreverente. Todo aquel espectáculo parecía como pegado en un calor untuoso, cuyo sofoco le provocó mareos a Camila. Recargados en un poste, masticando trozos de caña de azúcar y escupiendo el bagazo, Rengo y los Quiroga esperaron la llegada de algún empleador.

Las horas pasaron y nadie requirió sus servicios. Entonces aguzaron los sentidos. Notaron que las cosas funcionaban de otro modo. Apenas se detenía un vehículo a la orilla de la calle, era rodeado por docenas de hombres y mujeres, quienes ofrecían sus servicios de cocineras, niñeras, peones, albañiles, jardineros y toda clase de trabajadores, y entre sonrisas se acordaban las condiciones de sueldo y trabajo. Después de que los empleadores les hacían preguntas y con la mirada los revisaban con minuciosidad, como queriendo descubrir hasta sus más recónditos pensamientos, señalaban con el dedo al elegido.

El soplo del viento trajo de los puestos callejeros olores a comida. Camila comenzó a preocuparse, pues ya atardecía y ellos aún no habían conseguido que alguien se interesara en sus servicios. «¿Dónde pasaremos la noche?», se preguntó. En esas estaba, cuando apareció una camioneta, levantando tremenda polvareda. Al volante iba una mujer gruesa y sudorosa. Con paso seguro, Camila se abrió paso entre los demás desempleados y se acercó al vehículo, diciendo a su dueña que estaba dispuesta a desempeñar toda clase de labores y que ella decidiera cuánto le pagaba. Al ver a Emiliano, la mujer le preguntó: «¿Y ese chico?»

—Es mi hijo.

—¿Es molestoso?

—No doña, es bien tranquilo. Ahorita está inquieto porque tiene hambre.

—*Vení, acercate* aquí —dijo la mujer, dirigiéndose a Emiliano.

Por toda respuesta, el niño se ocultó en las enaguas de su madre. Esta lo empujó hacia la mujer, quien recorrió a ambos de arriba abajo, revisándoles la cabeza, las orejas y las uñas.

—¿Tienen piojos, lombrices?

—No señora, nuestras cabezas y barriga están limpias. Además soy honrada. Tengo una carta de recomendación del padrecito de Acubal, que lo confirma— —dijo Camila, mientras sacaba de la bolsa del delantal un sobre que extendía a la señora.

—¿Sabes cocinar?

—Sí.

—¿Qué sabes hacer?

—Salsas de tomate y ají, papas con huevo, sopa de maní y atole. Cocinar al modo de usted no sé, pero si me dice cómo, puedo aprenderlo. También sé cortar leña, prender un fogón, lavar y barrer. Sobre todo, no soy perezosa.

—Listo, pues. Estarás a prueba un mes.

—Y, ¿sobre la paga...?

—¿La paga ? Pero si ni cocinar ni limpiar una casa como Dios manda, sabes. Para colmo de males hasta traes un hijo. Primero *tenés* que aprender a desempeñar los oficios domésticos como la gente civilizada, después hablaremos de plata. Por ahora confórmate con el techo y la comida que te ofrezco.

—Como diga la señora. Solo le pido un favor; si puede darme su dirección para que mi marido sepa dónde encontrarme.

La mujer garabateó los datos en un papel y se lo entregó, no sin antes advertirle que él solo podía ir a buscarla cada quince días, en domingo y después de las diez de la mañana. Camila asintió. Entregó el papel a Orlando y con Emiliano en los brazos subió a la camioneta al tiempo de levantar la mano en señal de despedida. Orlando y Rengo siguieron el vehículo con la mirada hasta que giró en la esquina.

El auto dejó el centro, las calles angostas y se adentró en avenidas amplias y limitadas por árboles frondosos, palmeras, jardines y casas enormes de paredes blancas, techos de tejas coloradas, rejas de acero, de madera y lujosos vehículos estacionados aquí y allá. Al rato, la señora se detuvo frente a un portón y tocó la bocina. Un criado abrió las puertas. Entraron a la casa.

—Llévala a su cuarto para que deje sus cosas y su niño —dijo la señora al empleado y, dirigiéndose a Camila, agregó—: Primero te bañas bien, te pones el uniforme y después vienes a la cocina para mostrarte tus deberes.

Orlando y Rengo continuaron esperando. La llegada de las primeras sombras de la noche los empujó a aguzar más los sentidos, cuando una camioneta destartalada se detuvo.

—Necesito trabajadores para…

No alcanzaron a oír el resto de la frase, atravesaron deprisa la calle, a riesgo de ser atropellados, y se acercaron al vehículo.

—Patrón, patrón, yo soy bueno para eso —dijo Orlando.

El conductor del vehículo los miró con simpatía.

—El sueldo no es mucho.

—No importa.

—¿Cómo te llamas?

—Orlando Quiroga.

—¿Y tú?

—Rengo; Rengo Reyes.

—Necesito dos fulanos fuertes para cargar arena y costales de cemento.

—Los tiene frente a usted, patrón —dijo Rengo haciéndole una reverencia.

—Conmigo deben trabajar seis días a la semana y si se enferman, los días que falten se les descuentan y de su bolsa saldrá la plata para los remedios y el doctor —les dijo el hombre.

Sin replicar, ellos aceptaron sus condiciones y, a su vez, le contaron que acababan de llegar a la ciudad y no tenían dónde pasar la noche.

—Pueden quedarse en el cuarto de al lado de la bodega, allá están otros trabajadores, 'orita voy para allá. Allí ustedes se acomodan como puedan. Al nomás despuntar el sol, pasaré a recogerlos, al igual que a los demás, para llevarlos a la construcción.

Apenas, el hombre hubo pronunciado aquellas palabras, ellos ya estaban subidos en la camioneta.

—Dios se lo pague, caballero— respondió Rengo aliviado.

Llegaron a un manojo de calles olorosas a guisos grasientos. En el ambiente flotaba el rumor alegre de la chiquillería unido a las conversaciones de las vendedoras y en el aire, instalado como maldición, un calor sofocante. La camioneta se detuvo ante un zaguán. Ahí se ubicaba el lugar en el que vivirían: un cuarto con una ventana que daba a un pasillo, en cuyo fondo había un retrete y una regadera, común para veinte trabajadores: albañiles, electricistas y carpinteros.

Alrededor de las ocho, varios hombres bañados de sudor y tierra, llegaron al cuartucho para luego salir a sentarse en el patio. Orlando y Rengo se unieron al grupo y después de saludarlos, les explicaron que el patrón acababa de emplearlos. Evo, uno de los compañeros, avispado y de mirada insolente, se dirigió a ellos diciendo: «La chamba nadie la tiene asegurada; nomás se enoja el Don, nos echa a la calle sin pagarnos. Además, hay que andarse con cuidado, pues aquí trabajamos sin cinturón de seguridad, en una plataforma de madera entre piso y piso y solo guarecidos entre dos tablas. En los últimos meses ha habido tantas muertes por caídas desde grandes alturas, que puede decirse que cada edificio en Santa Ana tiene por lo menos una vida en su haber». Después, comenzó a contar un sinnúmero de casos.

Rengo y Orlando escucharon sus advertencias y cuentos sobre los peligros que les esperaban, sin amedrentarse, pues era mejor trabajar en esas condiciones, que pedir limosna.

Entre tanto, a pedido de su patrona, Camila había cambiado su blusa y pollera por un uniforme apretado y corto que no le tapaba ni las corvas. Además se cortó el cabello.

Junto a sus ropas quedó la trenza en un rincón del cuartucho. A los pocos días de haber entrado al servicio de aquella familia, ya conocía las costumbres de sus miembros. Los patrones eran una pareja de glotones y sus dos hijos lo eran aún más. Los chicos iban por la mañana al colegio y pasaban el resto del día echados en el sofá, mirando la televisión, comiendo golosinas y tomando gaseosas. La comida era lo más importante para la patrona. ¡Qué trozos de carne se echaban al guiso diariamente! ¡Qué cazuelas de arroz con queso! ¡Qué delicia de tortas de choclo, queso y dulce de leche se horneaban en esa casa! Toda la mañana ella entraba y salía de la cocina sacando harina, canela y azúcar de la alacena, dando órdenes y contraórdenes.

Al marido casi nunca se le veía por la casa y cuando estaba, parecía enmarcado en un sillón de la sala, comiendo o durmiendo. A menudo, al anochecer, salía de casa y volvía a aparecer en la madrugada. Dormía un rato, se bañaba, desayunaba y salía rumbo a la oficina.

Camila vivía en los cuartos de servicio, junto con Emiliano, la lavandera y el jardinero. En la mesa del cuarto se alineaban, junto a un feto disecado de alpaca, un puñado de hojas de coca rociadas con agua bendita, una veladora, un Cristo de yeso y un colgajo de ajos atados con una cinta roja para atraer la buena suerte.

Religiosa, poco instruida y bastante sentimental, Camila simpatizaba mucho con sus compañeros de trabajo. Este afecto contrastaba con la distancia que mostraba hacia los patrones, con quienes se conducía reservada. Vivía atrapada en el círculo de los quehaceres domésticos y el amor a sus seres queridos. Aquel círculo era su mundo, un mundo incompleto por la ausencia de Orlando. Pero por lo menos podía verlo un domingo cada quince días. Iban a la iglesia. Después paseaban en un parque cercano a la central de autobuses.

Sentados en una banca del parque, comían los panes y los restos de comida que la patrona regalaba a Camila. Esta le contaba a Orlando las travesuras de Emiliano, sobre sus compañeros de trabajo y de las emocionantes radionovelas. Por su parte, él comentaba las novedades en su trabajo.

—Rengo y yo estamos bien a gusto ahí. Tenemos un techo sobre la cabeza, vamos a recibir un sueldo por nuestro trabajo y hemos hecho amistad con los compañeros. Hasta el jefe parece buena gente. Con decirte que ya hasta se nos pasó el temor de padecer un accidente como nos advirtió Evo.

—A lo mejor, para hacerse el interesante, el tal Evo exageró los peligros que se padecen en la construcción.

Así parecía, pues las primeras cuatro semanas transcurrieron en calma. Ellos, subiendo y bajando por los tablones, con la cara al sol y entre el olor a cal y ladrillo mojado, olvidaron los presagios de Evo. Para ese entonces, entre sus compañeros y ellos reinaba una atmósfera de camaradería. Sobre todo de solidaridad, pues a la llegada del fin de mes, cuando los ahorros de Rengo se habían terminado, los demás compartieron con ellos las papas y el mate.

La víspera del día de pago, Rengo y Orlando se pasaron el tiempo planeando lo que harían con su plata. Festejarían a lo grande. Orlando tocaría la flauta y Rengo cantaría canciones de su tierra. Comprarían pan, carne seca, charque y una botella de pisco, que al anochecer compartirían con sus amigos.

—Solo de imaginarme los trozos de carne y las papas con huevo, se me hace agua la boca y me da más hambre —dijo Rengo.

Sus compañeros rieron y, sintiendo compasión por el gordito glotón, le regalaron un trozo de pan y un terrón de azúcar.

—Yo voy a invitarles de todo en cuanto me paguen, ya lo verán —aseguró Rengo.

—También yo —apoyó Orlando.

No pudieron hacer realidad sus sueños, pues la tarde siguiente, cinco albañiles cayeron al vacío. El andamio que los soportaba se precipitó cuando vaciaban cemento en el segundo nivel de la construcción; fueron recogidos por una ambulancia de la Cruz Roja. Rumbo al hospital público, uno de ellos murió.

Por la noche, en el patio de la bodega, sus compañeros velaron al difunto. Cuatro velas de sebo rodeaban el ataúd. Había venido de un pueblo del interior y nadie sabía dónde vivía su familia. De la calle llegaron los sones de una flauta, provocándole a Rengo una picazón en el pecho que no supo explicarse. Ahora él no reía, no contaba historias como siempre. Tampoco tenía hambre. La boca le sabía a cobre. Miró el interior del féretro. Su compañero estaba ahí con la cara hinchada y los huesos hechos polvo. Al día siguiente sería el entierro. Ellos no irían pues tenían que trabajar, tal como el patrón ordenó.

Rengo fue en busca de varias botellas de aguardiente. Así por lo menos, se emborracharían en honor al muerto.

A la mañana siguiente, el aire húmedo lanzaba jirones de niebla hacia el cielo, como si estuviera triste. Dos hombres sacaron el ataúd, lo metieron en un camión y desaparecieron por la calle. Entre los trabajadores prevalecía un ambiente de consternación. En cambio, el contratista estaba fresco como una lechuga, creyendo que había cumplido con su deber al pagar el burdo ataúd. Por eso, cuando Evo le propuso ayudar a los familiares de los heridos, le respondió:

—No soy beneficencia pública para ayudar a todo mundo. Ustedes trabajan bajo su propio riesgo y si se los lleva el carajo, es culpa suya.

—Aunque sea nuestro riesgo, usted debería ayudarnos en casos de accidente como este.

—Eso les pasa por brutos.

—Nos pasa por las malas condiciones en que trabajamos, que es una cosa muy diferente.

—Tú no eres nadie para decirme lo que tengo que hacer. Te largas ahorita mismo. Ya me colmaste la paciencia con tus intromisiones.

Rengo, desvelado y con un par de tragos de aguardiente entre pecho y espalda, se hizo de palabras con el contratista. Lo llamó abusivo, «maricón de mierda», y de un puñetazo lo mandó al suelo. Se trenzaron a golpes. Con un movimiento rápido, el patrón sacó una navaja de su bolsillo y si Orlando no hubiera logrado quitársela de un puntapié, hubiera matado a Rengo.

Cuando los policías se presentaron al lugar de los hechos, sin más averiguaciones que la palabra del patrón, a empujones metieron a los dos trabajadores en la patrulla.

—Necesitamos que usted también nos acompañe para que ponga su queja.

—Con mucho gusto, mi capitán, ahorita los alcanzo en mi camioneta —respondió el patrón dirigiéndose a uno de los uniformados.

Al rato, el vehículo se detuvo en el 245 de la calle Tejocotes. En la parte superior del edificio se leía

«Separos Policiacos». Un policía les ordenó bajar y les señaló la verja del lugar. A la entrada, frente a un mostrador, un grupo de gente platicaba quedito. Una chica de acentuado escote y falda corta caminaba de un lado al otro, contoneándose con gracia, y seguida de la mirada del agente del Ministerio Público.

Al verla, Rengo lanzó un profundo suspiró y hasta olvidó la razón por la que estaba ahí y dijo:

—¡Madre santa, qué curvas y yo sin frenos! Así es como me las recetó el doctor.

—Cállese la boca, gordinflón —dijo una de las mujeres del grupo.

—Gordo, pero no para su caldo, señora. Cómo no le dice nada a otros —replicó Rengo a la mujer, señalando con la mirada al agente que se comía con los ojos a la chica.

—Respeto frente a la autoridad —lo conminó el policía.

Ahí, frente al agente del Ministerio Público, Rengo y Orlando negaron los cargos que les imputaban, y a falta de abogado pusieron por testigo a Dios y a toda la corte celestial. La secretaria apuntó sus nombres y declaraciones. Por su parte, el patrón, les achacó el robo de su cartera mientras deslizaba unos billetes entre el periódico del agente. Casi al instante, libre de toda culpa, se marchó. Los trabajadores quedaron detenidos. Sin rechistar, Rengo aceptó cuanta cosa le inculparon. En cambio Orlando se debatió como un loco, tratando de explicar a gritos su versión de los hechos. Su voz se quebró con el culatazo de una pistola. Una aguda punzada en la cabeza y un líquido caliente corriéndole por la frente, le arrancaron un gemido. Un policía lo registró y, como a su compañero, lo agarraron de las manos y se las pusieron en la espalda, atándole con un lazo las muñecas.

Precedidos de un vigilante, atravesaron un patio lúgubre, entre el interminable olor a orines y a humedad. Se abrían y cerraban rejas, se escuchaba el taconeo de las botas de los vigilantes, ruido de cerrojos y el retumbar de voces por los corredores. De pronto el vigilante detuvo sus pasos, les quitó los lazos, abrió una puerta y dijo: «adentro.»

Al pisar la celda, el desconcierto se apoderó de ellos. Levantaron la vista y se encontraron con docenas de ojos apilados. Resonaron murmullos seguidos de un espeso silencio. Ahí donde se apiñaban hombres sucios y malolientes, apenas había espacio para poner un pie. Como pudieron, se acomodaron en un rincón. Rengo se recargó en la pared y Orlando se sentó con los codos sobre las rodillas y la cara entre las palmas de las manos. Hacía un calor insoportable. El viento perezoso se había quedado dormido antes de traspasar el ventanuco de la celda. El sudor se les secaba en la piel y volvía a hacer más sudor. «Es como estarse sancochando vivo en el caldero del infierno. Cociéndose y recociéndose en sus propios jugos, sin que jamás llegue el momento final», masculló Orlando. Recorrió el cuarto con la mirada: el piso era de cemento, las paredes encaladas estaban acribilladas con inscripciones de números, corazones, falos, testículos, senos, maldiciones, súplicas y nombres que descansaban ahí cual aves sin rumbo, como los que las habían escrito. Del techo manchado de humedad se desprendían telarañas que parecían hamacas deshilachadas. Entre sus hilos se encontraban atrapadas numerosas moscas que, al igual que él, pataleaban inútilmente, tratando de escapar de su cautiverio.

Alrededor de las cinco de la tarde, entraron al patio cinco presos, cargando dos ollas tiznadas y un canasto con pan. La comida era un caldo turbio, donde nadaban pedazos de papas y huesos. Los reos fueron sacados de sus celdas. Con un plato de peltre entre las manos, se amontonaron en torno a las ollas, empujándose, ansiosos por recibir una ración de aquel brebaje que engulleron en un abrir y cerrar de ojos. Rengo entabló conversación con algunos reos. Transcurrió largo rato. De pronto un abrupto silencio sucedió a las ruidosas pláticas, cuando en el patio resonó la voz del vigilante, ordenándoles que regresaran a la celda. Ensimismado, con los ojos puestos en los muros desmoronados y altos que los circundaban, Orlando no la escuchó. Salió de su letargo cuando sintió el jaloneo de una manaza y un grito: «¿estás sordo, animal?» Giró y se encontró de frente con la cara lampiña y lustrosa del policía. Pero aunque una intempestiva rebeldía lo inundó, no protestó, «total, ¿para qué?» Con la vista baja se encaminó hacia la celda.

Oscureció. Afuera brillaban las estrellas, parpadeaban las luciérnagas en el aire, oíanse de vez en cuando carcajadas, gritos desentonados y un hombre cantaba «qué lejos estoy del cielo donde he nacido»… El calor y la sed les impedían conciliar el sueño. Escuchó pasos acercándose. La puerta se abrió, un hombre fue arrojado al interior, cayendo sobre los cuerpos encogidos. Se oyeron maldiciones y quejidos. A eso de la medianoche vino el silencio; solo se oían ronquidos. Orlando deseó correr a la orilla del lago, arrojar su destino al aire, recogerlo y hacerlo girar a su voluntad. Mirar el sol, bañarse con los chorros de líquido amarillo y tragárselos para calentarse el alma.

En el sueño, con la mente aprisionada en un torbellino de recuerdos, se transportó hasta las montañas nevadas y al cementerio, adonde un día fue conducida su madre y nunca regresó. Se vio frente a una casona, deslizándose hasta el cuarto de servicio. Ahí, bajo la luz amarillenta de una vela, estaba Dionisia. Desde su rostro, un par de ojos lo miraban con ternura y de la boca desdentada se desprendía una sonrisa. Pero cuando ella se acercó a abrazarlo se desencadenó un viento fuerte, alejándolo del pasado y que lo regresó a la lóbrega celda.

Despertó sobresaltado, preguntándose cuándo saldría de aquel agujero, ¿cómo podría enterarse Camila de su paradero? ¿Qué pensaría al no verlo llegar el domingo? ¿Cuánto tiempo seguiría ahí encerrado? «Compadécete de mí, Dios santo», murmuró. Tembló de impotencia. Sin saber a quién pedir ayuda, se mesó el cabello mientras se mordía los labios con desesperación. Intentó dormir otra vez. No pudo. Su mente parecía complacerse dibujando imágenes de la realidad.

En el otro extremo de la celda, Rengo se removía de un lado a otro, buscando la forma de un mejor acomodo y tratando de acallar el gruñido de sus intestinos. Su única obsesión era la comida y repasaba diversos modos de conseguirla. Pero cuanto más pensaba en ello, más hambre sentía. Por fin, cuando clareaba el alba, ambos lograron conciliar el sueño.

Rengo fue trasladado a otra celda y asignado a las tareas de limpieza del área lujosa del presidio, donde estaban hospedados los Reyes de la Nieve. A pedido de uno de ellos y a cambio de recibir comida, cigarros y unos pesos, fue dejando impresa su huella de violencia dentro del recinto carcelario. A su vez, su jefe lo reconoció como el perro fiel, que a una orden suya era capaz de moler a golpes a alguien o exponer su libertad haciendo circular «mercancía» dentro de la cárcel.

Fue ahí donde Rengo empezó su carrera criminal.

Orlando continuó en la misma celda, donde recibía las raquíticas raciones alimenticias reglamentarias. A él los vigilantes le encomendaron tareas duras aunque carentes de sentido. Durante el día, debía cargar rollos de alambre de púas y piedras, de un extremo al otro de la cárcel. En ese periodo, a él se le enredó la cuenta de los días, las noches; la realidad y las alucinaciones se le empalmaron. Y meses después, cuando salió libre, no pudo recordar qué hizo y a quién conoció durante su permanencia en la cárcel, salvo las enfermedades que ahí contrajo y la visita de Evo, quien logró llevarle a Camila noticias de su paradero. En esa cárcel, sin ley, entre ladrones, asesinos y policías sádicos, su fe y el amor al prójimo terminó de diluirse como el rocío se evapora ante el ardiente sol.

Camila duerme con un sueño espeso, neblinoso. En torno suyo, todo permanece inmóvil, sumergido en sí mismo, como si no hubiera aire, ni tiempo ni luz. Mientras se revuelve en la cama, escucha a lo lejos una voz que pronuncia su nombre, ese nombre hecho humo. También escucha que alguien dice: «el sedante comenzó a hacer efecto. Está delirando. Ha sido un golpe muy fuerte.»

Quiere despertar. No puede. Afuera, llueve. Escucha las gotas de lluvia caer sobre el vidrio de la ventana y una voz que la llama. Alguien le picotea el brazo, intenta reanimarla. No obstante, ella continua navegando en el caudal del pasado. Evoca la imagen de Acubal, con el embellecimiento que da la nostalgia y que hace olvidar las miserias ancestrales.

Era tan bonita aquella vida de comadres tejiendo en las puertas de las chozas, de niños corriendo a la orilla del lago, en tanto este jugaba con la arena que se extendía como una alfombra granulada en sus bordes y una lancha dormía la siesta en su lomo de agua. Al principio, me prometí que regresaríamos al pueblo cuando ahorráramos la plata suficiente para comprar semilla, un arado y un par de alpacas.

Para Emiliano, mudarnos a Santa Ana cuando rondaba los seis años y la separación de Orlando significaron una conmoción en su mundo infantil. La vida en esta ciudad caliente como el horno de una estufa y en medio de un desfile de rostros indiferentes le encogía el corazón. No comprendía por qué no debía cruzar el umbral de la cocina. Allá era el espacio de los patrones. Nuestro mundo era el patio y, por las noches se encogía a las cuatro paredes del cuarto de servicio, por cuya ventana solo podíamos mirar un cachito de cielo. Solía preguntarme, por qué no nos habíamos quedado en Acubal, donde podíamos vivir los tres juntos. Ahí donde él caminaba al lado de Orlando, mientras este araba la tierra y yo arrojaba semillas en los surcos. Allá donde yo podía llevar las polleras coloridas con las cuales lucía tan bonita y le enseñaba a contar con granos de maíz. Sus ojos brillaban al recordar a nuestra cabra. Tenía los ojos del color de la miel y la piel blanca como las nubes. Era tan buena, que aunque siempre tuvo hambre, nunca se quejó. Únicamente fue quedándose sin fuerzas, doblando las patas poco a poquito, hasta que un día ya no pudo levantarse, mientras él la miraba, haciendo pucheros. La cabra pareció notar su angustia. Entonces Emiliano supo que no descansaría mientras lo viera acongojado: «*Dormite*, no voy a llorar», le susurró al oído y, como me contó después, el animal cerró los ojos.

Le expliqué que dejamos el pueblo para evitar que nos ocurriera lo mismo que a la cabra. Pero yo misma no estaba convencida de ello, pues ya no sabía si era peor el hambre o la tristeza de estar lejos de Acubal y de Orlando. Aquí ya nada era igual. Cuando llovía, las gotas de agua ya no parecían lavar la cara de las calles, sino lágrimas gordas y saladas como las que pugnaban por salir de mis ojos.

En un intento de levantarnos el ánimo, prendía la radio para oír música del interior. Nuestros recuerdos parecían fundirse con las notas musicales, que con el aroma de la canela y la guayaba llenaban el ambiente. Aquellas notas profundas eran como suspiros que se apoderaban de las fibras más sensibles de nuestro ser. Eran como la voz del viento, de los pastizales, el rumor del agua y el aleteo del cóndor. A través de la fuerza y emotividad de su tonada, nos transportábamos hasta las montañas, donde aves de señorial silueta planeaban en las alturas. Acubal era un pueblo inigualable. En la distancia se vislumbraba el lago. Un lago cuyo rostro se unía con el cielo. Se confundía a lo lejos con el reflejo de las montañas y sus aguas claras servían de espejo al cielo. En los bordes de aquel manto crecían cañas, con las cuales yo había hecho una flauta que guardaba entre mis ropas como un tesoro. En ocasiones la sacaba, la llevaba a los labios e inflando los cachetes, soplaba en ella, arrancándole notas musicales. Al final, abría la ventana y el soplo caliente del trópico deshacía el embrujo de los recuerdos.

Y como reza el dicho, «el tiempo todo lo cura», y a Emiliano le curó la nostalgia. Llegó el día en que se conformó con ver a su padre cada quince días y con los ratos que pasaba en la cocina inundada de olores a canela, a guayaba y a café. Esto último ocurría al atardecer, cuando la patrona hacía la siesta y nosotros oíamos las radionovelas. A través de ellas volábamos a un mundo de fantasía, donde jinetes valientes, mujeres buenas, hechiceras, vivos y muertos entretejían sus destinos. Fascinados escuchábamos el retumbar de los cascos de los caballos sobre las piedras, de las calles, los ladridos de los perros y los cavernosos lamentos de ánimas extraviadas. Ambos conteníamos la respiración para no romper el encanto de la narración y cuando terminaba el episodio no hacíamos otra cosa que pensar en lo que pasaría en el próximo.

La tarde que Camila terminó de confeccionar un papagayo de trapo y con ojos de botón, se lo entregó a Emiliano. Él acogió el juguete con júbilo y se sentó en la mesa de la cocina, disponiéndose a comer. Pero en ese instante, se escuchó la voz de la patrona. Entonces, Camila le dijo: «hoy no podemos oír la novela, pues la Doña va a recibir visitas esta tarde. Tampoco puedes comer aquí. Llévate el plato de comida a nuestro cuarto y ahí te quedas». Emiliano asintió y siguió con la mirada a su madre hasta verla desaparecer en la boca del comedor. Salió de la cocina y cruzó el patio. En los últimos días, su madre estaba tan atareada, sirviendo a los patrones, que ni tan siquiera a la hora de la comida podían escuchar las radionovelas. Se recargó a la sombra de un platanar que arrojaba su desgreñada silueta sobre el piso. Atisbó pensativo el cielo. Los pájaros seguían su ruta de aire, él los siguió con los ojos hasta que se perdieron en la lejanía.

Un relámpago rasgó el cielo, anunciando un aguacero, y casi enseguida la lluvia estalló en un tintineo sordo. Emiliano caminó hacia el cuarto de servicio, cuando de pronto oyó un rumor de hojas y una rana saltó entre las matas de hierbabuena, de perejil y las de tomates. Corrió detrás de ella. En la carrera aplastó varias plantas, cuyos tallos, al doblarse, soltaron un líquido lechoso. La rana dio varios saltos y se detuvo frente al lavadero. En el ansia por atraparla, no miró el charco de agua jabonosa y patinó. Su cabeza al golpearse contra el piso, sonó como los cocos al caer de las palmeras. Cascadas de líquido resbalaron por su rostro. Los oídos le zumbaron, sintió cómo se deslizaba por un túnel profundo y un velo de oscuridad lo envolvió. Luego vino una dulce calma.

Ahora la rana se acercaba dócilmente y permaneció quieta sobre su pecho. Emiliano, recostado en el piso y de cara a las estrellas, le limpió con su camisa, la cabeza cubierta de espuma y burbujas. La observó. Tenía la piel y los ojos verdes como las palmeras. «Seguro andas perdida, no te apures, yo te llevaré donde tu madre. Solo espera a que se me quite lo mareado», le dijo.

Recordó los cuentos de Rengo sobre los bichos que habitaban en la tierra. «Dios le ha concedido a cada uno una gracia. Así, a las ranas les dio la destreza de saltar como si tuvieran resortes en las patas, a las luciérnagas, cual estrellas arrojadas al aire, las dotó de una luz con la que pueden alumbrar sus noches y a los pájaros el don de cantar y volar hacia donde quieran.»

Suspiró. «Si pudiera volar, visitaría mi antigua casa: la choza de vestido de lodo, cabello de paja y llena de la voz de mamá, una voz suave y clara como el murmullo del lago», murmuró. Ahora notaba que ya la oscuridad se había ido poniendo sobre el patio, sobre los árboles y sobre él, hasta que los volvió un manto negro, y el cielo se encapotó. Además, la lluvia había arreciado y el viento silbaba con fuerza como queriendo arrancar de raíz los árboles y las casas. Enroscado en un rincón, sintiendo el agua correr sobre la piel, escuchó lejanas voces y notas musicales que se enrollaron en el sonido sordo del aguacero, al tiempo de murmurar: «Desde que llegué a esta casa, papá ya no vive con nosotros y mamá siempre está ocupada. Quiero estar con ella, pero la entrada a la cocina es como jugar a las escondidas con la patrona, pues no quiere verme ahí.»

La rana lo miró, parecía impresionada. «Quiero irme de aquí.»

Dos lágrimas resbalaron por sus mejillas y hubieran continuado rodando, pero dejó de hacerlo, cuando sintió el dorso de una pata de la rana limpiándole el llanto y la escuchó decirle: «Ya no llores.»

Emiliano se levantó de un salto.

De inmediato la rana se disculpó por asustarlo.

—¿Hablas?

—Sí, como tú.

—No puede ser verdad. Estoy soñando.

—Soñar es algo que pocos pueden —respondió y añadió—: Tus padres no están contigo, pero nosotros sí.

—¿Quienes? Yo no tengo a nadie aparte de ellos y de mi padrino Rengo.

La rana apretó la boca haciendo un mohín de disgusto:

—Gracias por la aclaración. ¿O sea que papagayo y yo no contamos?

—No sabía que tú…, que ustedes pudieran hablar.

La rana le guiñó un ojo, a la vez que se inclinaba para susurrarle al oído.

—Ahora lo sabes, aunque solo lo haremos cuando estemos solos; los mayores no entienden estas cosas. Mucho menos la antipática patrona.

—¿Cómo sabes que lo es?

—Porque cuando sale al patio la observo y escucho su voz gruñona.

La rana se puso a saltar entre las plantas. Cuando al rato regresó, gotas de agua, cual cuentas de cristal, se le deslizaban por el liso lomo. En el patio, sumido en las tinieblas, solo dominaba el turbio destello de un farol callejero. Pero fue suficiente para delinear la sombra de un papagayo, que apareció agitando las alas en aquel desierto de luz, para luego comenzar a rascarse y alisarse las plumas con el pico, dejándolas bien peinadas y en su lugar.

—¿Cómo hiciste para convertir tu cuerpo de trapo en uno de carne y hueso, con unas plumas tan brillantes como si las hubieras pulido con grasa? —preguntó Emiliano.

—Magia, magia —respondió y, como si le hubiera adivinado el pensamiento, agregó—: Tengo una idea. Te invito a dar un paseo por ahí.

—Me gustaría hacerlo, pero, ¿y si mi madre viene y no me encuentra?

—No te preocupes. Salió a comprar gaseosas y tardará en volver.

Atemorizado, quiso negarse, pero pudo más la curiosidad que el miedo.

—Sube en mi lomo.

Emiliano respiró hondo y obedeciéndolo trepó a su lomo y se abrazó de su cuello.

—Agárrate bien. —¿Y tú ? —le preguntó a la rana.

La rana miró al cielo con los ojos muy abiertos y dijo:

—Prefiero esperarlos cantando al pie de la acequia.

El ave dio una vuelta por el patio, tomó impulso y emprendió el vuelo. La luz de la luna hinchaba su sombra, haciendo refulgir su plumaje. Las casas quedaron allá abajo, se alejaron, empequeñeciéndose. Las luces de las lámparas callejeras parecían chispas pegadas en el manto negro de la ciudad, y el viento en la altura canturreó una estrepitosa melodía.

Emiliano cerró los ojos para percibir mejor el viento en el rostro, mientras se deslizaban a gran velocidad. Al impulso de la brisa, las plumas del ave, se pegaban a su cuerpo. Volaron y volaron hasta que divisaron, allá abajo, Acubal. Por todos lados les rodeaba la montaña; enorme y solitaria. La luz de la luna perfilaba los picachos que apuntaban hacia el cielo. Podía escucharse el desgajarse suave de la nieve y en su blancura se dibujaron las siluetas de ambos. En un rincón del pueblo había sembradíos de trigo maduro, amarillo, pero que en la oscuridad lucían cenizos. Olor a leña y rizos de humo salían de los techos de algunas chozas.

Dando vueltas, contemplaron el paisaje largo rato. Después giraron a la derecha para dejar el pueblo y emprender el regreso a la casa a través de un bosque de abetos. Cruzaron carreteras y pueblos alumbrados por una luna redonda y plateada.

Antes de acercarse al patio, se detuvieron un instante frente a la ventana de la sala y miraron hacia el interior. Aún continuaba la reunión y Camila servía café. Deprisa, Emiliano se despidió de su amigo. «Quiero entrar en el cuarto antes de que mamá descubra mi ausencia.»

El papagayo asintió con un movimiento de cabeza y lo depositó en tierra.

¡Ay, cómo le dolía la cabeza! Olía a hierbabuena, a alcohol, a medicina. Tenía sed. Unas manos le palpaban la cabeza, humedecían su frente, Camila lo llamaba, él quería seguir durmiendo y no abrir los ojos. Le pareció ver que la patrona se acercaba y el papagayo furioso amenazaba con picotearla, ella huía asustada. Él y sus amigos reían divertidos.

Todo estaba quieto, como inmóvil y el sol se dispersaba en líneas de calor y oro, cuando él despertó. Ardía de fiebre, la luz le hería los ojos. Camila le ponía compresas frías en la frente.

—Madre , ¿dónde está la rana? Dale de comer, si no va a pasar hambre.

Ella apretó los labios, volvió a mojar el trapo en un cuenco de agua, se lo pasó por la frente y le dijo:

—No hay ninguna rana, hijo. Seguro lo soñaste.

—¡Camila!, ¿dónde te has metido? —llamó la patrona.

Al escuchar aquella voz, Emiliano se llevó las manos a los oídos, no quería oírla.

—Acá. Ahorita voy, Doña. Es que mi hijo arde de calentura.

—Eso le pasa por desobediente y andar jugando en los charcos del agua. Dale una aspirina, ya se le pasará. No *perdás* el tiempo, cumpliéndole sus caprichos. *Tenés* harto trabajo en la cocina. Por culpa de tu hijo, te botaría, pero eres trabajadora y no tengo quién te sustituya. Así que no tengo más remedio que aguantarlo —replicó la señora, mientras fruncía el ceño impaciente.

Las palabras de la patrona enfurecieron a Camila. Quiso protestar; pero se acordó que su empleo peligraba y prefirió tragarse sus rezongos, masticándolos hasta empacharse con ellos.

—Sí , señora. 'Orita voy.

En cosa de días, Emiliano se recuperó. No obstante, se pasaba el tiempo flotando entre las nubes de un mundo irreal. En su mente, cual pantalla de televisión, se iban desarrollando imágenes nítidas y vivas, mientras iba ignorando la realidad circundante.

Cuando Orlando y Rengo cumplieron seis meses de encierro, el protector de este último salió libre y pagó la fianza de ambos. Rengo estaba feliz. Él no se preguntaba por qué la vida era así y no de otra manera; simplemente la tomaba como venía. Al fin de cuentas, algo bueno había salido de su estancia en la cárcel. Había conocido a quien le ofreció un trabajo bien remunerado, un techo y comida, qué más podía pedir. En contraste, Orlando se pasaba el tiempo rumiando una cólera amarga que lo tenía a punto de reventarle la bilis y el rostro de color amarillento. Evo los esperó a la salida y tras un intercambio de buenos deseos, se despidieron con un sonoro abrazo y un hasta luego, que se perdió con el eco de sus pasos por el laberinto de callejuelas cercanas a la prisión.

Aquel domingo, Camila se sentía ligera como una pluma. Nadie le pediría que preparara el desayuno, arreglara las camas o puliera los pisos. Disponía de todo el tiempo, solo para ella y su familia, paseando, respirando el aire de libertad de su día de asueto. Alrededor de las diez, ella y Emiliano abandonaron la casa patronal. Ante sus ojos se deslizó el espectáculo dominguero: calles adoquinadas, casas de tejados rojos y paredes encaladas; empleadas paseando perros o cargando canastas de mandado, jardineros recortando el pasto y podando las enredaderas que cubrían las paredes de las casas. A medida que se alejaban del barrio residencial y se acercaban a la zona marginal, el paisaje cambió. Como había llovido durante la noche, las calles estaban convertidas en charcos de lodo; los carros de mulas, colmados de naranjas y mandarinas, iban dejando a su paso surcos profundos. Olía a tierra húmeda y a cítricos.

Por Evo supo que al mediodía, su marido y su compadre la esperarían en la puerta principal de la iglesia del barrio Plan Dos Mil. Al verlos, Emiliano corrió hacia Orlando quien lo recibió con los brazos abiertos. En un impulso adolescente, Camila quiso abrazarlo y comérselo a besos. Pero la seriedad de él le contuvo el ímpetu. Y tras presionarle el brazo, saludó a Rengo. Este correspondió al saludo entregándole una bolsa con naranjas. Ella atesoraba su aprecio, pues aparte de él, no tenían a nadie. A nadie le importaba lo que hicieran con su vida. Ellos solo constituían una familia más de las que venían a abultar las zonas marginales de Santa Ana.

En un puesto del mercado comieron fritangas en tanto contemplaban el lugar: una ruina desvaída y matizada por el colorido de las frutas y verduras. A gritos, las vendedoras ofrecían su mercancía, mientras le espantaban las moscas con un abanico de paja. Niños acunados en cajas de madera se chupaban los dedos, compradoras y cargadores se abrían paso a empujones y canastazos. Olía a mango, a requesón y a fritangas. Camila puso a Orlando al día sobre el accidente de Emiliano:

—Habías de ver qué susto pasé. Esa noche yo estaba tan cansada, que en cuanto terminé de lavar la vajilla, apenas me senté en la cocina, me dormí. Al día siguiente, cuando salí al patio, ahí encontré a Emiliano, en el suelo, inconsciente y con un chichón en la cabeza. De ahí pa'cá el pela'o anda como aturdido, hablando solo y diciendo tonteras.

Hizo una pausa, temiendo a los regaños de Orlando, luego agregó:

—¿Qué puedo hacer? La patrona me trae de un lado pa'l otro; tallando ropa en el lavadero, lavando platos, preparando bocadillos, sirviendo refrescos a las visitas, atendiendo al caballero cuando llega, yendo a la tienda a comprar lo que ella olvidó y alisando la ropa con la plancha. Y nomás me ve atendiendo a Emiliano, empieza a regañarme. Dizque por su culpa pierdo el tiempo. No puedo rezongar, de repente nos bota a la calle.

Él la escuchó con atención, apretando los puños hasta hacerse daño. Cuando ella terminó su relato, él rugió:

—Si tuviera dinero, Emiliano no estaría pasando por tantas tarugadas, ni tú aguantándole el genio a esa vieja. Qué le vamos a hacer, ahorita, aunque libre, gracias a la buena voluntad del conocido de Rengo, no cuento más que con un catre en un cuarto, también pagado por él.

—No *renegués*, pues, hay que agradecerle a Dios de cuanto nos da. Bien o mal, ahí vamos pasándola. Tenemos un techo y la comida no nos falta, pues los patrones en eso no son fijados. Es triste estar separados, pero no puede tenerse todo en la vida.

Esas palabras, en lugar de consolarlo, lo enfurecieron. Se detuvo, y fuera de sí, la regañó por conformarse con migajas, la sacudió por los hombros hasta hacerle daño, sin que ella hiciera el intento de defenderse. Al rato la soltó y paulatinamente fue serenándose:

—Perdóname, tú no *tenés* la culpa de nada. Es esta maldita suerte que no quiere soltarnos.

Invadida por una mezcla de lástima y cariño, ella lo abrazó en silencio. Rengo comprendió que era mejor dejarlos solos y se dirigió al parque con con Emiliano.

Al rato, Camila y Orlando se encaminaron al cuarto de este, un lugar húmedo y oscuro, donde, entre suspiros y caricias, se amaron con la ansiedad acumulada de tantos meses sin verse.

Orlando comenzó a trabajar de cargador en el mercado y Rengo en el supermercado de su protector. Un domingo, este llegó a buscarlo. Un olor a verduras podridas predominaba en el aire. Lo encontró en la parte trasera del mercado, cerca de un camión. Con un costal de cebollas a la espalda y atontado por los gritos de los otros cargadores, Orlando se encaminaba hacia una bodega. Al verlo le dijo que no podía salir hasta que descargara la mercancía. Estaba atardeciendo cuando terminó, y se lavó la cara y las manos en una pileta. Tenía las manos callosas, olía a cebollas y sus ropas seguían siendo tan modestas como cuando dejó Acubal. Caminaron un buen trecho en silencio por las calles aledañas al mercado. Orlando estaba demasiado fatigado para platicar.

—Te veo medio raro, compadre. ¿*Tenés* problemas con la Camila? —, le preguntó Rengo.

—No, qué va a ser. Mi mujer es muy gente, nunca se queja. Es mi hijo quien me tiene bien apurado. Está creciendo como gato callejero, sin el cuido de nadie y desde que se golpeó la cabeza, dice tonteras como si estuviera chiflado. De repente que con el trancazo se dañó el cerebro. Camila no tiene tiempo para ocuparse de él, pues los patrones le exigen que esté disponible para atenderlos a la hora que se les antoje. Eso no me gusta nada. Pero nada puedo hacer. Lo poco que gano apenas me alcanza para comer, yo no puedo hacerme cargo de mantenerlos. Si esto sigue así, voy a volverme loco.

Rengo lo escuchó con atención y cuando terminó de hablar le dijo:

—A lo mejor mi patrón puede ayudarte. No te lo había dicho antes porque va de por medio arriesgar el pellejo, y tú tienes una mujer y un hijo por quién mirar. Sin embargo, viendo cómo estás de apurado de plata, te lo cuento y ya tú sabrás lo que decides. El patrón necesita alguien para hacer viajes a la frontera. La paga es buena. En un viaje puedes ganar lo que de cargador en tres años. Si *querés* entrarle, puedo hablar con él.

Al escuchar aquello, de un plumazo Orlando se desprendió del cansancio y sus ojos brillaron.

—Qué guardado te lo tenías, compadre. ¿Por qué no me lo habías dicho?

—Como te dije, esto tiene sus «riesgos». No es nomás así como así. En estos tiempos nadie hace favores ni da dinero nomás porque sí.

—*Contá*, pues, de qué se trata, que no te entiendo nada, compadre.

Rengo se rascó la cabeza como si un ejército de piojos le estuviera comiendo el cuero cabelludo y sin poder contenerse le soltó el cuento:

—¿Sabes? El supermercado nomás es un parapeto para el verdadero negocio que el jefe se trae entre manos, pues lo que lleva y trae pa' la frontera no son nomás alimentos. En el último viaje, la policía descubrió «el bulto». Por suerte no lograron saber a quién pertenecía, pues mataron al chofer cuando trató de escaparse. El problema que hay ahora, es que don Cata se quedó sin chofer y anda desesperado buscando un sustituto de harta confianza, pues en esas cosas debe andarse con pies de plomo. Tú quedarías bien en ese puesto, pues aparte de que sabe manejar, no eres lengua suelta. El único problema es que no sabes manejar armas.

—Difícil no ha de ser apretarle el gatillo a una de esas armas. En las películas hasta niños lo hacen.

—Las armas a las que me refiero son más complicadas, de esas que sueltan hartas balas de una sola vez y como las que usan en el ejército.

—Eso quiere decir que no sirvo para el puesto.

—Claro que sí, eso lo puedes aprender con la gente de don Catarino. Pero hay otro problema, pues tú no eres para andar matando cristianos.

—A lo mejor nunca tengo que hacerlo. No exageres, compadre.

—El patrón se la pinta a uno muy bonito, con eso de ganar harta plata, aunque como te digo, esto tiene sus peros. Una vez le entras al negocio, no *podés* salirte. Ellos te encuentran, aunque te metas en lo mero hondo del infierno. Ahí *tenés* al Gordo Gumucio, ya no quiso chambear y se escapó pa' otro país. Se cambió el nombre y apellido y no volvió a cruzar palabra con nadie de aquí. Pasó el tiempo y ni un rastro de él. Creyendo que el jefe le había echado tierra al asunto, abrió un taller mecánico y comenzó una nueva vida. No fue así. Hace un mes, el patrón le secuestró al hijo y lo puso entre la espada y la pared: el hijo o él. El Gordo se entregó. Al día siguiente apareció el niño en la puerta de su casa y el Gordo la semana pasada, en una bodega abandonada: sin pies, sin manos y sin lengua. Tampoco te va mejor si las autoridades te agarran, pues aparte de golpearte, te encierran de por vida, echan mano de tu plata y se hacen ricos con dinero presuntamente manchado de sangre, aunque bien que lo gozan. Dizque los bienes que confiscan son para obras sociales. Puras mentiras, ellos se lo echan a la bolsa. Por eso tenemos que aprender a defendernos. El patrón ha ordenado quitar a quien se atraviese en nuestro camino y hasta abandonar el camión en el peor de los casos, pues a él no le conviene que abramos el pico. Sobre todo, vuelvo a repetirte, una vez te metes en esto ya no puedes salir jamás.

—Ni quiero, compadre. Además, creo que exageras, y de una hormiga haces un elefante.

La idea de hacer dinero lo atraía como el imán al hierro. Fascinado ante la posibilidad de poder mantener a su familia y llevarla a vivir a su lado, Orlando le restó importancia al peligro de ingresar a un círculo imposible de romper.

—De todos modos, *pensalo* bien, pues si nos agarran, hasta ahí llegamos, los policías antidrogas te arriman tal golpiza que eres capaz de confesar hasta lo que no hiciste —replicó Rengo.

—No hay nada que pensar. ¿Cuándo *podés* llevarme con tu jefe? —preguntó Orlando ansioso.

—Mañana mismo.

El viento de nuestra desgracia comenzó a soplar la mañana de un día lunes cuando dejamos Acubal, donde solo poseíamos una costra de tierra, que cual estatua inconmovible se encerraba en su propio polvo, negándose a dar frutos, y nosotros rumiando nuestra pobreza entre lamentos donde la desesperación y la rabia se juntaban. Y fue la mañana de un lunes cuando Orlando entró en la cárcel. En el encierro, en esa celda de calor húmedo, entre fiebres y reptiles humanos se murió hasta el más hondo de sus sentimientos.

Por desgracia, el hambre perturba la razón y queriendo alejarnos de una miseria dimos contra los muros de otra. La maldad se le contagió como una serpiente traicionera que se arrastra entre las ramas de los árboles y ataca cuando uno está desprevenido. Y una vez se destruye el honor, ya nunca puede recuperarse. Es como una copa de cristal, que una vez se rompe, aunque volvamos a unir los pedazos con mucho cuidado, jamás obtendremos una pieza intacta. Fue así como penetramos en la región de los riesgos y espejismos que trastornaron nuestro destino.

—Toma los que quieras.

—No, no los necesito, patrón, ya luego cuando lo haya desquitado trabajando me da algo —respondió Orlando.

Divertido, agitando los hielos de su vaso de whisky, don Catarino lanzó una carcajada rasposa.

—Son dólares, billetes verdes; ¿los conoces?

Orlando asintió, desviando la mirada, avergonzado de su lamentable aspecto; el pantalón desteñido, la camisa agujereada y las chancletas desorejadas, que contrastaba con aquel maletín de cuero y los billetes nuevos, como recién impresos.

El patrón continuó riendo, mientras le repetía:

—Tómate algunos para que te compres una muda de ropa y unos zapatos como Dios manda.

A Orlando le brillaron los ojos, hubiera querido agarrarlos todos. Sin embargo, fingiendo modestia, únicamente tomó un fajo y con la mirada le preguntó por su consentimiento.

—Rengo me aseguró que sabes conducir y algo de mecánica. Pero que en manejo de armas andas en cero, y eso es necesario en tu trabajo.

—Eso de las armas puedo aprenderlo. En cuanto a la manejada lo puedo bien. Además tengo la licencia en regla.

—Ese documento de nada va a servirte, voy a encargarme de conseguirte otro. Ahora *andate* a comprar ropa que andas hecho un mendigo. Después vas con Rengo, adonde él ya sabe, para que te preparen una licencia nueva. Mañana te quiero aquí a primera hora. Agarra otro fajo pa' que te quede algo en la bolsa. Si sabes trabajar, puedes ganar bien. Sobre todo acuérdate de mi lema: ver, oír y callar. La indiscreción se paga muy cara.

—No se preocupe, don Catarino, yo soy una tumba

—respondió Orlando, dio media vuelta y salió de la habitación.

Al día siguiente, alrededor de las seis de la tarde, frente al volante de un camión y vestido con ropas nuevas, Orlando se dirigió hacia la carretera. A su lado, Rengo desplegaba un mapa, tratando de adivinar el significado de los signos y líneas de diversos colores.

—Sepa Dios cómo se encuentran los caminos en esta carajada que me dio don Catarino —fastidiado, lo hizo bola y lo arrojó por la ventana, y agregó—: De todos modos, ni necesito entenderlo, yo acompañé varias veces al otro chofer y me sé de memoria el camino. *Seguite* por aquí recto, no hay ni cómo perderse.

El viaje comenzó en un estrecho camino a través de la espesura de la selva; luego, por trechos abruptos, cerrados por una vegetación espesa, húmeda y ardiente, donde los pensamientos se sancochaban en el bochorno tropical. Rengo fue explicándole a Orlando las precauciones que debían tener: lo que había que responder en caso de que apareciera una partida de soldados; cómo debían comportarse: mostrarse sosegados en todo momento, pues cualquier gesto nervioso los haría sospechosos.

—Tranquilo, Orlando, no hay razón para tener esa cara de perro apaleado, pues los papeles del camión y nuestras identificaciones parecen auténticos, y lo que transportamos va bien escondido. Si eso no bastara, yo me encargo de sosegarlos para siempre —dijo, y golpeteó el respaldo de su asiento.

Entre el ronroneo del motor, Rengo seguía hablando, comiendo y enumerando frases que Orlando debió repetir de memoria. A medida que avanzaban, el camino fue haciéndose cada vez más estrecho, la tarde cayendo y su voz tornándose un susurro, cuando le señaló un desvío. Llegó la noche, las aves ya estaban en sus nidos y la selva descansaba en su lecho verde. Sin embargo, Orlando no encendió las luces, continuó manejando a tientas por un tramo casi intransitable, lleno de hoyos, montículos y matorrales. Acompañado solo por una oscuridad agazapada y una brisa que, vencida por el sopor, se había quedado dormida entre el follaje.

Eran más de las tres de la mañana, cuando entraron a un trecho fangoso, una zona vigilada por los soldados llamados Leopardos. «Detente y quédate aquí hasta que yo te diga», dijo Rengo. Orlando apagó el motor. La oscuridad confería al paraje un tinte tenebroso que su propio miedo acrecentaba. Rengo imitó el graznido de los cuervos, tres veces, y miraba a su alrededor como si quisiera taladrar la espesa vegetación y adivinar lo que había tras ella. Empapados de sudor, en medio del silencio y la inquietud, esperaron unos minutos que parecieron una eternidad. De repente, la oscuridad fue rota por el destello de una luz que se apagó tan súbitamente como había aparecido. «Podemos seguir, el camino está libre. Tenemos que llegar mañana a la media noche al retén policial, cuando están de turno los contactos del patrón», dijo Rengo y, una vez recuperado el ánimo, comenzó a comer pan con carne y a beber té.

La agitación ante el acecho del peligro constante, los cinco jarros de café que se había tomado y el constante masticar hoja de coca, mantuvo a Orlando en vigilia sin sentir el cansancio, el hambre o la sed. Solo tenía una idea fija en la cabeza: llegar sin percance a su destino. Al día siguiente, alrededor de las doce de la noche vislumbraron el puesto de control. Rengo, ahíto de comida, se había quedado dormido. Orlando lo sacudió al tiempo que encendía un cigarro.

—Ya casi llegamos.

Luego de revolverse en el asiento, Rengo se talló los ojos, metió los dedos entre los cabellos, intentando acomodarlos, abrió una botella de agua, tomó un poco y el resto se lo echó en la cabeza para despabilarse. Y al acercarse al puesto de control, le dijo a Orlando:

—Estaciónate a un lado del camino, si alguien te pregunta por qué no seguís, le decís que fui a orinar.

Bajó del camión, llevando bajo el brazo un paquete envuelto en periódico, mismo que echó en un bote de basura cercano a una pequeña oficina, y regresó al vehículo. Esperaron el paso de un automóvil que en ese momento cruzaba el retén y al verlo desaparecer en la oscuridad, Rengo dijo: «Andando.»

Orlando se acercó a la caseta. El controlador le indicó que pasara con una seña. Continuaron el viaje rodeados de la espesa vegetación que parecía no tener ni principio ni fin. Al llegar a un cruce, Rengo le indicó que se desviara a la izquierda.

—¿Dónde debemos llegar? —preguntó Orlando—, si no se ve más que selva, una selva que todo se come.

—Pero a veces solo esconde —replicó Rengo.

Como ahí, entre los abanicos entrelazados de las palmeras salvajes ceñidas por plantas caucheras, se encontraban los «laboratorios», en donde se procesaba la hoja de coca. Alrededor de las nueve de la mañana llegaron a su destino. Al punto, fueron custodiados por hombres armados y uno de ellos les mostró un corralón donde debían estacionarse.

—Aquí vamos a quedarnos hasta que preparen la mercancía —dijo Rengo a Orlando.

Ambos bajaron del vehículo, disponiéndose a salir del lugar, mientras varios hombres se daban a la tarea de desarmar los asientos y portezuelas del camión, de cuyo interior, sacaron paquetes envueltos en plástico. Orlando supuso que en su interior había mucho dinero. Pero no se atrevió a decir nada, pues recordó la advertencia de Rengo: «Cualquier comentario inconveniente puede costarte la vida.»

Con disimulo observó lo que ocurría a su alrededor. Bajo un tejabán, se encontraba una hilera de campesinos cargando costales de hojas de coca frente a una mesa. Detrás de ella, había dos hombres: uno de pie, que pesaba la mercancía en una balanza, y otro sentado, con un cuaderno entre las manos y una caja de dinero en el otro, que registraba la venta y pagaba el precio.

Más allá, varios hombres de aspecto mustio trabajaban descalzos en las pozas de maceración. Casi todos tenían los talones y las plantas de los pies desgarrados. Pero no mostraban dolor. Tampoco se quejaban.

—No sienten las quemaduras, pues los capataces les reparten cigarros hechos de una mezcla de tabaco y cocaína —comentó Rengo, como si hubiera adivinado su pregunta.

—¿Por qué están así?

—Porque mezclan las hojas con ácido sulfúrico.

Su llegada coincidió con la hora del almuerzo. A campo abierto, sobre un improvisado fuego se asaba un chivo y hervía una olla con papas. El aroma de la comida y el hambre distrajeron a Orlando de sus cavilaciones y, como Rengo, solo pensó en devorar un trozo de carne y beber litros de agua. Poco a poco, la tensión comenzó a bajar, y después de comer sintió el cansancio acumulado de tantas horas de vigilia; apenas se recargó bajo un árbol, se durmió profundamente.

Una semana entera permanecieron Rengo y Orlando en el lugar, comiendo carne seca, yuca, masticando hoja de coca y embadurnados de jugo de limón para ahuyentar a los mosquitos. Al mediodía, a la hora de la siesta, las chozas parecían arder en el eterno verano y ellos cocinarse en su propia sangre. Más unidos por la angustia que separados por la desconfianza inspirada por el tipo de trabajo, con el paso de los días, en medio de una gran parsimonia, los trabajadores fueron contando la historia de sus vidas. Eso pasó la tercera noche, cuando todos, sentados en torno a una fogata, disfrutaban la carne asada:

—Es duro andar pasando tanta calamidá' tan lejos de la familia —murmuró una voz adormilada, mientras su dueño se sobaba los pies.

—Eso no es nada, 'perate pa'más luego.

—Ustedes todavía están nuevos, por eso se quejan. Luego uno se amaña y ya ni caso le hace al dolor que punza aquí adentro por estar lejos de tu tierra y de los tuyos. *Pos* a todo se acostumbra uno, menos a no comer.

—¿*Tenés* familia?

—Media docena de chicos, mujer y madre. La necesidá' lo hace a uno venirse pa' estos rumbos. La tierra se ha ido desgastando con el uso y con lo que da no hay modo de alimentar a la familia. Y el trabajo en las fincas es escaso y mal pagado. No alcanzaba ni pa' engañar el hambre. No me quedó de otra que aceptar entrarle a esto.

—Yo era pescador, no me iba tan mal, ahí la íbamos pasando. Más desde que el ingenio azucarero empezó a ensuciar el agua, la pesca se puso difícil. A cada rato aparecen pescados muertos a la orilla del río, la gente se enferma de la panza y hasta el maíz se arruina todito cuando se riega con ese agua. Uno en su necesidá' no sabe ni pa' dónde hacerse. Luego un caballero me contó de este asunto y de la buena paga, y *pos* pa' pronto dije que sí —Intervino otro.

Hizo una pausa. De la bolsa de la camisa sacó una colilla de cigarro; se acercó al fuego, la encendió y aspiró el humo, para luego dejarlo salir por las fosas nasales. Luego añadió:

—Dentro de unos meses voy a regresar pa'l pueblo, ya estoy muy fregado de salud.

Tosió, a la vez que se miraba los pies carcomidos por el ácido.

—De repente Dios me permite vivir unos meses más y puedo construir mi choza. Lo que sí es seguro es que el dinero le alcanzará a mi mujer pa' comprarse un lugar en el mercado y vender azúcar, frijol…, algo de eso.

—La vida por la comida.

—Por lo menos la familia queda asegurada —respondió el anterior.

—Pues con no fumar ese veneno se arregla el asunto —intervino Rengo.

—Se fuma un veneno pa' no sentir el otro, si no, ¿cómo aguantas las quemaduras en las patas?

El joven que había iniciado la plática, se encogió de hombros y concluyó:

—La mera verdad, yo le entré al negocio porque es un modo fácil de ganar plata y emocionante, como en una película de policías y ladrones, donde yo soy la estrella principal.

Todos rieron y continuaron comiendo en silencio. Silencio que fue roto por un hombre de abultada boca y grandes ojos, quien carraspeó, limpiándose la garganta. Afinó su charango y comenzó a tocar. Las notas del instrumento vibraron en la penumbra reinante. Como por arte de magia, la música penetró en el ánimo del grupo y todos cantaron al son de instrumento y siguieron haciéndolo hasta al amanecer.

Aquella noche, Orlando, acostado en una hamaca a cielo abierto, ensopado de sudor por el aliento de la selva, el insistente zumbido de los moscos taladrándole los oídos, y sintiendo cómo le caían encima toda clase de sabandijas, no logró conciliar el sueño. En aquella hornaza húmeda, permaneció despierto. Lentos y enrevesados dieron vuelta en su cabeza sentimientos y resentimientos. Pensó que mientras él vivía esa aventura insólita y pasaba incomodidades sin cuento, su familia paterna dormía cómodamente en mullidas camas y protegidos. ¿Pensaría Julio Torrico en él? ¿En dónde andaría, cómo y de qué viviría y si tendría qué comer o un techo sobre la cabeza? Seguro que no. Si cuando vivían bajo el mismo techo, jamás se dignó ni tan siquiera a dirigirle una palabra amable o a mirarle a lo ojos.

O bien quizás no lo hizo por temor a que su mujer descubriera el vínculo entre ellos. Eso no era disculpa, porque bien podía haber buscado el momento de hablar a solas con él, de manifestarle aunque fuera un poco de afecto.

Así continuó cavilando y removiéndose de un lado al otro de la hamaca hasta el amanecer, cuando la brisa refrescó y se quedó dormido. Entonces se soñó entre montañas de papas, alumbrado por la tenue luz de la luna y acompañado de Camila, a quien intentaba hacerle el amor en medio de caricias presurosas. La tomaba entre los brazos, intentaba desnudarla. No podía quitarle la pollera, estaba atada con cintas llenas de nudos. Y cuando él lograba arrancársela, el cuerpo de ella se desintegraba y solo el aire le llenaba los brazos vacíos, mientras una cascada de papas le caía encima. Despertó con la piel afiebrada, mojado y atormentado por los piquetes de los moscos.

El domingo, el capataz trajo del poblado más cercano, trozos de hielo, cerveza y un becerro para festejar el término de la faena. Las chozas quedaron abandonadas y bajo el cobertizo de palma que servía de comedor se reunieron pisadores de coca, matones y transportistas. En medio del abrasador calor del mediodía y en torno a un largo tablón, sobre el cual se hallaba el churrasco y las bebidas, comieron, brindaron y bailaron al son del charango, y durante unas horas, Orlando se sintió contento.

Por la tarde, varios hombres se dedicaron a la tarea de embalar y meter en el vehículo la mercancía para el supermercado: sacos de arroz, costales de harina, azúcar, salsa de tomate, latas de leche, chocolate en polvo, aceite, sal, garrafas de gas y varios bidones de gasolina. Camuflada entre estos productos iba la carga clandestina. Y cuando los últimos rayos del sol se apagaban rojizos sobre los techos, dos pistoleros se acomodaron en la parte trasera del camión y Rengo en la cabina, al lado de Orlando, y se pusieron en marcha. Voces y manos se levantaron en señal de despedida, perdiéndose en el primer recodo del camino. Pronto la selva recobró su huraña soledad. Al cabo de algunas horas, cruzaron el retén policial. Llegó la mañana y ellos continuaron el viaje sin contratiempos, en medio de un silencio tan sólo alterado por el ronroneo del motor, los resoplidos de Rengo y los murmullos selváticos. No obstante, ese sosiego era como la calma que precede a la tempestad.

Intempestivamente, de entre la vegetación, salió una patrulla, interceptándoles el camino. Soldados enfundados en uniformes jaspeados, con las caras pintadas y un arma de alto poder entre las manos, bajaron del vehículo. Uno de ellos, lanzando disparos al aire, les hizo la señal de detenerse.

El que dirigía a los soldados revisó cuidadosamente su licencia de manejar. Pasó la mano por el sello para verificar la autenticidad del documento, observó la foto y a él, clavándole la mirada como si quisiese taladrarle la cabeza y leerle el pensamiento. Orlando tembló por dentro al sentir sobre sí aquella mirada escudriñadora. Fueron instantes eternos, en los cuales concentró su atención en masticar chicle. Después, sacó una cajetilla de cigarros y le ofreció uno a su interlocutor.

Por toda respuesta, una zarpa de acero los agarró por el cuello, a él y a Rengo, mientras los ponían de espaldas contra el vehículo y los revisaban de pies a cabeza para, cerciorarse que no estaban armados. Enseguida fueron empujados hacia la parte trasera del camión:

—Abran —ordenó uno de ellos.

—Sí, caballero.

—¿Quienes son estos? —dijo señalando a los pistoleros.

—Son cargadores —respondió Orlando.

—Bájense —les ordenó un soldado.

Los hombres obedecieron al instante.

—¿Qué llevan ahí y adónde van?

—Mercancía para entregar en los supermercados y gasolina para uso del camión, mi capitán.

A una indicación suya, dos soldados entraron y desenfundaron de sus cinturones afilados cuchillos, con los que
abrieron cajas con pasta, rasgaron los sacos de harina y de
arroz, latas de café, conservas, probando su contenido. En
un santiamén, la mercancía quedó convertida en un estropicio, una mezcla inservible de ingredientes.

—Todo está en orden —dijeron.

Haciendo caso omiso a sus palabras, el jefe y el otro
soldado también subieron al vehículo. Habían recibido
la pista de un informante confiable sobre un cargamento
sospechoso. En algún lugar debía encontrarse. Indagó en
la oscuridad y divisó algo al fondo.

—¿Qué es eso?

—Latas de leche.

—Echa pa'ca —ordenó a Orlando, y dirigiéndose a su
subalterno, añadió—: Pásame un cuchillo.

Acto seguido abrió el recipiente. La placa de aluminio, sello de garantía estaba intacta. Tomó otra y otra,
hasta llegar a la cuarta sin que sus dedos percibieran bajo
el papel de la etiqueta un agujero del tamaño de la cabeza
de un alfiler.

—¿Qué es eso?

—Garrafas de gas.

El jefe tomó una, le abrió la llave y en un instante se escapó el gas. La sacudió. Continuaba casi tan pesada como al principio. Seguramente percibió el doble fondo, pues levantó la vista y quiso decirle algo a sus ayudantes. Demasiado tarde. Una ráfaga de metralla rompió la tranquilidad selvática y se mezcló con la alharaca de monos y aves enloquecidas. «Maricones de mierda, hijos de la gran pu...», dijo uno de los policías antes de rodar al piso.

Aprovechando la febril búsqueda de los soldados, Rengo se había deslizado hacia la cabina, sacado de atrás del asiento una metralleta y, con la velocidad de un rayo, había regresado y disparado contra ellos, al tiempo de hacerle una seña a sus compañeros para que se tiraran al suelo.

Un soldado, aún mal herido, alcanzó a sacar el arma y descargar varios tiros, logrando alcanzar a uno de los pistoleros. Con rapidez, Rengo logró contraatacarlo. Una vez que acabó con él, apuntó contra su compañero herido.

—Por Dios, Rengo, no me mates, tengo hijos y mujer, por tu madre te lo ruego...

El tiro le entró por una sien y le salió por la otra, sin darle tiempo de repetir la súplica. Enseguida, volviéndose hacia el otro ayudante y a Orlando, gritó:

—Muévanse, rápido, y ayúdenme a bajar a estos.

Aunque temblorosos, ambos lograron reaccionar a la imperiosa orden. Entre los tres arrastraron los cadáveres hasta la patrulla, haciéndolos rebotar contra las piedras del camino y dejando tras de sí una estela de sangre. Rengo hurgó en los bolsillos del pistolero y le extrajo los documentos de identificación. Regresó al camión, tomó uno de los bidones de gasolina, roció el contenido sobre los cadáveres y les prendió fuego. Un siseo y llamaradas llenaron el camino, mientras sus pupilas iluminadas por el fulgor de la lumbre brillaron con sádica voluptuosidad.

—Vámonos, pronto, o nos lleva el carajo —dijo.

—De todos modos van a agarrarnos. Cuando la policía vea que la patrulla no regresa vendrá a buscarla y descubrirá lo que hicimos —replicó Orlando.

—Los compañeros de estos tardaran por lo menos unas dos horas para llegar hasta aquí, ya para entonces estaremos bien lejos. Toma un atajo, métete entre los breñales aunque el camión se joda —dijo.

Con el semblante ceniciento y las manos aferradas al volante, Orlando emprendió la marcha. Se abrió paso a trompicones entre la maleza entreverada con piedras, saltando sobre protuberancias y cayendo entre hoyos. Metió la velocidad especial para caminos difíciles y el motor ronroneó como rebelándose a seguir adelante. Rebotando aquí y allá, el escape amenazaba con hacerse trizas, las llantas envueltas en maleza y lodo se negaban a continuar. Pararon un momento para retirar las plastas embrolladas en las llantas. Allá a lo lejos se escuchó un estallido que hizo vibrar la luz dorada del mediodía.

El viaje parecía interminable. La oscuridad se dejó caer de lleno. A tientas y desorientado, Orlando se guió por instinto. En medio de aquella confusión, se le llenó la cabeza de gritos y voces convertidas en un eco de acero. El estruendo de las balas le había dejado en la cabeza un ruido agudo insoportable. Ahora había sido testigo de la destrucción devastadora de las armas de fuego. Él estaba hecho un manojo de nervios, el corazón le retumbaba como un tambor, y sentía ahogarse en su propio resuello. En cambio, Rengo y el pistolero lucían tranquilos; ya tenían la piel curtida como para asustarse con un gaje más del oficio.

Pasaron tres días, viajando por caminos enfangados, avanzando sin saber dónde se dirigían, deteniéndose lo mínimo para que Orlando durmiera y para alimentarse con el revoltijo que llevaban en la parte trasera del camión. Al cuarto día, el agua se les terminó y el terror comenzó a dominarlos; lo más probable era que estuvieran extraviados en la selva. Agotados y acosados por la sed, el sofocante calor húmedo y las picaduras de los moscos, se detuvieron un rato a descansar. El pistolero hizo una fogata para ahuyentar a las sabandijas que les tenían la piel convertida en una llaga. Orlando se tumbó en el suelo cerca del fuego y al punto se quedó dormido. A su mente llegó un manchón de imágenes: rostros pintarrajeados, sangrantes, ojos mirando con sorpresa en medio de una mezcla imposible de colores, olores y consistencias; azúcar revuelta con mostaza, sardinas nadando en salsa de tomate y chorros de aceite; dominando el cuadro aparecía el rostro y la mirada sádica de Rengo. El bonachón y alegre compadre había desaparecido para dar paso a un matón a sangre fría, a quien no le tembló la mano para disparar e incendiar a un ser humano con quien apenas hacía unas horas había platicado amistosamente. Lo hizo como si se tratara de descabezar a un pollo o pisar a una cucaracha. De pronto, lo asaltó otro pensamiento: «¿Si hubiera sido yo el herido, también me hubiera matado? ¿Habría pensado en Camila y en Emiliano? ¡Qué jodida cosa!» De golpe y porrazo, el amigo de gran corazón se había transformado en un ser sediento de violencia, sangre y muerte.

Despertó sobresaltado. Al notar su estado de ánimo, Rengo le dio una palmada mientras le decía: «No te desinfles, compadre. Así se siente uno la primera vez. Pero después de verlo hartas veces, el cuero y el corazón se endurecen y lo tomas como algo natural». —Y como si adivinara sus pensamientos, agregó:

—El pela'o pasó de la vida a la muerte casi sin darse cuenta. *Entendés*, no podía dejarlo vivo, la policía le sacaría la verdad a como diera lugar y todos iríamos a parar a la cárcel. Tampoco podíamos traerlo, estaba bien jodido y ningún doctor podía curarlo sin sospechar algo. Lo único que debes pensar es: ¿o ellos o nosotros? Mejor olvídate del asunto y *pensá* en nuestra paga.

Orlando asintió. Ya nunca sería lo mismo. Ya no podía serlo. Ese era el precio para llegar a ser alguien en la vida, y debía aceptarlo.

Al amanecer apagaron el fuego y borraron todas las huellas de su paso por el lugar. Comenzó a llover y ellos bebieron con ansia el líquido caído del cielo. Bajo la llovizna, Orlando echó a andar el camión. Al atardecer del quinto día, el viento les trajo el rumor del correr de agua y pronto vieron el río. Suspiraron aliviados, porque siguiendo su cauce, podían orientarse con facilidad. Lo cruzaron a vuelta de rueda, con el agua hasta media puerta. Al llegar a la orilla, tropezaron con una enorme piedra, el vehículo se bamboleó y algo crujió. El tanque de la gasolina comenzó a gotear. «No se apuren, yo lo arreglo», dijo Orlando. Sacó de entre la mercancía una pastilla de jabón y mezclándola con agua, formó una masa, se arrastró bajo el vehículo y tapó el agujero. Casi una semana había transcurrido desde el incidente en la carretera, cuando con la última gota de combustible llegaron a la finca de don Catarino. Ahí dejaron el camión. El capataz los proveyó de otro vehículo y siguieron su camino.

Cuando llegaron a la casa de don Catarino, extenuados, sucios y con la ropa hecha jirones, su único deseo era dormir y olvidar lo ocurrido. No pudieron. Su patrón no les dio tiempo. Estaba eufórico al saber que el cargamento había llegado a su destino. Le entregó a cada uno, dos gruesos fajos de billetes y los invitó a almorzar. Reunidos en la cocina, bajo el aire del ventilador, Rengo inició el relato del incidente sangriento. Comenzó una narración confusa, exagerada y desordenada. Contó primero la aparición de los soldados, luego el paso por la frontera, el churrasco que se comieron el último día en el caserío y concluyó describiendo el olor a carne quemada, los cuerpos envueltos en llamas y la explosión que estremeció la selva. Orlando creyó percibir en el tono de su voz un tinte de placer y un brillo malévolo en sus ojos al narrar «su hazaña.»

—Tenemos que despistar a la policía. Suspenderemos los envíos durante algunas semanas y cambiaremos de ruta. Prefiero perder algo de plata que arriesgarme a que nos descubran —dijo don Catarino.

Días después, los periódicos y la televisión mostraron el macabro hallazgo: restos humanos, balas de grueso calibre y la patrulla calcinada. La policía declaró que estaba trabajando en la búsqueda de los autores del crimen, aunque se hallaba desorientada, pues no había pistas. El vehículo que un testigo dijo haber visto, era robado y nadie conocía la identidad de sus ocupantes.

Las semanas que se sucedieron al incidente, Orlando había de pasarlas revolviéndose entre el asco, el miedo y la voz de la conciencia, pues sabía que, ese tipo de acontecimientos formarían parte de su existencia. A partir de entonces, su vida se convertiría en un juego de luces y de sombras, un coqueteo continuo con la muerte. Vivir a salto de mata, exponiendo la vida en cada viaje, siendo perseguido y persiguiendo, sembrando la muerte y acumulando billetes en latas enterradas en el piso bajo su catre, temiendo que en cualquier momento pudiera acabarse ese sueño de abundancia.

Por las noches, las pesadillas plagadas de gritos suplicantes, cuerpos exangües de ojos abiertos, velados por la neblina de la muerte y atravesados sobre los sacos despanzurrados de maíz, le turbaban el descanso. En el aire flotaba un penetrante olor a gas mientras sus oídos percibían de nuevo el rumor de los cuerpos al ser arrastrados entre las piedras y el estrépito del estallido final. Nítidamente veía el rostro de Rengo, colorado por las llamas y un par de ojos contemplando el espectáculo; la mirada fascinada, como la de una cobra ante la música de una flauta o quizás simplemente como la de un perro salvaje que cumple las órdenes del amo, sin pensar a quién destroza. Le resultó tan agobiante descubrir la otra cara de Rengo, que sin proponérselo, con el paso de los días, los detalles del hecho se le volvieron contradictorios, neblinosos y acabó borrándolos de su mente.

El trabajo principal de ambos consistía en transportar a diferentes lugares precursores químicos y «polvo blanco» camuflados en garrafas de gas, en latas de leche o escondidos en diferentes partes en el camión. Aprendían los gajes del oficio, observando y escuchando a los expertos en el negocio, sin que se les escapara detalle. Al poco tiempo de haber entrado al servicio de don Catarino, se convirtieron en sus colaboradores más aviesos. Rengo con su habilidad para apretar el gatillo; y Orlando poseía una magistral habilidad de convencimiento con las autoridades aduaneras, que aunada a considerables sobornos, le permitían pasar sin problema cargamentos de considerable valor de un país al otro. Y si en alguna ocasión, alguna autoridad se mostraba renuente a sus exigencias, lograba evadirla, deslizándose en las entrañas de la selva, tomando el color de la vegetación con la naturalidad de un camaleón. Sobre todo poseía sangre fría y era un excelente actor. Podía engatusar a la gente y convencerla de la sinceridad de sus palabras.

La ocasión más clara se presentó la mañana, cuando don Catarino les mandó a entregar una maleta a uno de sus contactos. «Contiene documentos muy importantes. Por eso es necesario que se la entreguen en mano propia», dijo.

Por una casualidad, al pasar por un puesto de comida callejera, Rengo, glotón y antojadizo, no pudo resistir el olor del guiso y se detuvieron a comer. Ahí, entre las cucharadas de comida y la platicada con la casera transcurrió aproximadamente media hora.

Cuando por fin llegaron a la colonia donde se ubicaba la residencia, notaron la presencia de una patrulla, uniformados y docenas de curiosos. Orlando preguntó a uno de ellos qué ocurría: «van a atrapar a un pez gordo», le dijeron. Por seguridad, él retornó a estacionar la camioneta en una calle alejada de la residencia del «contacto» y con Rengo se unió a los fisgones.

Cuál no sería su sorpresa al observar que el lugar donde ellos debieron haber estado media hora antes, estaba cercado de policías que aporreaban la puerta, amenazando con echarla abajo. Nadie acudió a abrir. Al no obtener respuesta, los uniformados volaron la cerradura a punta de balazos. Un perro enfurecido saltó sobre uno de ellos al intentar entrar en la casa. Se escucharon varios disparos, el animal lanzó un gemido lastimero y cayó con el lomo destrozado. A su lado apareció una sirvienta.

—Mataron al inocente animal, ¿qué daño les hacía el pobre? —alcanzó a decir antes de que un chorro de sangre le llenara la boca. También ella había sido alcanzada por las balas.

Al notar la presencia de los agentes, el contacto había intentado escapar, saltando el muro trasero del jardín, cuyos bordes sembrados de trozos de vidrio le produjeron varias heridas. Sangrando y empuñando un cuchillo, el fugitivo se introdujo en la casa colindante y tomó como rehén a una mujer. Poco le duró el gusto, pues en cosa de minutos, varios agentes lo sorprendieron por la espalda. Una vez desarmado, le llovieron los culatazos y los puntapiés. Al final, con las manos hacia atrás y atadas con una cuerda las muñecas, lo condujeron a rastras hasta la calle. Iban a meterlo en la patrulla cuando sonó un tiro solitario. El detenido cayó rebotando en la acera, en medio de convulsiones. De todas las bocas surgió un grito de horror. Se armó una gran confusión. Mezclados entre la aterrada muchedumbre, Orlando y Rengo echaron a correr, perdiéndose por las calles aledañas. En medio del caos, nadie supo quién había sido el autor del disparo. Temiendo que se tratara de una emboscada, los policías se tiraron al suelo y arrastrándose, lograron llegar hasta la patrulla, la abordaron y se marcharon apresuradamente. En la acera únicamente quedó el muerto con el miedo asomándosele a los ojos.

Sin detenerse a tomar aliento, Rengo y Orlando corrieron a todo lo que les dio las piernas. En fracción de segundos, este había descubierto el movimiento de manos de Rengo. Una vez dentro del camión, lo increpó:

—¿Fuiste tú?

Con un movimiento de cabeza, él asintió. Orlando puso el vehículo en marcha.

—Mejor morirse de un balazo que caer en manos de los agentes; te torturan tanto que pronto te sacan la verdad y de eso a que nos agarren a nosotros no hay mucha distancia.

—Pero su familia puede hablar.

—No tiene familia.

Orlando frenó bruscamente.

—¿Que mosco te picó?, Orlando.

—Según dices, el contacto no tenía familia. Tampoco guardaespaldas, pues no le gustaban, y la criada ya no puede hablar. Y se supone que nosotros, para cuando llegó la policía, ya debíamos haberle entregado la maleta. ¿No es así?

—Cabal.

—Pero no lo hicimos, porque nos entretuvimos comiendo.

—Lo sé y, ¿eso qué?

—Carajo, ¿eres bruto o qué? Si nadie lo sabe y decimos que sí la entregamos, es nuestra. Estoy seguro de que está repleta de billetes verdes. Total, la policía siempre se roba la plata, ¿por qué no nosotros?

—Ni pensarlo, con el patrón hay que andarse derecho. Si se entera, ni te cuento…

—No tiene cómo. Al fin y al cabo, como ya te dije, se suponía que a la hora del asalto de la policía ya debíamos haberla entregado. También don Cata sabe que los policías siempre se llevan todo lo que encuentran y jamás lo declaran. Es la oportunidad de hacernos ricos, compadre. Fue tu astucia de matarlo lo que salvó al patrón y de eso estará bien agradecido.

El titubeo de Rengo duró un instante. Orlando echó a andar la camioneta y manejó hacia su vivienda. Cuando llegaron, cerraron la puerta tras de sí y llenos de júbilo, seguros de no ser descubiertos, pusieron la maleta sobre la cama de Orlando. Con un desarmador rompieron las cerraduras y al abrirla los ojos les brillaron ante la vista de aquellas «pacas» de dólares. Acariciaron y olieron los billetes, una y otra vez, sin poder calcular el monto aproximado.

—Somos ricos, compadre. Con esto podemos comprarnos lo que queramos. Esto es plata compadre, plata de verdad, no carajadas.

—Por lo mismo, no debemos hacer uso de ella, porque eso nos delataría con don Cata —replicó Orlando.

Rengo asintió. Con pesar besó un fajo de billetes y volvió a depositarlo dentro de la maleta. Recorrieron el ropero, apresuradamente cavaron un hoyo, la depositaron dentro, cerraron el hueco y volvieron a colocar el mueble en su lugar.

—Listo. Ahí la dejaremos por un tiempo, mientras pasa el alboroto, ya luego Dios dirá. De repente este fin de semana me animo a sacar a la Camila del trabajo y la traigo aquí. Así el dinero estará bien cuidado. El patrón no sospechará nada, pues eso y más puedo hacer con lo que ganó ahora.

La muerte de uno de sus socios no fue una buena noticia para don Catarino, aunque lo tranquilizaba la certeza de saber que no podría delatarlo. También estaba satisfecho de contar con ayudantes tan hábiles. Estos habían actuado en el momento exacto y de forma acertada. Sin embargo, dudaba de sus palabras, porque el tiempo transcurrido entre el allanamiento de morada de los policías, la captura y asesinato del contacto, y el regreso de ellos quedaba un vacío de por lo menos una hora. Orlando explicó que en la prisa por escapar del lugar, había tomado una calle equivocada y metido en un embotellamiento de tráfico. Rengo puso cara de sorpresa, pero una vez escuchó la respuesta de Orlando, cual perro fiel, se limitó a apoyar sus palabras.

¿Cómo confirmar que decían la verdad? No había testigos.

De pronto tuvo una idea. Luego de felicitarlos efusivamente y darles un puñado de billetes, los invitó para esa noche a una casa de citas, adonde acudirían otros amigos de él. Todos los gastos correrían por su cuenta.

La dueña del local los recibió con grandes muestras de alegría. Al parecer Catarino organizaba a menudo ese tipo de parrandas, pues lo trataron como viejo conocido. El negocio se cerró, quedando las mujeres y la casa a su disposición. El grupo se sentó en los sillones del salón, en cuyo centro varias mujeres comenzaron a bailar al compás de la música, retorciéndose cual serpientes de lujuria, mientras iban arrojando sus ropas entre los asistentes. A una seña suya, una joven de diminuto vestido, medias negras y amplia sonrisa se sentó al lado de Orlando y abrazándolo le ofreció un puro. «Es un auténtico habanero, la casa los compra especialmente para don Cata y sus invitados.»

Ahí, entre el tintineo de las copas y la tonalidad ámbar del licor, parecían anticiparse futuros vínculos entre los asistentes. Sobre las mesas laterales y la central se fueron llenando, vaciando y volviendo a llenar, copas de brandy y vasos de cerveza. Los ceniceros rebosaban de colillas y la música del estéreo resultaba estridente. A medida que pasaba el tiempo, a los ojos de Orlando, la luz colorada de las lámparas se tornaba neblinosa. Todo parecía flotar junto con él; el perfume de su pareja se había tornado más dulzón y un cosquilleo eufórico empezó a correrle por el cuerpo. Sobre una mesa, descalzo y abrazado a una botella de aguardiente, Rengo se contoneaba como un oso pisando cucarachas, mientras cantaba a todo pulmón. Apenas podían distinguirse dos ojos enrojecidos y una boca llena con dientes de caballo en la cara mofletuda. El espectáculo no duró mucho, pues al trastabillar, él perdió el equilibrio y cayó entre las piernas de dos mujeres. Hubo un estallido de risas. Rengo se incorporó y enojado, mostró sus puños a los asistentes, lo cual redobló la algarabía general. Casi enseguida, él secundó a los demás y comenzó a reírse de sí mismo.

La juerga estaba en su apogeo. El grupo ya había consumido bastante licor y con la mente brumosa, unos platicaban a gritos y otros cantaban. De pronto, la puerta del local se abrió de par en par y un hombretón irrumpió en la sala, dando tumbos de borracho. Tomó el vaso de whisky que encontró más a la mano, se lo empinó de una sola vez, para luego limpiarse la boca con el dorso de la mano y saludar a la concurrencia con un «ya llegó el que andaba ausente». Venía acompañado de un hombre de aspecto distinguido. Don Catarino se puso de pie.

—Milton, hermano, qué gusto verte por aquí. Creí que ya no vendrías.

Se abrazaron, dándose fuertes palmadas en la espalda. En seguida, don Catarino extendió la mano a su acompañante y dijo:

—Licenciado Salinas, es un honor contar con su presencia esta noche.

Un mesero se acercó a ofrecerle un whisky. Salinas lo rechazó.

—Prefiero vodka con hielo, si tiene.

—Tiene que haber y si no hay, se lo conseguimos —dijo la dueña del local.

—Quiero presentarte a un nuevo elemento, es más astuto que un zorro, figúrate que esta vez me salvó el pellejo —dijo Catarino a Roig, y señaló hacia Orlando.

Este, que estaba sentado al lado de la chica de las medias negras, se levantó y saludó con un, «para servirle, señor.»

Sin devolverle el saludo, Milton Roig desvió la mirada lasciva hacia su acompañante y, preso de las más mórbidas sensaciones, murmuró:

—Qué buena estás, pelada. Así es como me las recetó el doctor.

Catarino le ofreció una copa de whisky, tomó otra y, dirigiéndose a los asistentes, dijo:

—Quiero brindar por lo bien que nos está yendo en los negocios. Pero como yo no se discursear, le cedo la palabra a mi gran amigo, el general Roig, él sí sabe de esas cosas.

—'Ora sí ya se arruinó la cosa, van a empezar con sus discursos y ni quién los pare. —terció Rengo.

Aplausos y vivas.

Los minutos transcurrieron, la concurrencia silenciosa y a la expectativa, esperó las palabras de Roig: hilos de sudor le corrieron por los cachetes, pero por el cerebro no le pasó ni una palabra:

—*Pos* me agarran desprevenido y yo quiero decirles que…, que beban hasta que revienten y gocen con la compañía de sus chicas.

Impacientes, deseosos de continuar la juerga, los asistentes aplaudieron ruidosamente. Levantaron sus vasos y brindaron a la salud del general. Rengo reforzó su brindis, descargando un puñetazo sobre la mesa. Orlando, trastornado por el licor y encandilado con la belleza de su acompañante, lo secundó, a la vez que recordaba los rumores sobre el origen de Milton Roig. Era hijo de un electricista y una cocinera y se había convertido en el prototipo del mafioso sudamericano: una mezcla entre político tropical y militar sanguinario, cuyos gustos y aficiones se regían por los del rey de la cocaína. Era un multimillonario chambón cuyo pasatiempo favorito era la compra de ganado vacuno y animales exóticos. En su quinta La Buena Vida solía recibir a las visitas, sentado en una silla de brocado rojo con ribetes dorados y patas de cabeza de tigre. A sus pies yacían pieles de leopardos. A su lado derecho, un puma disecado y al izquierdo una silla de ébano recamada con marfil. Inició su carrera criminal chantajeando a sus compañeros de escuela, y cuando fue expulsado siguió como carterista. Cayó varias veces en la cárcel; la última por intento de asesinato. En esa ocasión, dentro de la prisión, conoció a un jefe de la droga. En su primera incursión en el negocio, se lanzó a ciegas, como decía don Cata: «no hay más valor que el del inexperto». Así logró cruzar la frontera del vecino país, llevando tres kilos de polvo camuflado en las llantas de su bicicleta, y regresó a la ciudad trayendo como trofeo de guerra varios miles de dólares en el bolsillo.

Roig se hizo conocido en el mundo de la «nieve» por intrépido y desde el principio, empezó a hacer tratos directos con todos los eslabones proveedores de la droga. Se asoció con don Catarino para montar laboratorios en la selva; el transporte local lo realizaba con la gente de este, que llevaba la mercancía hasta la quinta La Buena Vida, por vía terrestre. Para el transporte hacia el extranjero contrataba discretos y aviesos pilotos, que realizaban vuelos fantasmas y aterrizaban en zonas pantanosas del país del Norte. Y para el lavado de dinero se alió con Chito Salinas, el dueño de un ingenio azucarero y de una empresa importadora de electrodomésticos. Las ganancias regresaban al país escondidas en refrigeradores, lavadoras, televisores y demás artículos eléctricos, que pasaban por la aduana sin problema. Además, en caso de duda, siempre contaba con un cómplice en el lugar, que aprobaba el paso de la mercancía sin inspeccionarla.

En un abrir y cerrar de ojos, su nombre se convirtió en símbolo de riqueza y poder sin límites. Nadie sabía por qué se hacía llamar general, pues jamás había pisado un aula de la escuela militar y, a duras penas, balbuceaba una frase coherente. Aunque por aquellos rumbos, donde cualquiera se hacía llamar doctor o licenciado, no era raro que él se hubiera adjudicado por obra y gracia del espíritu santo aquel título militar.

Salinas era un hombre de aspecto distinguido y un funcionario de gobierno. Hijo de agricultores y abogado de profesión, tenía como principal pasatiempo derrochar dinero. Ninguna cantidad era suficiente para sus francachelas. Sin darse cuenta fue menguando sus haberes e incapaz de acostumbrarse a la vida sencilla, Roig no tuvo que esforzarse mucho en convencerlo para que formara parte de la organización y de que fundara una empresa importadora que sirviera como parapeto a sus negocios. Su modesto puesto de juez era de vital importancia en el negocio, pues conocía al dedillo los movimientos de la policía antidrogas, teniendo así la oportunidad de prevenir a sus compinches. Nadie sospecharía de su integridad, pues iba cubierta de un perfecto disfraz: era un funcionario público y ciudadano ejemplar, que destacaba por encabezar enérgicas campañas contra la droga. Tampoco sus derroches provocarían sospechas. Era normal que el dueño de un ingenio azucarero gozara de una holgada situación económica.

Nuevamente, Orlando levantó su vaso y brindó por el general. Sobre la mesa descansaba una caja de puros. Tomó uno y se lo pasó por la nariz antes de encenderlo. ¡Qué bien se sentía entre gente poderosa y rica, gozando de los placeres que el dinero compra: el favor de una mujer hermosa, buena comida, bebida y un buen cigarro!

Una tras otra fueron vaciándose las botellas, al tiempo que la voz de Orlando subía de tono y se entrecortaba a ratos, debido a las caricias audaces de la muchacha de las medias negras, quien lo incitaba a que le contara los sucesos ocurridos por la mañana. Ella sacaba el tema una y otra vez, disimulado de diferentes modos, con el fin de sacar en claro la verdad; en algún momento estuvo tentada a lanzar la pregunta directamente para desconcertarlo. Obstinado, queriendo confirmar sus sospechas, don Catarino no dejó de observarlo. Sin embargo, nada percibió: ni un titubeo, ni una palabra reveladora, ni un sonrojo; nada, ni la más mínima señal de haber mentido. Poco a poco un hilo de simpatía fue dominándolo. Aún sospechaba de su empleado. Pero al mismo tiempo sintió que junto a la desconfianza le brotaba una especie de corriente afectiva que nacía del perfecto control que Orlando mostraba; no era un traidor mamarracho cualquiera, sino un hombre astuto como un zorro y resbaladizo como una anguila. Apuró el contenido de su copa mientras desviaba la vista hacia los ojos de la joven, sonriéndole enigmáticamente.

Era la una de la tarde del día siguiente. Las cortinas estaban aún cerradas. En la penumbra de la sala había una pareja en el piso. Más allá, sobre una silla, la figura de una mujer despatarrada, con la falda levantada y la boca abierta. Rengo despertó a su lado. Tenía dolor de cabeza, la boca hinchada y sangre seca en la nariz. Se incorporó, le bajo la falda a la mujer y sacudió a Orlando que, tirado en la alfombra y con unas medias negras enrolladas en el cuello, roncaba haciendo górgoros:

—*Despertá* compadre, *tenés* que ir a buscar a la Camila.

Como no reaccionó, Rengo le echó agua en la cara. Cuando Orlando despertó, se frotó los ojos y agarró la cabeza entre las manos. Estaba mareado y tenía sed.

—¿Dónde está mi chica? —, preguntó Orlando al tiempo de incorporarse tambaleante. Fue en busca del baño, pero en lugar de dar con él, se encontró con un dormitorio, donde su chica dormía con las piernas entrelazadas a las del general.

—Por lo menos te tocaron las medias —dijo Rengo.

Orlando se encogió de hombros y cerró la puerta.

Y cuando por fin llegó a buscar a Camila, le dijo:

—De ahora en adelante ya no tendrás que aguantarle el genio a nadie, con lo que gano alcanza para mantenernos los tres.

Ella sonrió condescendiente y le preguntó:

—¿Dónde y de qué vamos a vivir?

—En la vivienda que ahora alquilo hay suficiente espacio, y ya tengo un sueldo seguro.

—Está bien. Ahora solo tenemos que esperar hasta que la señora consiga otra empleada.

—Eso no es asunto tuyo. Vos agarras a Emiliano y tus cosas y te *venís* prontito. Aquí te espero —espetó él tajante.

Camila se quedó estupefacta. Aunque peor se quedó la patrona cuando lo supo. —¿Cómo que te vas ? De ninguna manera puedes hacerlo. Cuando consiga quien te sustituya, lo haces. Ahora ni pensarlo.

—¡Ay!, va a perdonarme la señora, pero no puedo complacerla. Mi marido está esperándome en la puerta. ¿Podría pagarme los días que he trabajado este mes?

—Ni lo *pensés*. ¿Así es como me pagas que te haya recogido de la calle y mantenido con todo y tu chico latoso? Seguramente tu marido te llevará a trabajar a otro lugar donde ganes más plata. Claro, ahora otra patrona disfrutará de lo que aprendiste conmigo. Lárgate si *querés*, pero no voy a pagarte ni medio centavo. ¡Malagradecida! Eso sí, de aquí no sales hasta que me muestres lo que te llevas. De repente hasta ratera sales.

Camila se tragó la malcriadez de la patrona, mirándola a los ojos, sin parpadear hasta que los ojos insolentes desviaron la mirada.

Al traspasar el umbral de la casa patronal, invadida por una sensación de libertad, levanté los brazos al cielo. A partir de ese instante podía hacer lo que me diera la gana. Emiliano parecía desconfiado, pues aún no creía que pudiéramos vivir los tres juntos. Y solo cuando Orlando le aseguró por tercera vez que nunca más volveríamos a separarnos, sonrió abiertamente como en los viejos tiempos.

—En mi nuevo empleo gano tan bien que hasta podemos darnos el gusto de comer lo que queramos. Ahora mismo pasamos por el mercado y compramos cuanto se te antoje.

—¿También dulce de leche?

—También, —había respondido Orlando.

La vivienda constaba de una pequeña sala, una cocina, un dormitorio y un patio, que tenía en el centro un robusto árbol de mango cuyas hojas sombreaban el suelo; las buganvillas de la casa vecina se extendían por las paredes, coloreándolas como labios en flor. Fascinada, la contemplé largo rato y tras dejar mi atadillo de ropa sobre la cama, rocié y barrí el piso de tierra. Después prendí la lumbre, preparé un pollo con papas y en la mesa, adornada con un tiesto de sábila, lo serví. Más tarde, a la sombra del árbol, Orlando y Emiliano sentados sobre una esterilla de palma, jugaron a las adivinanzas mientras yo zurcía calcetines y le aseguraba los botones a sus camisas.

El calor veraniego disminuyó al atardecer, cuando sopló una brisa fresca. Emiliano se durmió en la mitad de una frase. Orlando lo llevó a la cama y yo daba la última puntada al remiendo. Suspiré contenta. Dejé a un lado el costurero y poniéndome de pie, miré al cielo. La luna había salido, iluminando el patio a tramos; las chicharras habían comenzado a entonar su canto monocorde y un aroma a mangos perfumaba el aire. En ese instante, sentí a mis espaldas la presencia de mi marido. Volví el rostro y tropecé con el suyo. Él me rodeó la cintura y yo sentí las piernas de trapo a la vez que un calor abrasante me sacudía. Aquella noche, a luz de la luna, nos amamos con un ardor interminable que tiñó el patio de color escarlata como las buganvillas en el verano.

Orlando inscribió a Emiliano en la escuela pública. Al mediodía, cuando terminaban las clases, la calle parecía un comal sobre las brasas del infierno. Bañado de sudor, llevando la mochila a rastras y las cintas de los zapatos desechas, Emiliano cruzaba la plaza, pasaba frente a la iglesia y el mercado. Al llegar a casa, por un instante, detenía el vuelo de sus pasos para darme un beso y salía al patio. En medio de un alboroto verde, en el que el tomillo y el cilantro combinaban sus aromas, se alzaba el árbol sobre el cual él y Orlando habían construido la casita del árbol. Ahí permanecía, haciendo las tareas, jugando al trompo y oyendo el interminable canto de las chicharras. Olvidaba el paso del tiempo hasta que la brasa solar se escondía en su morada nocturna, se encendían las luces de la casa y yo lo llamaba a cenar.

La vida para Emiliano transcurría tranquila, interrumpida a veces por pequeñas vicisitudes. Como aquella tarde cuando invitó a comer a Pedro, un compañero de la escuela, quien tuvo la idea de arrojar mangos a la ventana de la vecina. Emiliano lo secundó al instante y no se detuvieron hasta que la ventana se convirtió en una plasta amarillenta salpicada de moscas. Cuando su amigo se marchó, el miedo comenzó a oprimirle el corazón. Tarde se daba cuenta del alcance de su travesura. ¿Para qué le había seguido la corriente a Pedro?¿Para qué? Recordó que ese día había recibido un informe, pues según la maestra de religión no había atendido a la clase. Aunque la verdad era que él no estaba de acuerdo con lo que ella había dicho: «Los buenos ejemplos los da Dios, y todos los humanos somos iguales». Él replicó que los buenos consejos los recibía de sus padres y que todas las personas eran diferentes; había gordos, flacos, ricos y pobres. Enfadada ante semejante respuesta, ella afirmó que ese año los Reyes Magos no le traerían regalos. A lo que él le preguntó si todos los niños pobres eran malos.

—¿Por qué piensas semejante tontería?

—Porque a ellos nunca les traen nada, —había respondido él, y, ¡zas!, recibió el informe por irrespetuoso.

Durante la cena, el licuado de banano le pareció insípido y al irse a la cama le asaltaron en la penumbra el olor a mango y a culpa.

Por la mañana olvidó el incidente. No obstante, cuando llegó a casa la tormenta ya se había desatado. La maestra ya había hablado conmigo y la vecina hizo lo propio. Aquellos ocurrencias me provocaron más risa que enojo. Aún así, puse el ceño fruncido y le propiné un jalón de orejas para enseñarle a respetar al prójimo. De poco le sirvió el castigo, pues si bien dejó de arrojar mangos a las ventanas ajenas, continuó haciendo preguntas incómodas, para disgusto de sus profesores.

Sus vicisitudes infantiles me entretenían e inspiraban a inventar cuentos que más tarde le contaba. Historias de pumas traviesos, jirafas presumidas, ratones estudiosos y cocodrilos inventores. Imitaba voces de animales y ruidos de coches, trenes y el silbido del viento arrastrando las hojas del otoño. Estaba tan feliz en su nuevo entorno, que pronto dejó de hablar con sus animales invisibles.

Al ir creciendo, la casita del árbol fue quedando abandonada hasta que solo quedaron unas paredes desvencijadas y un techo despelucado; los muebles y juguetes hinchados por la humedad se pudrieron. Más tarde, su diversión fue acompañarme a pasear por las tardes por el casco viejo de la ciudad. Ese sitio de angostas callejuelas, de desgastado vestido colonial y aire de nostalgia. Al llegar a la calle La Libertad, las imágenes y voces del lugar nos entraban por los ojos y oídos: casas de portones de madera y balcones de hierro forjado; el lechero, precedido de un burro cargado con botes de aluminio y envuelto en una polvareda ardiente era seguido por mujeres y niños que compraban la leche; otras mujeres regaban las baldosas de la calle, en tanto algunos hombres se abanicaban, espantándose las moscas, y un joven acariciaba furtivamente a su novia.

En la plaza, sentados en una de las bancas, observábamos lo que ocurría a nuestro alrededor; la catedral se situaba en uno de los costados de la plaza. Por su boca turbia de crepúsculo salía un vaho a cera, incienso y murmullo de rezos. Fuera, un ciego tocaba una guitarra y los pordioseros hacían sonar una moneda en un pocillo de latón murmurando: «Una limosna, por amor de Dios». Sonaban las campanas llamando al rosario y las bandadas de palomas apostadas en el campanario se dejaban caer en la plaza en busca de comida. De cuando en cuando, en algún árbol aparecía un perezoso de mirada amodorrada, que asiéndose de las ramas con sus pezuñas, descendía con pasmosa lentitud. Un anciano leía el periódico mientras un niño le lustraba los zapatos. Algunos niños correteaban alrededor de un monumento al mismo tiempo que sus madres platicaban o compraban frutas. Bajo los arcos del portal, varias cholas, sentadas a un lado de carretillas rebosantes de mangos, uvas y melones, esperaban a los clientes. Olía a frutas, a betún y a empanadas fritas.

Emiliano y yo jugábamos a adivinar, según la apariencia de la gente, algunas circunstancias de su vida: cómo pensaban, qué hacían, cuánto dinero tenían. Suspendíamos nuestro acertijo por un momento para comprar dulce de coco y empanadas.

Oscurecía, se prendían las luces de la plaza y en el cielo las estrellas parecían guiñarnos el ojo. Era hora de regresar a casa.

En aquel invierno, el último que pasamos en esa vivienda, un diluvio arrasó con el casco viejo. El cielo, rasgado por estruendosos rayos, parecía venirse abajo. Las aguas del río pasaron por la ciudad bramando como bestia en celo, arrancando los árboles y las bancas del jardín como si fueran plumas, destruyendo cuanto encontraban a su paso. Lo único que quedó en pie fue la catedral y la Alcaldía. Esa catarata del cielo se comió la ciudad vieja y la deshizo en lodo. Por eso el domingo siguiente durante la misa nadie se extrañó de encontrar pescados pudriéndose en el techo de la iglesia, tortugas panza arriba, tomando el sol en el campanario, y varias lanchas atracadas a las puertas de la Alcaldía. Sobre las ruinas de las casas antiguas se construyeron edificios modernos y sin historia.

En ese entorno fuimos una familia feliz, aunque desde un principio, Orlando demostró un profundo desdén por nuestros vecinos perfumados con la grasa de sus guisos y la boca llena de risa. A sus ojos no eran más que conformistas sin cerebro. Y rehusó siempre traspasar el umbral de aquellas casas. Tampoco aceptó que nos visitaran. Quise hacerle patente el malestar que su actitud me provocaba, mostrándome distante. No lo percibió. Y como tampoco supe cómo comunicarle mi sentir, lo desahogaba, arrancándole a la flauta los sentimientos que la cortedad de mis palabras me impedía manifestar. Poco a poco, él se fue alejando, regresando cada día más tarde, sustituyendo nuestras charlas con un silencio que mucho se parecía a la indiferencia.

Para entonces, Rengo gozaba de una holgada posición económica. Cuando iba a visitar a los Quiroga, lucía hinchado como pavo real, vestido con su uniforme de botones, insignias y borlas doradas. A través de don Catarino, y porque le convenía para sus intereses, había obtenido un puesto en la Policía Fronteriza. Contaba que, adicionalmente al sueldo de empleado gubernamental, recibía las generosas dádivas de quienes deseaban pasar alguna mercancía sin pagar impuestos. Él no se andaba por las ramas, iba directo al grano y según era el volumen y el tipo de producto que intentaban pasar por la frontera, fijaba la comisión. El precio era negociable de acuerdo a su estado de ánimo y a la zalamería del interesado. En el caso de su jefe, él dejaba pasar la mercancía sin pedir nada. Sabía que después recibiría una excelente gratificación.

También a Orlando le sonreía la suerte, pues don Catarino puso a su disposición una lujosa residencia en el barrio Petrolero. Era un acto dictado por el cálculo para despistar a las autoridades antinarcóticos, que por esos días le pisaban los talones. En caso de que encontraran algo turbio en su desmedida riqueza, el sospechoso no sería él. Para tal efecto, puso esa propiedad y otras más a nombre de su empleado. Fue una decisión acertada, pues nadie le preguntó a Orlando por el origen repentino de sus numerosos bienes.

Transcurrió el tiempo y todo volvió a la calma. Don Catarino comenzó a consumir cocaína y, al mismo tiempo que su salud iba deteriorándose, su astuto colaborador le iba escamoteando los bienes. Cuando su jefe murió a causa de una sobredosis, Orlando quedó como dueño legítimo de los mismos, negándose a devolvérselos a su viuda, sin que valieran sus ruegos y amenazas. Aunque eso ocurrió años más tarde.

La casona estaba situada en un barrio residencial; avasallada por un alto muro y una reja de hierro que daba paso a una casa de ventanas enrejadas y amplios portales. Camila observó todo con la ingenuidad de una niña y el aire asustado de quien teme provocar un estropicio. Luego que don Catarino se marchó, Orlando se despojó de las botas vaqueras y entregándole un puñado de billetes le dijo: «Ahí *tenés* plata, compra hartas cosas de comer». Dicho esto se metió a la tina del baño y suspiró satisfecho. ¡Qué delicioso era sentir la caricia del agua fresca! Ella miró perpleja el montón de billetes de alta denominación.

—¿De dónde sacaste vos, esto? — le preguntó sosteniendo en la mano el dinero.

Los rayos del sol traspasaban la ventana, lanzando destellos en las burbujas de jabón.

—¿De donde has podido sacar tanta plata?

Orlando empezó a tallarse los pies. Tenía que dejar atrás los recuerdos, los muertos, la sangre y el ruido de las balas. Lo importante era el futuro y para eso tenía que seguir metido en ese círculo infernal, pues aquel negocio era como una piedra que una vez que se arroja al precipicio ya no podía parar. Tampoco quería.

—¿De dónde tomaste esa plata, pues?

Él se asió con fuerza a la tina del baño hasta hacerse daño. Le contó lo de la maleta con dinero, arguyendo que el dueño había muerto en un tiroteo y regresársela al patrón hubiera sido una tontería, pues a él le sobraba.

—Eso para él es como quitarle un pelo a un gato — concluyó.

—Pero no es nuestra y por eso es un robo —replicó Camila, sin dejar de mirarlo.

— Qué robo ni qué carajo. Es el pago por lo mucho que me tallo el lomo para que don Catarino se gane el dinero fácil.

Ella quiso replicar, pero él entonando una canción dio por terminada la charla. Fue entonces cuando Camila recordó el augurio de don Atonal y un escalofrío le recorrió el cuerpo. No, eso no podía ser verdad, pura casualidad. Más bien era su mala conciencia, pues dijera lo que dijera Orlando, lo que había hecho se le llamaba robar. «Perdónalo, Señor, él es tan bruto que no sabe lo que hace. A cambio de ello daré limosnas en la iglesia y comida a los mendigos que rondan la casa», susurró santiguándose y, tomando una canasta, salió hacia el supermercado.

Poco después que Camila regresara, Orlando dejó la bañera. Displicente, paseó la mirada por la habitación.

—No tardes mucho bajo la regadera, pues me estoy muriendo de hambre. Apresúrate a preparar la comida.

Ella le alcanzó una bata, tomó una ducha rápida y aún enredándose en una toalla el cabello mojado, la preparó.

Emiliano recorrió la casa con cautela. Temía que de pronto apareciera la señora y lo regañara por meterse en dominios ajenos. A cada paso le parecía escuchar una voz, unos pasos y una respiración agitada. Sin embargo, al notar que nada ocurría, comenzó a corretear, a saltar encima de la cama como si se tratara de un trampolín y a tomar los pasillos como pistas de patinaje. Jugó hasta el anochecer, cuando se quedó dormido en el suelo, y Camila lo cargó y lo llevó a su cuarto.

Orlando continuó bebiendo y cantando a todo pulmón. ¿Quién se acordaba del cuartucho de vecindad, cuando tenía que trabajar desde que despuntaba el alba hasta que la noche se extendía como una cobija negra sobre el mundo? Él no. Ni aquel día ni nunca jamás. Por eso, contra los deseos de Camila, había tirado a la basura todas sus pertenencias, pues aquellos muebles miserables desentonaban en su nuevo hogar. Ahora sabía lo que significaba gozar de la buena vida y no renunciaría a ello, costara lo que costara.

Camila lo escuchaba en silencio.

La algarabía de Orlando cesó cuando, a la medianoche, el calor y la cerveza lo adormecieron. A tropezones llegó hasta su dormitorio y se derrumbó sobre la cama como un fardo. Una vez a solas, Camila volvió a recorrer la casa; enorme y extraña. Se suponía que debía sentirse feliz en un hogar tan bello. No obstante se sentía incómoda: las copas de cristal la y vajilla de porcelana le resultaron tan delicadas que temió romperlas y a ver qué le diría a don Catarino cuando tuvieran que regresarle la casa. Los cubiertos de plata, relucientes como espejos, podían estropearse con el uso continuo.

Rozó con suavidad la tela de los sillones, la madera brillante de las mesas, donde se reflejaban las agujas transparentes de los candiles, y olió la fragancia de las rosas acomodadas dentro de un jarrón sobre la mesa. Todo era tan fino que sintió pena de usarlo.

Para colmo, al acordarse de la maleta hurtada por Orlando, la invadió un sentimiento de culpabilidad. El domingo acudiría a la iglesia, pero se quedaría en el umbral, porque sabía que no podría fijar la mirada en la imagen de Dios hasta que hubiera aplacado su conciencia. Cómo adorar al Señor cuando el alma estaba llena de culpa. No tendría valor para mirar a los ojos al sacerdote. «Nada puedo hacer, Dios mío, pues mi marido es más terco que una mula, y tratándose de dinero, peor», pensó, y regresó al dormitorio. Se recostó al lado de Orlando; las sábanas le parecieron tan delicadas que temió rasgarlas con las callosidades de los pies.

Acosada por la incertidumbre, esa noche, Camila no pudo dormirse y dio vueltas en la cama. Por fin al amanecer, le llegó el sueño, acompañado de pesadillas. Ella se encontraba en una calle solitaria en tinieblas, y era perseguida por espectros transparentes y de voces cavernosas. Corría en busca de una salida que no lograba encontrar. De pronto cambiaba la escena. Veía a don Atonal, envuelto en su túnica roja, riendo a carcajadas con aquella boca sin dientes y enarbolando en la mano derecha una antorcha encendida, que un inexplicable viento apagaba. Orlando y Emiliano se encontraban extraviados en el sótano abismal de una casa blanca, deslumbrante y resbalosa, como si estuviera hecha de hielo. Queriendo escapar de ahí, ellos intentaron subir una empinada escalera. Y cuando habían logrado llegar al último escalón, una vertiginosa fuerza los regresó al fondo de aquel subterráneo sumido en la penumbra. Al pie de la escalera, ella quiso socorrerlos. Sin embargo, paralizada de miedo, observó lo que ocurría ahí abajo. Espectros con las cuencas oculares vaciadas avanzaban hacia su hijo y esposo. También varias mujeres llorosas, cuyas lágrimas Orlando convertía en barras de oro manchadas de sangre. A su lado, yacía Emiliano, inmóvil, como desvanecido. Cuando por fin recuperó la movilidad y corrió escalera abajo, antes de llegar hasta ellos, un remolino de billetes rojinegros los envolvió en su hedor, ahogándolos en olas de efluvios de carne putrefacta.

Despertó sudando a mares y sin saber dónde se encontraba. Tampoco se acordó si había despertado porque creyó escuchar de lejos el repicar de un campanario o por la pesadilla que había tenido. Puso una mano sobre el brazo de Orlando: roncaba ruidosamente. Sintió la tentación de ir a ver cómo se encontraba Emiliano. Se levantó y salió del dormitorio. A tientas, se encaminó hacia el de su hijo;

dormía plácidamente. Lo besó y regresó a la cama. Todo estaba tranquilo. Solo se había tratado de un mal sueño, pues aún flotaban en su cabeza los augurios del brujo.

Durante las primeras semanas en esa casa, solía sentarme en el borde de los sillones, como temiendo que de un momento a otro apareciera una patrona de verdad y me echara a la calle como a una ladrona. Por la noche, vagaba por la casa, tratando de conseguir sosiego en mi inquieto corazón. Y cuando iba a la cama y lograba quedarme dormida, la sombra del curandero habitaba mis sueños. Lo veía deslizarse por los pasillos, envuelto en una vestidura de ánima y murmurando rezos en un idioma desconocido. A causa de la persistencia de tales alucinaciones, dormía poco y entre sobresaltos. Sentía aquel lugar como un mundo robado. Sí; robado, pues desde que supe la historia de la maleta con dinero, el sentimiento de culpa no me daba descanso; me sentía cómplice de un delito grave.

Una noche, cuando Orlando empezaba a adormecerse, mis suspiros lo despertaron. Desconcertado, preguntó qué ocurría.

—¿Qué *tenés*?

Le conté el motivo de mis pesares.

Él me pidió que los olvidara, pues rechazaba con vehemencia todo lo que fuera en contra del género de vida que su ambición le reclamaba.

—Yo no robé a nadie. Solo recogí lo que un muerto no podía llevarse a la tumba. ¿Qué mal hay en ello? Tantos remilgos y dudas de tu parte son el resultado de tu falta de estudios, pues no eres capaz de reflexionar como se debe —argumentó.

Quise replicar. No pude. No encontré el modo de explicarle que no se necesitaba de mucha sapiencia para distinguir entre lo correcto y lo incorrecto. Y tomar cosas ajenas pertenecía a la segunda categoría.

Insegura y herida en el amor propio, las palabras murieron en mis labios.

El paso del tiempo atenuó mis temores y llegó el día en que llegué a conformarme con aquella nueva forma de vida. En un principio, hacía todos los quehaceres del hogar. Pero en aquel inmenso caserón donde mi voz y la de Emiliano retumbaban como el eco en la montaña, hacía falta calor de gente, risas y charlas animadas. Era impensable trabar amistad con las vecinas, pues no se relacionarían con alguien que había sido sirvienta.

Así que, más por compañía que por ayuda, acepté la propuesta de Orlando de contratar a una cocinera, una empleada de limpieza, un jardinero, un chofer y un vigilante.

El vecindario miró con desagrado nuestra instalación en el barrio, pues a todas luces se advertía nuestro origen. A través de la reja se veían empleadas descalzas, sin uniforme ni modales, barriendo y lavando el patio en medio de una bulla de mercado. Se notaba hasta en el derroche del que hacíamos gala, como las aves exóticas con las alas recortadas que exhibían su desventura en la cima de una palmera. Varios perros y una cabra correteaban por el jardín, que más que jardín parecía cancha de baloncesto, con mucho concreto y pocas flores, y que por las noches, era iluminado por lámparas de neón como las de un centro comercial.

El colmo de los colmos era la colocación de las bolsas de basura en el suelo, frente a la residencia. Por aquella época, yo desconocía la utilidad del canasto metálico colocado frente a la puerta de servicio y a prudente altura del suelo para evitar que los pordioseros y los perros callejeros revolvieran la basura.

Una mañana, cuando nuestro vecino de al lado salía rumbo al trabajo, se encontró la acera de su casa alfombrada de basura y una jauría de perros disputándose los desperdicios de comida. Aquella fue la gota que derramó el vaso de su paciencia. A sombrerazos, ahuyentó a los animales. Después recogió algunas latas vacías y las arrojó sobre el muro de nuestra casa gritando: «Sucios, cerdos.»

No me atreví a salir. Aquello era tan vergonzoso, que deseé regresar a vivir a nuestra modesta vivienda. Allá yo sabía cómo conducirme. En cambio aquí, entre gente rica y refinada, a menudo metía la pata. Aun así, el calificativo de «cerdos y sucios» lo sentí inmerecido, pues aunque bruta, yo era limpia.

Me sentía ciega en esa nueva vida, como un murciélago ante la luz del día, tropezando a cada paso, chocando con las paredes de la ignorancia, de la certeza de no saber qué era correcto o incorrecto. Y solo cuando tenía que preparar comida, experimentaba un delicioso sentimiento de seguridad. ¡Qué provechoso había sido el tiempo que trabajé de sirvienta! Aprendí a poner una mesa como Dios mandaba. También a cocinar. Sabía preparar la carne, el arroz con queso, la yuca bien crujiente y la ensalada de lechuga con su aderezo de mostaza, limón y pimienta. Los postres eran mi especialidad: flan de maracuyá, el pudín de vainilla y las empanadas… Aunque solo eso.

Sobre otros asuntos, como decoración y organización de la casa, no sabía nada. Nunca me había fijado en semejantes futilidades. Tampoco en cuanto a modales y arreglo personal se refería. ¿Cómo debía vestirme y comportarme? A veces, solía pararme frente al espejo y contemplarme. No era bonita, tampoco fea. Poseía un aspecto común y podía confundirme con miles en la calle. La piel morena y ojos y cabello negros. Tenía estatura y complexión regular. Todo en mí, era regular y mediano. Hasta entonces, nunca me había preguntado qué le había gustado a Orlando de mí. Nunca lo mencionó. Parecía que a él se le secaban las palabras cariñosas antes de que le salieran de la boca; pero eso no significaba falta de amor. De lo contrario, ¿porqué se había casado conmigo?

Orlando tomó la costumbre de organizar fiestas en casa. En aquel barrio exclusivo, esas celebraciones con gente de aspecto burdo, acompañadas de atronadora música, carcajadas y gritos de borrachos congestionando el ambiente, constituyeron un escándalo. Los vecinos, tras tolerarles algunas parrandas, llamaron a la policía para que le llamara la atención a aquellos advenedizos sin educación. Una patrulla acudió a la medianoche. Uno de los agentes le comunicó a Orlando que los vecinos habían acudido a la comisaría para quejarse por aquel alboroto de mercado en una zona usualmente tranquila. Él no se inmutó; poseía un cuero duro a prueba de injurias y rechiflas. Después de escuchar la queja del uniformado, sacó de la cartera unos billetes y se los puso en la mano:

—Para que se eche unos tragos con sus compañeros a mi salud. Y yo sigo la fiesta.

En cambio Camila le pidió al grupo musical que le bajara el volumen a los micrófonos. Temía que los vecinos sospecharan el origen de su dinero. Nadie que fuera honrado se hacía de tanta plata de la noche a la mañana. Según Orlando, no eran los únicos, pues varios señores asentados en el mismo barrio y con traza de decentes, estaban muy lejos de serlo. «La única diferencia entre ellos y nosotros, es su barniz de finura», concluyó.

A ella el incidente le provocó enorme desaliento. Las observaciones de sus vecinos, alusivas a su ignorancia, la lastimaron, haciéndola sentir impotente para remediar la situación. La tarde del día siguiente, por casualidad, escuchó en la radio que el gobierno había creado escuelas nocturnas para los adultos y que nunca era tarde para empezar a aprender… Esa frase se le quedó grabada y la pensó a cada rato; debía estudiar para no quedarse viendo pasar la vida sin entenderla.

Sentada en la terraza y sumida en sus conjeturas no percibió la caída de las primeras sombras de la noche. Las luces de la casa se encendieron. No obstante, ella siguió sin moverse de su lugar hasta que oyó un violento frenazo frente al portón, seguido del conocido bocinazo y la música a todo volumen, con que Orlando anunciaba su llegada.

—Mujer, dónde te has metido. Ya llegó el que andaba ausente.

Durante la cena, ella le planteó su deseo de estudiar para aprender cosas nuevas y entenderse mejor con los vecinos. Él aceptó que estudiara para quitarse lo burro, pero dejó claro que no le importaban las ínfulas de los vecinos:

—Nosotros somos quienes somos y no nos parecemos a nadie.

La instalación en aquella residencia de los Quiroga, en un principio, entristeció a Emiliano, que solía preguntarle a sus padres, cuándo regresarían a la antigua vivienda, pues extrañaba la escuela y a sus compañeros. A las pocas semanas de su llegada, Orlando, aconsejado por don Catarino, lo inscribió en el colegio privado más caro de Santa Ana, donde podía permanecer hasta la tarde haciendo las tareas con la ayuda de un profesor.

El primer día de clases, Emiliano se sintió orondo en su ropa nueva: una camisa y pantalón floreados y zapatos acharolados. Aquel pintoresco atuendo, arrancó entre la chiquillería risas y el apodo de Caja Fuerte, porque era difícil encontrarle la combinación.

Durante la clase se metió los dedos en la nariz y se quitó los zapatos para sobarse las ampollas. Un compañero se dio cuenta y, sacándolos de debajo de la mesa, los arrojó en medio del salón entre las risas de los demás.

A la hora del almuerzo, sus esfuerzos por dominar los cubiertos fueron de una comicidad ridícula. Y al notar lo vano de sus intentos para utilizarlos, optó por hacerlos a un lado y comer con las manos. Satisfecho, al terminar de comer, se chupó los dedos y emitió un ruidoso eructo. Los demás chicos lo miraron con asombro y lo llamaron salvaje. Emiliano se sintió cohibido. Era la primera vez que alguien criticaba su comportamiento. También su vestuario, que él había encontrado tan bonito, pero que las risas y comentarios de los demás le mostraron lo contrario.

Al regresar a casa, le contó a Camila lo ocurrido en el colegio.

—Ya sé cómo te *sentís*, lo mismo me pasa a mí. ¡Ay, Dios mío!, ¿cómo puedo hacer pa' aprender a vestirte como un caballero? —, se lamentó ella.

Hubo unos minutos de pausa, después añadió:

— A lo mejor si te fijas cómo lo hacen los demás, qué ropa usan, de repente aprendes algo. Por mi parte, cuando mire las telenovelas, voy a fijarme en cómo se visten los chicos.

—No te apures por eso, madre.

—Tú tampoco hagas caso de las burlas de esos malcriados, ya aprenderemos cómo vestirnos y conducirnos con corrección, y entonces los dejaremos callados.

—Mejor regrésame a mi otra escuela.

—Tienes razón, a lo mejor ni necesidad tienes de aguantar a esos pelados; voy a preguntarle a tu padre si puedes volver a tu antigua escuela.

La idea de poder volver a estar con sus antiguos compañeros y maestra, hizo que Emiliano olvidara el incidente. Poco le duró el gusto, pues Orlando se negó.

—Tú te quedas donde estás. Mi lema es que «el que corre una vez, seguirá corriendo toda la vida.»

Dicho esto, regañó a Camila por no ser capaz de arreglar al chico como Dios mandaba.

—Aprende burra, piensa, usa el cerebro —, le dijo al tiempo de golpearse la cabeza con ambas manos.

Ávido de compañía, Emiliano se inmiscuía en las pláticas de sus compañeros. Y aunque al principio no tuvo éxito, persistió en su afán hasta que logró ganarse la simpatía de Sergio. Era un niño de amplia sonrisa y frente estrecha, que dejaba cualquier obligación para después. Lo único que no dejaba para más tarde eran las travesuras. Siempre estaba listo para gastarle bromas a los demás. Los compañeros lo eludían y los maestros lo toleraban por ser hijo del juez Chito Salinas, una persona de gran prestigio social. La admiración que veía en los ojos de Emiliano y cómo festejaba sus chistes, atrajo su atención. Con el paso de los días se les unió, Rodrigo, el hijo del general Roig, un niño tímido, de piel lívida, cabellos rojizos y ojos miopes que miraban fríamente tras unas gafas redondas. Sus compañeros lo rechazaban debido a sus aires de sabelotodo.

El aislamiento en que se encontraban fue el punto de unión entre ellos y formaron un trío que sus compañeros llamaron: el Bueno, Emiliano; Sergio el Malo y Rodrigo, el Feo.

Emiliano poseía una serenidad innata y pronto se ganó el afecto de sus amigos. Sergio, aunque mal alumno y travieso, con su sentido del humor, los divertía y los hacía reír a todas horas. Rodrigo, el ratón parapetado en la biblioteca, los sacaba de apuros durante los exámenes.

Los tres tomaron la costumbre de reunirse cada tarde en casa de Emiliano, donde gozaban jugando a las escondidas y al fútbol. Al caer la noche, a Sergio, huérfano desde su nacimiento, lo recogía el chofer de su madrastra y a Rodrigo, su madre, Esther Roig. Casi sin notarlo, Emiliano fue olvidándose de los antiguos amigos y los nuevos fueron ocupando un lugar de preferencia en su vida.

El encuentro con Esther fue, para mí uno de los pocos alivios de aquellos días.

—Pasa nomás, señora. ¿Quieres tomarte algo, mientras tu hijo acomoda su mochila? —, le dije al recibirla en la puerta.

Aceptó.

Presurosa, le pedí a la cocinera que preparara café y que trajera una charola con empanadas, mientras yo le mostraba la casa. También Esther parecía necesitada de compañía. Poseía una apariencia superficial. Pero si se veía en el fondo de sus ojos, se descubría una gran sensibilidad, pues aunque a primera vista notó mi falta de cultura, su trato fue respetuoso. Animada por ello, hablé sin parar y ella se consideró obligada a emitir algunos comentarios agradables sobre la casa y las empanadas. Con disimulo observé su ropa y su forma de comer; era una persona elegante y de modales refinados.

Y del tema de las empanadas, sin saber cómo, pasamos al del colegio. En un arranque de confianza, le conté a esta desconocida mi aflicción.

—Algunos de los compañeros de Emiliano son pícaros y lo molestan harto; dizque no se comporta ni se viste como un caballero. Ya te habrás dado cuenta, señora, que soy una persona sin educación ni modales. Yo lo visto y lo educo como puedo. ¡Qué voy a saber yo de finuras!

—Tonteras. Lo que importa son los sentimientos de una persona, el resto son adornos. Sin embargo, si eso te hace sentir mejor, puedo ayudarte a cambiar algunos detalles. Para empezar vamos a dejar el señora y el usted, ¿te parece?

Asentí encantada y Esther añadió:

—Puedo acompañarte a elegir ropa y darte algunos consejos para el arreglo de tu hijo.

—Eso mismo iba a pedirte, señora, digo Esther. Se nota que te las sabes de todas, todas. De repente que puedes darme unas clases de cómo elegir ropa para mí y arreglar la casa. Ahí nomás me *decís* cuánto cobras.

—Otra vez vas a empezar a decir tonteras. ¡Olvídalo!, lo haré con mucho gusto y gratis.

Esther tenía hábitos mucho más refinados que los nuestros y una pincelada de clase social que desde aquel día comenzó a influir en mi forma de vestir y de conducirme. Orlando lo notó y también comenzó a preocuparse por su arreglo y preparación personal. Con ella, fui aprendiendo las reglas básicas de urbanidad y a vestirme con elegancia y discreción. Después pasé tres años estudiando decoración con un especialista en la materia, y aprendí a usar telas de hilo natural, contraste de colores y hasta a decorar una mesa al estilo de los restaurantes de lujo. Con el paso de los años, fui destituyendo las extravagancias de don Catarino: algunos roperos por cofres de cerraduras de hierro y olorosos a cedro, a resina y a perfume de nostalgia; los tapetes de lana sintética, por los de vicuña y alpaca; la porcelana por vajilla de cerámica y los manteles importados, por los bordados a mano.

Del otrora remedo de jardín no quedó nada. Hice retirar las luces de neón y en su lugar instalar discretas lámparas dentro de vasijas de barro, colocadas entre los hibiscos, buganvillas y girasoles. En el patio de la servidumbre, sembré naranjos, mangos y guayabas, convirtiéndolo en un huerto de árboles en cuyas ramas se mecían desde colibríes hasta papagayos.

Comenzamos a ser invitados a la mesa de la crema y nata de la sociedad, quienes repudiaban nuestro origen, pero que el brillo de nuestro dinero atenuaba. Además también de los curiosos por conocer a esos de quien se decía que, aunque vestían como gente de clase, solían comer con las manos y en cuclillas, a la manera de los indios del mercado.

En ese ambiente, y deslumbrado por el resplandor de las alabanzas, Orlando demostró una gran capacidad para amoldarse. Comía con corrección, bebía con moderación y conversaba con los comensales de ambos lados sobre asuntos de política, inversiones y béisbol.

Por el contrario, yo caminaba por ese mundo como si tuviera los ojos vendados, guiándome por la intuición para adivinar lo que era correcto y adecuado. Al igual que los rostros, las conversaciones se me mezclaban en la mente, formando un amasijo confuso de ideas inconexas. No podía evitarlo. Observaba cómo los demás movían los labios, reían y agitaban las manos mientras las voces se iban alejando de mis oídos, como empujadas por un huracán. Asimismo, la voz parecía atorárseme a mitad de la garganta y mis respuestas se perdían en dos o tres balbuceos incoherentes.

Lo contrario me sucedía entre los estudiantes de la escuela nocturna, adonde yo acudía con placer. En su compañía me transformaba en otra persona. Eran adultos que trabajaban de día y por la noche acudían a la escuela con la esperanza de mejorar su modo de vida, ansiosos de aprender cosas nuevas. No obstante, mi contacto con ellos se reducía a las horas que pasábamos juntos en el aula o en la cafetería de la escuela, pues a Orlando le hubiera molestado su presencia y a mí me hubiera avergonzado mostrar el lujo del que gozaba. Por eso, cuando iba a la escuela cambiaba de vehículo y de atuendo. Vestida con ropas sencillas y zapatos deportivos y al volante de un coche modesto, pasaba por ser una ama de casa de clase media, que en la cafetería pagaba la cuenta del café y las empanadas del grupo, y a la salida de clases, se ofrecía a llevarlos hasta su casa.

Los años transcurrieron. En la casa de los Quiroga reinaba el bienestar y la tranquilidad. Para entonces, don Catarino había muerto y su viuda, tras muchos altercados con Orlando y varios intentos para recuperar sus bienes, desapareció sin dejar rastro. Así, el asunto se arregló sin necesidad de abogados, ni jueces ni careos. Además, Orlando lucía contento. Parecía haber olvidado los resabios contra su padre. Y cuando en una ocasión Camila hizo alusión a ello, él le restó importancia al asunto. Dijo que había sido una rabieta juvenil por haberse visto privado de lo que suponía era una gran riqueza. Agregó que en la actualidad, aquel hombre le inspiraba lástima, pues sabía de buena fuente que era más pobre que un ratón de iglesia.

Mintió. Él, que se había cocinado durante años en los górgoros del resentimiento, se cobró con creces la deuda del pasado.

Julio Torrico lo supo el día que lo visitó. Eso sucedió cuando a través de los diarios supo que Orlando poseía gran influencia en la política nacional. Animado por doña Fanny y aludiendo a un parentesco nunca reconocido, le escribió tres veces pidiéndole una cita. Las cartas fueron escritas en un tono cordial y respetuoso. No hubo respuesta. Entonces envió una cuarta, donde con vehemencia le rogaba a Orlando que le concediera una cita.

El día que tuvo lugar el encuentro, la presencia del visitante entró en el cuerpo de Orlando cortante como una hoja de acero, y con ella el recuerdo de su desamor le provocó una sacudida de odio. No obstante, lo recibió tranquilamente. Fueron quince minutos eternos, en los cuales Orlando atendió dos llamadas telefónicas y pidió café a la secretaria. El visitante saboreó unos sorbos, alabando el aroma de grano recién molido. Tras algunos comentarios sobre el calor y el lujo de las oficinas, pasó al asunto que le interesaba. Primero le contó el rosario de sus desventuras. Mencionó el estado crítico de sus finanzas, debido al incendio que había reducido su casa a cenizas y al robo de ganado en su finca, que lo habían obligado a malvender las pertenencias restantes, propiciando que su mujer e hijo lo abandonaran. Tenía el incierto presentimiento de que se trataba de una venganza y había adquirido la costumbre de mirar a todos lados antes de salir de casa y cuidarse hasta de su sombra. Aunque no podía explicarse por qué ni de quién provenía la represalia.

Orlando lo escuchó con atención y con una sonrisa condescendiente en los labios. El músico, viéndose frente a un pariente influyente, pasó al punto que le interesaba: conseguir un puesto acorde a sus conocimientos y categoría. En la imaginación le nacieron planes grandiosos para el porvenir y, animado por la supuesta admiración de su interlocutor, recobró su acostumbrada arrogancia. Hizo hincapié en la escasa cultura de la sociedad local y se juzgó a sí mismo como un ejecutante de primer orden, que contaba con un currículo tan amplio como ningún otro. Era un incomprendido pues aunque el mejor del país no le llegaba ni a los talones, cuando se presentó para el puesto de director de la Sinfónica Nacional, lo habían rechazado. Y esa sólo fue una de las numerosas negativas recibidas. En los últimos ocho años, había ofrecido inútilmente sus servicios a diferentes orquestas.

Para colmo, en esa tierra de ignorantes, pocos se interesaban en asistir a un concierto. En cambio, los salones de fiestas tenían agotadas todas las localidades para los innumerables concursos de belleza.

Cuando concluyó su perorata, sin más preámbulos, le solicitó que interviniera con el ministro de Cultura, a fin de obtener el puesto de director de la Sinfónica Nacional.

—Usted debe saber muy bien que en este país lo único que cuenta son las influencias y el dinero.

La sonrisa se borró de los labios de Orlando y un hálito visible de odio lo envolvió. Durante un instante permaneció callado, con la vista fija en el músico. Después, su voz se dejó escuchar fría y dura como acero.

—Claro que lo sé. Usted me lo enseñó. Abandonó a mi madre. También a mí, aun a sabiendas de que llevaba su misma sangre, por el simple hecho de que mi progenitora era una mujer humilde. Y por eso le pregunto: ¿cómo y con qué derecho se atreve ahora a importunarme con semejantes minucias? Yo no molestaría a mis amistades con tonteras de tan poca monta, sobre todo tratándose del individuo, que no contento con haberse burlado de mi madre, a mí me dejó desamparado como un perro callejero.

Sin darle tiempo de abrir la boca, de sopetón, aprovechó la ocasión para escupirle en la cara una verdad que llevaba en la punta de los labios y tarde se le había hecho para confesarla. Su temor era certero: había sido víctima de una venganza. La venganza de su propio hijo. Él lo había arrastrado a la bancarrota; él era el causante del incendio, del robo y de que nadie lo contratara. Así le cobraba con creces su indiferencia y desprecio. Todo había resultado conforme a sus planes, pues no solo había logrado verlo en la miseria sino frente a él, mendigando ayuda. Ahora estaban a mano.

—Y si se atreve a denunciarme, pagará por ello, pues no tiene pruebas con qué acusarme, y yo le pondría una contra demanda por calumnia.

Agregó que el único camino a seguir era el destierro, largarse a mendigar trabajo lejos de la tierra que lo vio nacer. Finalmente, poniéndose de pie, llamó a los guardias de seguridad, quienes lo sacaron a rastras con fuerza innecesaria, y empapado de sudor hasta los pantalones, apenas logró emitir un quejido cuando fue arrojado a media calle.

Orlando no habló conmigo de aquel encuentro. Lo supe el día que recibí una llamada telefónica del Hospital Público. Su padre agonizaba y quería verlo. En cuanto localicé a Orlando, le informé de la llamada y me ofrecí a acompañarlo. Respondió que yo debía mantenerme al margen del asunto, que él lo visitaría. Pero no fue, ni ese día ni el siguiente. El moribundo siguió pidiendo su presencia y cuando volvieron a llamar, acudí al hospital. Yo no estaba preparada para ese encuentro y jamás hubiera imaginado que aquel fardo hinchado de alcohol y cubierto de llagas hubiera sido un connotado músico. Acezaba ruidosamente y, acosado por el Parkinson, sus manos se movían sin control. Llevaba una camisola amplia y percudida que no le tapaba ni las rodillas. Ofrecí enviarlo a una clínica privada, pero él se rehusó. Sus ojos vidriosos me miraron ansiosos, preguntando por Orlando. «Necesito verlo, tenemos una conversación pendiente. Él tenía razón en hacer lo que hizo. Yo no merecía otra cosa. Quiero decirle que lo perdono y preguntarle si él me ha perdonado.»

En sus ojos se notaba la cercanía de la muerte y en su voz la sinceridad de su arrepentimiento. Antes de marcharme, Julio Torrico me alcanzó un sobre arrugado, murmurando: «Para mi hijo.»

Dos horas más tarde, recibí una llamada telefónica. Julio Torrico acababa de fallecer.

Esa noche, cuando Orlando llegó y le hablé de mi visita a su padre y de su muerte, ni siquiera pestañeó; aunque palideció al enterarse de la existencia de la carta. Cuando se la extendí, me la arrebató de un manotazo y lo vi serenarse cuando notó que el sobre estaba cerrado. La leyó apresuradamente. Cuando terminó la lectura, le pregunté si podía leerla.

—Aquí no hay nada escrito de tu incumbencia. Se trata de algo personal —, replicó él guardando el sobre en el bolsillo de su saco.

En mi cabeza retumbaron oleadas de furor ante su respuesta. No obstante, traté de serenarme, porque no era el momento de discutir su altanería, sino de pensar en el muerto.

—No podemos dejar que lo sepulten en una fosa común, como si se tratara de un pordiosero.

—¿Por qué no?, si eso era.

—También era tu padre.

—Yo solo tuve madre.

—No digas eso. Es verdad que en el pasado cometió errores. Sin embargo, al final se arrepintió y sufrió mucho con la incertidumbre de no saber si lo habías perdonado.

—Si quieres jugar el papel de hermanita de la caridad, entiérralo vos, yo tengo un asunto urgente que atender.

Así, sola con mi alma, pues Emiliano andaba de excursión, al día siguiente, enterré a un muerto ajeno, pues Orlando estaba ocupado con «un asunto urgente», del que supe esa misma noche por las huellas de labial en su camisa.

Se lo reclamé.

—¿Has pensado en cómo me siento al conocer tus amoríos?, ¿te has puesto por un momento en mi lugar? Seguramente no, es el colmo...

Él apagó mis fogosas protestas con un chorro de cerveza fría en pleno rostro. Y mientras me restregaba la espuma en la cara, me dijo:

—Estas escenas y pataletas son propias de una puta y no de una señora.

Su argumento era contundente, no admitía réplica y yo solo acerté a tragarme la humillación.

Por la tarde, cuando Esther llegó a visitarme nos quedamos en la terraza, bajo el ventilador, y le conté lo sucedido.

—No sabía que tenías un suegro. Me refiero a uno vivo —dijo y bebió su té.

—Tampoco yo. Más bien desconocía su identidad y paradero. Orlando siempre ha evitado hablar sobre su familia y su pasado. Siempre que se lo preguntaba, respondía que la única familia que tiene somos Emiliano y yo, pues a toda la raza de su padre la odiaba. Años después, cuando llegué a preguntarle sobre su padre, Orlando mostró desinterés en el asunto y aseguró que los resabios contra su padre eran cosa del pasado. No fue así. Él nunca le perdonó que no lo hubiera reconocido como hijo.

El té y las empanadas se enfriaron. Cayó la noche y yo seguí desahogando mis inquietudes, hasta vaciar mi alma. Después de hacerlo, me sentí aliviada; era un privilegio contar con una amiga dispuesta a escucharme.

Al final, le pregunté si era feliz.

—Normalmente estoy contenta. Casi siempre recorro las tiendas y trato de inventarme motivos de alegría variados: con la compra de un nuevo vestido, un bonito mueble, plantas para el jardín… También jugando al golf y frecuentando a mis amistades. Supongo que sí. Nunca me planteo esa pregunta.

Intenté seguir su ejemplo y olvidar mis inquietudes, dedicándome a preparar la tesis para obtener el título profesional y a la construcción de la improvisada escuela para sirvientas, que más tarde se convertiría en la Casa de la Mujer.

Por aquel tiempo, Camila se había graduado de maestra y ponía en práctica sus conocimientos capacitando a las campesinas que acudían a la Casa de la Mujer. El resto del tiempo, a petición de Orlando, que deseaba introducirse en todos los ámbitos exclusivos de la sociedad, acudía al club de golf, donde aprendió a jugar dicho deporte. Y si al principio esta tarea le resultó molesta, con el tiempo llegó a ser su pasatiempo favorito.

Daba lo mismo que hiciera calor o lloviera, ella gozaba con intensidad del recién descubierto deporte. Cada hora libre que disponía, se escabullía con Esther en la cancha. Por su parte, Orlando se había convertido en un hombre de aire decidido, que caminaba como si un fuerte viento lo impulsara. Poseía una mirada de aplomo propia de los hombres que han corrido mucho mundo y que saben hacia dónde dirigir sus pasos.

A quince años de haber pisado tierra santanense, sus negocios marchaban viento en popa. Había amasado un capital que lo catalogaba entre los hombres más pudientes del continente. Los rumores de su fortuna se fundaban en la posesión de la cadena de supermercados más grande del país, varias quintas cuyos linderos se perdían entre la espesura de la selva y la frontera con el vecino país, cientos de cabezas de ganado, avionetas privadas, autos, tractores, residencias en la ciudad y abultadas cuentas bancarias.

Se decía que cuando llegaban al país personalidades de renombre mundial, los altos funcionarios nacionales le pedían vehículos y avionetas para desplazar a los invitados por el país. Sin reparos, él ponía a su disposición cuanto pidieran. Se volvió popular entre los políticos y la alta sociedad. También entre las mujeres. Y por si fuera poco, gracias a las obras de caridad, que Camila efectuaba, se había convertido en el héroe de los marginados.

Su quinta favorita, rincón de sus amores clandestinos, estaba decorada con pieles y cabezas de animales salvajes y docenas de rifles antiguos. En su despacho dominaba la más avanzada tecnología, necesaria para observar los movimientos de la policía antinarcóticos: equipos de radio, computadoras, teléfonos celulares, fax, antenas de jungla y *walkie-talkies*.

Afuera, a un lado de los cultivos de soya, había tres avionetas y la pista de aterrizaje para escapar en caso de que fuese necesario.

Durante la semana permanecía en Santa Ana, al lado de su familia, entre su oficina en el barrio Petrolero y la residencia cercana al club de golf. A menudo, los fines de semana los pasaba en su finca: La Sierra. Solía ir solo, bajo el pretexto de que la propiedad estaba alejada de la civilización y era difícil y tardado llegar allá. Decía que aquellas tierras estaban dedicadas a la siembra de la soya.

En realidad, en la casa patronal organizaba rumbosas fiestas para celebrar sus éxitos y agasajar a sus amigos, entre los que se contaba Rengo Reyes, ese perro fiel que sembraba el suelo que pisaba de muertos, viudas y huérfanos. También el general Roig y Chito Salinas.

Llegaban hermosas chicas por avión; eran el elemento indispensable en un sitio donde el licor, la buena comida y la música no faltaban. Las fiestas duraban desde el viernes hasta el lunes por la mañana, cuando el anfitrión y sus amigos se marchaban. Con un puñado de billetes en la bolsa, las chicas hacían lo mismo.

Aparte de divertirse, aprovechaban el encuentro para discutir sobre negocios.

La elaboración del polvo blanco se efectuaba en un caserío perdido entre la selva, a pocos kilómetros de La Sierra. La coca se plantaba entre los cañaverales. Y una vez cosechada y embebida en ácido sulfúrico, era pisada por un ejército de trabajadores. Después de cuatro días de aplastarla hasta tres o cuatro veces por jornada, se extraía un líquido, que se mezclaba con queroseno, amoniaco, otros químicos y cal, para obtener la pasta base. Posteriormente seguía el secado, que se realizaba sobre los techos de las casas. Visto desde el aire, el caserío parecía cubierto de nieve.. En los riachuelos y arroyos que atravesaban las zonas de maceración iban desapareciendo vegetación, peces y reptiles.

Para obtener el clorhidrato de cocaína, en un laboratorio ubicado en las inmediaciones del caserío, se refinaba la base con ácido clorhídrico, acetona y éter, procedentes de Europa y del país del Norte. Los laboratorios eran custodiados por matones que recibían sueldos exorbitantes y cigarrillos de tabaco mezclado con pasta de cocaína. El producto final era enviado, casi en su totalidad, al país del Norte. Los envíos se hacían por una ruta fija de contrabandistas previamente pactados. Hacían escala en algún país en donde Orlando gozaba de impunidad gracias a los sobornos de funcionarios públicos, y aterrizaban entre solitarias zonas pantanosas en las costas del país norteño.

El negocio se organizaba como empresa profesional: contaba con gerentes, técnicos y personal de mantenimiento. Su éxito radicaba en la repartición de actividades entre sus socios. Desde la muerte de don Catarino, Rengo, Orlando y Milton se encargaban de la siembra de coca y de la elaboración de la pasta tratada con cal, de su refinamiento y almacenamiento. Asimismo, reclutaban pilotos, quienes aceptaban su oferta sin mucha dificultad, pues cobraban fuertes sumas de dinero por cada viaje. Por supuesto que ello conllevaba enormes riesgos: caer en prisión al ser descubiertos por los agentes antinarcóticos o estrellarse, pues volaban de noche, sin luces y muy bajo. En el afán de tornarse invisibles, aterrizaban en sitios cerrados por la vegetación y apenas delineados, tan peligrosos que le pondrían los pelos de punta a cualquiera que apreciara la vida un poco.

Chito Salinas era el responsable del transporte de precursores y la nieve, y de los dólares, pues contaba con los contactos claves, tanto en el gobierno como en el país norteño. El ingreso del dinero hasta San Ana se efectuaba escondido en refrigeradores, televisores y aires acondicionados que iban a parar a su empresa importadora de electrodomésticos.

Orlando no quería que su familia se enterara de lo que ahí ocurría, no porque amara a Camila, sino porque, para él, el hogar era un sitio puro que intentaba alejar del ambiente cenagoso donde se movía. Y así hubiera sido de no ser por el escándalo que Roig protagonizó el día que revolvió los tragos de licor con droga.

Era viernes en la tarde. En el patio de La Sierra el polvo del camino alternaba con el polen de las flores primaverales. En aquella ocasión, el ajetreo flotaba en el aire, pues aunque se esperaban pocos invitados, eran hombres exigentes. Los criados, bajo la dirección de una exaltada ama de llaves, colocaban manteles, vajillas y copas, arreglaban las flores y disponían suficiente carbón para el churrasco. En un ángulo del patio, los músicos afinaban sus instrumentos.

Entre tanto, Orlando recorrió la casa, comprobando que en las habitaciones todo estuviera en orden. El caserón poseía un sinnúmero de dormitorios, de los cuales no se ocupaba ni la mitad. Entró en la sala. A través de los ventanales, la luz del sol entraba a raudales, pintando con su oro los muebles y reflejando sus destellos en la lámpara de cristal. En un extremo de la habitación destacaba el bar rebosante de bebidas, copas, vasos y hieleras. Por el otro extremo se accedía al despacho. En la sala, un grupo de chicas contemplaba su retrato colgado en la pared. Estaba vestido de traje con una corbata azul y un pañuelo rojo en la bolsa del saco. Al verlo lo saludaron y alabaron la pintura y el lujo de la casa. «Pues ahí la tienen, a sus órdenes», respondió galante.

Sobre las cinco a lo lejos se escuchó una avioneta; casi enseguida, entre remolinos de polvo y gran estruendo, aterrizó. Era Roig acompañado de varios guardaespaldas. Entumecido, salió del aparato maldiciendo el calor, el polvo y pidiendo algo de tomar. De inmediato, los criados le trajeron un whisky con hielo. Orlando salió a recibirlo. Poco a poco fue llegando el resto de invitados.

El sol se ocultó tras de los árboles y una racha de viento desgreñó los arbustos. La fiesta se efectuó en el patio estremecido en múltiples verdores. Reflectores colocados entre las ramas de los árboles doraban las siluetas de los asistentes. La brisa llevaba y traía olores a carne asada. La carne de res y el chorizo chisporroteaban en el asador, a la vez que tintineaba el cristal de las copas, en su continuo entrechocar. Sobre las mesas ya estaban dispuestas las ensaladas, las salsas de ají, las fuentes con la yuca y el arroz con queso. El ambiente fue llenándose de voces, carcajadas y acordes musicales.

Presidiendo la mesa, Orlando levantó la copa para brindar a la salud de sus distinguidos invitados. Sonrió al decirlo. No cabía duda: la vida era un circo repleto de charlatanes. Los políticos que lo rodeaban no eran hombres estudiados, ni honrados ni estrictos vigilantes de la democracia en el país, sino gente que había hecho a un lado los libros y los escrúpulos por el negocio fácil. Él sabía con exactitud quién era quién.

Desde hacía tiempo, el club de golf constituía su centro de información, pues, además de disfrutar del juego con los miembros del mismo, se hizo amigo del concesionario del restaurante. Este le contaba la vida y milagros de los clientes. Así Orlando fue armando el rompecabezas de la personalidad de cada uno de los integrantes del mundo social y político local. Supo de los desfalcos a los fondos públicos y de los atentados a la ecología por parte de Chito Salinas, del tráfico de influencias de Roig y de los vínculos de Guido Monasterio con vendedores de polvo blanco, ya que, entre ellos había conseguido patrocinadores para su campaña electoral sin importarle el origen del dinero. A su vez, él lavaba su dinero a través de la inversión inmobiliaria. Solía comprar propiedades, devaluándolas a los ojos de todos. Una vez adquiridas, les hacía algunas reparaciones y las vendía al triple.

¿Quién podía reprocharle culpa alguna? Él conocía la otra cara de los demás.

Con el tiempo, al afirmar su amistad con ellos, encontró otras alternativas para manejar su negocio. Sobre todo a través de Salinas, que contaba con una red de lavado de dinero y con quien más tarde se asoció en la empresa de electrodomésticos. Así obtenía de forma directa el dinero de la mercancía. Este llegaba a Santa Ana dentro de los artículos eléctricos que giraban en la cinta de equipajes como bultos no acompañados. Una vez en el país, se depositaba en cajas de seguridad de un banco de su elección, para luego repartirlo en una serie de cuentas abiertas en otros.

Por lo mismo, se requerían los servicios de Rengo en un puesto elevado, con el fin de pasarlos sin problema por la aduana.

En la fiesta había estafadores, asesinos, contaminadores del medio ambiente, lavadores de dinero y..., él.

La visión de los comensales se fundió con los acordes de la banda musical que tocaba *La bamba*. Las mujeres taconeaban impacientes mientras los hombres, reunidos en círculos, se enfrascaban en alegatos de negocios. Roig y Orlando Quiroga se alejaron del grupo, platicando en tono confidencial. Orlando dejaba caer las palabras lenta, serenamente, sin menoscabo de su seguridad. El general, bigotudo y rudo, con un vaso de whisky en la mano, manifestaba gran interés en la proposición de su interlocutor.

—Entonces, así le hacemos: tú te encargas de convencer al coronel de que se retire del puesto. Debe decir algo así como debido a cuestiones de salud, problemas familiares... Un cuento de esos.

—Fácil no va a ser, porque el coronel es un hueso duro de roer; es honesto y con agallas, pero déjalo de mi cuenta.

—Ya sabes, la plata será depositada en tu cuenta en cuanto el compadre Rengo obtenga el nombramiento.

Esperó un segundo, percibió el brillo de gusto en los ojos de su interlocutor y como dándolo por aceptado, agregó:

—Tal como quedamos antes, lo dejamos en un millón.

El general reflexionó un instante. Quiso replicar, pero Orlando no le dio tiempo, pues ya le extendía la mano:

—¿Hecho?

—Trato hecho.

—Bueno general, ya me dio hambre, vamos entrándole al churrasco que debe estar para chuparse los dedos.

Caminaron hacia donde estaban los demás. En la noche plateada, cerca de los músicos, se recortaron las figuras de dos mujeres que bailaban abrazadas.

Milton Roig, al verlas, gritó:

—¡Viejas cochinas! No necesitan hacer porquerías entre ustedes, aquí los machos abundan.

—¿Dónde?, que no los veo —, respondió riéndose una de ellas.

Estallaron las carcajadas de los demás.

En la cara ceniza del general brillaron los ojos entumecidos cuando estrelló su vaso en el suelo, y como si lo hubiera mordido una víbora, de un salto se puso al lado de la muchacha. La tomó de los cabellos con violencia y la obligó a mirarlo a los ojos.

—Aquí hay uno, por si no lo sabías.

Acto seguido la arrastró hasta el centro del patio, la obligó a ponerse de rodillas y comenzó a golpearla con el puño cerrado. Hubo estupor entre los asistentes. Sin embargo, nadie se atrevió a intervenir, pues el aspecto feroz del general helaba la sangre y todos conocían la grandeza de su poder. La chica gritaba, suplicándole que ya no le pegara. En vano. Él continuó maltratándola, y sólo la soltó cuando se desmoronó en el suelo como muñeca rota.

Los músicos, azorados, habían dejado de tocar. Roig se acercó a ellos y con la mano empedrada de sortijas, sacó la pistola que le abultaba la cadera y, lanzando varios tiros al aire, vociferó:

—A tocar, carajo de mierda, que para eso se les paga.

Guardó el arma, se atusó los bigotes y dirigiéndose a uno de sus guardaespaldas dijo:

—Llévatela al puesto de socorro del pueblo, dí que así la encontraste por el camino y adviértele que si me nombra, la mato.

—Como ordene, general.

Milton Roig se volvió hacia el montón de chicas aglomeradas en la penumbra, que como ovejas asustadas en un rincón del patio hubieran querido fundirse con las sombras de los arbustos.

Rió sarcástico.

—¿Por qué te ocultas entre la bola?, preciosa —, preguntó, dirigiéndose a una chica, que temblando y tratando de esbozar una sonrisa, se acercó a él. A ninguna joven le agradaba estar a su lado, cuando le concedía el honor de compartir sus parrandas, pues en uno de sus arranques de rabia, una palabra mal dicha o una sugerencia a destiempo, podía costarle la vida.

Restablecida la calma, el general, se sentó a la mesa y comenzó a contar ocurrencias, mientras un solícito mesero le ofrecía whisky. Los chistes se sucedieron sin tregua; las carcajadas subieron de tono a medida que el licor corría en la mesa. Las charolas de comida continuaron llegando: churrasco, tira con grasa y chorizos. En las manos de los meseros circulaban las botellas de licor y la charola con nieve. El grupo musical entonaba animadas cumbias. Pleno de euforia, Roig hablaba a gritos para que los comensales sentados en el otro extremo de la mesa lo escucharan. Todos reían y se gastaban bromas. Solo las chicas lanzaban furtivas miradas hacia la oscuridad, como esperando noticias de su compañera.

Pasada la media noche, la algarabía fue menguando y los convidados, retirándose a sus habitaciones con sus respectivas compañías. En el patio solo quedaba Orlando, quien abrazado de dos chicas se disponía a marcharse a su dormitorio, cuando llegó uno de los guardaespaldas y le informó que la joven golpeada había muerto en el camino.

—Para evitar ser identificado, la dejé tirada a la entrada del hospital.

—Ya nos jodimos. Ojalá que nadie descubra quién es, —rumió Orlando.

—No se preocupe, patrón, no llevaba encima ninguna identificación y tenía la cara tan golpeada que no la reconocería ni su propia madre. Por lo que toca a nosotros, nadie hablará.

Nadie habló sobre lo ocurrido. Sin embargo, el asunto trascendió, pues las contusiones que la joven presentaba demostraron que había sido víctima de una terrible golpiza. El patólogo del Hospital Público local, al practicarle la autopsia, concluyó que el fallecimiento había sido a raíz de una fractura en el cráneo; paralelamente presentaba varias costillas rotas y el rostro reventado a puñetazos. No tenía consigo documentos de identificación. Pero la descripción de su estatura, complexión, un lunar en el antebrazo derecho, el color de cabello, piel y edad aproximada, apareció al día siguiente en los diarios. Esa misma tarde la madre de la occisa se presentó para identificarla.

Sus declaraciones apuntaron a que había sido invitada a una fiesta celebrada en la quinta de Quiroga. El viernes por la tarde, a nombre de este, alguien la había recogido en un automóvil negro. Sin embargo, no había pruebas de ello, pues Orlando nunca fue visto ni oído por la familia, y la limosina pertenecía a una agencia de alquiler. El nombre de quien la alquiló no existía en los registros policiales ni en ninguna parte; el pago se realizó en efectivo y el vehículo apareció abandonado en una colonia marginal. Tras intensas averiguaciones, la policía concluyó que el asesinato de la joven fue producto de la venganza de un enamorado despechado.

Pese a la habilidad de Orlando para salir airoso de cualquier eventualidad, el rumor trascendió. La suspicacia de la gente dio pauta a un gran escándalo en torno suyo, pues antes de aquel suceso, ya circulaban cuentos de las rarezas que ocurrían en La Sierra, desde el sonado caso cuando las autoridades antinarcóticos encontraron cerca de la propiedad una avioneta averiada y en su interior un cargamento de polvo blanco y una cuantiosa suma de dinero, que nadie reclamó.

Y aunque Orlando negó conocer a la joven y calificó los rumores como intrigas infames en su contra, la duda quedó flotando en el aire. También yo sospeché que mentía, pero para no alterar el equilibrio doméstico, frente a los demás lo apoyé con forzada lealtad. ¡Qué gran error!, pues al hacerlo acepté quedarme contemplando el correr de los acontecimientos sin participar en ellos.

Con el velo de la incertidumbre sobre el proceder de Orlando, la vida de Camila continuó girando en torno a su familia. Solía pasar el tiempo en la casa cercana al club de golf, sobria y fresca, guarnecida por un muro que los ocultaba de los transeúntes. Allí, después de terminar sus estudios de maestra, el tiempo le quedaba ancho sobre los hombros. Por eso lo llenó con su obra social: el trabajo en la Casa de la Mujer.

Y cuando empezó el ventarrón de las inquietudes políticas de Orlando, fue orillada por él a participar en las reuniones de las damas del Comité Santanense: un grupo de los que miden el afecto en función al peso del dinero. En un principio, ella se negó a cooperar, pero él la espetó con su autoritarismo, tantas veces utilizado para controlarla:

—Te guste o no, de hoy en adelante frecuentarás a ese hato de viejas chismosas. Cuántas quisieran tener la décima parte de lo que tienes y a ti, que te sobra la plata, te la pasas con cara de entierro. No se te da gusto con nada. Eres una campesina acomplejada, incapaz de adaptarse a una forma de vida mejor. A ti qué te va o qué te viene lo que los demás hagan o dejen de hacer.

Orlando creía que sus insultos la dañaban. No era así. Al contrario, a ella le producía lástima su delirio de grandeza, pues conocía sus pesadillas nocturnas, pobladas de la indiferencia del padre, cuyo recuerdo lo acosaba. En sueños se veía en la sala de la casona de su infancia. Los miembros de su familia paterna conversaban y reían animadamente, Orlando estaba ahí, pero ellos no lo veían. Él trataba de resaltar su presencia y gritaba. En vano. Sus gritos se apagaban hasta el punto de que él terminaba por no oírlos.

Únicamente Camila los escuchaba y lo veía, aferrado a su almohada, suplicando: «¿Por qué no me ven? ¿Por qué me volví invisible?» Por el tono de sus quejidos y gestos, estaba claro que se sentía profundamente herido, además de tener las más despectivas ideas sobre sí mismo. Ella intuyó que la displicencia paterna estaba más cerca de su corazón de lo que él quería admitir.

No obstante, solo una vez habló de ello con Camila. ¡Pobre Orlando!, necesitaba contarle a alguien la verdad de su sentir antes de que esa verdad lo ahogara. En lugar de ello, a la mañana siguiente, volvió a ser el hombre que tenía un propósito que deseaba llevar adelante: seguir acumulando riqueza y poder para convertirse en un hombre visible y, de este modo, acallar la voz del niño de sus pesadillas.

Así, su ambición empezó a tomar aires de locura.

En las tertulias de las damas del Comité, treinta señoras dedicaban las tardes a tomar té, jugar a las cartas y a conversar. El lugar de reunión era cada día la casa de una de las participantes. Fumaban, bebían, comían y hablaban de viajes, fiestas y nuevas adquisiciones. A los oídos de Camila, las frases iban y venían como un revoltijo de ingredientes con sabor a nada. Ella les tenía una desconfianza instintiva; la arrogancia con que la mayoría de ellas se conducía con la servidumbre no le gustaba. Y el constante comentario de que los aborígenes del altiplano eran pobres porque eran unos flojos, la incomodaba. Sabía que sus antepasados habían sido una de las cultura más poderosas del mundo, sobresalientes por sus conocimientos en matemáticas, arte, astronomía y medicina. Pero en presencia de ellas no lo comentaba.

Las tardes de café no variaban. Las mismas conversaciones, los mismos salones de mesas cubiertas de almidonados manteles, vajillas de porcelana, copas de cristal y jarrones con flores; damas cuidadosamente maquilladas, peinadas y perfumadas; criadas con uniformes a cuadros, delantales blancos y chancletas de hule. Allí imperaba una existencia limitada a la diversión y al placer. En el ambiente flotaba una mezcla de olor a pan recién horneado y a café fresco. Pero sobre todo a tedio y banalidad.

En aquella ocasión, Gueddy la invitó a la partida de canasta que tendría lugar en su casa. Con el pretexto de estar muy cansada, Camila denegó la invitación. No la hacía sentir bien, que mientras en su cabeza revoloteaban las imágenes de la miseria de la calle con la de jugar a las cartas, ella estuviera comiendo y hablando de moda.

—Ni modo, Camila, ya habrá tiempo para que juegues un partido con nosotras. Pero en lo que sí insisto es en que acudas a la reunión del viernes. Casi nunca vas. Creo que deberías llamarte «cometa», pues muy de vez en cuando te apareces. Tengo planeado proponerte como encargada de redactar las actas de sesión.

—Pero yo no puedo, pues eso significa acudir a todas las reuniones y no siempre dispongo de tiempo. Tú sabes que por los negocios de mi marido siempre tengo la casa llena de gente y debo organizar cenas y comidas.

—No hay pero, que valga. Yo nombraré una sustituta para las ocasiones que tú no puedas venir. Por favor, una mujer con tu preparación educativa es de mucha utilidad entre nosotros.

El alabo cayó como miel en su alma y como ya había rechazado una invitación, no pudo volver a negarse.

Camila continúa sumida en un sueño delirante y el enjambre de recuerdos zumba de nuevo en su mente.

Yo pensaba que no era lo mismo ser útil que aceptado. Con aquellas mujeres podía entablar conversación sobre moda, diseño y juegos de cartas, sin que por eso me sintiera parte del grupo. La misma extrañeza sentía en la otra dirección, por parte de las trabajadoras domésticas hacia mí. Yo no pertenecía ni a uno ni al otro lado; me había quedado flotando en la mitad del camino.

Mi desinterés por integrarme a un grupo social tan selecto era incomprensible para Orlando. Yo intentaba explicarle las razones de mi actuación:

—Ese mundo es muy ajeno a mí. Mis raíces están del lado de las que habitan en los cuartos de servicio, y a menudo toleran un trato injusto por parte de mis nuevas amistades.

—Imaginaciones tuyas —espetaba Orlando.

—Tengo pruebas por los testimonios de las que llegan a la Casa de la Mujer. En otros casos yo misma he sido testigo —, replicaba yo, y le hablaba de la criada de los Salinas, a la que habían despedido sin indemnización, solo porque arruinó la masa de un pastel; o la de los Monasterio, que era objeto de manoseos por parte de Pablito, sin que Gloria la defendiera; o el jardinero de Guido, a quien este insultaba hasta porque pasara una mosca.

Entonces Orlando iba deshaciendo implacablemente cada argumento:

—¿Esa criada?, pero si es una burra, no sabe ni servir una taza de café sin derramarlo sobre el mantel. En cuanto a la otra empleada, es una puta. Yo llegué a ver cómo le daba entrada a Pablito, y a quién le dan pan que llore. Por lo que se refiere al jardinero del Guido, bueno de haragán que es, pues.

—Lo que yo he visto y escuchado es diferente... —decía yo. Pero antes de que pudiera terminar la frase, él añadía:

—Y en caso de que tuvieras razón, esos incidentes son corrientes y necesarios. En este mundo se necesita de las dos partes: los que sirven y obedecen y los que se hacen servir y dan las órdenes.

En el club de golf, Orlando tejió intrigas, hizo negocios y se contactó con políticos, industriales y comerciantes de alto vuelo y necesitados de dinero. Era infatigable. Comenzó a patrocinar las campañas electorales de algunos políticos y a apoyar obras sociales acompañadas de gran publicidad mediante Camila. Cuando fue postulado diputado local suplente por el Partido Oficial, no reparó en gastos para la campaña. Su foto y nombre aparecieron en los periódicos, carteles callejeros, en las bancas de la plaza principal, en los cuadernos del orfelinato, en los delantales de las vendedoras del mercado y en instituciones benéficas a las que había donado dinero. En todos resaltaban las siglas del Partido Oficial.

—Felicidades, Orlando, ya eres diputado —, lo felicitó Guido Monasterio, actual ministro de Justicia del Estado, con un abrazo efusivo. Encendió un cigarro, aspiró el tabaco con placer y agregó:

—Sin duda un buen principio, pero tú mereces algo mejor.

—¿Cómo qué?

—Puedes aspirar a ser un protagonista de la política nacional y codearte con los más poderosos del país.

—El problema es cómo, pues hay muchos que pertenecen al Partido Oficial desde hace décadas y tienen mejores oportunidad que yo de ocupar un alto puesto.

—Con el dineral que tienes, podrías formar tu propio partido y no conformarte con las migajas que te dan los del Oficial. Nomás date cuenta de cuánto se beneficiaron con la publicidad que pagaste ahora que te nombraron candidato para diputado suplente. Si bien a través de ello ya te diste a conocer, ahora ya no necesitas a nadie para ocupar el puesto que se te antoje.

Hizo una pausa, esperando dar el toque final a su perorata:

—Piénsalo, y si necesitas asesoría de cualquier índole, estoy a tus órdenes. Conozco a las personas idóneas que podrían formar tu equipo.

Orlando asintió, aunque en realidad ya lo había pensado desde hacía tiempo y solo necesitaba saber cómo empezar.

Cavilando y cavilando, llegó a la conclusión de que el primer paso sería proponérselo a sus amigos más cercanos. Empezaría con Rengo Reyes. Juntos habían pasado todas las penalidades y habían hecho plata a costa de su propio pellejo; nada mejor que hacerlo participar de esa nueva aventura. Reyes poseía tantos bienes como él. La gente murmuraba que entre ambos podrían pagar la deuda externa del país y todavía quedarse con plata en el bolsillo.

—Eso de andar bien elegante, como que no va conmigo, imagínate un campesino vestido de traje y corbata. Pero si lo quieres *contá* conmigo, compadre. Aunque tengo mis dudas de si te seré de utilidad, pues además soy bien bruto. A duras penas sé expresarme con modo, menos voy a saber cosas de política —le dijo.

—No te apures, Rengo. No se necesita mucha sapiencia para organizar el país. Ahí nomás fíjate en el general Torres, fue presidente de la República y no sabía ni leer ni escribir.

—Por eso, ya ves cómo lo engañaron los del país vecino y firmó la entrega de una buena tajada de territorio, pues no sabía ni cuánto significaba el pedacito que vio en el mapa.

—Para que veas, tú ya lo sabes. Por otra parte, acuérdate de que echando a perder se aprende.

—Ta' bueno. Si tú lo dices, le entro.

Chito Salinas aceptó al instante y sin modestia alguna afirmó:

—Teniendo en cuenta el reconocimiento social del que disfruto, puedo constituir el vínculo entre el nuevo partido y los grupos dominantes de Santa Ana.

Orlando no replicó. Sobrada razón tenía para hablar de aquel modo. Las pruebas estaban a la vista. Hacía unos meses el gobernador actual le había erigido una estatua en la plaza principal con su nombre grabado y lo había calificado como impulsor del desarrollo santanense. Aunque, a ciencia cierta, el único mérito que se le conocía era lanzar vehementes discursos contra quienes traficaban con droga en detrimento de la imagen del país y de la juventud del mundo.

A los pocos días, el general Roig, quien aparte de ganadero y presidente del club de golf, también ocupaba un puesto gubernamental, se adhirió a los planes de Orlando.

Sin embargo, ni su hijo, ni el de Salinas ni el del propio Orlando podrían contarse entre los dirigentes del nuevo partido. Rodrigo estudiaba en Europa y Sergio en los Estados Unidos. Antes de hacerlo, tuvo que casarse con Gueddy en una boda apresurada porque el padre de ella, los descubrió con las manos en la masa. En cuanto a Emiliano, desde que sus mejores amigos se fueron al extranjero, se había alejado de los asuntos de Orlando para dedicarse por completo a los estudios universitarios.

Ello no le preocupó a Orlando, pues estaba seguro de que entre los santanenses provenientes de buenas familias sobraban jóvenes que, hambrientos de poder y dinero, estarían dispuestos a colaborar con el nuevo partido. Además seguiría utilizando la labor social de Camila para ganar adeptos; al fin y al cabo, el dinero procedía de sus negocios.

Ajena a los planes de su marido, Camila continuaba ayudando a campesinas, que llegaban a la ciudad, ansiosas por ganarse el pan, al igual que ella misma un día había hecho. Pero, sumidas en la ignorancia, a menudo no conseguían un empleo por carecer de los conocimientos indispensables. O bien eran víctimas de los abusos de sus patrones. Y lo que en un principio constituyó un alojamiento para campesinas, con el tiempo se convirtió en un refugio donde recibían techo, comida y consejos para que pudieran acomodarse de sirvientas. Infatigable y tenaz, organizaba con tino su pequeña obra. Parecía estar en todas partes, instruyendo en la cocina, en los dormitorios y en el huerto. De las primeras alumnas, contrató a las mejores que, a su vez, capacitaron a las siguientes.

Ahí, la vida comenzaba a las seis de la mañana con la preparación del desayuno por parte de las participantes y terminaba a las siete de la noche cuando cenaban. El día transcurría en una sala grande, donde aprendían higiene personal, a pulir pisos, planchar, cocinar y reglas de comportamiento. También a hacer deporte: jugaban a la pelota, a saltar la cuerda y a correr.

Meses más tarde, Camila contrató a un abogado, que después de la comida las instruía sobre los lineamientos elementales de Derecho Laboral. Con el tiempo creó una bolsa de trabajo. Así, las jóvenes podrían conseguir más fácilmente un puesto laboral.

Un día, al llegar a su trabajo, Camila se sorprendió al ver un enorme letrero en el techo del edificio, donde se leía «Casa de la Mujer», y, al lado, «Partido Popular Nacional», el partido de Orlando. Este lo había hecho instalar sin pedirle autorización.

Muy pronto Orlando comenzó a pensar en cómo derrumbar el principal obstáculo en su camino político: sustituir su oscuro apellido por uno de renombre. Sabía que el requisito indispensable para aspirar a un puesto gubernamental alto en el departamento de Santa Ana, era pertenecer a una familia local con apellido de abolengo. Dichas familias estaban reunidas en sociedades secretas, que se hacían llamar logias. Entre ellos se pasaban los puestos de padres a hijos, hermanos, primos y allegados; una sociedad que no se abría para la gente procedente del interior. Los nuevos ricos venidos del altiplano, como Orlando, no tenían ninguna oportunidad. Eso era ley y un hecho implícito, hasta entonces, imposible de cambiar. No así para Orlando que, acostumbrado a imponer su voluntad a cualquier precio, no aceptaba sobreentendidos.

Reflexionó un poco y encontró la solución. Esa traba podía allanarla mediante el matrimonio de Emiliano con una chica de la sociedad local. En el club de golf había hecho buenas migas con varias de ellas, con quienes solía acudir a los cafés de Ekipetrol y a fiestas.

Por aquel entonces Emiliano estudiaba en la Universidad Estatal y parecía muy contento. La razón de su alegría tenía nombre de mujer. Había conocido a Valentina Hernández en el pasillo del Tren de la Muerte. Eso sucedió cuando recorría el Altiplano con un grupo de universitarios. En el interior del tren, el calor y la humedad eran opresivos. Los vagones olían a un revoltijo de excreciones humanas y animales. Las cholas vendían platos de comida en medio de la pestilencia de los retretes sin agua y la de las gallinas, que soltaban sus excrementos por doquier. Y entre aquel caos, la vio fumando cerca de una ventanilla. Fue ahí donde la charla fue aproximándolos. Estudiaba Derecho en la Universidad Estatal. Cumplía así el sueño de su padre de verla convertida en abogada. Hablaron de música y política. Ella le habló de la existencia de la Santa Ana a partir del cuarto anillo, oculta tras las paredes de lámina que separaban las zonas marginales de las residenciales de la ciudad. Detrás de aquella tapadera latía la vida humana entre casuchas de adobe, calles lodosas o polvorientas según la época del año, mujeres lavando ropa para olvidar el fogón apagado y las ollas vacías; niños hambrientos, prostitutas y hombres desempleados, sentados en las puertas de sus chozas. Sin proponérselo, logró concienciarlo de la necesidad de cambiar algo en esa ciudad sorda y ciega a su realidad. Y él fue tan susceptible a sus observaciones, que revivió al instante parte de su pasado. Un día no muy lejano, hurgar más allá de las apariencias se le convertiría en una obsesión.

Valentina era vivaz y, como Evo, su padre, una acendrada opositora del gobierno, al cual tildaba de inepto y corrupto. Admiraba a su progenitor. Lo describió como un hombre que se jugaba la vida por defender a los trabajadores, lo cual a menudo ponía en aprietos a los sindicatos en connivencia con el gobierno. Él la dejó hablar, admirando su empuje y sus acertadas reflexiones.

Ensimismados, no vieron lo que pasaba a través de las ventanillas: el río de aguas plagadas de lagartos, las chozas de palma, los platanales y los colores de los pájaros. Platicaron, comieron mangos y cuando pardeaba la tarde, en la tibia penumbra del pasillo, él la besó en la mejilla y en los párpados; ella respondió con una sonrisa. Emiliano siguió besándola, en tanto la apretaba contra su pecho y deslizaba las manos por su cintura y cadera en caricias disimuladas. Y no dejó de hacerlo hasta que el tren se detuvo en la estación de Santa Ana con un resuello desfallecido y dejando escapar su negro aliento por la chimenea. Por aquellos tiempos, él besaba a cuanta chica se dejara y le daba lo mismo una que otra.

No obstante, esta ocasión fue para Emiliano el inicio de una borrascosa pasión. Valentina se convirtió en su amor, pasión y obsesión. En cosa de pocos días, se enamoró perdidamente. ¡Cómo cambió desde entonces! Su existencia se saturó de amor y su solo recuerdo le producía sudores y jadeos incontrolables. Casi enseguida de conocerse se volvieron indispensables uno del otro, como la pieza de una máquina que necesita de otra para echarse a andar. Emiliano estaba más feliz que nunca y en el fervor delirante del placer, las cosas más sencillas adquirían para él la cualidad de los objetos valiosos.

Por las tardes, en la habitación de un hotel, flotando entre el aroma de las guayabas y naranjos que entraba por la ventana del jardín, ellos chapaleaban en un océano infinito de sensaciones y sentimientos. Ahí se daban cita el cuerpo y el alma. Las horas que pasaban juntos les parecían cortas, pues vivían en una permanente borrachera de amor. Se despedían cuando las tenues luces de las luciérnagas sustituían con sus destellos a los últimos rayos rojizos del atardecer.

Al regresar a casa, Emiliano no hacía otra cosa que pensar en el siguiente encuentro. Ella constituía un aire purificador en su vida ajeno a todo ese núcleo de la élite santanense que tanto lo hastiaba.

A Camila le bastó escucharlo hablar de Valentina, para saber que el verdadero amor había nacido en su corazón. Ponía tanta emotividad en sus palabras que casi podía palparse el mundo romántico en el cual vivía.

Aquel año, él cursaba el séptimo semestre de Derecho. Camila le había hecho ver la importancia de estudiar y obtener un título universitario. Cada vez que se presentaba la ocasión, solía repetirle:

—Eres un privilegiado al contar con la oportunidad de poder estudiar. Así no tendrás que tallarte el lomo para sobrevivir, como hace tanta gente sin preparación profesional.

—No le hagas caso a tu madre, habla como una profesora rural con sus alumnos campesinos. Se aprende más en la escuela de la vida que en las aulas de una Universidad —replicaba Orlando cuando la escuchaba. Él no veía la importancia de que Emiliano continuara estudiando. Y menos la vio cuando decidió utilizarlo para seguir adelante con sus planes políticos. Por eso, en cuanto se presentó la oportunidad, volvió a repetírselo y le sugirió casarse con una mujer de apellido reconocido en Santa Ana. Emiliano aceptó dejar la Universidad. Respecto a su propuesta sobre el casamiento, se abstuvo de protestar. Pensó que ya habría tiempo de disuadir a su padre de semejante idea.

A fin de poner en marcha sus planes, Orlando comenzó a observar a las chicas que acudían al club de golf. Era el escenario favorito de la supuesta crema y nata de la sociedad, y ahí debía encontrarse su futura nuera. Después de estudiarlas con cuidado, eligió a Lilibeth, sobrina de Guido Monasterio. El padre fungía como modesto empleado público. La madre vendía comida en la cafetería de un colegio. No obstante, se ufanaban de descender de un conde europeo, que un día había sido dueño de grandes extensiones de tierra, docenas de indios y cientos de cabezas de ganado. Afirmaban que cuando el negocio estaba en el punto más floreciente, el noble pariente fue asesinado por un empleado descontento —debía hacer más de medio siglo de ello, pues nadie lo recordaba—. Su riqueza había sido minada por los caprichos de la naturaleza, las rebeliones de los aborígenes y los golpes de Estado. Lo único que les quedaba de la supuesta grandeza era el apellido.

Aparte de los ciegos prejuicios sociales que le venían de familia, de una marcada fascinación por el dinero y respeto por los deberes religiosos, no había nada sobresaliente en el carácter de Lilibeth. Los temas de su conversación versaban sobre las riquezas familiares pasadas y las sirvientas, a quienes consideraba seres inferiores. En contraste, con la gente de buena posición social, siempre tenía una frase de elogio en la punta de la lengua. Su nivel educativo se reducía a los estudios básicos, al aprendizaje en la escuela de modelos y las lecturas de las notas sociales del periódico.

Nada la distinguía de cualquier otra muchacha de la sociedad local. A no ser sus evidentes aprietos económicos. Aunque muchos vivían más de la apariencia que de la realidad, la situación de la familia Monasterio podía calificarse de desesperada, pues se rumoreaba que debían hasta la camisa y no tenían a la vista una solución inmediata.

La decisión de Orlando de casar a Emiliano con Lilibeth fue para este como un chorro de agua fría en el rostro, pues él había planeado hacerlo con Valentina. Había esperado el momento oportuno para hablar del asunto con su padre. Pero siempre lo pospuso. Temió que no aceptara, por considerar un retroceso una relación con una estudiante pobre y sin apellido distinguido. Aturdido aún por la noticia y sacando valor de su desesperación le comentó que estaba enamorado de una chica humilde con quien deseaba casarse.

—No nos conviene.

—Hace ya tiempo que tenemos una relación seria. Sabes a qué me refiero, ¿no? Además es inteligente, universitaria y…

—¡Al carajo con eso! No confundas las cosas, hijo. Ella es solo una aventura. Haz como yo: ponle una casa, dale regalos y dinero. Así la tienes contenta y puedes conservarla.

—Le he prometido matrimonio. Si ahora le salgo con que voy a casarme con otra y a ella nomás la quiero de amante, terminará conmigo.

—¡Burreras! Querrá impresionarte y presionarte a la vez. No hay ninguna que resista la tentación del dinero. Todas tienen un precio y nosotros podemos pagarlo. Dale cuanto quiera, pero eso sí, nada de boda. Tú debes casarte con alguien que nos sea útil para relacionarnos con la gente de arriba. Me he pasado la vida trabajando como una bestia, para que tanto vos como tu madre tengan lo que tienen. Para mí no ha habido días festivos o de descanso, solo bregar con tal de que vos disfrutes de comodidades y lujos. Muy justo es que ahora contribuyas en nuestros negocios. Jamás te he pedido ayuda, pero esta vez te la pido; te la exijo.

Cuando Camila lo supo, intentó defender la posición de Emiliano.

—¿Qué sentido tiene relacionarse con los Monasterio? Si es por dinero, ya tenemos más que suficiente. Y si hemos batallado tanto para tener cuanto tenemos, lo hicimos por el bienestar de nuestro hijo, porque quisimos que fuera feliz. Y él solo lo será al lado de Valentina.

—¡Feliz con esa pelada!, no me friegues con ese cuento. Con nuestro dinero, Emiliano puede tener a cuantas mujeres se le antojen. No obstante, debe unirse a Lilibeth; lo hago por su bien. Un futuro político nacional no puede tener como mujer a una chola pobretona. Por él, hago cualquier cosa, sin embargo en esto no transijo. Y te advierto una cosa; no se te ocurra aconsejarle lo contrario, porque entonces sabrás de lo que soy capaz.

Esas palabras duras y terminantes no admitían réplica. Las dijo con el convencimiento de estar en posesión de la verdad absoluta. Camila las aceptó con la antigua resignación con que había admitido siempre sus órdenes; y él las repitió, solo para convencerse de su absoluta obediencia. Dicho esto se marchó, dejándola hundida en la impotencia, sintiéndose aprisionada en aquel círculo de acero de la voluntad de Orlando, que no dejaba replicar.

A partir de aquel día, los Monasterio fueron invitados con frecuencia a casa de los Quiroga y en el club se volvieron inseparables. Tanto Emiliano como Camila no pusieron objeción a la decisión de Orlando.

Poco a poco, Valentina comenzó a notar que en las últimas semanas Emiliano había puesto pretextos para no acudir a sus encuentros. Desconcertada ante aquel cambio brusco de comportamiento, un día le preguntó qué ocurría:

—Nada, —aseguró él.

—Pues a mí, sí. Debo comunicarte algo importante. ¿Nos vemos esta tarde?

—Allá estaré a eso de las cinco.

No pudo negarse. Era incapaz de resistir una invitación de ella, le bastaba con escuchar su voz para que la voluntad se le derritiera como la mantequilla ante el calor de la lumbre. El solo pensar en su encuentro, lo envolvió en una irrefrenable euforia que le produjo deseos de gritar a los cuatro vientos cuánto la amaba y de rebelarse contra su padre.

En la sala de su casa, Orlando se recostó en un mullido sillón. Era un hombre fornido, cachetón, con nariz aguileña y cejas espesas sobre unos ojos de mirada penetrante. Tomó un puro, lo acercó a la nariz, lo olfateó con deleite, lo encendió y le dijo a Emiliano, que se encontraba sentado frente a él:

—Esta noche vienen los Monasterio a cenar. Quiero que estés aquí a eso de las siete y media.

La noticia lo enfureció y el tono autoritario de la voz de su padre, aún más. Para este, el amor leal y sincero era una tontería y, desde su prepotencia, lo trataba como si Emiliano fuera un niño caprichoso que intentara rebelarse contra la dirección de su sabio tutor. Un tinte rojo le coloreó el rostro y en un arrebato de cólera, grito:

—Lilibeth es una idiota. El puro hecho de escuchar su nombre me hace bostezar. Esa tipa no tiene cerebro… O más bien sí, pero sin estrenar.

—En la vida todo tiene un precio. Así que aguántate. Sobre la otra pelada, ya te dije el remedio. Solo trata de ser discreto por ahora, pues Lilibeth no debe enterarse de tus embrollos de faldas. Cuanto antes te cases mejor. Yo ya le he endulzado el oído a sus padres y están encantados con la idea de que emparentemos. Ahora te toca a ti hacer tu parte con la chica —respondió Orlando, sonriendo maliciosamente.

Emiliano apretó los puños hasta hacerse daño y sin decir nada, salió dando un portazo que hizo temblar los ventanales.

Eran las cinco de la tarde. Valentina lo esperaba en el hotel. Se había esmerado en su arreglo y ya había ordenado té y empanadas. El mesero llegó con la orden. También trajo rosas rojas, que ella colocó en el florero de la mesa y, a un lado, puso un sobre. En cuanto escuchó girar el picaporte, corrió hacia la puerta y al ver a Emiliano le echó los brazos al cuello. Con suavidad, él la separó. Lucía muy alterado:

—Tenemos que hablar, Valentina. Tengo algo de decirte.

—Yo también.

—Primero déjame hablar a mí. Si no es ahora, no sé si después tendré valor de decírtelo.¡Por favor!

Ella se sentó en el borde de la cama y guardó silencio, esperando sus palabras. Él prendió un cigarro y permaneció de pie:

—Te quiero mucho, te adoro. Sin embargo, por cosas que no puedo explicarte, tengo que casarme con otra. Ya está decidido, —dijo y enseguida, como arrepentido de lo confesado, agregó—: Dame tiempo, de repente me deshago del compromiso. O bien, podemos seguir como hasta ahora. Puedo comprar una casa para nosotros, no necesitas trabajar y…

En el primer instante, Valentina creyó que se trataba de una broma de mal gusto y frunció la frente. Sin embargo, cuando transcurrieron los minutos y él en lugar de negarlo solo intentó justificar su proceder, palideció y su piel adquirió el color de la cera. Quiso decirle algo, movió la boca sin lograr pronunciar una palabra. Quiso ponerse de pie, se tambaleó y cayó de espaldas sobre la cama, sintiendo que caía en el fondo de un abismo.

Sus palabras retumbaron en las paredes y en sus oídos. Él quiso abrazarla. Ella lo apartó de un empujón. Apenas hacía unos días habían hecho planes de formar un hogar, y ahora él venía para anunciarle su matrimonio con otra y proponerle el papel de «la otra.»

—Me estás proponiendo que sea tu amante...

—No..., bueno, solo por un tiempo.

Sí, le estaba ofreciendo el puesto de la clandestina. Esa que tiene un lugar en las sombras, en los ratos libres de su hombre y que debe esperar el rato cuando la esposa y los hijos legítimos no lo necesiten. Perpleja, continuó sentada en esa cama, testigo de tantas alegrías, donde habían tejido tantos sueños en las horas de pasión, ahora disueltos en la ácida realidad. Tantas veces lo escuchó decir que la amaba. Todo mentira, palabras endebles que, cual castillo de naipes, al menor soplo del viento se derrumbaron.

Ella logró ponerse de pie con dificultad. Y aunque quiso decir algo, se contuvo mordiéndose los labios. Miró el sobre al lado del florero, lo tomó y estrujándolo entre las manos lo rompió, tomó su bolso y salió. La puerta se cerró de golpe tras de ella.

De pie, en silencio, él la dejó marcharse.

Emiliano llegó hasta el recibidor de la casa. Se detuvo a recuperar el aliento, respiró hondo y se acomodó la corbata. Carecía de ánimos para cortejar a Lilibeth. Detestaba la idea de aguantar su presencia, zumbando en torno suyo como un incómodo mosco. Si por lo menos pudiera olvidar por un instante a Valentina y la aflicción que le causaba perderla. Quizás el tiempo pudiera curarle las heridas del mal de amores… Ahora debía cumplir con su deber de hijo. Respiró hondo, entró y saludó a las visitas.

Durante la cena, Emiliano permaneció distante. Apenas abrió la boca y probó bocado. Lilibeth le pareció insípida, bobalicona, en una palabra: idiota. Habló de una cosa y de otra. Pero sus palabras le importaban un carajo; no le decían nada, eran sonidos articulados flotando en el aire y cuyo zumbido le rompía los oídos. Su pensamiento estaba ocupado con un rostro estupefacto, el rumor de unos sollozos y de unos reproches que le producían una culpa atroz. Se había prometido defender a Valentina de Orlando. También había querido detenerla cuando salió de la habitación. No obstante, no hizo ninguna de las dos cosas. Era un cobarde, se odiaba por ello. Cómo debía despreciarlo ella.

Jamás una mujer le había provocado semejante excitación y, por una ironía del destino, no podría casarse con ella. Él era culpable de lo pasado y de lo presente, por carecer de valor para zafarse de las argucias de su padre. Ahora estaba frente a Lilibeth Monasterio, que contaba con un apellido que le abriría a Orlando las puertas de la esfera social más alta de Santa Ana. ¿Podría algún día ser tan feliz con ella como lo era con Valentina? Intentó seguir el hilo de su conversación y ponerle atención. No lo logró, y desistiendo de ello, en cuanto terminó el postre, ignorando los ruegos de Orlando para que se quedara a la sobremesa, se retiró a su habitación.

Agachado en el escusado, devolvió lo que acababa de comer. Sin embargo, no pudo vomitar el dolor que le comía las entrañas.

Valentina había desaparecido de Santa Ana. Él la buscó en la universidad, en su casa, indagó sobre su paradero. Nadie supo decirle hacia dónde había encaminado sus pasos. Esperanzado en que regresaría, de tarde en tarde la esperaba en el cuarto del hotel. Recostado en la cama, ajeno al alboroto de los pájaros que se colaba por la ventana, permanecía atento a cualquier sonido, escudriñando las sombras del jardín.

Ajenas a su lacerante dolor, las manecillas del reloj continuaban su implacable camino. Sentado en el borde de la cama, pensaba: «¡Dios mío, haz que vuelva, aunque solo sea una vez! No soporto su ausencia»". Las sombras iban borrando las paredes y las cosas, hasta que la noche vencía los últimos destellos solares del atardecer; los vencía como el desánimo a Emiliano. Era hora de marcharse; ella ya no llegaría.

Y tras días de inútil espera, decidió no volver. «Al fin y al cabo no puedo ofrecerle nada, el destino nos ha marcado diferentes caminos», concluyó sin mucho convencimiento. Llamó a la recepción y canceló el alquiler de la habitación. Antes de salir echó un último vistazo al dormitorio, testigo de tantos instantes felices y de tanta confusión. Se puso el saco, salió, abordó su auto y se alejó de allí.

Desprovisto de voluntad, Emiliano continuó el noviazgo con Lilibeth y se dejó arrastrar por el torbellino de los acontecimientos, que no le auguraban un buen matrimonio. Él, callado y frío; ella, enamorada y locuaz. ¡Era tan fastidiosa como una guacamaya habladora! Por si fuera poco, carecía de un mínimo de cultura y a menudo confundía la gimnasia con la magnesia. Lo peor de todo era que consideraba que, como mujer joven y moderna, debía participar en las charlas con los amigos de él. Así, a menudo metía la cuchara y la pata a la vez; como sucedió cuando alguien comentó las habilidades políticas de Mijail Gorbachov, a lo que ella, asombrada, preguntó que desde cuándo aquel bailarín había entrado en la política, y que si el Sida que padecía no era un obstáculo en sus nuevas actividades. En tales situaciones, Emiliano hacía uso de su sentido de humor para transformar su error en una broma, entre las risas contenidas de sus amigos. Lilibeth no percibía ni lo uno ni lo otro. Y con suficiencia, continuaba participando de la charla. Él la miraba en silencio. ¡Con cuánto gusto le hubiera metido una pastilla de jabón en la boca, para hacerla callar!, pues sus tonterías le resultaban embarazosas y sus ínfulas de grandeza aún peores.

Las ventajas que representaba la unión de Emiliano con Lilibeth no pasó desapercibida para el hermano de esta. Supo al instante que lujos y riqueza, el sueño de su vida, serían viables mediante la fortuna de su futuro cuñado.

Así que en cuanto se presentó la ocasión le comentó a Lilibeth:

—Emiliano es nuestra posibilidad de allegarnos a la buena vida. Si quiere emparentar con nosotros, aunque no sea de nuestra clase, acéptalo, hermanita. No debes ponerte tantos moños en cuanto a su origen. Piensa en que tiene suficiente plata como para sacarnos del atolladero y cualquier consideración aparte sale sobrando.

—Voy a hacerme del rogar por un tiempo, para darme importancia.

—Al contrario, debes hacer algo para empujarlo a que te proponga matrimonio cuanto antes, no vaya a ser que otra más pícara que tú, te lo gane, pues con la fortuna que se carga cualquiera estaría dispuesta a casarse con él mañana mismo. Y a las claras se nota, que más que por amor, te busca para relacionarse con gente de nuestra clase.

También Gloria notó el desinterés de Emiliano. Era obvio que en aquel noviazgo estaba más entusiasmado el suegro que el novio. Tampoco ella estaba fascinada con el pretendiente de Lilibeth. Hubiera deseado para ella alguien con apellido ilustre y rico. No obstante, bien sabía que alguien con esas cualidades no había llegado, ni llegaría, y ahora debía conformarse con lo que tenía. Algo era algo y con alguien con una inmensa fortuna como Quiroga, era demasiado. A través de la unión de él y Lilibeth, ella y su familia vivirían como reyes.

Le urgía que aquella unión se realizara cuanto antes, teniendo en cuenta su apretada situación económica, la cual en los últimos meses se había tornado alarmante. Pablito, a causa de sus pésimas notas, no había podido ingresar a la Universidad Estatal y, por eso, debían pagar la costosa colegiatura en una privada. Además tenían que cubrir las cuotas mensuales y el pago de los *caddies* en el club de golf. Eso sin considerar que la cuenta en el bar del club había crecido a pasos agigantados, debido a los tragos que, de tarde en tarde, se empinaba Pablo, su marido. Le debían tres meses de sueldo a la sirvienta, la tarjeta de crédito estaba cancelada y el teléfono celular de Pablito y el de la casa cortados por falta de pago.

Sobre todo sabía que no podía contar con el apoyo de su «comodín» marido, que no hacía nada para salir de los aprietos económicos, pues confiaba en que ella, como siempre había hecho, encontraría la forma de solucionarlos. Pablo Monasterio trabajaba en una oficina pública y percibía un salario mísero. Era un puesto inventado para él por un funcionario amigo suyo. Ahí, aparte de hablar por teléfono con sus amigos y beber café, poco tenía qué hacer. A las dos de la tarde regresaba a casa a comer y a descansar de las fatigas del descanso. Después de la siesta se encaminaba al club de golf a jugar y a seguir endeudándose.

Gloria reflexionó sobre el asunto. La única arma con que contaba era su apellido; los Quiroga, aunque nadaban en dinero, carecían de uno, y a leguas se notaba que ese era el motivo por el cual Orlando deseaba emparentar con ellos. Así que decidió ponérselo ante sus ojos, como una salchicha frente a un perro hambriento. También le recalcaría que en su familia había habido embajadores, generales, ministros…

Aquellas cavilaciones fueron innecesarias, pues Orlando no se había embarcado a ciegas en la aventura. Tampoco era de los que sueltan la presa con facilidad. Sabía que los Monasterio necesitaban con urgencia dinero y él aspiraba a trepar hasta lo más alto de la sociedad. Ellos y él sabían que solo con el apoyo mutuo conseguirían sus fines.

Así que una tarde, como por casualidad, cuando encontró a Pablo en el club de golf, Orlando lo invitó a tomarse unas copas y de forma directa le ofreció su ayuda al tiempo de pedirle la mano de Lilibeth para Emiliano. Monasterio sonrió complacido. «Tenemos que esperar un tiempo prudente y ver cómo se desarrolla su noviazgo», respondió, tratando de fingir desinterés en el asunto. Al despedirse de Orlando, comentó que le consultaría a su hija, pues ella era la única que podía decidir sobre el asunto.

Cuando Pablo llegó a casa, Lilibeth y Gloria, ayudadas por la criada, preparaban hamburguesas y empanadas para los alumnos de un colegio. Gloria que cuando no olía a empanadas fritas lo hacía a hamburguesas, le estaba confesando a Lilibeth su preocupación, porque no sabía cómo salir del atolladero de deudas en que se hallaban.

—Pero yo sí —, dijo Pablo emocionado.

Había escuchado la plática y a boca de jarro les habló del ofrecimiento de ayuda de Orlando Quiroga, así como de las pretensiones de Emiliano y de lo que le había contestado.

Lilibeth aceptó de inmediato. No cabía de gusto, pues justo ahora, cuando rondaba los veinticinco años y ya no lo esperaba, le llegaba su príncipe azul, rescatándola de la soltería y de la pobreza. Y lo amaba. «Como quien dice, ofreciéndome el oro y el moro», pensó

Emiliano había despertado el amor en Lilibeth. Pero su afecto no era correspondido. Ella lo presintió. Sin embargo, eso no medró su interés, segura de que con el tiempo y algo de maña caería rendido a sus pies. Por desgracia yo sabía que sus deseos nunca llegarían a cumplirse, pues él amaba a Valentina y la intensidad de aquel amor convertía su corazón en algo tan inalcanzable como el cielo del mar. Pese a saberlo, no tuve valor para deshacer esa unión, de rebelarme contra la arbitrariedad de Orlando y de apoyar a Emiliano con firmeza.

Después de un incoloro noviazgo, Orlando y los Monasterio hicieron público el enlace de sus hijos. Las amonestaciones corrieron y los preparativos de la boda se hicieron, sin que Emiliano moviera un dedo. Únicamente puso a disposición de Lilibeth una cuenta bancaria sin límites para su ajuar de novia y cuantas cosas deseara comprar. Orlando contrató a una firma de prestigio internacional para que se encargara de la organización del banquete y de los preparativos de la iglesia. Como regalo de bodas les entregó las llaves de una de sus casas cercanas al club de golf, lujosamente amueblada y provista de una enorme piscina.

Lilibeth vivía en las nubes. Le costaba trabajo creer que de la noche a la mañana se había convertido en una mujer rica y solicitada por sus conocidos. Las fiestas de despedida de soltera y la llegada de los regalos de boda parecían no tener fin. Tampoco sus visitas a las tiendas de ropa, a la modista y a las *boutiques* de lujo.

—Esto es un sueño, no lo puedo creer —exclamó Gloria el día que vio el ajuar de novia, la ropa de su hija, las invitaciones hechas en papel de lino y escritas a mano con tinta dorada.

Era el día de la boda por la iglesia. Lilibeth se levantó temprano y se metió en la ducha para quitarse el cansancio. La noche anterior no había podido conciliar el sueño por la emoción. Aún no podía concebir su repentino cambio de suerte. Ahora se casaría con el hombre que amaba y sería una mujer muy rica. Pablito entró con una caja:

—De parte de mi querido cuñado.

—Dámela, dámela —dijo Lilibeth entusiasmada.

Con mano nerviosa deshizo el moño y desgarró el papel de regalo y, al abrir la caja, se quedó sin habla.

—Llama a mamá para que vea esto.

En el estuche descansaba un collar y unos aretes de perlas. La costurera, acompañada de dos mujeres, entraron con el vestido y lo pusieron sobre la cama y se quedaron sin habla cuando vieron las alhajas.

En el cuarto contiguo, Gloria corría de un lado a otro. Entre sorbo y sorbo de café, cosía un calcetín de Pablito y le arreglaba la corbata al marido. La sirvienta, tras de ella, le acercaba el colorete, el lápiz labial y el espejo. Ayudada por esta, se metió con dificultad en una ajustada faja que le impedía respirar a gusto, y enseguida se puso la falda de seda negra. Estirándose aún las arrugas de las pantimedias entró en la recámara de Lilibeth. Al verla contuvo el aliento: estaba enfundada en un vestido de raso, con una cola de cinco metros, recamada de piedras semipreciosas que lanzaban destellos. Llevaba un collar y unos aretes con las perlas más grandes que ella jamás hubiera visto.

—Regalo de Emiliano —, dijo Lilibeth taconeando impaciente mientras la peinadora le daba los últimos toques a su cabello.

—Te ves muy hermosa, hija.

—Pero el vestido es una tortura, pesa una tonelada.

—La belleza tiene su precio. Todo mundo va a quedarse con la boca abierta cuando te vea.

Hasta ellas llegaron los gritos de don Pablo:

—Apúrense, apúrense, que se hace tarde.

Antes de salir, Gloria le tomó el mentón, la miró con ternura y le dio su bendición mientras le murmuraba al oído:

—¡Que seas muy feliz!

—Lo soy madre, tanto que me duele el pecho.

La iglesia estaba decorada con gladiolos, orquídeas y rosas blancas; flores extravagantes para una ciudad tropical. Las habían traído por vía aérea desde una ciudad vecina. Frente a la puerta principal, se encontraba Emiliano. Lucía muy serio, con un esmoquin negro y el pelo demasiado corto. Conversaba con el sacerdote, cuando una limusina decorada con cintas y flores blancas se detuvo frente a la iglesia. «Ahí viene la novia», dijeron los curiosos.

La iglesia y los alrededores estaban atestados de gente. Cuando Lilibeth descendió del auto se escucharon exclamaciones de admiración y cientos de ojos se clavaron en ella.

—Estás bellísima —exclamó Emiliano.

—Tú también —respondió ella, y le rozó la mejilla con los labios.

La rodearon sus damas de honor.

—Chica, no seas impaciente, no debes hablar con tu novio antes de entrar en la iglesia. Eso trae mala suerte —le dijo una de ellas.

—Mejor salúdame a mí —dijo Gloria.

Emiliano abrazó a su futura suegra.

—Cuídala mucho, es la niña de mis ojos.

A sus espaldas apareció Camila y las mujeres se saludaron con un beso en la mejilla. Acomodándose el pelo, se les unió Pablo, mientras Orlando echaba una mirada hacia las puertas de la iglesia.

—Díganme cuando todos estén listos para avisar al sacerdote.

Bajo la cúpula de la iglesia se escuchó el rumor de voces, taconeos y el crujir de los bancos al ponerse la gente de pie. Las notas de la marcha nupcial llenaron el aire y los novios hicieron su entrada. Emiliano del brazo de Camila y Lilibeth del de su padre, seguidos de las madrinas y los pajes que se peleaban por levantar la cola del vestido. Frente al altar, Pablo Monasterio cedió su lugar a Emiliano, la música cesó y los novios quedaron de pie. El sacerdote dibujó la señal de la cruz sobre las cabezas, que se inclinaron frente a él: «En el nombre del Padre, del Hijo y del Espíritu Santo.»

Los asistentes tomaron asiento y los novios se arrodillaron en sus reclinatorios.

Emiliano escuchó las palabras del sacerdote, sin entenderlas. Tampoco le importó. Permaneció inmóvil, como si fuera una pieza de granito, hasta que sintió un escozor en la mejilla. Desvió los ojos hacia un lado del altar y descubrió a una mujer con el rostro cubierto por un velo negro. Creyó reconocer en su silueta a Valentina, y por un instante tuvo el impulso de dejar todo tras de sí y correr hacia ella. Miró a Lilibeth y hacia donde estaba la mujer del velo; había desaparecido. ¿O quizás fue un invento de su imaginación? Sin embargo, había sentido su insistente mirada y hasta creyó percibir la fragancia de su perfume. Ya era tarde para volverse atrás; lo hecho, hecho estaba y debía seguir adelante. No podía dejar a la novia plantada frente al altar con cientos de testigos. El ambiente se inundó de notas musicales, voces de coros, rezos, olor a incienso y a cera.

Enfundada en aquel deslumbrante vestido y en medio de aquella multitud, Lilibeth no acertaba a discernir si todo aquello era realidad o estaba viviendo un sueño. Por eso no percibió el gesto ausente de su novio. Tampoco escuchó el sermón. Solo regresó a la realidad cuando el sacerdote pronunciaba las tradicionales palabras que enlazaron sus vidas para siempre, declarándolos marido y mujer. Enseguida se escuchó la marcha nupcial y cuando ellos salieron del templo, cientos de invitados los recibieron con gran barullo y una lluvia de arroz crudo.

Los abrazos y fotos parecían no llegar a su fin.

El banquete fue servido en la residencia de los recién casados, regalo de bodas de Orlando. Orlando, Camila y los Monasterio acogían a los invitados con gran amabilidad a la entrada. A lo largo y ancho de los jardines se instalaron carpas, mesas, sillas, ramos de flores, comida y bebida abundante para el ejército de invitados. El lujo imperaba en cada detalle. Orondo como pavo real, Orlando sonreía satisfecho al escuchar las exclamaciones de admiración de los invitados ante el lujo de la residencia y la abundancia y excelencia del banquete, compuesto de platillos internacionales, champaña francesa, vinos chilenos y cerveza alemana. Aunque él, como, Rengo para sus adentros, renegaba de aquellos manjares, que para su gusto no eran más que excentricidades de ricos.

Cuando Rengo probó el caviar, estuvo a punto de escupirlo. Aseguró que aquellas criadillas de pescado cosaco parecían y sabían a mierda de borrego, y que no entendía por qué se consideraban una delicia. Lo mismo le ocurrió con el queso Camembert, que apestaba a pies sucios.

—¡Carajo de mierda!, a esto le falta azúcar, sabe a sidra para diabéticos —exclamó irritado cuando probó la champaña.

—No seas ignorante compadre, es champaña y de la buena —respondió Orlando.

—Estoy seguro de que más de uno de los invitados comparte mi opinión y solo por aparentar mucha clase, dicen lo contrario, —replicó Rengo y sin pérdida de tiempo fue a la cocina a hablar con uno de los cocineros.

—Prepáreme un filete de res bien grueso y jugoso, unos chorizos, una salsa de tomate con su cebolla, ajo y ají, y un plato de yuca frita y crujiente —ordenó y regresó a junto a Orlando.

Minutos después, un mesero llegó con su pedido. Rengo cortó un trozo de carne, lo ensartó en un tenedor y engulló con apetito. Una sonrisa de placer iluminó su rostro.

—Qué pensará la gente al verte comer estas cosas simplonas, despreciando el caviar.

—Debe estar haciéndoseles agua la boca.

—Para ti lo único importante es la comida.

—Ahí como ves, esa gente solo habla de el peinado, el vestido y sandeces por el estilo. Por lo menos yo pienso en algo más original y provechoso —replicó Rengo, mientras volvía a llenar copiosamente el tenedor de comida.

Apenas Rengo dio cuenta de la comida, un mesero se acercó a recoger los platos y preguntarle si se le ofrecía algo más.

—Un flan y un arroz con mucha canela, y un jarro de café —respondió él, a la vez que Orlando se reía.

—Ríe lo que quieras, compadre, pero yo voy a servirme otra porción de este arroz que sabe a gloria.

Entre tanto, los Monasterio revoloteaban entre los invitados, repartiendo y recibiendo cumplidos. Y solo cuando de hablar de sus hijos se trataba, ponían cara de fingida congoja, pues acababan de entregar a Lilibeth en matrimonio y Pablito pronto emprendería el vuelo hacia Norteamérica para continuar sus estudios.

Llegó la hora del brindis: Orlando Quiroga dirigió a los recién casados un cantinflesco discurso sobre la importancia de la familia en la sociedad y les deseó que pronto la vida los bendijera con un montón de hijos como correspondía a una pareja saludable. Al final, levantó su copa y concluyó con un: «a la salud de los novios, mis hijos». Al brindis le siguió el atronar de aplausos y vivas. La orquesta tocó un vals, los recién casados abrieron el baile y la concurrencia los secundó.

Chito Salinas tomó por la cintura a su mujer al tiempo de susurrarle algo al oído; ella sonrío divertida. Pablo Monasterio ofreció su brazo a Gloria. Ella se puso de pie, sin percatarse que se le había roto el cierre y estaba pisando el borde de su falda. Al levantarse, la prenda se le bajó a la altura del bajo vientre, dejando al descubierto las pantimedias de color carne. Cientos de sofocadas risas llenaron el aire; Lilibeth se llenó de bochorno y a Emiliano, la boca de risa.

Los preparativos para la boda se hicieron sin que Emiliano moviera un dedo. Únicamente lo hizo el día del matrimonio civil para estampar su firma, aquel garabato oscuro que marcó su futuro. Tampoco yo contribuí en la organización de aquel agasajo, donde otros eran los protagonistas, y me conduje como un espectador de aquella burda representación teatral.

A eso de la media noche, el olor a alcohol, a comida y a sudor vencía al olor del desodorante y del perfume. Un amasijo de cuerpos con los trajes arrugados, bailaba, reía y sus voces se apretujaban en un haz nebuloso de rumores que la noche condensaba sobre el aire. Para esas horas, el general Roig, más borracho que una cuba, apenas podía sostenerse en pie. No obstante al vislumbrar a Chito Salinas y a su pareja, se levantó de su asiento y mientras extendía la mano a su amigo, recorrió con la mirada a su señora. Tambaleante, se dirigió hacia el centro del jardín, se detuvo frente a la piscina y se abrió el cierre del pantalón. Uno de los guardaespaldas lo sostuvo. Docenas de ojos azorados lo observaron. Esther hubiera preferido que se la tragara la tierra antes de presenciar aquel grotesco espectáculo: con la bragueta abierta, Milton hacía gala del alcance del chorro de sus orines. Sobreponiéndose a la vergüenza, ella se acercó y le murmuró al oído que guardara la compostura. El general la hizo a un lado de un manotazo y le dijo: «Quítate de mi vista, pelada de mierda. Tú no eres nadie para decirme cómo debo comportarme.»

A Esther, un rubor encendido le cubrió las mejillas, pero se lo guardó, y hasta consiguió esbozar una sonrisa cohibida en tanto lo miraba encaminarse a la mesa.

Copa tras copa, el general continuó bebiendo. Al cabo de largo rato, con la mirada acuosa, hilos de babas escurriéndole por las comisuras de la boca, se llevó las manos al estómago. Intentó ponerse de pie, pero patinó y cayó al suelo regado de arroz y aguardiente. Cuando Chito, solícito, lo ayudó a incorporarse, chorros de líquido caliente le cayeron sobre la camisa. Sus guardaespaldas acudieron en su ayuda, llevándose en hombros aquel bulto pesado y fétido. Flotando entre los vapores del champaña, Pablo y Gloria Monasterio no percibieron el suceso y continuaron bailando. Los invitados cuchichearon disimuladamente. Recordé los esfuerzos de Orlando por hacer de la boda todo un acontecimiento social, el repaso continuo de cada detalle. A cada momento, comentaba cómo impresionaría a los comensales con aquella fiesta única. Y ahora, frente al espectáculo de aquel mastodonte borracho llevado en andas, de Pablo contoneándose con la torpeza de un rinoceronte, de Chito, pálido y asombrado, como una cacatúa asustada, limpiándose la camisa cuajada de vómito, Orlando se comía una langosta con más rabia que apetito pareciendo una foca encolerizada. Aquello más parecía un zoológico mal montado que un evento de gala.

Me eché a reír. Esther me secundó. Nos miramos a los ojos y volvimos a reír. Reímos tanto que tuvimos que agarrarnos el estómago, e incapaces de contener nuestras carcajadas, nos refugiamos en la cocina.

En medio de aquel río de licor, abundancia de comida y espectáculo colosal, la fiesta parecía no tener fin. Emiliano estaba tan lleno de aflicción como sus invitados de comida y vino. Para él, el pomposo evento se redujo a una palabra: fracaso. Rostros, vestidos, trajes, botellas de vino, trozos de pastel y flores flotaban ante sus ojos como en un sueño nebuloso. En la pantalla de su mente aparecían imágenes superpuestas, mezcladas con dolor; un dolor que le ablandaba los huesos. Las notas del vals lo abrumaron aún más. Su felicidad se había diluido entre un vestido blanco y una marcha nupcial. Había recibido felicitaciones y había besado a la novia. Le había quitado la liga y había partido el pastel, bailado y brindado junto a su nueva esposa. Todo lo hizo con movimientos automáticos, con la mente en otra cosa y sin percibir el paso del tiempo hasta que su mirada tropezó con Sergio.

Se alegró de volver a ver a uno de sus mejores amigos:

—Gracias por venir, hermano —le dijo.

—De nada. Fue un gustazo acompañarte en una ocasión tan especial. La boda coincidió con mis vacaciones en la universidad. El próximo será Rodrigo. Ya ves que yo sin agasajo ni nada, pero ya me eché el lazo al cuello.

—¿Cómo estuvo eso?

—Pues qué va a ser, que el padre de Gueddy nos descubrió con las manos en la masa, y casi me casaron a la fuerza.

—Quién te manda andar de pata de lana.

—Qué quieres, soy débil, no aguanto más de dos rogadas, y Gueddy es muy apasionada. En fin, no puedo quejarme, tengo una mujer que me hace volar hasta el séptimo cielo y sentirme el rey de la creación.

—Eso es lo importante.

—Por ahora lo más importante para mí es hablar con papá. No quiero seguir estudiando en Estados Unidos. No puedo acostumbrarme a aquellos rumbos, rodeado de tantas caras desconocidas. Para pasar unas vacaciones y hacer compras encuentro fabuloso ese país, pero nada más. Prefiero terminar los estudios aquí, y si no es posible, pues los dejo y ya está. Soy consciente de que si vuelvo al terruño, tendré que hacerme cargo del ingenio. Ni modo, qué remedio me queda. Haré lo que la familia disponga.

—Ya somos dos.

—Dirás tres, porque Rodrigo tampoco anda tan lejos por su voluntad, lo hace a la fuerza. Solo porque su padre decidió dónde y qué debía estudiar.

—¿Qué estudia? Me acuerdo que siempre decía que quería ser escritor.

—Qué va. El muy zonzo está estudiando ingeniería, porque así lo dispuso su señor padre. Extraña mucho el terruño y por eso está llevando materias adelantadas para terminar y regresar cuanto antes. ¡Qué paciencia la de este hombre! Yo en su lugar, ya hubiera mandado al viejo al carajo. En fin, allá él.

—Hace tiempo que no sé nada de Rodrigo. Le escribí un par de veces, pero como no respondió, dejé de hacerlo.

—Tampoco a mí. Gueddy es la que está al tanto de los acontecimientos a través de lo que su madre cuenta en las reuniones de damas. Bueno, ahora tengo que irme, pues mi mujer hace ya mucho rato que se marchó.

—Por ella iba a preguntarte. ¿Qué le pasó? ¿Por qué se fue sin despedirse?

—Nada grave. Se le subió la champaña a la cabeza y mi suegro la llevó a casa. A propósito, hablando de sentirse mal, te veo como desalentado. Yo en tu lugar, estaría entusiasmado, imaginando de antemano las delicias de la noche de bodas. En cambio tú, tienes cara de entierro.

—Adivinaste. Estoy que me lleva el Diablo. Es una historia larga que ya te contaré en otro momento.

—Cuando quieras, soy todo oídos. En otra ocasión nos ponemos de acuerdo para ir a cenar o a bailar los cuatro, ¿listo?

—Listo, pues.

Emiliano lo acompañó hasta el auto y se despidieron con un fuerte abrazo. Al quedarse solo, vagó por el jardín. Hacía calor, la brisa apenas soplaba. «Valentina», murmuró. Y al pronunciar ese nombre, se apretó con ambas manos los oídos, como para arrancarse el emplasto de recuerdos que llevaba pegados en la mente. No pudo. ¿Dónde estaría ahora? ¿Estuvo en la iglesia? ¡Imposible!, debió imaginarlo.

Su recuerdo le hizo detestar a Lilibeth, a Orlando… No, a él no; no debía, era su padre. Al punto, desechó ese pensamiento, pues a él le debía todo cuanto era y la buena vida que llevaba. Por eso no pudo negarse cuando le pidió este «pequeño» sacrificio. Quizás si hubiera sido más persistente, Orlando lo hubiera comprendido.

Suspiró. Era demasiado tarde para pensar en el hubiera.

Durante la ceremonia religiosa y la fiesta había logrado mantenerse sereno. Empero ahora, el desorden de ideas creadas por la desesperación, lo dominó. Gruesas lágrimas rodaron por sus mejillas. Nadie debía verlo en aquel estado. Rodeó la casa; entró por una de las puertas laterales, sin cruzar la sala, y subió a la recámara nupcial. Recorrió el pasillo que lo separaba de la habitación. Levantó la vista y se encontró con el retrato de Orlando, cuyos ojos parecían sonreírle. ¡Lástima que no pudiera hablarle! O era mejor así, pues sus consejos, lejos de ayudarlo, lo hundirían más en la desesperación. Entró, dio unos pasos hasta el centro de la habitación y frunció la nariz; en el aire flotaba un intenso olor a perfume. Las paredes parecían cerrarse contra él, ahogándolo. Mejor dormir, escapar de la realidad. Se despojó del saco y aún vestido se tiró sobre la cama.

Era de madrugada. Solo quedaban unos cuantos invitados. Gloria se inclinó al oído de Lilibeth:

—No hagas esperar tanto a tu marido.

—Que espere, me ha dejado en ridículo frente a todos. El muy torpe se fue sin decirme nada —replicó ella.

—No te enojes, la culpa la tuvo la champaña. Ya habrá tiempo para que le enseñes a comportarse con corrección. Ahora no es el momento.

Lilibeth asintió, besó en la mejilla a Gloria y se fue al interior de la casa. Estaba silenciosa y en penumbra. Se sentía nerviosa. Por fin solos. Una deliciosa excitación emergió en suaves oleadas de su interior. Se detuvo frente al umbral para tomar aliento, carraspeó para limpiarse la garganta, se alisó el pelo y abrió la puerta. Desde ahí alcanzó a vislumbrar una sombra sobre la colcha. Tomó una de las orquídeas que llevaba en el pelo para rozar con los pétalos la mejilla de Emiliano. De puntillas, se acercó para sorprenderlo. La sorprendida fue ella. Sobre la cama solo yacía su saco. Lo llamó; no recibió respuesta. Lo buscó en el baño, por la casa, el jardín… No estaba. Llamó a los criados, quienes lo buscaron sin éxito. Alarmada, interrogó al jefe de seguridad. Tartamudeando, este le dijo:

—Don Emiliano salió hace rato, no permitió que lo acompañáramos.

—¿Adónde fue?

—No lo sé.

—Es el colmo. ¿Es usted el jefe de seguridad y no sabe adónde ha ido? Anda solo y puede pasarle algo malo. Esto no va a quedarse así, en cuanto don Orlando se entere va a botarlo.

—Don Orlando nos dio instrucciones de obedecer al caballero Emiliano, y este nos pidió que lo dejáramos solo. No se preocupe, no corre peligro.

—Eso significa que sí sabe adónde fue. Dígame dónde está, se lo exijo.

—Lo siento, señora, no puedo decirle nada.

—Se va arrepentir de su malcriadez.

Desconcertada, regresó al dormitorio. Aquel hombre ocultaba algo grave. Lo percibió en su turbación, en su vista desviada a un punto indefinido y en su falta de argumentos. Había hablado de forma convincente, como para protegerla de algo que pudiera lastimarla. ¿Sería Emiliano capaz de dejarla sola la noche de su boda? Hasta entonces, no había existido entre las mujeres de su familia, una que le hubiera ocurrido algo semejante, pues sus hombres ardían de deseos de poseerlas de inmediato. Contaban una serie de anécdotas, salpicadas de las peripecias chuscas que el novio ejecutaba para encender el deseo de su virginal mujercita. Ella no podía ser la protagonista de semejante desprecio. Él tenía que aparecer de un momento a otro, debía haber una explicación. Tampoco corría peligro, pues el jefe de seguridad no estaba alarmado. Solo lucía apenado por verla hacer semejante ridículo. Parecía saber dónde se encontraba. Furiosa y a punto de llorar, continuó esperándolo y preguntándose dónde andaría.

Lilibeth se sentó en el borde de su cama, sollozando y rompiéndose la cabeza con preguntas sin respuesta. ¿Serían ciertas las sospechas de su madre y todo era un circo armado por Orlando por su afán de pertenecer a la sociedad local, algo que por cuenta propia jamás lograría? No, eso no. A lo mejor no la encontraba suficientemente atractiva. Quizás, era impotente o amaba a otra El segundo pensamiento la horrorizó. «!Dios mío que eso no sea!», murmuró.

Al cabo de un rato, cuando el cansancio la venció, se cambió de ropa y el vestido de novia, blanco y frío, quedó tirado en el piso como un puñado de nieve a punto de derretirse.

A unos veinte kilómetros de ahí, tal vez a la misma hora, Emiliano, acompañado de un grupo musical que había contratado en la plaza, con la camisa desabrochada y los zapatos en la mano, frente a la casa de Valentina, cantaba a todo pulmón, «*tengo dinero en el mundo, dinero maldito que nada vale*»... Ella saltó de la cama con los primeros acordes. Atravesó el cuarto, se acercó a la ventana y miró a la calle. Aunque no le hubiera hecho falta asomarse para saber de quién se trataba. Le entraron ganas de arrojarle un cubo de agua. Sin embargo le faltó valor para hacerlo. Solo acertó a quedarse quieta, a oscuras, ahogándose en su propia humillación.

Fuera, los acordes musicales se mezclaban con los juramentos amorosos y las súplicas de Emiliano. No hubo respuesta. Él siguió implorando y cantando: «*de qué me sirve el dinero, si sufro una pena, si estoy tan solo...* ¡Abre! Te lo suplico, no me iré hasta haber hablado contigo. No me engañé, te vi en la iglesia. Por eso supe que estabas aquí. Lo sabía», gritó, aporreando la puerta.

Ante aquella bulla, los vecinos comenzaron a asomarse y algunos se juntaron en torno a los músicos. Enojada, a ella se le ocurrió abrirle para reprocharle tanto cinismo. No obstante, pronto desistió de su propósito. Eso era lo que él quería para lavarse la mala conciencia. No le daría ese gusto. ¿O sí? La rabia se hizo más intensa al recordar la escena en la iglesia, y abrió la puerta. Sus ojos, tan negros como su cabellera, parecieron emerger de una noche sin estrellas, haciendo cáusticos reproches.

—¿Qué quieres? ¿No te basta con lo que me hiciste? ¡Cobarde!

—Lo soy, y peor que eso. Cometí un error, te hice sufrir y jamás acabaré de arrepentirme de eso, pero mi amor es más grande que mis culpas.

—¿Para qué quieres hablarme? Ya lo nuestro se acabó, ya nada puede ser posible? Vete y déjame en paz.

Sin responder, Emiliano empujó la puerta y la cerró tras de sí. Las palabras le salieron a borbotones. Él le agarró los brazos, implorando perdón, en tanto Valentina pugnaba por zafarse, pateándolo, golpeándole el pecho, pidiéndole que se fuera y que no volviera jamás.

—No vengas a suplicar como cobarde lo que como hombre no supiste defender.

— Soy lo que tú quieras, pero te amo, no puedo vivir sin ti. ¿Por qué crees que en mi noche de bodas estoy aquí?

Ambos gritaban y lloraban al unísono, ya todo estaba perdido, ya no podían retroceder el tiempo. De nada servía hablar de lo que pudo ser. Sus ojos se encontraron, y Emiliano pudo leer más allá del abismo de furia la gran pasión que sobrepasaba cualquier cosa. Él le rozó la mejilla y el rosario de reproches con su repertorio de insultos se cortó a la mitad con un beso. Ella no gritó más. En su interior surgió un fuego intenso que la arrimaba al otro cuerpo. Así con la misma imperiosidad con la que antes lo ofendía, lo cubrió de besos y caricias. Estaban locos, no podían razonar, no querían, e inflamados de deseo, sus bocas se unieron. Con las manos temblorosas, se arrancaron la ropa, aferrándose con febril obstinación a esos instantes robados a la realidad, siendo conscientes solo de sus cuerpos trenzados en la búsqueda de la consagración de su amor. Ese arrebato pasional los unió bajo el signo de la adversidad, y así, aunque después el mundo se destruyera, esa noche sería solo de ellos.

Arriba, en el cielo, conspiró la luna escondiéndose tras una nube. Fuera, los músicos dejaron de tocar, los curiosos se fueron dispersando y las ventanas del vecindario se cerraron, mientras en esa habitación la realidad se replegó a un rincón de las mentes de la pareja que se amó hasta saciar las ansias de su alma y su cuerpo. Al final durmieron unidos en un solo sueño.

Comenzaba a clarear. El alboroto de los pájaros despertó a Emiliano. Se levantó y entreabrió la persiana. Un furtivo rayo de luz le rozó los senos y los cabellos a la mujer dormida. A lo lejos vislumbró la cúpula de una iglesia sobre un cielo diáfano. La noche anterior, se le habían pasado los tragos, y preso de remordimientos tardíos había buscado a Valentina. Habían hecho el amor con una pasión, que cual incandescente lava explotó dentro de ellos. No tuvieron tiempo para hablar de su presente y futuro sin esperanzas. Solo les importó lo que sentían, sus sentidos y sus sentimientos; sus labios y manos recorriendo con avidez cada centímetro el cuerpo del otro, como si en ello se les fuera la vida. Pero ahora al despertar, él recobró el sentido de la realidad. Con el ánimo hecho trizas, se vistió y se acercó a Valentina. «Te amo más que a nadie en el mundo, sin embargo ya nada es posible entre nosotros», murmuró, y salió sin hacer ruido, como una sombra remolcada por sus pies.

Sus pasos retumbaron en la calle dormida y ella despertó. El solo hecho de recordar a Emiliano la envolvió en una sensación que le produjo temblores y le humedeció el cuerpo. Estiró el brazo para alcanzarlo; encontró un espacio vacío. Abrió los ojos. Se levantó, lo buscó por la casa, llamándolo; su voz vibró en el silencio. No estaba. Había regresado al lado de Lilibeth. ¡Qué tonta había sido al creer que podía torcer el rumbo del destino con desearlo! O quizás fue una alucinación, una locura tejida por la desesperación, y él jamás había estado ahí. Imposible, pues aún tenía sus caricias pegadas a la piel.

Al bajar la vista, vio un botón de camisa cerca de la pata de la cama. Recogió el objeto y lo apretó entre las manos, pues era el único testigo de esa noche inigualable. Emiliano había estado allí. El recuerdo de las horas anteriores emergió nítido al mismo tiempo que la sacudía un lacerante desconsuelo. Sin saber en dónde situar ese torbellino de sentimientos aniquiladores, comenzó a sollozar quedito.

Por las cortinas entreabiertas se filtró el sol, reflejando su luz en la pedrería del vestido de novia. Era el mediodía cuando el rumor de voces despertó a Lilibeth. Al abrir los ojos, no supo dónde se encontraba. Miró a su alrededor; todo le resultó enorme e impersonal. Se incorporó y al comprobar que estaba sola, tuvo el impulso de salir corriendo y regresar al lado de sus padres.

Alguien barría el jardín. Le dolía la cabeza y tenía sed. La noche anterior había bebido y llorado mucho. Se levantó y se acercó al tocador. El espejo le devolvió la imagen de un rostro demacrado, los ojos hinchados y la pintura corrida. Tomó un frasco de crema y con un pañuelo de papel se limpió la cara. Luego se cepilló el pelo, se maquilló y tocó una campanilla. Casi de inmediato apareció una sirvienta.

—¿Qué horas son?

—Las doce y media.

—¿Dónde está el señor?

—Se fue hace harto rato.

La sirvienta recogió el vestido y el resto de ropa, en tanto miraba con curiosidad a su alrededor.

—¿Quiere que le traiga el desayuno?

—No. Arregla la mesa del comedor.

—Don Emiliano llamó hace un rato para avisar que va a venir en la noche.

—¿Por qué no me comunicaste con él, bestia?

—El caballero dijo que no la despertáramos.

Sola y metida en la inmensa habitación, se sintió perdida. Pensó en sus padres. Nunca antes sintió amarlos como en aquellos momentos. También extrañaba su casa. Eran personas y lugares que conocía y le daban una sensación de seguridad. Pensó en llamar a su madre. Desistió de inmediato. Era un escándalo que la noche de bodas el novio se hubiera ido quién sabe adónde, y que a la mañana siguiente estuviera trabajando, mientras ella, como perro sin dueño, no supiera adónde dirigir sus pasos. Era mejor esperar el regreso de Emiliano y aclarar lo ocurrido. Bajó al comedor y desquitó su frustración con las criadas. Les llamó la atención por haberla despertado con sus ruidos y las amenazó con hacer una revisión de limpieza. «Más les vale que todo este impecable o las pondré con todo y tiliches en la calle», dijo. Las empleadas bajaron la mirada, ofendidas por sus recriminaciones. Pero sin atreverse a protestar, volvieron a sus tareas.

Sin probar bocado, se levantó de la mesa y salió al jardín, caminando tan tiesa como si le hubieran puesto almidón.

Con pasmosa lentitud, cayó la tarde y por fin el sol se fue diluyendo en las sombras que fueron formando en el jardín un manto negro. Las luces de la casa se encendieron. Se escucharon los murmullos de las criadas y el arrastrar de sus sandalias plásticas. Lilibeth continuó sentada en la terraza con los ojos rasados de lágrimas. Cuando escuchó la bocina del auto de Emiliano, se limpió el llanto deprisa con los dedos. Frente a la servidumbre disimuló su irritación y lo recibió con un beso en la mejilla.

Cenaron en silencio.

Al terminar, salieron al jardín. Y una vez a solas, ella perdió el control, y lo tildó de sádico, de loco y mal marido a gritos:

—¿Cómo te atreviste a humillarme de esa forma y frente a los empleados, largándote quién sabe adónde la noche de bodas? ¿Dónde estuviste?

Él guardó silencio y miró al cielo, como si ahí pudiera encontrar la respuesta. Le faltaba el ánimo para seguir con la farsa y la única respuesta que Lilibeth recibió fue un vago no sé, confundido con el silbido del viento. La disparatada respuesta, reavivó su desesperación y rompió a llorar. Entre hipos y limpiadas de nariz le preguntó:

—¿Estás enamorado de otra o eres maricón?

Sonrió. La última ocurrencia le resultó divertida; pero sobre todo la facha de su mujer que, con los ojos colorados y el rimel corrido, parecía un payaso.

—Ninguna de las dos cosas.

Sacó el pañuelo del bolsillo y le secó el llanto. Se inclinó hasta rozarle las mejillas con los labios y la apretó contra su pecho. Sus lágrimas lo desarmaron y le besó los cabellos y la frente. Para entonces, había despertado en él una honda ternura. Con un movimiento rápido la cargó, como si fuera una pluma, y la condujo hasta la recámara. Ella musitó palabras cariñosas. Él besó sus labios para acallarla, para acallar sus propios pensamientos. Cerró los ojos y se entregó a la pasión.

A la noche siguiente, la pareja se abrió paso entre la concurrencia que asistía al cumpleaños de Rengo. En cuanto llegaron, Emiliano se separó de Lilibeth y desapareció entre la multitud de invitados. La mansión de Rengo era una oda al mal gusto; el anfitrión le había impreso su personalidad. Adornada con estatuas de granito, sillas de mármol, lámparas mortecinas y cortinas de terciopelo color guinda y flecos dorados, parecía más un velatorio que una residencia. Los muebles carecían de unidad, de forma y estilo, y eran de una ostentación enervante.

En la mesa principal, Lilibeth encontró una silla vacía y la ocupó. La madre de Rengo, cual diosa de bronce, presidía la mesa. La anciana era robusta, ancha y pequeña. Vestía una pollera de satín rojo, una chaqueta de seda rosa sobre la que llevaba un chal de vicuña; el pelo dividido en dos gruesas trenzas y sobre la cabeza un minúsculo sombrero. De los lóbulos de las orejas pendían unas arracadas de oro macizo como el de su dentadura. Al ver a Lilibeth, la saludó con una amplia sonrisa, y un cómo estás señora. Entre escupidas y masticadas de semillas de girasol, le habló de su reciente viudez y de su instalación en casa de su hijo.

Al descubrir la presencia de Lilibeth, Rengo la saludó con grandes aspavientos y comenzó a tutearla. Ella apenas correspondió al saludo con un ademán y remarcó el usted al hablarle, pues le desagradaba el atrevimiento a tutearla y sobre todo su voz y las carcajadas, parecidas a la tos de un buey asmático. Mientras él hablaba, ella lo recorrió de pies a cabeza: llevaba desabrochados los primeros botones de la camisa, mostrando su pecho adornado con gruesas cadenas de oro. El resto de botones parecían a punto de saltar, incapaces de aguantar la presión de la voluminosa barriga. El pantalón, a media cadera, lo llevaba fajado con un cinturón acharolado.

Distinto efecto, en cambio, le causó Sergio Salinas. Todo en él era exquisito; los modales refinados, el porte distinguido y la mirada de sus ojos negros, comedida.

En un instante que se cruzó con Emiliano le comentó su impresión sobre Rengo y la molestia que su vulgaridad le había causado.

—Mi padrino es un hombre de origen tan humilde como mi padre. Por eso carece de maneras comedidas. Pero lo que le falta de educación, le sobra de corazón. No deberías juzgar a la gente tan apresuradamente, ni por su aspecto. Antes de eso, deberías pensar en cómo los demás te juzgan a ti —, respondió él contrariado.

Lilibeth se dio cuenta demasiado tarde de la imprudencia de sus palabras y trató de componer lo dicho:

—No, no lo compares con tu padre. Don Orlando es otra clase de persona, más señor; una excepción. Algunas personas, aunque de origen oscuro, pueden llegar a ser gente bien…

—¿Qué quieres decir con origen oscuro?

—Alguien con apellido anónimo, sin rango social, aunque como dije aún así algunos pueden llegar a ser personas educadas.

— ¿Es que crees que la diferencia entre un hombre de bien y un criminal está en el apellido y el dinero?

— No, no quise decir eso. La verdad es que no sé ni lo que digo. Estoy cansada y tengo dolor de cabeza. Quisiera irme a casa.

Emiliano no alcanzó a escucharla, pues antes de que terminara la frase, ya dos señores lo habían abordado y lo llevaban hacia el jardín. Y no fue sino hasta pasada la medianoche cuando volvieron a encontrarse.

—¿Te aburriste?

—¿Tú que crees? Sentada entre esa bola de viejas que hablan con la boca llena de comida y no tienen más tema de charla que quejarse de las hemorroides, el calor y zonceras por el estilo.

—Lo lamento, no pude atenderte. Necesitaba conversar con varias personas y aclarar algunos asuntos urgentes de los supermercados.

Cuando entraron en la casa ella, tomándolo del brazo, le preguntó:

—¿*Venís?*

Al pie de la escalera, él le acarició la mejilla, diciéndole:

—Voy a quedarme un rato en el estudio; subo después.

¡Qué sola se sintió! La habitación olía a soledad, el mundo olía a soledad. Las apasionadas noches de recién casada con las que había soñado se derretían en el hielo de la indiferencia de Emiliano y su amable displicencia le dolía aún más. Ella parecía un adorno más en esa mansión. No obstante, sentía mayor urgencia por hacerse querer que el desprecio por el comportamiento de su marido.. Se acostó. Hacía mucho calor. Arrojó la colcha al piso y se enredó en la sábana. En la oscuridad, dio vueltas en la cama sin poder conciliar el sueño, y sin que él apareciera. Incapaz de esperar un minuto más, se precipitó hacia la biblioteca. No estaba. Lo buscó en la sala, el comedor y la cocina. Por fin, el balanceo de una hamaca colgada de las palmeras que repetía su crujido de tela frotada, la condujo al jardín.

Recostado, él contemplaba el cielo. Absorto, rememorando cosas del ayer que volvían para castigarlo hoy. Había soñado con un matrimonio por amor. No lo había logrado. Su debilidad y su padre le marcaron una ruta imprevista. Demasiado tarde se daba cuenta de su error. ¡Ah, su padre!, jamás conoció a un hombre tan lleno de ansias de poder como él. Era como si una fuerza nacida del centro de su ser lo catapultara hacia arriba. No lo consideraba una mala persona, creía que su nobleza fue grande, pero de tanto ocultarla se le había esfumado.

Al principio, era obvio que el deseo de salir de la miseria, lo hubiera impulsado a actuar de esa forma. Pero con el tiempo, el poder se le había convertido en parte esencial de su existencia, y su máximo placer residía en la adquisición de bienes materiales y el reconocimiento de los demás.

En cambio él estaba harto de reuniones con gente que solo le inspiraba hastío y a veces hasta desprecio. Estaba harto de vivir sumergido en una carrera vertiginosa cuyo único objeto era el dinero y el reconocimiento social. ¿Para qué le servía eso sin Valentina? Al evocar su imagen, sintió con renovado ímpetu la agonía de su ausencia. ¿Hasta cuándo lo perseguiría aquel dolor? ¿Qué debía hacer para no pensar en ello? Debía olvidar. No podía olvidar, no quería.

—Emiliano, ¿qué haces aquí?

La visión se desvaneció diluida en el vaho de la voz de Lilibeth.

—¿Por qué me esquivas? ¿Qué debo hacer para que dejes esa actitud huraña?

—Discúlpame. No es nada personal. Tengo exceso de trabajo y varios problemas en la oficina. Ten paciencia, poco a poco iré resolviéndolos y tendré más tiempo para nosotros.

Guardó silencio. Luego agregó:

—Otro día hablaremos del asunto. Por ahora estoy cansado, vamos a dormir.

Ella asintió y él se sintió culpable. No toleraba verla tan dócil, ofreciéndole los brazos sin que el corazón se le llenase de ternura. «Pobre Lilibeth. Solo es otra víctima de las ambiciones de nuestros padres y de mi cobardía», pensó.

A la mañana siguiente, Lilibeth madrugó para desayunar con Emiliano. Lo besó algo cohibida, él la miró con la indiferencia de siempre, como si la noche anterior no hubiera ocurrido nada.

—Mi cielo, hoy al mediodía estamos invitados a comer con los Serna, por la tarde al té del Comité Pro Santa Ana y por la noche a cenar con los Salinas.

—Conmigo no cuentes, tengo harto trabajo. Organízate como puedas y anda adonde quieras, por mí no te hagas problema, la empleada puede encargarse de prepararme algo de comer.

Durante la cena, Lilibeth conoció a Gueddy. Tenía veintisiete años, el cabello colorado y una silueta robusta. Pertenecía a una de las familias más importantes de Santa Ana. Los últimos tres años antes de casarse con Sergio, había vivido en Nueva York, donde estudió la carrera de modelo. Y tras varios fallidos intentos para ingresar en alguna agencia, había regresado a Santa Ana. Desde entonces ocupaba el puesto de presidenta en el Comité de damas locales.

— Estuve en tu boda, qué cosa más bella, Lilly. Nunca había asistido a una fiesta como la de vos. La comida, las bebidas, la decoración…, todo estuvo perfecto. Y qué chulada de vestido, de joyas y zapatos. Parecías una muñeca, y tu fiesta parecía el escenario de una película americana.

Los ojos de Lilibeth brillaron de satisfacción. Ser admirada, rica, el centro de atención era una sensación maravillosa que había sido el sueño de su vida. Por eso las palabras de su interlocutora la transportaron hasta el cielo. Tenía el mundo a sus pies, sus amigas la colmaban de halagos, poseía tarjetas de crédito sin límites y podía adquirir cuanto se le antojara sin tomarse la molestia de preguntar el precio. Sin duda que con Emiliano se había sacado el premio mayor de la lotería.

—¿Dónde andará Emiliano? Me dijo que tenía varias reuniones de trabajo, pero no en dónde. ¿lo sabrá tu marido?, —preguntó.

—Esa ansia tuya de tener a tu esposo pegado a la falda, me hace recordar los tiempos de recién casada, cuando no quería separarme de Sergio ni para ir al baño. Si en una fiesta no lo veía un rato, ya estaba pensando lo peor, celosa de cualquier mujer con quien hablara.

Suspiró y agregó:

—Y tienes razón en comportarte así, pues tu marido es muy gente, guapo y encima millonario. Más de una debe estar muriéndose de envidia. Antes de casarse con vos, un montón de chicas le echaban los perros, sobre todo en la universidad.

—¿Cómo quién?

—Muchas. Siempre se hablaba de sus conquistas. Un hombre tan ricachón y agradable es un buen partido para cualquiera. En especial se hablaba de una tal Valentina. Se rumoreaba que lo traía de un ala y que el noviazgo iba muy en serio... La verdad no sé. ¡Ah!, mira, allá viene Sergio. Voy a presentártelo.

—Ya nos conocemos —dijo Lilibeth.

—Sergio, ¿no sabes dónde anda Emiliano?

—¡Qué voy a saber! Ni que fuera su niñero... Voy por ahí a platicar con los amigos. Regreso al rato.

—Aunque parece gruñón, en realidad es un amor de hombre.

Desde aquella noche, Lilibeth comenzó a frecuentar a los Salinas. Ellos no eran tan ricos como ella, pero le fascinaban por su supuesto rancio abolengo y por la lisonjera acogida de Gueddy. También quiso indagar sobre Valentina, pues saber de su existencia en el pasado de

Emiliano le había provocado sobresaltos, abrigando el temor de que aún jugara un papel importante en su vida. Lo temía, pues hasta la fecha Emiliano no le había dicho dónde había pasado la noche de bodas. Ella tampoco se lo había vuelto a preguntar; prefería no saberlo.

Gueddy la tranquilizó:

—La tal Valentina es una chica del montón y, por añadidura, hija de un alborotador sindical. Aunque con todo y eso, es imposible negar que tiene un cuerpazo y una cara agradable. Pero no te apures, en cuanto terminó los estudios, regresó a su pueblo.

—¿Estás segura?

—Segurísima.

Se sintió aliviada. Aún así, nada cambió en su matrimonio. ¿Qué hacer? Ya había usado todas sus argucias femeninas para seducirlo. En vano. La actitud distante de él no cambió. Era como querer romper una roca con las manos o deshacer un glaciar con el fuego de una vela. No había nada que hacer. Lilibeth moría de tedio, de furia. En la casa prevalecía una atmósfera de tensión. A toda hora, ella dejaba traslucir su impotencia atormentada, y las sirvientas debían aguantar ese eco explosivo de gritos y palabras duras que llevaba a todas partes. Ellas la evadían, ocultándose como chicas castigadas, pues aparte de acribillarlas con órdenes contradictorias, las regañaba por el mínimo error.

La vida para ella era el hastío marchito que ahogaba sus días. Solía levantarse al filo de las diez de la mañana, cuando la sirvienta le traía el desayuno a la cama. Mientras embadurnaba los panes con mantequilla, veía las telenovelas para enfrascarse después en charlas telefónicas con sus amigas. Y aunque solía ser bastante comunicativa para comentar las apuraciones conyugales ajenas, ocultaba las propias a bocas entrometidas como la suya, temerosa de dar pábulo a murmuraciones. Prefería mitigar sus aflicciones metida en reuniones, entre charlas incoloras y repetitivas.

Más tarde, después de bañarse, se iba al salón de belleza, donde cambiaba y recambiaba de peinado y color de pelo tan a menudo, que parecía incurrir en la manía de dejarse hacer para dejarse deshacer. Paseaba por las tiendas buscando nuevas prendas de vestir, zapatos, bolsos y perfumes. Regresaba a casa a cambiarse de ropa y volvía a salir para acudir a diversas reuniones sociales que terminaban de madrugada.

En su vida diaria nada variaba. La ropa, la gente, el sopor, el olor y los ruidos del trópico, todo era lo mismo de siempre. Y la indiferencia de Emiliano, también la misma.

Los allegados comenzaron a rumorear que algo andaba mal entre ellos, pues habían pospuesto indefinidamente el viaje de bodas. Suponían que había sido un matrimonio por conveniencia, pues ella a menudo se presentaba sola en las reuniones y cuando él la acompañaba, estaba aburrido, como si lo hubiera llevado a rastras, sin hacer el menor esfuerzo por disimular el tedio. Por su parte, ella solo mostraba frustración.

También para Gloria la situación no había pasado desapercibida. Cierto día, cuando la invitó a tomar el té, le preguntó qué le ocurría, si se sentía mal. La primera reacción de Lilibeth fue negarlo. Sin embargo, cuando su madre insistió, la entereza se le derrumbó y entre sollozos desgranó sus aflicciones: Emiliano no la amaba. Había imaginado que su actitud sería pasajera y que pronto él quedaría atrapado en su belleza, risa y cama. Tantas novelas rosas había leído con finales felices, que se creyó la protagonista de una de ellas. Tenía todo para lograrlo: clase social, elegancia y belleza. Pero a Emiliano esos detalles no parecían impresionarlo. Solía inclinarse por las cosas y la gente común; tanto que se llevaba mejor con las criadas que con ella. Cuando estaba en la cocina, parecía contento en medio de aquel alboroto de mercado, charlaba y reía con las sirvientas como si fueran su propia familia.

—Y lo son mi'jita. Al fin y al cabo la cabra siempre tira al monte. Recuerda, tu marido se crió entre esa manada. Sin embargo, no te apures tanto por eso, mírale el lado bueno: nos ha sacado de apuros. En la vida no puede tenerse todo. Usa tus mañas para ganarte su aprecio. Si dice que seas amable con la servidumbre, hazlo. Así, sin que lo note, vas haciéndolo a tu ley y cuando menos lo pienses, lo tendrás comiendo en la palma de tu mano. O bien, quizás te evade porque se siente inferior a ti.

—También lo pensé y por eso estaba segura de impresionarlo con mi elegancia. Aunque la impresionada he sido yo, pues ni en cuenta me toma.

—¡Desgraciado! ¿Cómo puede tratarte así?

—Lo he intentado todo. Podría sentarme desnuda frente a él y en lugar de mirarme, comenzaría a revisar zonceras de sus negocios.

—No te des por vencida. Usa otras tácticas; trata de darle celos. Pícale el orgullo, como no queriendo la cosa, coméntale de tus antiguos pretendientes. Tengo una idea. Hablaré con Esther y le pediré que te invite a su finca. Según tengo entendido, allá está Rodrigo, Emiliano no es de palo y cuando lo sepa, temerá que el hijo de los Roig, pueda hacerte la ronda. Sigue mis consejos, pronto se dará cuenta de cuánto vales.

Se equivocó. Aunque por lo menos, la amabilidad de Lilibeth con la servidumbre le granjeó algo de simpatía. Pero en cuanto a su idea de pasar unos días en la finca de los Roig , al lado de Rodrigo, lejos de provocarle celos, lo alegró. Le contó que ambos y Sergio habían sido amigos inseparables en el colegio. Desafortunadamente, a su regreso de Europa, sin causa aparente, Rodrigo había rechazado sus invitaciones y evadido encontrarse con él. Suponía que luego de hacer experiencias tan diferentes, tenían poco en común. Y quizás a través de la intermediación de Lilibeth, ellos pudieran reanudar su amistad.

—Anda nomás. Por mí no te preocupes, las empleadas pueden atenderme. Además casi no vendré a casa pues durante el día tengo demasiado quehacer en la oficina y por la noche muchas reuniones y cenas de negocios.

—Si quieres me quedo para acompañarte.

—No tiene sentido que vayas conmigo a cenas de trabajo, donde no puedo atenderte. Descansa donde Rodrigo y salúdalo de mi parte.

Cuando ella partió, Emiliano suspiró aliviado; deseaba dejar de fingir serenidad y sacar a flote la pena que le laceraba el alma. Fue a visitarme. Me encontró sentada en un banco del jardín con la respiración sibilante, acosada por un ataque de asma. Bebía un mate. Le invité a tomar un té. Aceptó. Mientras la sirvienta se lo traía, dimos un paseo por el jardín. Se encontraba en tal estado de exaltación que bastó con que yo le preguntara cómo estaba, para que él desahogara la pesadumbre guardada a lo largo de los últimos meses.

No había olvidado a Valentina. Al contrario, estaba ebrio de añoranza. Me dijo que ella poseía una exquisita sensibilidad, un temperamento vivaz, un sentido común y del humor que la convertían en un ser excepcional. Cuando él llegaba a confiarle sus problemas, ella lo escuchaba con atención e intentaba ayudarlo a encontrar una solución. Y si no lo lograba, por lo menos le disipaba las preocupaciones con sus salidas y ocurrencias. Con ella fue muy feliz. En cambio, al lado de Lilibeth sentía que se asfixiaba. Era como estar metido en el lodo de un pantano ahogándose.

La sirvienta llegó con el té. Sentados en un banco, rodeados de naranjos que doraban sus frutos al sol y entre sorbos de infusión, Emiliano continuó hablando.

—Todo esto se lo debo a mi querido padre. Ya no puede engañarme. Su supuesto amor paternal es parte del espectáculo para crearse buena fama y disipar los maliciosos rumores en torno a su conducta. Para él solo soy una pieza más en el ajedrez de su ambición desmedida, en su deseo de aparecer ante los demás como un ser ejemplar y de éxito. Al parecer, en su ostentoso presente, tampoco tiene cabida el ayer . Te has fijado que nunca menciona frente a terceros algo de su pasado.

Hizo una pausa y añadió:

—Hasta antes de casarme, lo quise y lo respeté mucho. Sin embargo, dicho cariño no ha salido airoso en esta ocasión.

—No solo tu padre te ha fallado, también yo, al no defenderte como debí hacerlo.

—No digas eso, madre. Si a mí no me hizo caso, menos a ti. ¡Olvídalo! Tú sabes que es imposible lidiar con su terquedad y delirio de grandeza. Además, ya no soy un niño para que me defiendas, aunque tampoco me comporté como un hombre. Ni siquiera fui capaz de cumplir la promesa que le hice a Valentina.

—Te portaste como un hijo que creía cumplir con su deber.

—Papá, que solía proclamar a los cuatro vientos que por mí sería capaz de cualquier sacrificio, me ha arruinado la vida con su ambición.

—Él no comprendió la grandeza de tu amor por esa chica. Es un hombre práctico a quien los golpes del destino le han secado el corazón. Seguramente nunca ha sentido ese tipo de sentimientos.

—¿No? ¿Contigo tampoco?

—Es otra cosa, hijo. A nosotros nos une una promesa pronunciada ante un altar, tú y la costumbre. Pero jamás un sentimiento tan intenso como el tuyo por Valentina.

—¿Cómo has podido estar a su lado, conformándote con su compañía indiferente?

—También así se puede vivir.

Ambos callamos durante un rato, sumidos en nuestros propios pensamientos. Miré los naranjos en flor y me preguntaba si Orlando alguna vez me había amado. Quizás sí. Al principio con un amor torpe, pero amor al fin. Después vinieron los problemas; la pobreza, el abandono de nuestro pueblo y un cambio radical de vida. Nunca supe cuándo ese sentimiento había ido diluyéndose en una suave serenidad, como cuando las aguas bravas de una catarata al encontrar su cauce se tornan tranquilas y lentas hasta llegar a la quietud. Él comenzó a tener aventuras amorosas y aunque pretendió ser discreto, lo intuí. Fingí ignorarlo, pues de esa forma pude guardar la cara ante los demás. Orlando me trataba con la consideración de una antigua y fiel amiga;

como mujer, jamás. Y aunque su cortesía me ofendía, consideré que ese era mi destino y debía aceptarlo. Solo cuando llegó con huellas de labial en la camisa brotó mi rebeldía. Él acalló mis protestas arrojándome cerveza en el rostro. Fue el mal sabor de ese instante el que me cambió la vida. Poco a poco, mi amor por él se fue deshilachando hasta esfumarse, desleído en su dureza elocuente.

Para sofocar mis dudas me dediqué a trabajar en la Casa de la Mujer, aliviando dolores ajenos para olvidar los propios. También a menudo me hundía en la lectura de novelas. Así vivía la vida de otras mujeres. Soñaba que era la protagonista de una de aquellas historias de amor inolvidables y que hombres atractivos me cortejaban. Era un juego inocente con el cual no le hacía daño a nadie.

Lo que sí resultó dañino fue mi debilidad para oponerme a las exigencias de Orlando. A solas hacía planes de cómo actuaría en el futuro: dejaría de ayudarle en el logro de sus aspiraciones políticas, viviría como se me viniera en gana, no volvería a poner un pie en las asfixiantes reuniones sociales, necesarias para él e intolerables para mí; me iría lejos, a un lugar donde el aire no estuviera viciado de hipocresía, a un sitio donde pudiera encontrar paz.

No obstante, todos aquellos proyectos se esfumaban cuando lo tenía enfrente. Desbordada por el temor ante la ferocidad de su mirada y el acero de su voz, jamás intenté ponerlos en marcha y sólo en la imaginación prevalecía tanta osadía. Además, carecía de fuerzas para dar a mi vida un cambio drástico: otra casa, otro jardín, otros aires. La idea de ser libre me atraía y me atemorizaba al mismo tiempo, produciéndome escalofríos, temblores y adormecimiento en las piernas. Tras una vida en la sombra, me resultaba inconcebible ser independiente. ¿Adónde iría? ¿Qué haría? ¿Con qué llenaría mi existencia? Acostumbrada desde siempre a ser tratada como objeto destinado a obedecer, el instinto de libertad se me había ido apagando hasta convertírseme en un recurso inalcanzable. A la sazón, la impresión de sometimiento había enraizado en mi interior, anulándome el valor de ser yo misma; el empuje de otros tiempos se había marchitado como la planta que, al no ser regada, termina por secarse.

Mientras escuchaba la respiración pedregosa de Camila trenzada con una tos seca, Emiliano le pasó el brazo por los hombros. Ella sacó de la bolsa de su vestido un objeto, se lo llevó a la boca, presionándolo una tras otra, cuatro veces. Lo aspiró con los ojos cerrados y cuando por fin los abrió, su respiración pareció normalizarse. El aire se impregnó de olor medicinal. Emiliano la observó inquieto. Ella lo notó y alegró el semblante, recordándole que era hora de comer.

Durante la comida, de nuevo cayó en la conversación el nombre de Valentina.

—Ella es un ser especial, optimista y curiosa. Siempre se interesó por todo lo relacionado conmigo: Quería saber cómo había sido mi infancia, mi juventud, mi relación contigo y con papá, qué me gustaba y qué me causaba aversión, cuáles eran mis inquietudes y añoranzas… Lo que más la impresionó fue saber cómo me sentí cuando llegamos a Santa Ana, viviendo entre el patio, el cuarto de servicio y la puerta entornada de la cocina, que solo a escondidas de la patrona podía trasponer.

»Le conté que cuando era niño, entre todas las voces que conocía solo la tuya me rescataba del miedo y me sonaba suave. La voz de papá, en cambio, tenía la frialdad de una orden, cuando no un matiz de ironía, y que me dejó por herencia el tormento secreto de la debilidad de carácter.

»A Valentina también le confié de los problemas entre ustedes y de que estaba convencido que nuestro caso sería diferente. Nuestra unión sería indisoluble y duraría hasta el final de nuestras vidas. Ella aseguró que mi visión de la pareja ideal, tenía sus raíces en lo experimentado en este hogar.

»A su vez, ella era para mí como un libro abierto, me habló de la inmensa admiración que siente hacia su padre, la nostalgia por una madre que no conoció, pues murió cuando ella tenía dos años. Es hija única como yo. Nuestro sueño era tener la familia numerosa que no tuvimos. A su lado pasé las horas más felices de mi vida; quería abrazar a quien se atravesara en mi camino y a toda hora le agradecía a Dios sus dones. Sin lugar a dudas, la felicidad se huele, se percibe, pues la gente a mi alrededor lo notaba, y eso los atraía de tal modo que adonde quiera que iba me convertía en el centro de la atención. Tras mi ánimo alegre, estaba su risa, su alegría y nuestros encuentros.

Emiliano interrumpió la charla, cuando la sirvienta entró con el guiso y retiró los platos de la ensalada. Mientras bebía agua, evocó la imagen de Orlando y la asoció con un sentimiento de aversión. Los lazos familiares son frágiles cuando no se refuerzan con afecto. Su padre logró cuanto quería, pero ahora él lo odiaba. Jamás se había atrevido a confesárselo. No obstante, ahora ahí enfrentaba ese sentimiento. ¡Qué descanso sintió al poder reconocerlo! ¡Y cuánto aliviaría gritárselo a la cara! ¡Qué falso era su entorno; el dinero, la supuesta honestidad, la alegría, la armonía familiar y qué verdadero era su rencor!

Camila lo trajo a la realidad:

—¿En qué *pensás*, vos?

—En Valentina. Su recuerdo me produce una dulzura a la que le ha ido ganando la desolación de la realidad. Nuestros caminos se cruzaron por un tiempo para enseguida separarse. A veces creo que nuestra relación fue solo un sueño.

—Si de alguna forma puedo ayudarte para que seas feliz, házmelo saber, hijo. Lo haré, cueste lo que cueste —dijo Camila con tono convincente.

Emiliano, que la había visitado con intenciones de estar ahí una tarde, permaneció toda la semana. Sentía una gran serenidad a su lado; no tenía que fingir una alegría que estaba lejos de sentir. Tampoco tenía que escuchar pláticas absurdas. En contraposición con Lilibeth, su madre era un remanso de paz y una buena oyente. Al octavo día, cuando él llegó por la noche, Camila lo invitó a sentarse a la mesa, sin dejar de ir y venir a la cocina.

—Ven a cenar, madre, la empleada puede servirnos.

—No, quiero hacerlo yo misma. La inactividad me hace daño —replicó.

Durante la cena, Camila permaneció cordial como siempre, aunque algo distante. Él observó su semblante serio, presintiendo que se avecindaba un sermón.

A la hora del postre, sentados en la terraza, Emiliano paseó la mirada por el jardín, aspirando el aroma de los naranjos.

—Y bien, ¿qué te pasa, madre?

—¿Cuándo piensas regresar a tu casa?

—¿Qué voy a hacer allá? Lilibeth está en la finca de los Roig.

—Si tu estuvieras en tu casa, estoy segura de que ella regresaría de inmediato. No te estoy corriendo, hijo. Gozo de tu compañía y siempre eres bienvenido a esta casa. La cuestión es que tú ya eres harina de otro costal, y tu lugar está al lado de tu mujer, no al mío. Sé que no eres feliz con tu actual situación. Y precisamente por eso, debes agarrar al toro por los cuernos y tomar una decisión. Tienes dos alternativas: intentar rescatar tu matrimonio o enmendar tu error y divorciarte. Una vez libre, puedes buscar a Valentina y tratar de ser digno de ella.

—¿Por qué tú no tomas una decisión respecto a papá?

—Tienes razón. No soy un buen ejemplo a seguir. Aunque en los últimos meses he empezado a pensar seriamente en la separación. Sin embargo, será difícil hacerlo. Tu papá no aceptará el divorcio, pues me necesita para que sigamos representando el papel de familia ejemplar.

—¿Cómo aceptas ayudarlo a sabiendas de que te engaña? ¿Cómo puede exigir una lealtad que no practica?

Camila lo miró avergonzada de su propia cobardía. Emiliano, comió el último trozo de pudín y se puso de pie.

—¿Entonces?

—Respecto a Valentina, aunque quisiera, no puedo localizarla, pues se ha marchado al extranjero y nadie puede o quiere darme razón de dónde se encuentra. Por eso, en mi vida todo seguirá igual. Además, Lilibeth es una buena mujer y no se merece lo que le hago. Mañana mismo iré a buscarla. Le pediré que la semana que entra me acompañe a mi viaje. Aprovecharé para preguntarle por Rodrigo, pues a las verdaderas amistades hay que cuidarlas. ¿Sabes qué hace, dónde trabaja?

—No sé darte razón, hijo. No he querido preguntarle a Esther, pues tengo la impresión de que evita hablar de él.

La última vez me contó que se dedica a la vida de bohemio y se pasa las noches filosofando con un grupo de intelectuales en el café *Toborochi* de Ekipetrol.

Lo vio una sola vez más en su vida, un día antes de marcharse de viaje, en el café Toborochi, donde Rodrigo solía acudir. Ahí se reunía con un grupo literario de poetas y escritores desconocidos de todas las edades y tendencias, que alternaban el tiempo entre la lectura y escritura de poemas y cuentos que hablaban de amor, pasión, secretos, esperanzas, nostalgias, tragedias y alegrías. Entre ellos Rodrigo gozaba de la fama no solo de ser como una especie de Mecenas sino de persona culta, amante de la literatura. Estaban sentados en torno a una larga mesa, cubierta de papeles y un mesero servía café. El viento del ventilador movía suavemente las hojas. De aquí y allá se escuchaban voces comentando un verso, una frase y alguien tocaba la guitarra. Rodrigo platicaba animadamente con una mujer. Al ver a Emiliano, no disimuló la alegría que su presencia le causó. No obstante, lo trató con recelo, debido a los comentarios de Lilibeth, quien le había asegurado que la había engatusado. La había hecho creer que la amaba, cuando su único fin había sido ascender en la escala social y que solo la trataba como una más de sus adquisiciones. En el primer momento, él no había dado crédito a sus palabras, pues recordaba a su amigo como una persona sincera y desinteresada. Sin embargo, ella lo afirmó con tanto convencimiento y aflicción, que logró persuadirlo.

Ajeno a todo ello, Emiliano adujo el comportamiento reservado de Rodrigo a que el tiempo y la distancia habían hecho mella en su amistad. Aún así, decidió quedarse.

Durante la velada, los miembros del grupo bebieron café y leyeron cuentos, poemas e hicieron observaciones a los mismos. Cuando Emiliano tomó la palabra, les habló a los presentes de su amistad con Rodrigo en la época escolar.

—Con Sergio Salinas, formábamos el trío del Bueno, el Malo y el Feo. Al principio, los otros compañeros nos ignoraban; éramos los marginados. Sin embargo, cuando percibieron nuestra sincera amistad y mutua solidaridad, quisieron unírsenos y casi podría decir que nos envidiaban. Rodrigo era el mejor de la clase y gracias a él, Sergio y yo salíamos bien librados en los exámenes, pues nos explicaba lo que no habíamos entendido y a veces hasta nos dejaba copiar. Y Sergio, con sus travesuras y carácter bravucón siempre nos tenía riendo, nos hacía sentir protegidos...

—En cuanto a Emiliano, él era el diplomático que nos sacaba de los líos en que nos metía Sergio e intercedía en nuestro favor con los profesores y compañeros, —interrumpió Rodrigo.

—Éramos el trío ideal y los mejores amigos.

—Así es.

Ambos siguieron contando sus anécdotas juveniles, y durante largo rato captaron la atención de los demás. El tiempo se deslizó como un soplo de viento. A medida que Rodrigo lo escuchaba hablar, comenzó a cambiar de opinión y a sacar sus propias conclusiones, pues poseía una aguda percepción sobre la conducta humana. Ahora estaba seguro de que Emiliano seguía siendo el de siempre: una persona noble, incapaz de jugar con los sentimientos ajenos. Había sido injusto con él. No debía condenarlo antes de escuchar su versión de los hechos. Sobre todo, él era su amigo, no su juez; no tenía derecho a juzgarlo como otros lo habían hecho. Debía haber una explicación a sus problemas matrimoniales. Quizás Lilibeth fue quien se casó por interés, pues a las claras se veía que el dinero había jugado un papel muy importante en todo aquel embrollo. Además, ¿qué papel habían jugado los padres de ambos?

—Aunque sea con café, propongo un brindis por la amistad —dijo Rodrigo.

Después de brindar, uno de los miembros del grupo contó que estaban a punto de publicar su primer libro y que tras intensas discusiones, se habían puesto de acuerdo sobre el dibujo y los colores de la portada y el título de la primera obra: *El avispero*; la imprenta encargada de efectuarlo y la presentación al público. Enseguida repasaron los detalles de la organización del acto de presentación, el discurso del maestro de ceremonias, el vino y los bocadillos que se ofrecerían a los asistentes y la forma de comercializar la obra.

En un gesto espontáneo, Emiliano se ofreció correr con los gastos de las bebidas. El que moderaba la reunión propuso anotarlo en la lista de los invitados de honor. Todos aplaudieron y aceptaron la proposición.

Al final, cuando Emiliano se disponía a marcharse, Rodrigo le extendió una invitación para el evento.

—Me dio mucho gusto volver a verte. Tenemos muchas cosas de qué hablar, han sido tantos años sin vernos... Hoy la ocasión no se prestó para ello, pero espero que volvamos a vernos pronto. No te pierdas de vista, hermano.

—No lo haré. Lo he pasado muy bien esta noche y cuando regrese de mi viaje, nos pondremos de acuerdo.

—¿Seguro? —preguntó Rodrigo.

—Lo prometo —respondió Emiliano, y se despidieron con un abrazo y dos palmadas ruidosas en la espalda.

Eran las seis de la tarde del sábado. Habían transcurrido cinco días desde aquel encuentro. Emiliano, Lilibeth y Orlando estaban fuera del país. Camila, sentada en la sala de su casa, leía. El teléfono sonó pero ella no descolgó; no quería interrumpir la lectura. Sin embargo, el aparato continuó sonando y las sirvientas ya se habían marchado. De mala gana cerró el libro, lo dejó sobre su regazo y descolgó la bocina. Una voz grave se escuchó al otro lado del auricular:

—¿Camila?

—Sí.

—Habla Esther.

Antes de que dijera algo, Camila se disculpó por no haber asistido a la última reunión del club de golf.

—No, no se trata de eso. Ha sucedido algo horrible. Anoche mataron a Rodrigo.

—¿Qué estás diciendo? No, no lo puedo creer, si apenas él y Emiliano...

—Yo tampoco. Es espantoso, parece que quisieron robarle el auto, él se resistió y lo torturaron hasta matarlo. Sin poder contenerse, Esther rompió a llorar..., ¿vienes?

—Ahorita mismo salgo para allá. Lo siento tanto. No sé qué decir.

Cuando Camila llegó a la residencia de los Roig, el sol había desaparecido y la sala estaba iluminaba con la luz de grandes candiles. Entró, se acercó al féretro, se persignó y depositó en el suelo un ramo de flores. Sin demora, se encaminó hacia Esther; mirándose a los ojos, ambas se fundieron en un abrazo de lágrimas.

—Gracias por venir —murmuró Esther.

Esa noche la mansión de los Roig se encontraba abarrotada de gente. Hasta la calle llegaba el perfume a rosas, gladiolos y nardos. Hacía calor. La gente vestida de negro, portando ramos de flores, le daban a Esther el pésame convencional según como iba llegando.

El general Roig apenas hizo acto de presencia durante cinco minutos. Con la gorra militar entre las manos se paró frente al féretro y miró al difunto con indiferencia, casi con desprecio. Cuando nació y lo tuvo entre sus brazos se forjó grandes ilusiones en quien creyó su digno sucesor en los negocios y compañero de andanzas. Nada de eso había ocurrido; pronto se dio cuenta de que hubiera sido mejor no haberlo tenido. Solo le había traído dolores de cabeza. El único placer que le había proporcionado fue el día de su nacimiento y nueve meses atrás, al concebirlo. Aquel chico resultó ser todo un fiasco. «Ni modo, a veces los hijos resultan ser todo lo contrario de lo que los padres queremos. Bien dice el dicho: "lo que no puedes ver, en tu huerto lo has de tener"», pensó.

Involuntariamente hurgó entre sus recuerdos; hacía tantos años desde que ocurrió aquello, cuando perdió toda esperanza de engrandecer su nombre a través de ese hijo, que ahora estaba ahí descansando para siempre. Suspiró. No valía la pena acordarse. Lo pasado en el pasado debía quedarse. Al echarle un último vistazo, creyó percibir una leve sonrisa en ese rostro rígido, como si festejara su muerte, como si al final hubiera triunfado. «Tampoco vale la pena imaginarse tonteras a estas alturas», rumió. Acto seguido se alisó el pelo, volvió a colocarse la gorra y acercándose a Esther le dijo algo al oído. Después, dirigiéndose a la concurrencia con una inclinación de cabeza se despidió. Su presencia había impuesto un respetuoso silencio, sin embargo apenas puso un pie en la calle, el cuchicheo continuó.

La chabacanería resaltaba por doquier, dándole al velorio un aire festivo. Los transeúntes que acertaban a pasar por ahí, de no ser por la ropa negra de la concurrencia, hubieran creído que se celebraba una fiesta y que en cualquier momento comenzaría el baile. Era un acontecimiento más pomposo que patético. Risas quedas y el murmullo de voces llenaban la sala. Las criadas ofrecían chocolates, cigarros, bocadillos, café y licor. Para muchos, el velorio constituía una oportunidad de ver y ser visto, conversar y aparecer en los diarios al lado de reconocidas personalidades del mundillo social y político local.

Al fondo, en la habitación contigua, al cobijo de la tapa de caoba y entre un sinnúmero de ramos de flores descansaba el hijo del general. En medio de una multitud y solo. Rodrigo, cuya vida había transcurrido en una continua evasión del barullo social, ahora era el protagonista de tan grotesca parodia. Los reporteros de los periódicos y la televisión nacional entrevistaban a los asistentes, quienes exaltaban las cualidades del fallecido, definiéndolo como un brillante catedrático y escritor. Agregaban que el país perdía a una gran figura de las letras nacionales. En los próximos días saldría a la luz un libro con cuentos de su repertorio.

Entre tanto, en un extremo del recinto, Camila, al lado de Esther, buscó en vano las palabras adecuadas para consolarla. No las encontró. Se limitó a abrazarla larga y fuertemente. Retacada de sedantes, con el rostro del color de la ceniza y los ojos vacíos, Esther parecía muerta en vida:

—Rodrigo era tan bueno. La policía lo encontró en una calle solitaria de una colonia marginal, lugar ideal para cometer un crimen. ¿Quién pudo ensañarse con él de esa forma? Se sospecha que el móvil fue el robo y que él se resistió a entregar el vehículo. Si vieras cómo le machucaron los dedos hasta dejarle los nudillos molidos; le rompieron las piernas con un objeto duro. Lo raro es que la cartera con el dinero, el reloj, la cadena y la esclava de oro los tenía consigo. No entiendo por qué hacerle tanto daño para al final solo llevarse el auto.

—¿Cómo?

—Como lo oyes. Cuando la policía lo encontró, tenía todo consigo —balbuceó Esther, y el dolor la abatió violentamente como la descarga de un rayo, mientras se retorcía las manos en el chal y clavaba la vista en el suelo.

Camila guardó silencio. Había algo confuso detrás del crimen. Le resultaba inexplicable que los victimarios de Rodrigo hubieran tenido tiempo para torturarlo y cuando lo habían reducido por la violencia se marcharan dejando el botín. No parecía producto de un asalto común sino de una venganza personal. Sin embargo, al punto desechó dichas suposiciones. «Seguramente estoy imaginándome tonteras» pensó.

Descubrir al autor del crimen fue más fácil de lo que se había creído. A las doce horas de ocurrido el asesinato, lo capturaron. Se trataba de un desempleado adicto a las drogas. La punta del ovillo fue una llamada anónima, denunciando la presencia del auto robado en un barrio popular, en la puerta del domicilio de Pedro Ramírez. Tras su detención, fue sometido a interrogatorio y ante un sinnúmero de reporteros, se declaró culpable. Sin mostrar arrepentimiento, relató el salvaje suceso. También su relación amorosa. Meses atrás, ellos se habían conocido en el bar La Corona, donde el difunto lo había invitado a beber unos tragos, y desde entonces habían intimado.

La relación había durado porque Rodrigo acostumbraba a pagarle y a tratarlo bien. Sin embargo, aquel día había sido grosero y tacaño. Le exigió que se duchara antes de hacer el amor, diciéndole que apestaba a mugre. El colmo fue que una vez satisfecho su apetito sexual, se negó a darle dinero, argumentando que ya le había dado suficiente la semana anterior. «A mí me urgía la plata para pagar unas deudas. Aunque le insistí varias veces, él no cambió de parecer. Por eso quise darle una lección.»

Finalmente, como arrepentido de su franqueza, se desdijo y achacó la culpa de tan maligna conducta a la cocaína que había aspirado aquella noche.

Sin poder dar crédito a lo que veía y escuchaba en la televisión, Milton Roig intentó parar el escándalo. Demasiado tarde. La noticia se había difundido como reguero de pólvora y ya ni Dios Padre pudo pararla, pues las pruebas estaban a la vista. Paseándose a lo largo y ancho de su habitación, el general rumiaba su impotencia, pues según él, la doble vida del muerto lo había salpicado, llenándolo de una vergüenza que llevaría durante el resto de su vida como una mancha indeleble en la frente.

No podía concebir semejante aberración. Él, un hombre fortachón, bigotudo y con vozarrón de carretero, macho entre los machos, que cuando no estaba arreglándoselas con matones a sueldo o manejando los destinos del país, estaba levantándole las faldas a cuanta vieja se le pusiera por enfrente. Precisamente él tenía un hijo afeminado y enredado con un consumidor de ese maldito polvo. ¡Qué mala jugada le había hecho el destino! Ahora ya no podía evadir los recuerdos que lo invadían, apresándolo entre sus garras. Las imágenes se le presentaron con tanta claridad como aquella tarde, cuando descubrió lo que ya sospechaba.

Se vio a sí mismo entrando en casa. En esa ocasión llegó de imprevisto. Las criadas le informaron que Esther andaba por la quinta, pero que había comida preparada. No quiso comer nada, estaba cansado, y se fue directamente al dormitorio pensando en hacer una siesta. Al pasar por la recámara de Rodrigo escuchó murmullos y risas comedidas. Extrañado, se detuvo y abrió la puerta. El cuadro frente a sus ojos lo dejó perplejo y mudo: sentado frente al tocador, su hijo tarareaba una canción al tiempo que colocaba un collar en torno a su cuello. Estaba enfundado en un vestido, medias de seda y tenía el rostro profusamente maquillado. A su vez Rodrigo, al verse descubierto por su padre, gritó espantado. Ciego de cólera, el general se abalanzó contra él y le arrancó la ropa a jalones. Después, lo arrastró hasta la ducha de los cabellos y a manotazos, entre chorros de agua, le despintó la cara. En medio de palabras hirientes le propinó una feroz paliza, y si no hubiera entrado en ese instante una criada, lo hubiera matado.

—Santo Dios, ¿qué pasa aquí, patrón? —preguntó la vieja sirvienta.

El cuarto era un caos, el espejo de la cómoda estaba hecho añicos, las cuentas de un collar, unos zapatos de tacón y tarros de crema estaban rotos y tirados por el suelo. Bajo la regadera, el general golpeaba a Rodrigo que, enfundado en un desgarrado vestido, lloraba a gritos. Su cara era una mezcla de maquillaje diluido en sangre y agua. Transcurrió un instante de embarazoso silencio. La mirada fiera del general asustó a la mujer, que cortó su interrogatorio. Tampoco necesitó una respuesta; se dio cuenta de lo que ocurría y, desviando la mirada, salió de la habitación.

Al cabo de un rato, metido en su despacho, el general se puso a pensar en cómo solucionar aquel problema. Necesitaba alejar a Rodrigo de Santa Ana antes de que alguien se enterara de sus inclinaciones. Al día siguiente se fue directo a la agencia de viajes y de ahí al Ministerio de Relaciones Exteriores. Y con la rapidez que dan las buenas relaciones políticas, en veinticuatro horas tuvo todo listo para enviarlo a estudiar lejos. Ese chico era su castigo, su afrenta. En el aeropuerto, antes de entrar en la sala de migración, Rodrigo intentó despedirse de él.

—Hasta luego, padre.

—No me llames padre, yo no tengo hijos maricas.

Dicho eso, sin mirarlo siquiera, dio media vuelta y se marchó.

Días después, cuando Esther regresó de la quinta, no pudo dar crédito a sus palabras; ¿cómo había podido mandar al chico al Viejo Continente sin siquiera darle la oportunidad de despedirse de ella? Rodrigo también era hijo suyo y tenía derecho a una explicación; la exigía. Él no le dio ninguna. No quiso contarle a nadie lo ocurrido, creyó que así protegería el honor de la familia y tenía la esperanza de que el tiempo y la distancia le curaran lo que consideraba un vicio.

Durante los años que Rodrigo permaneció en el extranjero, él jamás lo visitó. Tampoco permitió que Esther lo hiciera, y no volvió a mencionar su nombre. Se limitó a enviarle dinero. Por boca de Esther, quien le escribía a menudo, supo que se encontraba bien, que estudiaba mucho, y más tarde, que se había titulado de ingeniero. El día de su regreso, durante la cena de bienvenida, le bastó mirarlo para darse cuenta que «su mal» era incurable; continuaba siendo el mismo: frágil, paliducho casi transparente y de modales insoportablemente afeminados.

Ajeno a sus pensamientos, lleno de orgullo, Rodrigo le mostró su título profesional. Pero él ni siquiera se dignó a mirarlo y fue el primero en retirarse de la mesa.

Ese papel no tenía ningún valor para él. Lo único importante era encontrar la forma de evitar que sus conocidos se enteraran de la desviación sexual de Rodrigo. Sin poder aguantarse, en la primera oportunidad que tuvo de hablarle a solas, le escupió en la cara su sentir:

—El descendiente de un militar, de un hombre de la vida pública, no puede ser un marica. Prefiero verte muerto antes que exhibiendo semejante vergüenza. Por eso te exijo que te comportes como un hombre y que dejes esa voz de callejera de quinta categoría. De lo contrario vas a arrepentirte hasta de haber nacido.

¡Cuántas veces deseó su muerte antes de que fuera homosexual! Ahora su deseo se había cumplido. No obstante, no de la forma como hubiera querido: saliendo de su vida sin hacer ruido. Estaba seguro de que su hijo había provocado aquel revuelo como forma de cobrarle su desprecio, pues había desaparecido de la faz de la tierra, pero no sin antes, frente a medio mundo, restregarle semejante bochorno.

Esther, en cambio, no se avergonzaba de ello. Al contrario, se sintió abatida por no haberse dado cuenta antes. Cerró los ojos y un torrente de recuerdos, imágenes y emociones acudieron a su mente. Ante ella se dibujó el día del regreso de Rodrigo a casa, su apariencia tímida y la desbordante alegría por el reencuentro. Entonces tuvo claro por qué su marido lo había desterrado de su lado, enviándolo a España, y en contra de sus inclinaciones literarias lo había metido a estudiar ingeniería. También supo el porqué a su regreso lo había aislado del ajetreo social en que vivía envuelta la familia.

El único camino que le quedó a Rodrigo fue la clandestinidad. ¿De quién fue la culpa de haber guardado los sentimientos de una mujer en un cuerpo masculino, de haber sentido fascinación hacia personas de su mismo sexo? Rodrigo se replegó en sí mismo. Pasó por ser un hombre seco y huraño. Evitó cualquier contacto estrecho con sus compañeros, vivió en un aislamiento casi total, pese a que por su apellido y riqueza familiar podía haberse contado entre los mimados de la sociedad. No faltaron chicas que lo asediaran, pues constituía uno de los mejores partidos de Santa Ana. Sin embargo, ninguna logró arrancarle ni una invitación a cenar. Aquel comportamiento sospechoso dio lugar a elucubraciones; quizás era homosexual o que mantenía amores con una mujer casada. Otros interpretaron su mutismo como arrogancia y desprecio hacia sus paisanas, por considerarlas personas pueblerinas y sin clase social.

Y como reza el dicho: «cuando el río suena es que agua lleva», algo había de cierto en todo aquello, pues no solo aborrecía a la sociedad local y todo cuanto se le pareciera, sino que se solazaba ironizar la estupidez de sus miembros. Poseía un espíritu mordaz y parodiaba hasta el cansancio sus extravagancias. Publicaba artículos en la sección editorial de los periódicos locales, ridiculizando sus fiestas y hasta sus sepelios repletos de gente de toda índole: «Sociedad banal y de apariencia. Un borracho llorando a cántaros sobre el pecho de la viuda. Los parientes, los amigos y los amigos de los amigos y hasta quienes no conocen al muerto se creen forzados a asistir al sepelio por un sentimiento de solidaridad hacia su jefe, al compadre de su compadre o simplemente por mera curiosidad.»

Opinaba que cuando alguien desaparecía de la faz de este mundo, la gente se sentía obligada a atribuirle grandes hazañas, aunque en vida lo hubieran tildado de mequetrefe bueno para nada. Las pompas fúnebres, no eran para enaltecer al muerto sino a los vivos. Al fabricante de féretros, de cirios, a los dueños de las imprentas encargadas de elaborar las esquelas, a las florerías. También para resaltar las cualidades oratorias de algunos asistentes que enumeraban las virtudes quiméricas de quien había dejado de existir. Y todo, ¿para qué? Total el difunto ya no podía escucharlas ni presenciar tantas tonterías. Esto no importaba, al fin y al cabo era una oportunidad más para que la gente sin quehacer tuviera un sitio donde reunirse.

Aunque lo que más le preocupaba a Rodrigo era esconder sus preferencias sexuales, pues descubrirlas hubiera significado la muerte social de su familia. Ni tan siquiera podía desahogarse sacándolas en sus escritos literarios. Las palabras de Walt Whitman en las conversaciones que mantuvo con Horace Traubel le resultaban proféticas:

No se puede tener en lo que escribes cualidades que honestamente no están en ti mismo. No se pueden mantener fuera de lo que se escribe indicios del mal o la frivolidad que usted mismo hospeda. Si le gusta tener un sirviente detrás de la silla cuando come, eso aparecerá en lo que escriba; si tiene una miserable opinión de las mujeres, o resentimiento respecto a todo, o duda de la inmortalidad, todo ello aparecerá, debido a lo que deja sin decir más a lo dicho.

Era por eso que solía escribir cuentos lacónicos, carentes de sentimientos y con un lenguaje austero y frío que le daban a sus textos un tinte antiestético. Detalles que sus colegas criticaban duramente y a él le producían inusitada cólera. Aducía que estaban escritos en un léxico original y sin cursilería. No obstante, él sabía que tal temática era un modo de esconder su verdadera poesía, henchida de melancolía. La soledad llenaba cuanto le rodeaba; la cama, la mesilla de noche, las ventanas y a él mismo.

Encerrado en su dormitorio escribía otra clase de cuentos. En ellos desbordaba la tribulación que llevaba a cuestas, la ausencia de afecto, la añoranza por desaparecer de la faz de la tierra, pues la vida constituía para él un terreno yermo. También expresaba su deseo de que la familia, la gente de su alrededor, todo se borrara; ser solo una piedra perdida a la orilla del camino. Estar rodeado de la naturaleza, del amor, pero sin saber que existía. De continuo lo acechaba la sombra de la muerte. Adonde quiera que iba y a cualquier hora se le presentaba, persiguiéndolo hasta en sueños.

Sobre su mesa de noche, Esther encontró su diario. Al abrirlo, de entre sus páginas cayó revoloteando una hoja amarillenta de bordes manchados por la humedad. Reconoció su misma letra gariboleada.

Nada hallo aquí terrible ni sombrío.

La luz del sol el cementerio inunda; y la tierra, gran madre se fecunda al beso abrasador del sol de estío.

¡Ya no quiero sufrir!

¡Oh, cómo ansío dormir el sueño cuya paz profunda no se interrumpe!

...Quiero que se hunda en la noche sin fin el cuerpo mío.

Que la muerte que hiere lozanías y es ladrona de frescas juventudes y gran consumidora de frescas energías, dé a seres que no han sido venturosos la más grata de todas las quietudes.

El más largo de todos los reposos.

E. Finot.

Parecía ansioso por la muerte, el olvido, la nada. Ahora, el péndulo del tiempo se había detenido para él.

Esther dejó la hoja sobre la mesa y abrió el diario al azar.

He sido víctima de una mala jugada de la naturaleza, de mi propia pusilanimidad. Un ser humano enquistado en las comodidades circundantes, incapaz de atreverse a romper con los lazos que lo ahogan. Prefiero vivir escondiendo la aflicción, sin saber qué hacer con ella, estrellándome en la negrura de la soledad. Papá exige que me diluya entre las sombras, pues un hombre de su altura se avergüenza de tener un hijo sodomita.

Solo me siento libre dialogando conmigo mismo. Nunca me atrevería a hacerlo con los miembros de mi familia. Aunque compartimos el mismo techo. No obstante, con qué gusto les diría lo que pienso; la realidad no puede esconderse con una negación. Es como pretender negar que la tierra es redonda. Me gustaría decirle a mamá que su supuesta ignorancia, la tomo como incomprensión. ¿Cómo hacerles entender que no es un delito y mucho menos un pecado sentir lo que siento, que soy un ser humano necesitado de cariño, reconocimiento y respeto? ¿Cómo obligarlos a aceptarme como soy? ¿Cómo echarles en cara tanta falsa moralidad, presta a señalar la paja en el ojo ajeno, sin mirar el leño que hay en los propios? ¿Son ellos mejores que yo? ¿Podría calificarse de buena mujer a mi madre, por fingir que desconoce los hechos que giran a su alrededor, empezando por a mí mismo? Y a mi padre, connotada personalidad pública, ¿puede perdonársele que traicione a su mujer y a quien se deje?

Con qué gusto les haría estas espinosas preguntas. Sin embargo, su sola presencia me paraliza. Y al verlos juntos solo acierto a aceptar los rígidos preceptos de papá y la sonrisa conciliadora de mamá.

La voz de Esther se quebraba a ratos, pronunciando las palabras cada vez en tono más bajo hasta convertirlas en susurros, en lamentos, mientras su alma penetraba en los cuadros difusos de la desesperación. Rodrigo tuvo razón en juzgarla de aquella manera. Ella había negado sus sentimientos y se había aturdido entre fiestas y reuniones sociales, con la certidumbre aprendida de que negar y no existir eran la misma cosa. Ahora al recoger los recuerdos cual cuentas de un rosario roto, comprendía por qué a su regreso, Rodrigo continuó viviendo en la sombra, donde su padre lo había encasillado.

En apariencia ella no lo había excluido de la vida familiar, pues pregonaba que se interesaba en su futuro. Rodrigo parecía creerlo y solícito, solía acompañarla al té con sus amigas, a realizar compras y a la iglesia. Ahora sabía que no había logrado engañarlo. Él decidió no ejercer su profesión. La familia nadaba en la abundancia y lo único que le exigía era que fuera discreto y se hiciera invisible durante las reuniones sociales. Por eso se dedicó a impartir un par de clases en la universidad local. El resto del tiempo lo ocupaba escribiendo cuentos y poemas, y hasta había formado un grupo literario. No era dado a las confidencias, ni siquiera con los demás aficionados a la literatura, quienes lo único que sabían sobre él era que vivía en la casa paterna rodeado de un séquito de criadas. Jamás invitó a nadie a su casa. Tampoco se le conocieron amistades cercanas, pues a su regreso no volvió a frecuentar a sus amigos de la infancia: Sergio y Emiliano.

Había varias hojas en blanco, otras estaban borrosas. Entre los nebulosos párrafos podía leerse: «...mi padre me trata con severidad, ella es buena pero se somete a su voluntad». Después continuaban algunas frases.

Ahora he encontrado el arma para defenderme de él. Ya no puede insultarme desde su grandeza, nunca más. He descubierto que su honor y honestidad no son más que palabras para encubrir la suciedad del origen de su riqueza. Qué absurdo resulta escucharlo juzgar a los quebrantadores de la Ley, cuando él es uno de ellos. También yo lo soy, por aceptar mi ración de mugre, subsistiendo del fruto de sus oscuros negocios, por no atreverme a proclamar a los cuatro vientos mi verdad y a vivirla frente a todo el mundo. Prefiero arrastrarme como una sabandija, salir a vagar al cobijo de la noche por los barrios marginales en busca del amor comprado. Mis padres deben suponerlo, cuando desaparezco furtivamente por esa puerta; enfundado en un pantalón de mezclilla, una chaqueta de algodón y los mocasines de cuero. Y precisamente por ellos intento ser discreto. Se puede ser la última escoria del mundo, sin embargo nadie debe saberlo, y quienes lo saben, fingir ignorarlo.

Me gustaría decirles que no deben temer, pues soy cauteloso. Por ello prefiero la oscuridad de los bares de mala muerte. Lo hago, siempre y cuando haya observado previamente, que no hay moros en la costa. Bebo cerveza frente a la barra. La clientela va abarrotando el lugar: albañiles, desempleados, plomeros y carpinteros; gente simple y burda. Algo los hace parecidos entre sí; son parecidos en su olor a pobreza, a tela barata, a sudor y a tabaco. Me pregunto, ¿yo a quién me parezco?, ¿con quién puedo realmente compartir, desahogar todas estas dudas que flotan sin descanso en mi cabeza? Daría cuanto tengo por encontrar un ser humano con quien desahogar el peso de mi sentir.

A la medianoche, la cantinucha se encuentra en gran ambiente: risotadas, gritos de borrachos y entrechoque de vasos. Al calor de las copas entablo amistad con algún necesitado de plata, que exhalando perfume barato me pide que le invite un trago. Según lo note, le pregunto si desea bailar; los cuerpos se van acercando, los besos y las caricias se tornan lascivas. Entonces le propongo seguir la fiesta a solas, en otro sitio; por dinero no debe preocuparse. Busco amar, saciar los anhelos escondidos. Mi espíritu lacerado le agradece a Dios estos instantes en que me pierdo entre los humos de una sensualidad urgente. No importa que tenga que pagar por elló. Lo importante es amar, aunque no sea amado.

Tambaleándome, bajo los efectos del licor, pero con el corazón repleto de placer, de madrugada regreso a casa. Al día siguiente vuelvo a ser lo único que puedo ser: un solterón tieso y testarudo.

Había conocido a su última conquista hacía cinco meses. Era un drogadicto que a cambio de unos pesos le hacía el amor en un cuarto de vecindad. Ahí, entre sábanas prietas de mugre, pestilentes a sudor y pies, retozaba él, gozando de un cuerpo joven y fuerte. Sabía que su pareja en turno, después de saciar sus caprichos, reclamaba la paga correspondiente. Un amor que como rezaba la canción popular era «*cariño comprado, ni sabe querernos ni sabe ser fiel*». No obstante, como lo llenaba, lo hacía sentirse vivo, aunque solo fuera por unos instantes.

Esther cerró el diario de Rodrigo. El resto de la historia la supo por boca del asesino, quien aquella noche, furioso porque Rodrigo se negó a pagarle sus servicios, lo había golpeado con un objeto metálico hasta molerle los huesos de las manos, y le había enterrado un puñal en el vientre. Después, abordó su auto, haciendo caso omiso a sus súplicas. Los gritos de Rodrigo se perdieron en el silencio nocturno de las calles. La policía lo encontró en la madrugada, aferrado a un poste de luz, en medio de un charco de sangre y con la luz del farol formando una mancha amarilla en su rostro.

Ahora, ella maldecía su ceguera. Más bien su cobardía, porque no hay peor ciego que el que no quiere ver. Se negó a ver la realidad que día a día se presentaba ante sus ojos. Siempre creyó tener una familia modelo: un esposo influyente y rico, un hijo que sacaba los primeros lugares en el colegio y ella, una dama apreciada por su distinción y buen gusto dentro de los más encumbrados círculos sociales de la ciudad. Ella que lo tenía todo, no podía tener un hijo homosexual. Aceptarlo hubiera significado el derrumbamiento de su castillo de cristal. Por eso, prefirió ir por la vida fingiendo desconocer la verdad. Una verdad que hoy salía a la luz de la forma más cruda; una realidad que, al parecer, constituyó siempre un secreto a voces, tolerado por estar oculto tras una careta que ahora se había hecho añicos.

Quizás si lo hubiera aceptado tal y como era, él aún viviera. ¿Qué valor tenían las sonrisas falsas, la admiración envidiosa y el poder del dinero frente a la pérdida de su hijo? Nada, no valía nada. Ni todo el oro del mundo podía sustituir a Rodrigo. No obstante, ella, con su fingimiento, lo había dejado solo, orillándolo a la muerte.

¿Todo para qué? ¿Por quién?: por la sociedad. Aquella multitud oportunista a quien le importaba un bledo su dolor y que solo había asistido al velorio como se asiste a un evento más. También lo había hecho por temor a su marido. Por ese que se echaba a correr, huyendo como hacen las ratas cuando el barco se está hundiendo, dejándola que lidiara a solas con su pesar. Por semejante cobarde, que solo conocía de la fuerza de los puños y del dinero. Qué gran farsante, que se ensoberbecía con la apariencia de una grandeza y honestidad que jamás había tenido. Milton Roig no era más que un ídolo de barro. Y qué gran ser humano había sido Rodrigo, que había sabido llevar a cuestas aquel fardo de pesares, ocultándolos tras una máscara de serenidad para no causarle contrariedad a nadie. Él que había aceptado el destierro como una condena, a causa del «crimen» del que se le acusaba. Demasiado tarde descubría las cualidades de Rodrigo; su exquisita sensibilidad, la profundidad de sus sentimientos, de su sufrimiento; un sufrimiento que desde ahora ella debía llevar como un justo castigo a tanta estupidez.

El escándalo corrió de boca en boca y si el velorio fue concurrido, el sepelio resultó un aluvión humano. Y a pesar de que cayó un aguacero, amigos y conocidos de los Roig, y personas que ni los conocían, estuvieron presentes, caminando detrás de la carroza fúnebre. Nadie quería perderse la reacción del prepotente y machote Milton Roig. Pero se quedaron con las ganas, pues a él pareció habérselo tragado la tierra. En un escueto comunicado, su secretario de relaciones públicas salió al paso, declarando que el general estaba conmocionado por la cobertura que los medios de comunicación habían dado a las declaraciones de un malhechor sin oficio ni beneficio, sin conciencia para percatarse del inmenso daño que ocasionaba, manchando la memoria de una persona honorable, que ya no podía defenderse. Esther no negó los rumores sobre las inclinaciones sexuales de Rodrigo, pues en el reconocimiento tardío, su conciencia encontraba cierto alivio.

El cura rezó una oración, seguida de interminables discursos, en tanto los asistentes se taparon la boca para disimular los bostezos; el tedioso peso de la cortesía. Esther arrojó un puñado de tierra y una rosa blanca. Cayeron las primeras paletadas de tierra y se cerró la sepultura. Cuando el rito terminó, los asistentes suspiraron aliviados, se desentumecieron los huesos, se despidieron de Esther y abandonaron deprisa el camposanto.

Ducho en evadir incomodidades, el general Roig decidió pasar una temporada en el Viejo Continente hasta que pasara la tormenta. Conocía bien a la gente y sabía que durante un tiempo, murmurarían hasta saciarse. Pero si el afectado desaparecía de la escena, se olvidaría pronto el suceso.

Esther permaneció en Santa Ana. Cada mañana, iba al cementerio a poner flores en la tumba de Rodrigo. Los viernes primero de cada mes pagaba la celebración de una misa en su memoria. Para el efecto invitaba solo al grupo de amistades más cercanas, entre las que se contaba Camila.

De la noche a la mañana, cambió el rumbo de su existencia. De la otrora elegante señora Roig no quedaron ni señales. Sus despampanantes vestidos, bolsos y zapatos de marcas famosas fueron donados para una tómbola de caridad. Ahora vestía ropas sencillas, calzaba sandalias y llevaba al hombro una bolsa de tela. Se alejó de cuanto evento social tenía lugar en la ciudad; cerró también las puertas de su mansión para las fiestas, convirtiéndola meses después en la Fundación Rodrigo Roig, destinada a otorgar cada año un premio de literatura en la categoría de cuento y poesía.

Pasaron los meses. El general Roig no daba trazas de volver y únicamente lo hizo, después de plantearle a Esther la separación. Ella estuvo de acuerdo, ya nada los unía. La farsa que los había mantenido juntos, había terminado. Ya no era necesario guardar las apariencias; ya no lo amaba, y tampoco quería odiarlo. Solo deseaba sepultar su recuerdo, como se hace con un mal sueño.

Esther volvió a verlo la tarde que vino a recoger algunas pertenencias. Lo vio desde la ventana de su cuarto cuando descendía de una flamante camioneta, y se dijo que aquella figura arrogante, aquel pelo canoso, esas manazas que abrían la reja y esa mirada fría habían tenido mucho de culpa en lo que le había ocurrido a Rodrigo.

Semanas más tarde, Milton contraía nupcias con Carmiña, la ex-amante de Guido Monasterio, una mujer treinta años menor que él. La boda, realizada en medio de una gran pompa, se vio interrumpida por los inesperados dolores de parto de la recién casada. El general, enamorado como un quinceañero, cogido de la mano de su mujercita se trepó a la ambulancia, dejando a los invitados a cargo de la servidumbre.

Emiliano estaba una tarde revisando unas facturas para el pago de gastos de una firma de eventos. En unos días se celebraría el décimo quinto aniversario de los supermercados Quiroga. Sonó el teléfono. Sin quitar la vista de los documentos, tomó el auricular. Era Sergio, que soltó la lengua, haciendo comentarios desdeñosos sobre el escándalo en torno al fallecimiento de Rodrigo.

—Nosotros no somos nadie para juzgarlo. Además solo Dios y él sabe lo que en realidad sucedió, —replicó Emiliano, sin ocultar su molestia.

—No te sulfures, hermano. Solo quise contarte lo que por ahí se dice y que nos concierne. Imagínate en qué papel quedamos nosotros que fuimos sus amigos. Lo bueno es que he aclarado que desde hace años no teníamos contacto con él.

—Lo que diga la gente me tiene sin cuidado. Hagas lo que hagas los intrigantes siempre hablarán y me importa un bledo que lo hagan.

—Pues a mí sí me importa. Yo no quiero verme mezclado con gente rarita. Pero bueno, te llamaba por otra razón más agradable: Valentina ya regresó. Y algo mejor, te conseguí la dirección y el teléfono del despacho jurídico donde trabaja.

La noticia conmocionó a Emiliano de tal forma que sin darle tiempo a seguir charlando, se despidió y colgó. Con manos temblorosas, marcó el número de ella y las palabras se le atragantaron en la garganta cuando escuchó su voz.

Al saber quién era, Valentina colgó. Insistió. Enseguida se escuchó el ring, ring del teléfono. Una secretaria contestó y dijo que la licenciada estaba ocupada y que no podía atender su llamada. Llamó varias veces más, pero ella no volvió a tomar el teléfono. Le envió rosas con una tarjeta, las mismas que eran regresadas a la florería. Fue hasta su casa. Oprimió el timbre. Una criada preguntó su nombre por el intercomunicador y al escucharlo, respondió: «La señorita no está». Insistió, y usando otro nombre logró que ella tomara el teléfono. Pero al escucharlo, colgó. Pasaron los días y las semanas, sin que él lograra cruzar una palabra con ella. Volvió a insistir y cuando Valentina se disponía a colgar, él la detuvo:

—No cuelgues, te lo suplico, escúchame, solo unos minutos. De lo contrario soy capaz de ir a tu oficina y gritar a los cuatro vientos, que no puedo vivir sin ti.

Ella colgó sin responder. Él perdió el dominio de sí mismo y esa tarde, la esperó afuera de la oficina. Cuando la vio salir acompañada de varios colegas, le salió al paso. Valentina le pidió que la llamara otro día, pues a esa hora no disponía de tiempo para atenderlo.

A la mañana siguiente, a primera hora, Emiliano la llamó. El timbre sonó repetidas veces, y cuando ella contestó, sin darle tiempo a decir nada, suplicó, imploró para que le concediera unos minutos de su tiempo, pues necesitaba hablarle. Sus titubeos habían terminado, ahora quería hacerle una proposición seria. Tras muchos ruegos, ella aceptó. Acordaron encontrarse esa tarde en el restaurante cercano al río Los Sauces.

A él, la breve conversación telefónica le bastó para agitarle el cuerpo como una gelatina, acelerarle el pulso y hacerlo sudar a chorros. La intolerable impaciencia abolió su concentración, caminó como león enjaulado, de un lado al otro de su despacho, sin poder pensar en otra cosa que no fuera en el encuentro. Tomó su portafolio y se dirigió a casa, pues sabía que a esas horas Lilibeth estaba en el salón de belleza. Para matar el tiempo nadó un rato en la piscina. Miró el reloj, eran las once de la mañana. Las manecillas parecían haber detenido su carrera, sin compadecerse de su desasosiego. Se duchó y se vistió con ropa informal. No comió, pues el ansia había consumido su apetito. En la sala, se sentó a hojear una revista sin mirarla, se puso de pie y volvió a mirar el reloj; apenas había transcurrido una hora. Abordó su auto y se dirigió hacia el centro de la ciudad. En una florería, compró una orquídea y llegó al lugar de la cita con anticipación.

Era viernes. Las hojas doradas por el sol caían al suelo con el suave rumor de la brisa. Se sentó en una de las mesas al aire libre, deslizó la mirada a su alrededor; gente, sol, árboles y pájaros. Su inquietud llegó al paroxismo cuando la vio entrar. Iba enfundada en un estrecho vestido verde. Sobre los hombros le caía una cascada negra y su semblante emanaba dignidad. Emiliano se apresuró a ir a su encuentro, como si temiese que fuera una aparición. Sus ojos se encontraron. Parecían haber quedado únicamente los dos. Durante largo rato se miraron, incapaces de articular palabra y, paralizados de emoción, apenas acertaron a darse la mano. Se sentaron. La voz del mesero, preguntándoles qué deseaban tomar, los trajo a la realidad. Emiliano balbuceó:

—Dos limonadas, —dirigiéndose a ella dijo—: ¿o deseas otra cosa?

Valentina negó con un movimiento de cabeza.

—Te ves muy bien —dijo, y le entregó la orquídea.

Sin mirar la flor, ella lo espetó:

—¿De qué quieres hablar?

—Quería verte.

—Supongo que eres feliz.

—Si lo fuera, no te hubiera buscado.

—¿Para qué remover las cenizas del pasado?, tienes una esposa y un hogar.

El mesero se acercó, trayendo las bebidas. Valentina tomó unos sorbos y desvió la miraba hacia los árboles.

—Solo he venido para exigirte que de una vez por todas, que me dejes en paz. No tienes ningún derecho para seguir molestándome.

Él tardó en responder, no parecía el de antes, tan seguro y decidido.

—Lo sé. También sé que tienes todo el derecho del mundo a maldecirme y juzgarme como el peor cobarde del mundo. No merezco otra cosa, Valentina. No me comporté como un hombre, no luché por nosotros. Pero te amo. Nunca he dejado de hacerlo.

—Qué melodramático. ¿Vas a hacer el papelito de la última vez? En lugar de abogacía debiste haber estudiado actuación.

—No estoy fingiendo. Así lo siento y estoy dispuesto a enmendar mis errores y demostrarte mi sinceridad, de la forma que me pidas.

Al principio, tanto las palabras como los gestos de ella parecían sosegados, pero a medida que hablaba no logró disimular la rabia y la desesperación que le quemaba las entrañas; los ácidos reproches salieron a borbotones, procurando ofenderlo, hacerle pagar el daño cometido. Sus ojos llamearon de cólera, y en su voz se percibió un hondo resentimiento.

La furia fulminante de Valentina le dio a la entrevista un cariz borrascoso. Le gritó todos los insultos conocidos y otros inventados por ella en ese instante. Y tras haber desquitado su coraje, mostró su desaliento, cuando le contó que por él había rechazado una beca de posgrado en el extranjero y un puesto como profesora de la Universidad Estatal. Lo había hecho porque él le había propuesto matrimonio y ella había decidido aceptarlo. Esa fue la noticia que quiso darle la última vez que se vieron. Por eso vivió meses muy difíciles, desempleada, pasando aprietos económicos, sin tener a veces tan siquiera para pagar la renta o llevarse un pan a la boca.

—¿Por qué no me lo dijiste?

Valentina irguió el cuerpo y sin reprimir la indignación, le preguntó:

—¿Hubieras cancelado tu boda?

—Sí. Tu acción me hubiera dado valor para…

Ella se alejó a grandes pasos, él arrojó un billete sobre la mesa y la siguió.

—Lo más seguro es que me hubieras ofrecido dinero y el puesto de amante, como ya lo habías hecho antes. Qué fácil es decir ahora, si hubieras, si hubiera…

—No, no es fácil decirlo. Mi vida actual tampoco. Aunque, al fin y al cabo, es culpa mía. Hasta el día de hoy, me he dejado manipular como una marioneta por mi padre, quien hace y deshace mi vida, mientras yo me limito a sobrellevar su dominio como un mal incurable.

Por un instante guardó silencio. Pensó en Lilibeth, esa mujer de palabra y mirada inconsistente, incapaz de inspirarle ningún sentimiento profundo. Ese pensamiento fue como la punzada de una espina de cacto en el estómago.

Aceptó todos los insultos y reproches de Valentina. Eso y más se merecía. Poco a poco, la ira de ella fue disminuyendo y sus recriminaciones fueron alternando con las apasionadas declaraciones de Emiliano, que se desgranó en frases ardientes, delatando la profundidad de sus sentimientos. Él le pidió una segunda oportunidad. Esta vez no le fallaría. Los meses transcurridos le habían bastado para darse cuenta de cuánto la amaba. La última vez que se vieron no le ofreció nada, porque de nada estaba seguro. En cambio ahora, estaba decidido a divorciarse. Lo haría, así tuviera que enfrentar al mundo entero.

—Cásate conmigo. Solo te pido un poco de tiempo y de paciencia para manejar el asunto del divorcio. Te lo suplico, por favor.

Había tal vehemencia y sinceridad en sus palabras que ella lo creyó. Quería creerle, pues lo amaba demasiado, y si ya habían pasado tantas penalidades, ¿porque ahora, al final del túnel, no podían esperar un poco más? Temblando de emoción se fundieron en un abrazo. Un hombre acompañado de una guitarra cantaba. Pedazos de la letra les llegaron envueltos en ráfagas de viento:«*Soñé yo con tu amor como se sueña en Dios*»... Aquellas notas tejieron en el ambiente un manto de color y de pasión.

—¿Te acuerdas de la madrugada cuando te llevé serenata?

Ella le mostró el botón de su camisa que llevaba consigo, como recuerdo de aquella ocasión única. Después levantó la mirada y se contempló en sus ojos. El calor de su aliento le quemó el rostro y una intensa excitación la hizo temblar. Quiso decir algo, pero ya no pudo hablar, ya no pudo pensar. Él posó sus labios sobre los de ella y su lengua se introdujo en su boca, ahogando sus suspiros.

Atardecía. El límpido cielo, los resplandores de la arena y los árboles agitados por un inusitado viento tropical armonizaron con la desbordante pasión que les derretía las entrañas. Ahí en la cabaña, a la orilla del río, que era propiedad de Emiliano, el calor y el ardor en sus entrañas creció y creció hasta hacerlos estallar como un cohete que sube al cielo y se deshilacha en chispas de colores.

—Hoy es el día más feliz de mi vida, pues volvemos a estar juntos, y esta vez para siempre —, dijo él.

Tendidos en la cama, escucharon la alharaca de los pájaros acomodándose en sus nidos y el correr del viento entre los árboles. Emiliano le tomó el rostro entre las manos y la besó en la boca. Valentina se desperezó y aquel beso le provocó una nueva excitación.

—Por favor perdóname, debo irme. Esta situación será pasajera, lo juro —, dijo él al tiempo de besarla. Ella le apartó las manos; el deseo había desaparecido.

Emiliano condujo por las calles solitarias, alumbradas por los destellos macilentos de los faroles, pero que a él le parecían llenas de luz. La pesadumbre había desaparecido, arrastrada por los vientos veraniegos y los albores de una nueva etapa en su vida. Hacía mucho rato había oscurecido cuando él llegó a casa. Lucía diferente, traía el brillo del amor en los ojos y el pecho rebosante de alegría. Sin desvestirse, se metió en la cama y se durmió serena y profundamente por primera vez en mucho tiempo.

Desde aquella tarde su vida se trastornó, perdió el sosiego y la alegría renació en su corazón. Pasaba las horas como flotando en una nube, con el cuerpo encendido y la mente adormecida. Atrás quedaron sus días de nostalgia y la soledad de sus noches. Sus ojos recuperaron la vivacidad y por sus venas volvió a correr el gusto por la vida. Olvidó sus molestias hogareñas. Su mente, ocupada por la pasión, y el sobresalto como preludio de horas de infinito éxtasis lo predispusieron a desarrollar la perspicacia para inventar compromisos ineludibles de trabajo, con el fin de poder encontrarse con Valentina.

En la cabaña, a la orilla del río, de tarde en tarde, se daba cita el cuerpo y el alma de dos seres que se amaban con los sentidos y los sentimientos, con el cuerpo ardiendo de pasión y el alma rebosante de amor. Cuando él estaba en casa, impaciente, contaba las horas que faltaban para cerrar la puerta al mundo y abrir la del paraíso; ambos latiendo, vibrando en la penumbra de la habitación. Sabía que no podría ocultar esa relación durante mucho tiempo. Tampoco quería.

Lilibeth ya presentía que algo extraño estaba sucediendo. En repetidas ocasiones, le había preguntado qué le ocurría. Sistemáticamente él le respondía: «Nada». Su voz suplicante le impedía confesarle la verdad. Y la pregunta y respuesta se convirtieron dos círculos vacíos.

No obstante, una casualidad le reveló a Lilibeth la verdad agazapada detrás de la seca cortesía de Emiliano. Fue cuando él le dijo que se quedaría en la oficina hasta tarde. Entonces ella, incapaz de esperar, decidió tomar la iniciativa. «Si la montaña no va a ti, tú ve a la montaña», se dijo, y sin pensarlo más, se arregló con esmero, dispuesta a hacerlo olvidar las engorrosas obligaciones y seducirlo para retozar, entre la montaña de facturas, contratos y cartas que atiborraban el escritorio de su marido.

Estimulada ante tales pensamientos, manejó a gran velocidad. Antes de descender del auto, volvió a retocarse los labios y a rociarse perfume. Con pasos sigilosos se dirigió al despacho de Emiliano, imaginando darle una sorpresa. La sorprendida fue ella, pues al abrir la puerta se encontró con una escena que no olvidaría jamás: sobre el escritorio, él y una mujer, unidos como la hiedra a la pared, retozaban apasionadamente. Ni siquiera percibieron el hilo de luz que se coló por la puerta cuando ella entró.

Por instinto salió y cerró la puerta, en la que se recargó permaneciendo inmóvil, cual estatua de piedra. La voz de Emiliano susurrando frases amorosas y los gemidos de su acompañante traspasaban la delgada pared, cayéndole como dardos en el corazón. Tembló al escuchar que algo caía al suelo y él se incorporaba. Un sudor helado le mojó la ropa. Empujada por un instinto de decoro, logró sacudirse la inercia y alcanzar la calle.

De golpe comprendió la causa del actual comportamiento de Emiliano. De un tiempo acá los cambios de su carácter eran extremos, pues de la alegría sin límites pasaba a estados depresivos que lo mantenían al borde del llanto. Ella no había podido explicarse esas subidas y bajadas en su estado de ánimo. «Me ha engañado como a un chino. ¡Miserable, embustero! Entonces ese era el trabajo impostergable en la oficina. Seguramente se trata de la tal Valentina…», murmuró y un furor incontenible la invadió. Tuvo el irrefrenable impulso de regresar a la oficina y abalanzarse sobre la causante de sus zozobras. También quiso ver qué cara ponía él al verse descubierto. No cabía duda de que era igual a su padre, un mujeriego empedernido; cuántas ganas tenía de gritárselo a la cara, con qué gusto lo haría.

Sin embargo, una chispa de lucidez la detuvo y se dijo que no podía confrontarlo con la verdad, pues corría el riesgo de arrojarlo a los brazos de ella. «No le daré ese gusto a esa infeliz», masculló. Temblando de impotencia, con los puños crispados y los ojos llameando de indignación, puso en marcha el auto. Debía pensar bien lo que haría. Llamó a Gloria y entre sollozos le narró lo ocurrido. Amenazó con armarle un escándalo a Emiliano y exigirle el divorcio.

Gloria la increpó:

—¿Eres pendeja o estás loca? ¿Vas a dejarle el camino libre a la otra? ¿Estás dispuesta a dejar cuanto tienes y volver a las miserias de antes? Imagínate trabajando en una cafetería con los pies hinchados y atendiendo clientes insolentes. O escribiendo a máquina hasta quedarte jorobada y medio ciega, trabajando horas extras para poder comprarte el colorete o el perfume de tu elección. Imagínate pasar la vida con el Jesús en la boca porque no tengamos ni para la renta, extrañando las miradas de envidia que hoy te comen cuando te ven subir en tu flamante auto. Entiendo cómo te *sentís*. En tu lugar, yo también tendría ganas de refregarle la verdad en la cara y mandarlo al carajo, pero no te conviene. Sobre todo piensa en Orlando; nos utilizó para entrar en la sociedad y formar un partido político, y ya lo logró. Ahora ya no le servimos. Si te vas, él mismo se encargará de buscarte sustituta y no se tentará el corazón para dejarte en la calle, ¿es eso lo que quieres?

Lilibeth titubeó y Gloria aprovechó para dar el toque de convencimiento final: —Mientras te calmas y pensamos qué hacer, sé amable, como si nada hubiera pasado.

—No sé si podré hacerlo.

—Inténtalo. Tienes que controlarte. Ya después veremos cómo manejar el asunto.

La codicia de Lilibeth era más fuerte que su dignidad y el recuerdo de las pobrezas pasadas, logró bajarle los bríos. Nunca más se pasaría las noches en vela, pensando en cómo pagaría el abono de la ropa y qué comería al día siguiente. Rememoró las tardes con sus amigas en las cafeterías de Ekipetrol, engañando el hambre con una taza de café por no poder comprarse un trozo de pastel o un emparedado, y aguantando los malos modos del mesero por no dejar propina.

Y aunque el despecho y la rabia la dominaban, la idea de perder sus comodidades la hizo reflexionar. Por su mente pasó el ropero repleto de vestidos, las docenas de zapatos, el auto nuevo y la casa. Le complacía el papel de dueña de una residencia ostensiblemente lujosa. Entre sus escrúpulos de mujer digna y la riqueza de la esposa traicionada, prefería la segunda. Amaba la comodidad y el dinero. Se sentía presa de una grata exaltación cuando contemplaba su cartera rebosante de tarjetas de crédito y de billetes. Le fascinaba verse sumergida en esa madriguera repleta de objetos finos y gente a su servicio. Ahora que se contaban entre las familias más pudientes de Santa Ana, odiaba aún más la miseria ¿Le dejaría a otra su dinero y marido? Jamás. Primero muerta. Lo mejor era fingir desconocer el asunto.

De madrugada, con los primeros cantos de los gallos, Emiliano llegó a la casa y entró al dormitorio. Lilibeth que estaba despierta, simuló dormir. Lo sintió pasearse por la habitación, desvestirse en la oscuridad y permanecer despierto con los brazos cruzados bajo la cabeza. Seguramente estaría pensando en «esa», confundiendo los murmullos del amanecer con sus susurros amorosos. ¡Maldito! Quiso gritarle y salir corriendo. No hizo ni lo uno ni lo otro. Continuó ahí tendida en la cama, con los ojos cerrados como si durmiera profundamente.

Los días siguientes evitó hablar con Emiliano, porque temió no poder contener el deseo de escupirle en la cara las injurias que se merecía. Durante el día se entretenía realizando orgías de compras, y por las noches, desahogaba su enojo con Gloria, diciendo pestes de él mientras bebía coñac. Aun así, no lograba liberarse del despecho que, cual ácido, le corroía las entrañas. La única manera de aplacarlo era atascándose de comida. Por doquier, guardaba dulces, chocolates y galletas. Día a día la báscula fue moviendo su implacable aguja hacia la derecha hasta que la otrora Lilibeth, esbelta como varita de nardo, se transformó en una albóndiga con patas. Para disimular los rollos de grasa que se iban añadiendo a su figura, se enfundaba en amplios vestidos. ¡Qué importaba!, ella podía parecer un elefante sin cola o una sirena y Emiliano ni cuenta se daría de la diferencia.

Alarmada por su conducta, una tarde Gloria llegó a la casa de Camila y entre sorbos de té y pedazos de tamal llegaron al tema de la infidelidad de Emiliano. Entonces Gloria le exigió que lo reprendiera; era su madre y como tal le correspondía enderezarlo.

Camila da vueltas entre las sábanas, gimiendo quedito. Ha pasado dos días en esa habitación enorme y fría como iglesia abandonada que una vez fue su dormitorio. De lejos le llegan murmullos de voces, pisadas y una ventana que se abre dando paso al canto de los pájaros y de la cortadora de pasto en acción. Vuelve a caer en el sopor de un pesado sueño. Su mente recoge olores, palabras e imágenes del ayer, tan nítidas que casi puede tocarlas con las manos. Mejor así, pues teme que al despertar se le escurran los recuerdos como agua entre los dedos.

Gloria y ella están bebiendo café en la terraza de su casa. Una suave brisa refresca el ambiente. Huele a café, a canela y a pan recién horneado. Su consuegra había llegado espontáneamente a visitarla.

—Por casualidad pasaba por aquí y pensé en llegar a saludarte —dijo Gloria.

—Esta es tu casa, y puedes venir cuando quieras. Llegas a buena hora, pues precisamente ahorita, acabo de sacar pan del horno y de apagar la olla de los tamales; están para chuparse los dedos — le respondí y con un gesto la invité a pasar a la casa.

Gloria se condujo con excesiva amabilidad. Alabó mis artes culinarias, vestido, zapatos y peinado, y se lamentó de sus achaques de insomnio, gastritis y dolor de cabeza.

—No es para menos, pues la organización de los próximos concursos de belleza, de la cena para un grupo de amigos de Pablo y de varios eventos sociales más, me tienen con los nervios de punta. Con decirte que hasta el apetito se me ha ido.

Hizo una pausa. Bebió café y se comió dos tamales.

—Necesitas descansar. Quizás tomarte unas vacaciones.

—No es solo el trabajo lo que me tiene en este estado. Es algo más serio… —Interrumpió la frase y con calculada parsimonia, dejó caer las palabras.

—Son nuestros hijos los que me preocupan. Esta juventud de ahora que no respeta nada —respondió Gloria. Sacó de su portafolio una carpeta y me la entregó.

Tosí y esperé un instante antes de recibirla.

—¿De qué se trata?

—Emiliano tiene amoríos con otra. Aquí están las fotos y los detalles de la sinvergüenza esa.

Abrí la carpeta. Una fotografía mostraba a una mujer de apariencia agradable, con largos cabellos negros y un vestido corto sentada en la banca de un parque. La conocía bien: Valentina.

—Es abogada egresada de la Universidad Estatal, tiene un despacho propio y vive en la avenida Pedro Banzer. El padre ha estado varias veces en la cárcel por alborotador sindical y ella, siguiendo su ejemplo, se dedica a defender a los trabajadores. También a meterse con hombres ajenos. De una pelada salida del arrabal y con semejante padre no puede esperarse otra cosa. De tal palo tal astilla. Esa gente no tiene escrúpulos para arruinarle la vida a sus semejantes. Mira que meterse con Emiliano, a sabiendas de que es un hombre casado. Ve tú a saber de qué mañas echó manos para embabucarlo... —Gloria calló de pronto.

—¿Me estás escuchando?

Yo, que miraba hacia el jardín, volteé a mirarla:

—Claro que sí, —respondí turbada.

—Entonces, ¿qué dices sobre esto?

Miré la foto.

Gloria esperó. Se recargó en el respaldo de su silla y cruzó los brazos, disimulando su impaciencia. Nunca había simpatizado conmigo. Mucho menos había querido confiarme sus problemas. En esta ocasión era diferente, pues mi ayuda le era indispensable.

Con lentitud como si me costara articular las palabras, respondí:

—Me mortifica mucho esta situación.

—¿No tienes nada más qué decir? ¿Sabes lo que me ha costado conseguir esa información y convencer a mi hija para que tenga paciencia con tu hijo, que espere hasta que podamos arreglar las cosas con calma? Lee todo el expediente para que sepas la clase de alacrán que es la querida de tu hijo.

—No necesito hacerlo, estoy enterada del asunto.

—Pues si lo sabes, por qué no lo has llamado al orden. No puedes permitir que le haga esto a Lilibeth. ¿Cómo se atreve a ponerla en ridículo frente a todo mundo? Mi hija está sufriendo mucho.

—Lo siento mucho por ella. Es una buena chica, lo sé.

—No solo eso; es una mujer de clase, refinada y con rango social. Tu hijo no la recogió de la calle como a la callejera esa con la que anda. Hazlo ver el error tan grande que ha cometido. Engañar a Lili con esa pobretona de barrio es como rechazar la champaña por beber agua puerca. Tienes que reprenderlo.

Tuve una reacción de rebeldía y me negué a apoyarla.

—Lo lamento, pero no quiero inmiscuirme en la vida de mi hijo. Tampoco en la de Lilibeth. Ellos son lo suficientemente adultos para arreglar sus asuntos sin intervención de terceros.

—Se te hace muy fácil. ¿Te quedas tan tranquila cuando Orlando te llega oliendo a perfume o con labial en las camisas? ¿Qué explicaciones te da cuando llega de madrugada? ¿Qué le dices cuando te da excusas absurdas?

No respondí. Esas preguntas nadie me las había hecho, aunque yo misma me las había formulado muchas veces.

—Pobre de ti, querida.

Silencio.

La ilusión de que Emiliano pudiera rehacer su vida, me infundió una inusitada valentía y un deseo inquebrantable de apoyarlo a encauzar sus pasos por el camino elegido por él. Aunque sabía que Lilibeth saldría lastimada, no di un paso atrás. Preferí guiarme por el dicho que reza: «duele más el cuero que la camisa». A Gloria, mi inesperada negativa, yo, usualmente dispuesta a ceder en todo, la tomó desprevenida. En silencio tomó los últimos sorbos de café y entre dientes farfulló algo.

Había oscurecido. Encendí una vela sobre la mesa. El viento jugó con la luz que titiló, arrojando sombras sobre nuestros semblantes. En el comedor se oía el ruido de cubiertos, los pasos de la cocinera y hasta nosotras llegó el olor del asado.

—¿Por qué no te quedas a cenar? Hay pato a la naranja.

Sin responder, Gloria de puso de pie, tomo su bolso y se marchó.

A partir de aquel día, en cada reunión familiar, no paró de dirigirme indirectas irónicas. Hice oídos sordos a sus alusiones y me mantuve firme. Ella no se atrevió a quejarse con Orlando sobre la conducta de Emiliano, por temor a que la mandara al carajo.

Para entonces, ya nada quedaba de lo que Lilibeth había sido, cuando tenía la certeza de ser una mujer feliz. Ahora lucía gorda, ojerosa y opaca. Tal era su abatimiento hasta el día en que visitó la casa de campo de los Salinas.

Sergio se encontraba solo en su casa de campo, cuando Lilibeth llegó a visitarlo. Gueddy estaba de vacaciones en el Caribe. Bebieron varias copas, escucharon música tropical y sus ánimos se alborotaron. Ella comenzó a reírse y al cabo de un rato contaba chistes entre ruidosas carcajadas. Bailaron. Después de varias cumbias, Sergio puso una cinta con una melodía romántica. Rodeo su cintura y la atrajo hacia sí hasta que sintió su resuello de toro joven, sus manos de garfio arrancándole la ropa y finalmente su cuerpo sudoroso pegado al suyo. Ella correspondió a sus caricias y olvidó sus pesares. Esa semana, los sirvientes de la finca de Salinas se acostumbraron a tropezarse con ellos haciendo el amor en cualquier rincón, sin que ello les preocupara, pues sabían que los criados, por temor a perder su empleo, guardarían silencio.

—Lilibeth —dijo una voz ronca.

Quería dormir, sumergirse en un sueño profundo, pero el sol le quemaba y unos labios le recorrían las orejas y el cuello. Insistía en despertarla. Cambió de posición y esos labios se deslizaron sobre sus hombros.

—Despierta, floja.

«¿De quién era la voz?», pensó ella. Se sentía mareada y su mente era una ciénaga de confusión.

—Tenemos que regresar, el trabajo me espera.

Abrió los ojos y se irguió desconcertada. La luz del mediodía le hizo fruncir el entrecejo y llevarse las manos a la frente.

Sergio le acariciaba el pelo.

Cerró los ojos para no verlo. «¿Qué hago aquí?», se dijo.

Sentía la cabeza pesada, le costaba trabajo hilar las ideas y veía bailar frente a ella la imagen de Sergio. Desvió la mirada hacia el horizonte, mirando directamente al sol, como tratando de quemar en su ardiente calor aquella visión, y solo logró lastimarse los ojos. Él seguía ahí y no dejaba de contemplarla.

—He pasado unos días divertidos, eres maravillosa.

Por toda respuesta, Lilibeth se levantó del sillón, recogió el bikini, se lo puso y le preguntó:

—¿Qué día es hoy?

—Viernes.

Quiso desechar el malestar que esa presencia le inspiraba. No fue posible. Quiso retroceder el tiempo, deseó haberse marchado el mismo día de su llegada. No lo había hecho y ahora estaba ahí, en medio del río, arrepintiéndose de su ligereza. Días de borrachera y de loca pasión. Trató de reconstruir lo ocurrido en los últimos días. Sergio y ella revolcándose en los rincones de la casa, metidos en la lancha cruzando el río. Habían comido, bebido, bailado y retozado hasta la saciedad. Ella se encontraba desesperada y las libaciones del licor y su hambre de amor la habían arrojado a sus brazos.

El zumbido de las moscas la hizo mirar a su alrededor; arrugó la nariz, olía a mariscos, a tabaco quemado y a licor.

La visión de la escena de Emiliano y Valentina gimiendo de pasión le atropelló la mente, recordándole los ruidos de aquella noche, atravesando la pared de la oficina: el ritmo parejo de las respiraciones, de los jadeos y susurros de ambos. Esos rumores se convirtieron en uno solo que los englobaba a todos, reduciéndolos a un sentimiento de fracaso. Fue por la quemadura de la traición, por la necesidad de una revancha que sus cabellos se enredaron en los dedos de Sergio. Ahora se arrepentía de haberse refocilado en sábanas ajenas. Creyó que pagándole a Emiliano con la misma moneda se sentiría mejor; no era así. La horrorizaba la idea de que él llegara a enterarse de su desliz. Aunque quizás si lo supiera, ni le importaría.

De nuevo sus pensamientos se volvieron confusos y revueltos: Emiliano, Sergio, el río, el sol tropical, Valentina, ella, esa pestilencia a mariscos y el sabor de su boca a tabaco. Sergio la había poseído una y otra vez y ella había correspondido con toda la pasión encerrada en su cuerpo joven. Sin embargo, al hacerlo había fundido el cuerpo de Sergio en el de Emiliano. Al final, dejó resbalar las manos por su cara hasta detenerse en la barbilla y se abrazó a sí misma, tratando de formar un círculo que la protegiera de los demás y de sí misma. Una náusea le subió a la boca. Salió a cubierta. De nuevo el sol le hirió los ojos y la presencia de Sergio sus sentimientos. Un aliento húmedo ascendía del río; agitada por las aguas, la lancha navegaba dejando tras de sí una estela de espuma, en tanto las nubes caminaban al ritmo de ellos.

Llegaron a la orilla del río.

—Me voy a casa —dijo ella.

—¿Cuándo vuelves a venir? — preguntó él.

Ella lo miró como a un bicho indeseable, cuando le respondió:

—Qué voy a saber. Estoy que me lleva el Diablo. Tengo dolor de cabeza, de estómago y asco. ¡Sobre todo eso, asco!

Con el paso de los días, el vértigo de la culpa y de repulsión aumentaron. También tenía miedo. La idea de que Emiliano llegara a enterarse le producía pánico. Sin pensarlo más, llamó por teléfono a Sergio y al no localizarlo, fue a su oficina a buscarlo para exigirle discreción.

Una risa burlona se dibujó en los labios de él cuando dijo:

—Me sorprendes, querida. Te mostraste tan ardiente, casi salvaje, que no parecía preocuparte mucho el honor de tu marido. Te gustó, ¿no?

—¿Cómo te atreves a tratarme así?

—Querida, lo ocurrido entre nosotros fue porque tú lo provocaste. Al fin y al cabo, soy hombre y «a quien le dan pan que llore». Pero quédate tranquila, de mi boca, él nunca lo sabrá. De eso puedes estar segura, puedes contar con mi palabra de honor, pues no quiero arruinar mi amistad con Emiliano.

—Bendito sea Dios.

Al despedirse, Sergio le musitó al oído:

—Y ya sabes, si se te ofrece otra vez, aquí me tienes a tus órdenes. Nada tiene de malo echarse una canita al aire de vez en cuando.

Era el día del aniversario del partido de Orlando. «¿Por qué no estoy contenta si tengo cuanto quiero?», pensó Lilibeth, mientras se abrochaba los aretes. «Se suponía que fue un matrimonio de conveniencia y que yo sería feliz teniendo cuanto se me antojara». Terminó de arreglarse y se retocó los labios. Esa noche, a pesar de su gordura, lucía hermosa. Pero Emiliano no la miraría; se limitaría a preguntarle si estaba lista. La barrera entre ellos parecía agrandarse cada día y mientras él más se apartaba, ella más lo amaba.

En ese instante, él entró y le preguntó:

—¿Estás lista?

—Sí.

—¿Qué te pasa, Emiliano?, pareces molesto.

—Es solo cansancio y con la humedad del aire he pillado un resfriado. Con una aspirina y un té me sentiré mejor. A ti tampoco te veo muy animada. Entiendo que te aburras en esas fiestas. Si deseas, puedes quedarte en casa mientras pasan los discursos y venir más tarde, a la hora de la cena. Solo dile al chofer a qué hora quieres que venga a recogerte.

—No, prefiero irme contigo.

En la entrada del salón se encontraron con Milton y Carmiña Roig. Emiliano y el general se unieron a Orlando. Carmiña se retiró un momento para ir al baño y Lilibeth se sentó en una de las sillas dispuestas en hilera. Tras del cristal de la puerta vio a su marido conversando con otros hombres; sonrió arrobada. El solo hecho de mirarlo le provocaba una dulce inquietud. Tan absorta estaba en la contemplación, que no se dio cuenta cuando Sergio se sentó a su lado. Con una copa de licor en la mano, vestido de traje y una sonrisa en los labios, le tendió la mano. Ella se la estrechó, titubeante. Había planeado muchas veces su reacción para cuando volviera a verlo y nunca había sido quedarse petrificada. Él sonrió complacido.

—Me gusta verte sorprendida, pero más me gustaría verte gimiendo de pasión en mi cama.

—Déjame en paz, olvídalo.

—¿Olvidar? ¿Qué cosa?

—Por amor de Dios, yo amo a mi marido.

—No lo parecía. Te mostraste tan apasionada conmigo... Parece que te agradaron mis tácticas amatorias.

—El amor es otra cosa, no requiere de técnicas sofisticadas ni de violencia. Es algo que sale de dentro y permanece aún después de la pasión. Es un sentimiento que está por encima de los instintos. Lo que hubo entre nosotros fue una necesidad, como la de un sediento en el desierto, que después de varios días sin probar el agua, bebe lo primero que encuentra, aunque solo sea agua sucia.

—¡Bravo!, muy poético el discurso, querida, pero da la casualidad que yo tengo ganas de repetir el acto del sediento en el desierto. El cuento ese de la iluminación interna y el lucero de mis amores no me interesa.

La presencia de Sergio la llenó de asco, le habían bastado unos días para aparecer ante sus ojos la realidad con su séquito de consecuencias. Lo miró con desprecio y se puso de pie dispuesta a retirarse. Humillado en su amor propio, él dijo:

—Discúlpame, era una broma. Por cierto, querida, ¿sabías que Emiliano sigue su turbulenta relación con Valentina? Dios santo, eso sí que es amor del bueno. No sé qué tiene esa mujer que lo tiene loco.

El comentario cayó en el ánimo de Lilibeth como agua fría en el rostro, pero fingió no darle importancia y encogiéndose de hombros, se alejó.

Una vez en su casa discutió con Emiliano por una insignificancia y en un rapto de furia, arrojó al piso un jarrón. El estruendoso ruido fue acompañado de sus gritos, profiriendo insultos en su contra. Él permaneció impávido, no pareció afectarle el estropicio. Tampoco los improperios. Furiosa por el dominio de sí mismo que él demostraba, continuó vociferando. Fue en vano. Él desvió la mirada hacia el jardín con una expresión que demostraba su displicencia, logrando sacarla aún más de quicio. Apretó los puños hasta hacerse daño y sintiéndose impotente, corrió a refugiarse en el dormitorio.

Día a día, Lilibeth fue cayendo en una profunda depresión. El desaliento que la consumía fue robándole la alegría. Fumaba como chimenea, tomaba whisky y consumía sedantes al por mayor. El brillo de sus ojos se apagó y la risa se esfumó de sus labios, como el sol ante la caída de las sombras del atardecer. La chica locuaz se desvaneció para dar paso a una mujer voluminosa y triste, perdida en los repliegues de la grasa y las ilusiones rotas. Dejó de asistir a eventos sociales y de recibir y hacer llamadas telefónicas.

Se mudó a uno de los cuartos de huéspedes. Indolente, se quedaba en la cama hasta cerca del mediodía y llegó el día en que ya no abandonó la habitación. Cuando Gloria fue a visitarla, la encontró bajo un cerro de cobijas, pues tenía frío, un frío que le salía de las entrañas. Sus ojos estaban rodeados de negras ojeras y toda ella despedía un olor a rebaño. Les había prohibido a las empleadas la entrada al dormitorio, el cual lucía como un chiquero: copas sucias, botellas vacías, ceniceros repletos de colillas y restos de comida.

—¿Cómo puedes vivir en medio de tanto desorden?

—Porque eso entona con el desbarajuste que llevo dentro de mí.

—Si sigues así, la otra va a ganarte la partida. Vamos, haz un esfuerzo y quítate esa apatía.

—Prefiero divorciarme.

—Piénsalo dos veces. Tu suegro no se tocará el corazón para echarte a la calle sin darte un centavo. Al fin y al cabo ya consiguió lo que quería.

—Puedo volver con ustedes a casa.

Gloria la sacudió con violencia, la obligó a mirarse al espejo y le dijo:

—Estás hecha una piltrafa. Mírate la traza que tienes. Haz algo, lo que sea, no puedes continuar así. ¡Cobarde! En lugar de luchar por lo tuyo, escondes la cabeza en la tierra como las avestruces mientras una infeliz campesina te gana al marido, y a como van las cosas lo conseguirá.

—Nada puedo hacer para impedirlo. No puedo obligarlo a quererme. Que haga lo que le dé la gana, me da igual.

—Yo te lo recordaré, a ver si te da igual cuando te veas en la miseria. Y eso sucederá en cuanto te divorcies, pues no dudo que Orlando te quite cuanto tienes. A través de mis amistades he investigado y hasta la casa donde vives está solo a nombre de tu marido. Todo por obra y gracia de tu flamante suegro.

—Aunque corra ese riesgo, quiero divorciarme. Tú puedes ayudarme, te está yendo bien...

—Ni lo pienses. Me cuesta mucho trabajo ganar la plata para gastarla manteniendo a una hija borracha y pendeja.

—Pues seré pendeja y borracha, pero gracias a mí tienes lo que tienes, madre, bien que te serviste de Orlando para obtener la concesión de tu negocio.

—En un principio, las influencias de él y el dinero que me prestó, ayudaron a que el negocio caminara, pero después bien que me he tallado el lomo para ganarme el dinero.

—Eres egoísta como todo mundo. No quiero seguir tus instrucciones; una vez en mi vida quiero conducirme con dignidad.

—Allá tú. Pero te lo repito, conmigo no cuentes.

Eran las siete de la noche. Lilibeth andaba todavía en pijama. Quizás se cambiaría más tarde. Quizás no. Consultando a cada rato el reloj, mirando hacia la puerta de la entrada y bebiendo licor, esperaba a Emiliano. Transcurrieron las horas y él no llegaba.

Acababan de dar las diez y treinta de la noche, se disponía a tomar otro vaso de whisky cuando escuchó el ruido de un auto y después el de una cerradura. La puerta de la sala se abrió y la silueta de Emiliano se recortó en el umbral.

—Tenemos que hablar, —dijo ella.

—Lo haremos cuando estés sobria. Ahora debes ir a la cama, estás borracha, —respondió él, y le quitó el vaso de la mano. Ella lo agarró del brazo, vencida por el peso insoportable de las palabras tanto tiempo contenidas, y le espetó en la cara su traición:

—El Diablo dando clases de moral… ¿Crees que no sé tus amoríos con la abogada esa? ¿Vas a negarlo, cuando te vi con mis propios ojos?

Los ojos de Emiliano se desviaron, escapando de los de ella que los buscaron inquisidores. Sin embargo, pasada la primera sorpresa, se vio ante la oportunidad de romper la cadena de mentiras:

—Lilibeth, lo lamento en el alma. Desde hace mucho tiempo, he querido confesarte la verdad. Pero esperaba el momento adecuado para que lo habláramos con calma. Daría cualquier cosa por evitarte la pena por la que estás pasando. Pero es mejor aclarar la situación de una vez por todas. Es verdad, hay alguien más en mi vida, aunque eso empezó antes de conocerte a ti. Tú eres una gran mujer, mereces a alguien mucho mejor que yo. Alguien que sepa apreciar lo que vales y quererte como te mereces. Perdóname, lo mejor para nosotros es la separación. Puedes poner las condiciones que consideres justas, no voy a negarte nada.

A ella, un estruendo sordo le invadió los oídos. El tiempo pareció detenerse y que se quedaba suspendida dentro de una burbuja hermética que iba cerrando sus paredes, ahogándola, robándole el aire. Visiblemente turbada, replicó:

—¿Crees que puedo salirle con esa tontera a mi familia? Van a poner el grito en el cielo. ¿Qué pretexto voy a darle a mis amistades?, seré la comidilla del día. No es así como así.

—Lo sé. No será fácil. Tómate el tiempo que necesites para darles la noticia. Soy el causante de todo y estoy dispuesto a afrontar mi responsabilidad. También puedes disponer el monto que consideres conveniente de tu pensión mensual.

Lilibeth solo acertó a correr para encerrarse en la recámara de huéspedes. Se tiró sobre la cama: «¡Qué horrible!, ¡es una pesadilla! Esa mujer me ha ganado la partida. Él no lo negó, al contrario pareció aliviado, como si con nuestra separación se liberara de un saco de basura. No regatea nada, me ofrece cuanto quiera. Ignora que no solo quiero su dinero, sino a él. Aunque seguro que tampoco le importaría saberlo. Si acaso, sentiría lástima por no corresponderme». Ese pensamiento la hirió profundamente. Se alisó los cabellos, luchando contra la desesperación. Fue hacia la cómoda, se sirvió un vaso de whisky, lo apuró deprisa y balbuceando frases incomprensibles volvió a servirse otro.

Una vez que Emiliano la vio desaparecer de la sala, se encaminó hacia el jardín y se recostó en una hamaca. De inmediato lo asaltó la imagen de Lilibeth. Ojalá no sufriera demasiado. Por desgracia, aparte de inspirarle compasión, ella no le dejaría más rastro que el zumbido de su voz, hablando de muchas cosas, pero nunca de las importantes.

Recordó los almuerzos familiares dominicales. La casa de Orlando parecía más un club social que un hogar. Ahí, además de los Monasterio y los Quiroga, se congregaba gran cantidad de amigos comunes. Se comía en el jardín, cerca de la piscina. Orlando presidía la mesa. Esas reuniones constituían la agrupación de gente distinta y unida por el común denominador del poder y el dinero. Entre aquella multitud, Orlando parecía desenvolverse en su medio, como pato en el agua. Con facilidad, se granjeaba el afecto de sus invitados, tanto por su exquisita hospitalidad como por su calculada generosidad. Aunque en circunstancias normales su carácter era grosero y acostumbraba a tiranizar a sus empleados, con sus iguales no carecía de modos finos. Escuchaba sus inquietudes y se apresuraba a colaborar con ellos. Durante la comida solía llevar el peso de la conversación. Luego tomaba una copa de coñac, paladeándola con infinito placer. Al final, dormía la siesta en una hamaca que colgaba entre dos palmeras.

En cambio a él aquellas reuniones le resultaban fastidiosas, y cada domingo le parecía peor que el anterior. Cuando llegaba se iba directo a la cocina. Ahí, encontraba a Camila, envuelta en el aroma de la canela y el banano frito, entre la estufa y la mesa donde preparaba los tamales. Fue ahí, entre los olores de la cocina, que un domingo, él le contó su reconciliación con Valentina, sus intenciones de separarse de Lilibeth y sus planes futuros; únicamente interrumpieron la charla cuando llegó la hora de reunirse con los demás a comer.

Volvió a la realidad y murmuró: «Aunque es desagradable llegar a esa conclusión, no hay mal que por bien no venga. Al fin y al cabo, Lilibeth tampoco se casó conmigo por amor. Es posible que ahora me prodigue cariño y le duela la separación. Pero nada más.»

Sacudió la cabeza como para desechar aquel pensamiento. Prefirió pensar que con el tiempo, Lilibeth también vería las ventajas de regresar al ambiente y entre la gente con quien siempre había convivido. Y a él la remembranza de su matrimonio le conmovería, indicando que ese error le había servido para valorar el verdadero amor.

El fin de semana, cuando se encontrara con Valentina

en la casa del río para celebrar el cumpleaños de ella, ya podrían hacer planes para el futuro. Por fin habían acabado los titubeos. No volvería a hacerlo; quería ir por la vida mirando de frente, sin mentiras ni ambages. Cerró los ojos y se sumergió en deliciosos sueños. En el velo de la noche, un grillo cantó su canción nocturna como arrullando sus pensamientos. Al rato se le despertó un gran apetito. Entró en la cocina, abrió el refrigerador y se preparó un emparedado y un café. Se sentó en una silla y cenó. Cuando terminó, encendió un cigarro y quiso leer el periódico. La idea de rehacer su vida al lado de Valentina lo distrajo. No logró concentrarse en la lectura, lo dejó a un lado y se puso a hacer planes futuros.

Sin embargo, lo que para él resultó una liberación, para Lilibeth fue un golpe terrible. En esos instantes, en su habitación, lloraba sin parar. Había tenido la esperanza de que él negara sus amoríos. No fue así. Aceptó abiertamente su culpa. ¿Qué gracia poseía Valentina que no tuviera ella? Lo pensó y no encontró una respuesta. Agobiada ante el peso de la desesperación, corrió hacia el tocador y volvió a servirse otro vaso de licor, que se tomó de un tirón. Así continuó bebiendo; debía olvidar, ahogarse en licor para no ahogarse de pena.

A la mañana siguiente, Emiliano comenzó a inquietarse por el silencio de Lilibeth. No la había escuchado llorar o insultar. «La señora aún duerme», le había respondido una de las sirvientas cuando él preguntó por ella. Antes del mediodía, él ya había llamado varias veces y recibió la misma respuesta. Presintiendo algo malo, se comunicó conmigo:

—Madre, estoy preocupado por Lilibeth. Anoche hablamos de la separación. Contra su costumbre, no hizo escándalo, se limitó a encerrarse en su cuarto y desde entonces no ha salido de ahí. La conozco; es impulsiva y capaz de cualquier cosa. Ahorita no puedo dejar la oficina, tengo una junta urgente. Gloria tampoco puede, pues está atendiendo a uno de sus más importantes patrocinadores. Madre, por favor, date una vuelta por la casa, temo que pueda sucederle algo malo.

—Quédate tranquilo, hijo. Ahora mismo voy para allá.

En cuanto colgué, salí rumbo a la casa de Lilibeth. Cuando la empleada me abrió la puerta, entré como alma que lleva el Diablo hasta el cuarto donde se encontraba. La llamé, no respondió. Pedí al ama de llaves el duplicado de la llave. Al abrir me llegó el olor a desidia, a tabaco y a licor. Envuelto en un turbulento desorden, el cuarto mostraba indicios de una prolongada negligencia. Por la puerta entreabierta del baño corría el agua. En el piso, en medio de los añicos del espejo y de un charco de sangre, yacía Lilibeth inconsciente. Me acerqué, aún respiraba. Como pude, la arrastré hasta la cama, la cubrí con una sábana, llamé de inmediato a una clínica y a Emiliano, mientras le aplicaba torniquetes para detener la sangre que manaba por sus venas cortadas.

Me pareció una eternidad la media hora que tardó en llegar una ambulancia. En cambio, los médicos, casi de inmediato diagnosticaron que el estado de salud de Lilibeth era delicado a causa de la intoxicación alcohólica y de la perdida de sangre. Y con la misma rapidez se propagó la noticia de que ella había querido suicidarse. En un santiamén el hospital se llenó de amigos y conocidos.

Decidido a evitar que los rumores de un intento de suicidio se difundieran, Orlando exigió absoluta discreción a los médicos que la atendían. También hizo uso de sus influencias para acallar a los medios de comunicación. En los periódicos del día siguiente, aparecieron únicamente en la sección de sociales notas de sus innumerables amistades y de las agrupaciones a las cuales pertenecía Lilibeth, deseándole una pronta recuperación.

Por la tarde, un médico nos anunció:

—La señora está fuera de peligro. —Y, dirigiéndose a Emiliano, agregó —: su esposa requiere mucho reposo y cuidados, pues su estado de ánimo y de salud son deplorables y puede perder a la criatura.

Como si no captara sus palabras, él lo miró y le preguntó:

—¿Qué criatura? ¿Qué quiere decir?

—Que su esposa está embarazada. Le recomiendo, en la medida de lo posible, que le evite cualquier disgusto, pues podría ser mortal.

La palabra «embarazo» le produjo a Emiliano el efecto de un temblor de tierra. Desde la punta de los cabellos hasta la de los pies, sintió como si le corriera un líquido hirviente y frío a la vez. Largo rato permaneció impávido, con la sensación de estar paralizado sin voz ni voluntad.

Cuando logró serenarse, con paso inseguro y lento abandonó el lugar.

El domingo siguiente, en la casa a orillas del río, Emiliano y Valentina comieron en la terraza. Cuando terminaron, él se sirvió una copa de brandy. Tosió, volvió a toser, carraspeó y, por fin, con la voz apagada le contó lo de su propuesta de divorcio a Lilibeth, de su intento de suicido, de su embarazo y de su grave estado emocional y físico. Al escucharlo, Valentina había quedado de espaldas a él, con la mirada fija en el suelo. Callada, permaneció con los labios apretados y los hombros caídos; derrotada. Emiliano notó el efecto que sus palabras habían tenido en el ánimo de Valentina y agregó:

—De cualquier manera, eso no será un obstáculo para continuar con nuestros planes. Únicamente debemos retrasarlos un poco hasta que ella se recupere.

Valentina no respondió, continuó con la vista clavada en el suelo, como si de ahí pudiera surgir un milagro que borrase la realidad circundante. Un rato después, caminaron hasta la orilla del río. Se sentaron a la sombra de un árbol de mango cuyos frutos se doraban bajo la caricia del sol. Él arrancó uno, lo limpió en su pantalón, lo besó y se lo ofreció. Ella lo mordió, manchando su falda con el jugo amarillento. Detrás de ellos una mancha oscura de árboles se ensanchaba, donde un grupo de monos corría entre las ramas, dejando escuchar su griterío, y una bandada de aves salpicaba de color la vegetación.

—Es una tarde de ensueño —susurró él.

Siguió un largo silencio. Ella contempló el río en donde se reflejaban las nubes y las sombras de los árboles, que flotaban en el agua. Finalmente, murmuró con la voz agrietada, como si las palabras estuvieran quebradas:

—Quisiera que estos momentos se hicieran eternos, retenerlos para siempre en mi memoria.

El sol se fue escondiendo tras el horizonte y los pájaros de plumas multicolores emprendieron el vuelo rumbo a sus nidos. Oscureció. La luz de las estrellas chispeaba en el agua cuando regresaron a la cabaña. Permanecieron en la terraza, alumbrados solo por las libélulas que brillaban en el velo de la noche. Emiliano tocó la guitarra con gran sentimiento. El llanto mojó las mejillas de Valentina.

—¿Por qué lloras?

Ella se encogió de hombros mientras jugueteaba con el dobladillo de la blusa. Emiliano besó sus lágrimas y retuvo sus manos entre las suyas. Ella las retiró con firmeza.

—Sin duda le dedicaré tiempo a mi hijo, pero eso no será un obstáculo para que continúen los planes de divorcio —afirmó con furor, como si quisiera convencerse a sí mismo de lo que decía.

Por toda respuesta, ella deslizó sus manos por el rostro de él, como queriendo retener para siempre sus facciones en la memoria. Aquella noche se amaron en medio de aquel concierto de grillos y croar de ranas, con pasión y ternura infinita hasta el amanecer.

Al día siguiente, cuando el sol violento del trópico desgarró de un tirón el velo de la niebla mañanera y los pájaros armaron gran alboroto en la ventana, Emiliano despertó. Valentina no estaba. La esperó acostado, con la seguridad de que en cualquier instante entraría con la charola del desayuno. Los minutos transcurrieron y ella no apareció. El corazón le dio un vuelco. De un brinco se incorporó y la llamó a grandes voces. Salió al jardín, no la encontró. Recorrió la orilla del río hasta el recodo del río, por donde docenas de veces habían paseado antes. Tampoco estaba ahí. Cuando regresó, descubrió sobre la mesa del comedor un sobre, lo abrió y leyó el contenido:

Emiliano:

La noticia de la maternidad de Lilibeth y su posible suicidio me orillan a salir de tu vida. Tu deber es permanecer a su lado, pues si no lo haces, los remordimientos de lo que pudiese ocurrirle no te dejarían vivir en paz. Pero ante todo, lo que me decide a alejarme, es tu titubeo y la visión de mi incierto futuro. Prefiero marcharme. No me siento capaz de sobrevivir al tormento de la espera. No cabe duda de que somos como dos semillas que el viento arrastró por diferentes caminos. Aléjate de mí para siempre. Te lo pido por lo que más quieras. No me busques, porque no cambiaré de opinión.

Valentina.

Por segunda ocasión, su relación con Valentina se destruía como arrasada por una hecatombe. Esa relación era demasiado hermosa para ser real. Había sido solo un sueño que ahora le desgarraba el alma. En realidad, temió que ella no tolerara un obstáculo más. Tampoco su indecisión. Y tenía razón: él poseía un carácter maleable como masa de empanada, pues también esta vez, había vuelto a vacilar.

Se sentó en una silla con la carta en el regazo. Anonadado como se encontraba, no se dio cuenta de cuándo cayó al piso. Tampoco el tránsito de la frescura de la mañana al bochorno del mediodía. El río con sus aguas quietas parecía dormir mientras él continuaba ahí sentado, sin acertar a mover un músculo del cuerpo. El aleteo de un tecolote lo sacó de su ensimismamiento. Las sombras de la noche habían vencido a los últimos destellos del sol. Se levantó, se vistió y salió de la cabaña, decidido a encontrar a Valentina, así tuviera que remover cielo y tierra.

No la encontró. Tampoco nadie pudo darle razón de su paradero. Parecía habérsela tragado la tierra. El último recurso fue ir a buscarla a casa de Evo Hernández, su padre. Era un campesino de aspecto rudo y mirada digna. Al verlo, sacó del cajón de su mesa una pistola y se la puso en las manos:

—Máteme si quiere. Usted con su dinero puede hacer cuanto quiera y nadie le pondrá una mano encima, pero eso sí, a Valentina la deja en paz.

—Señor Hernández, usted está equivocado…

—No me salga con esa historia. ¿Qué puede usted ofrecerle? Es un hombre casado y su mujer espera una criatura. Usted jamás cumplirá sus promesas, esos son nuestros juegos, de los hombres. Sin embargo, le exijo que no los use con mi hija. Sepa que aunque pobres, tenemos más dignidad que muchos de ustedes.

—Permítame explicarle… Yo amo a Valentina sobre todas las cosas, no me importa mi situación familiar.

—Pero a nosotros, sí. No siga mintiendo, no quiero oírlo…

—Tiene que hacerlo, se lo ruego. Ella no puede dejarme así nomás, sin explicación de por medio.

—Así nomás. No sea usted cínico, qué poca… ¿No le basta con lo que la ha hecho sufrir, con lo que se ha burlado de ella?

Evo dejó caer sus brazos sobre el escritorio. Luego continuó diciendo:

—Desde que ella lo conoció perdió el interés por todo lo que no fuera usted. Su vida giró alrededor de la suya y hasta se rebeló contra mí cuando intenté abrirle los ojos. Estaba obsesionada por un amor que creía único, y cuando a una mujer se le mete algo en la cabeza, no atiende a razones. Desde un principio no estuve de acuerdo con esa relación y traté de hacerla razonar. Fue inútil, se negó a escucharme. Saltó por encima del recato con que la eduqué. Ciega de amor, se entregó a usted. Nunca me mintió, prefirió el conflicto de frente conmigo, pues es una mujer derecha, sin vueltas. Confió en usted y usted correspondió a su confianza con la mentira y el engaño.

»Más tarde vino la reconciliación, pese a saberlo casado. Le advertí lo que podía pasarle. De nuevo hizo oídos sordos a mis consejos y se dejó envolver en sus embustes, arrastrando su dignidad en el lodo y aceptando el papel de una querida. Demasiado tarde cayó en la cuenta de que usted había vuelto a jugar con ella. Hace unos días vino a buscarme, la recibí con los brazos abiertos; es mi hija. Me hizo jurarle que no le daría señas de su paradero, porque no quiere volver a saber nada de usted. Por eso le digo: antes me mata que decírselo. Lárguese y déjela en paz.

Emiliano no volvió a mencionarle a Lilibeth sus intenciones de divorcio. Ella se recuperó rápidamente, creyendo que su inesperada maternidad salvaría su matrimonio. No le hizo reproche alguno. Le hizo ver que por el bien de la criatura, de ahí en adelante todo sería borrón y cuenta nueva. Sin embargo, no lucía feliz. Había algo extraño en su actitud; parecía asustada, como si llevara por dentro el peso de un fardo al que jamás aludía.

Emiliano volvió a dejarse llevar por la corriente de los acontecimientos, con la esperanza de que un hijo lograría acercarlos. No la compartí. No creí que un hijo fuera la solución de sus problemas.

Mi escepticismo contrastó con la reacción de los Monasterio y de Orlando, quienes al enterarse de la próxima llegada de otro miembro de la familia, hicieron un alboroto similar al de una gallina cuando acaba de poner su primer huevo. Difundieron la noticia con bombo y platillos, aprestándose a celebrar con una fiesta de estrépito.

La noche del festejo, la mansión de los Quiroga volvió a ser el centro de reunión de la sociedad local. Lilibeth y Emiliano bailaban en el jardín, alejados de la muchedumbre. Ella hablaba de la decoración y el mobiliario del cuarto del bebé, la clínica donde daría a luz y el pediatra que lo atendería.

—Me gustaría que tuviéramos tres hijos y, ¿a ti?

—El tiempo dirá —respondió él distraído.

La música cesó en ese instante. Ella lo dejó para ir a saludar a una amiga. Él se disponía a buscar algo de tomar, cuando alguien le tocó el hombro. Giró. Era Gueddy Salinas.

—Los estaba buscando para felicitarlos. Aquí viene Sergio, él también quiere hacerlo.

—Gracias, y ustedes ¿para cuando? —les preguntó Emiliano.

—No tenemos prisa, queremos disfrutar un poco más de la vida y continuar viajando —dijo Sergio.

—Precisamente la semana que entra nos vamos a un crucero por el Caribe —agregó Gueddy.

—¿Cuánto durará el viaje?

—Un mes —respondieron al unísono.

—Lilibeth. Ven a saludar a nuestros amigos —dijo Emiliano al ver a su esposa.

Ella se acercó sonriente. Pero cuando vio a los Salinas, la sonrisa desapareció y su rostro adquirió el color de la cera. Sintió que el latir de su corazón se detenía y que rodaba por un abismo.

—Felicidades, querida, qué rápido dio frutos el amor— le dijo Sergio cuando la besaba en la mejilla y sonriendo con malicia. Y en un descuido de Emiliano y Gueddy se pasó lascivamente la lengua por los labios.

Temblorosa, ella se agarró del brazo de Emiliano como si fuera a caerse.

—¿Te sientes mal? —le preguntó él.

—Todo me da vueltas. Será mejor que vaya a recostarme un rato.

—No se alarmen, tengo entendido que los mareos son normales durante el embarazo —dijo Gueddy.

—¿Quieres que llame al doctor? —preguntó Emiliano.

—No, por Dios, no es nada grave. Con un poco de aire fresco y descanso se me pasará. Buenas noches a los dos y gracias por venir —dijo casi sin aliento.

Apoyada en el brazo de Emiliano, Lilibeth subió la escalera. Entraron a la habitación y él llamó a una de las sirvientas. Parecía al borde del desfallecimiento.

—La señora está mareada. Por favor, prepárele un té.

—Ahora mismo, caballero.

Emiliano fue a buscarlo a la cocina y se lo dio a beber. Ella tomó unos sorbos de la infusión y se dejó caer sobre la almohada.

—¿Te sientes mejor?

—Sí, ya pasó.

—¿Estás segura? Te ves muy pálida, como si fueras a desmayarte en cualquier momento.

—Lo que pasa es que me mortifica no poder atender a nuestros invitados.

—Eso es lo de menos. Primero está tu salud. Descansa, yo les explicaré la razón por la que no puedes atenderlos.

Asintió y se recostó.

El pánico la había invadido cuando vio a Emiliano en compañía de los Salinas. La presencia de Sergio le produjo terror. Hacía unas semanas, por una milagrosa casualidad, había logrado pegar los pedazos de su desecho matrimonio. Y precisamente ahora aparecía ese hombre, amenazando con destrozarlo de nuevo. No debía temerle, pues nada podía probarle. Era su palabra contra la de ella. Tampoco había razón para hacerlo, pues no pondría en peligro su amistad con Emiliano y su propio matrimonio.

Se incorporó y contempló el jardín desde la ventana. Su mirada se perdió más allá de las sombras de los árboles. Los recuerdos volvían como un fantasma del pasado, trayendo consigo un olor a pescado, un aliento a licor trasnochado y una voz ronca que zumbaba en sus oídos. Lanzó un profundo suspiro, tratando de serenarse. No pudo. Antes de retirarse, se vio reflejada en la ventana. El rostro de facciones finas, de nariz larga y labios delgados. La silueta rolliza y pálida. Y su hijo, ¿a quién se parecería? ¡Dios Mío!

Pese a sus temores, todo continuó marchando sobre ruedas. Sergio no volvió a molestarla. Tampoco Emiliano volvió a sus andadas nocturnas. Parecía haberse apegado a un nuevo estilo de vida. En los círculos sociales donde se desenvolvían los Quiroga-Monasterio, se aseguraba que Valentina no había pasado de ser un desliz pasajero, que él había echado al olvido ante la proximidad de la paternidad.

Nada más alejado de la realidad; apariencias, solo eso. A él, su dolor le resultaba impúdico y prefería ocultarlo, aunque por su vida las horas se arrastraran amarga, lentamente. En los instantes muertos, durante las noches de insomnio, que eran muchas, el recuerdo de Valentina se levantaba en su memoria como las llamaradas de un fuego latente frente al soplo del viento. ¡Cuántas veces insomne y febril no había pensado en ella! Hubiera dado la vida por una sola noche a su lado. Pero no pudiendo realizar ese sueño, continuaba padeciendo la tortura de verse obligado a empujar hacia el olvido su evocación y a regirse por la oscura realidad. Y cuando lograba quedarse dormido, soñaba con ella. La veía enfundada en el vestido verde con que había aparecido aquella tarde de verano junto al río. El rostro de ojos negros se acercaba al suyo, sentía sus manos acariciándolo y el roce de los labios tibios. Entonces el canto de los grillos y el croar de las ranas se infiltraban en su recuerdo desde el pensamiento mismo. Aquellos sonidos como fondo de sus reminiscencias adquirían otra dimensión tan profunda y dolorosamente sentida, que a cualquier otra persona le hubiera dejado indiferente. Él estiraba los brazos para aprisionar aquel cuerpo deseado. Percibía el perfume de su piel. La vida entera no le alcanzaría para hartarse de acariciar aquella silueta. «¡Que permanezca así, que este instante se eternice!», murmuraba.

Apretaba los ojos, deseando con vehemencia permanecer a su lado. No ocurría así; ella se alejaba. Intentaba retenerla y le gritaba: «No te vayas, quédate, te lo ruego. No huyas, no me dejes, tenemos que hablar.»

Ella inclinaba la cabeza, inmersa en un silencio reprobatorio.

«¿Qué sabes tú de mí? ¿Cómo puedes juzgarme, si no fuiste capaz de arriesgar la quietud de tus noches por nosotros? ¿Acaso sabes que tu ausencia es un vacío que ocupa toda mi existencia? No, perdóname, solo yo tengo la culpa. Por favor, no te vayas, quédate aunque solo sea un instante. ¿Dónde te escondes?, no importa, seguiré buscándote, no descansaré hasta dar contigo. Regresaré al tren donde nos conocimos. ¿En qué tramo fue? Ya no me acuerdo. Da igual, recorreré el lugar palmo a palmo hasta encontrarlo.»

Valentina desaparecía con la sonrisa blanca y el vestido verde y con ella se diluía la música, la brisa tibia con olor a flores y a mango.

Despertaba. Abría los ojos y poco a poco iba distinguiendo los muebles de la recámara, su cuerpo. Después, otro contorno aparecía a su lado: Lilibeth. Compasivo le acariciaba la mejilla. Qué inútil caricia; no sabía a nada, no se sentía nada. Algo mecánico y helado como su mano de una lasitud abúlica. Lo conmovía verla así, enrollada en sí misma como si quisiera protegerse de él, del mundo entero. Su intento de suicidio lo hizo sentirse culpable y le produjo lástima a la vez. Por ella y por la criatura que llevaba en las entrañas simulaba un afecto que estaba lejos de sentir.

Aquellos sueños eran una ráfaga que le removía las heridas y aquella melodía que vibraba en su mente, un manantial que rebasaba los límites de su tristeza. Lo mejor que podía hacer era cortar con el ayer; pero no quería, no podía. El único paliativo a su mal de amores, era el trabajo. Por eso se sumía en el trabajo de tal forma que no le quedaba tiempo ni para fijarse en la explosión de la naturaleza.

Emprendieron el pospuesto viaje de bodas. Recorrieron Europa en veintisiete días. Subir y bajar al avión y a varios autobuses turísticos. Visitar monumentos históricos. La Torre de Pisa. El Arco del Triunfo. Los Campos Elíseos. Miró sin mirar. Oyó sin oír. Se echó a la boca la comida que Lilibeth pedía, sin saborearla y sin saber qué era. Ancas de rana, asado de venado o de conejo. Daba lo mismo.

Al regreso, los meses siguientes transcurrieron rápido. Visitas al médico, compras y más compras, fiestas y más fiestas.

Quiroga júnior nació un día de octubre, bajo el signo de libra. Por decisión de sus padres, sería bautizado con el nombre de Bruno como el tatarabuelo de Lilibeth. La criatura y sus padres fueron acribillados por las cámaras fotográficas de los medios de comunicación local, pues todos querían obtener las primeras imágenes del acontecimiento. Al día siguiente, las portadas de los periódicos y los programas televisivos de sociales mostraron la foto de la familia Quiroga-Monasterio: Lilibeth acostada en la cama de una clínica, a su lado Emiliano con el niño en los brazos; un bebé de piel arrugada, ojos abotagados y de cabeza lisa como bola de billar. Enmarcando la foto, Orlando, Camila, Pablo y Gloria entre un mar de ramos de flores, globos y cajas de regalos de todos los tamaños y colores. Bajo la foto estaban las declaraciones de Lilibeth. Hacía hincapié en el ejemplar apoyo emocional y dedicación que le había dado su marido. No se había separado de su lado antes y durante el parto. Y tanto a ella como a su retoño los había colmado de atenciones. Contó con detalle lo sucedido y cómo se había sentido durante todo aquel tiempo. Concluyó, agradeciendo las innumerables muestras de afecto de su familia y amigos que los habían colmado de parabienes y regalos.

Bruno nació como un brote de milpa bañado por la luna de octubre. Él fue como una brisa renovadora en la vida de Emiliano y lo ayudó a mitigar su apabullado corazón. Desde el primer instante que lo tuvo consigo, depositó en él una inmensa ternura. Solía pasar las tardes entretenido en darle el biberón, ayudar a la niñera a bañarlo y en observar los cambios que, día a día, se iban operando en el rostro infantil. Lilibeth también cambió. Viéndolo actuar como el marido hogareño que siempre había soñado y nunca creyó llegar a tener, se volvió aún más cariñosa. También bajo el auspicio de Bruno, su carácter displicente hacia mí se tornó más complaciente, al grado que logró un acercamiento entre nosotras. No podía decirse que llegamos a ser amigas, pero tampoco lo contrario.

El mismo Orlando, que no era dado a mostrarle afecto a nadie, se encariñó al punto con nuestro nieto. Por las mañanas, cuando no tenía compromisos urgentes, solía visitarlo. Pasaba hasta su recámara, lo sacaba de la cuna para tomarlo en brazos y murmurarle palabras dulces. Vertió en la criatura toda la ternura escondida en lo más recóndito de su corazón. Y también la que necesitaba recibir, pues era consciente de que nadie lo amaba, ni siquiera su propia familia. Yo lo trataba con una cortesía forzada y Emiliano con una frialdad que mucho se parecía al desprecio. La relación padre-hijo se enfrió desde que Orlando concertó su boda. Conmigo cuando supe de sus amoríos y sus oscuros negocios. Trataba de evadirlo y cuando eso era imposible, por lo menos evidenciaba mi frialdad, aunque sin demostrarle desdén.

En uno de esos días plenos de amor de abuelo, sus labios expresaron pensamientos y sentimientos hasta entonces impronunciables. Comentó que empezaba a sentir hambre del afecto desinteresado y limpio que una vez nos tuvimos. Las otras mujeres eran cariños comprados. En cambio yo lo había querido, sin importarme su pobreza. En la actualidad no entendía por qué yo lo trataba tan fríamente, si tenía cuanto hacía falta y él se comportaba como cualquier hombre y hasta mejor, pues yo gozaba de lujos y comodidades que muchas otras hubieran querido. ¿Por qué rehusaba comportarme como cualquier otra esposa y aceptarlo sin preguntar por qué hacía esto o aquello? Al final de nuestra charla, recalcó que le gustaría que volviéramos a entendernos. Podíamos volver a empezar, hacer borrón y cuenta nueva. Accedí. No quedaba otro camino, pues de lo contrario, tendríamos que seguir viviendo aquella soledad compartida.

Durante algún tiempo, Orlando cambió su proceder y acaricié el sueño de rehacer nuestra relación. Me equivoqué. Encandilado por las palabras obsequiosas de las mujeres bellas que lo rodeaban, desistió de sus propósitos. Era evidente que en nuestra última conversación había hablado así por un arranque de euforia. Experimenté una desazón mezclada con la certeza de que los residuos de aquel amor ya se habían secado entre su indiferencia y mi resentimiento. No valía la pena intentar un acercamiento, nuestra mentalidades eran muy distintas y jamás llegaríamos a comprendernos.

Orlando era el Todopoderoso a quien ahora la sociedad rendía pleitesía, podía darse el lujo de elegir a sus amores y hacer cuanto quisiera. A él no le interesaba mi afecto. Solo me necesitaba para tener un público a quien mostrar cuanto había subido en la escala social para esconder su inferioridad de esa forma. Por eso, cuando le pedí la separación se negó rotundamente. Era libre de hacer cuanto quisiera. Sin embargo, debía continuar a su lado, además de seguir proporcionándole apoyo a través de la Casa de la Mujer. A cambio de ello, ofreció aportar dinero para el sustento de mis obras sociales. Rechacé su apoyo, pues la obra comenzaba a dar frutos; los que contrataban empleadas de la Casa, debían pagar una pequeña contribución, como si se tratara de una bolsa de trabajo. Al escuchar que rechazaba su ayuda, Orlando dio por terminada nuestra conversación, pues pudo advertir que esto constituía para mí el primer paso hacia la independencia económica.

Amanecía. Emiliano se levantó. Había pasado la noche en vela. Tomó su ropa del ropero y salió de puntillas del cuarto. Miró el calendario. Entró al cuarto de Bruno. Dormía profundamente. Emiliano lo besó en la mejilla y abandonó la casa. Subió al auto y se dirigió hacia la carretera. La ciudad se deslizó por la ventanilla; una procesión de casas diseminadas en sinuosas hileras y calles interrumpidas por glorietas. Una mortecina luz cargada de polvo rodeaba los faroles. Comenzó a tararear su canción preferida. Al llegar a lo alto de la colina divisó el pueblo con los tejados rojos, el campanario enhiesto y las callejuelas estrechas.

Era una mañana soleada y una suave brisa envolvía el ambiente. Un clima ideal para estar alegre. Emiliano caminó hasta la orilla del río, donde las flores aún mantenían en sus pétalos las gotas de rocío. A su lado pasaron varias mujeres que cargaban tinajas de agua sobre la cabeza y que conversaban entre risas. Recogió una piedra y la arrojó al agua. Pequeños botes cruzaban el río. Se preguntó de dónde vendrían y adonde irían. Escuchó con atención el rumor de los remos, del agua chocando contra las piedras, el crujir de madera, quizás la presencia de un castor. A lo lejos, en una fogata, unos hombres asaban pescados. Todo seguía igual: los árboles, las guacamayas y el olor del trópico. Sin embargo, ya nada era como antes; faltaba Valentina.

Regresó a la cabaña, que había permanecido cerrada desde hacía un año. Entró. En la sala descorrió las cortinas. La luz entró a torrentes en la habitación y atrapó las partículas de polvo flotantes. Tosió. Los sillones estaban cubiertos con lienzos. Se sentó en el borde de un sofá. Clavó la mirada en la mesa. Ahí descansaban varios papeles y en el florero, una flor seca. En el suelo había un almohadón. Intentó captar algún eco de la pasión que entre aquellas paredes había vivido, alguna huella del amor perdido. Sin moverse de su sitio, con las manos en los bolsillos y la mirada puesta en el horizonte, pensó en Valentina.

Conocerla fue lo mejor que le había ocurrido en la vida. Pero no le había demostrado sus sentimientos. No pudo, no fue posible. Cerró los ojos y se sumergió mentalmente en lo ocurrido un año antes. Hoy era el cumpleaños de ella. ¿Dónde estaría? ¿Se acordaría de su último festejo, el canto de cigarras y el olor a mangos, mezclándose con el de su pasión? Ojalá que no, pues fue el mismo día que él le comunicó lo del embarazo de Lilibeth. Qué trago más amargo debió pasar por esa jugarreta del destino. La imaginó marchándose al clarear el alba, con el pelo cayéndole en la cara, los ojos enrojecidos y el corazón encogido por la congoja. «Cómo debió haber sufrido cuando le fallé por segunda ocasión. No estuvo dispuesta a echar sobre su conciencia el remordimiento de destruir un hogar. Prefirió cortar por lo sano. ¡Bien hecho, Valentina! Yo no hubiera tenido valor de hacerlo. A la larga fue lo mejor. Nuestros caminos eran diferentes y cada quien debía seguir la ruta que el destino le tenía marcada. Ojalá un día puedas perdonarme, porque yo nunca podré.»

Suspiró. Al cabo de un rato largo, se levantó y con paso seguro abandonó la casa.

Metido de lleno en los asuntos de la política nacional y la transferencia de «mercancía», Orlando se hallaba ajeno a los conflictos sentimentales de Emiliano. Y cuando Camila se los contó, los minimizó. Argumentó que armar semejante alboroto por una mujer era un desperdicio de energía, pues ellas eran objetos adorables, pero sustituibles. Daba lo mismo una que otra. Continuó diciendo que con el tiempo su hijo se manejaría mejor con las mujeres y entonces se reiría de sus aflicciones amorosas:

—A propósito de Emiliano, ya es tiempo de que ocupe un buen puesto en el gobierno —dijo, y repitió la perorata de siempre.

En Santa Ana, para ocupar un puesto elevado en la política, bastaba con tener buenas conexiones sociales y mucho dinero; no importaba si el origen era dudoso, siempre y cuando no se hiciera del dominio público. Tampoco se requería la honestidad. Esa era una palabra que andaba en la boca de todos, pero que brillaba por su ausencia y languidecía a la sombra del olvido. En la política había de todo; riqueza vuelta despilfarro, ríos contaminados a causa de los desechos que las fábricas arrojaban en sus aguas, empresas que lavaban dinero, que aparecían y se esfumaban en un abrir y cerrar de ojos…

La élite local era prieta como la noche y sucia como un río revuelto. Santa Ana era la tierra donde prevalecía la ley del más fuerte, el más rico y la más hermosa. Gloria era la encargada del asunto de la hermosura y lo manejaba con tino. Los concursos de belleza eran un excelente negocio; además, abundaban los motivos para organizarlos: reina del arroz, de la leche, del café, de la caña, de la papa… En pocos años, Gloria Monasterio contaba con una lujosa residencia y una abultada cuenta bancaria. Para llevarlo al dedillo, se requería agenciarse de un puñado de jóvenes cuyos requisitos indispensables eran belleza, simpatía y algunas veces la disposición de ser amables con los patrocinadores. De los asuntos de política, con su chispa de talento, se encargaban los hombres de las familias Quiroga, Monasterio y otras más.

Días más tarde, Orlando lanzó a Emiliano como candidato para la Alcaldía de Santa Ana, la ciudad de quienes con el ego inflamado se ufanaban de un supuesto linaje rancio y de no haberse mezclado con los aborígenes, pese a que el color moreno de alguno de sus hijos, la nariz aguileña disimulada a través de la cirugía plástica y el pelo azabache escondido bajo el colorante rubio de algunos, mostrara lo contrario.

A los Quiroga, el parentesco con los Monasterio les había granjeado la aceptación de la sociedad. Pero entre eso y pretender que Emiliano fuera el alcalde había un abismo de diferencia, pues esos puestos pertenecían a las familias agrupadas en las logias. Por lo menos así había sido hasta entonces. Sin embargo, en aquella ocasión, sin rechistar, la élite local aceptó a la proposición de Orlando. Algunos por conveniencia. Otros por temor. ¿A qué hubiera conducido herir a alguien tan poderoso? Sería una osadía. Y ellos carecían de tan fastidiosa cualidad.

Pese a las muestras de apoyo, Camila intuyó que había algo especial en el ambiente; algo sutil y desagradable; una atmósfera rancia, como el olor de una enfermedad. Con los años se había vuelto hábil en la interpretación de los estados de ánimo de la gente. Y en aquellos días tuvo la sensación de que caminaba sobre arenas movedizas y trampas ocultas. Algo no andaba bien en torno a ellos. Lo notaba en la forma como los miraban y se miraban entre ellos, cómo se hablaban y las sonrisas forzadas que les dedicaban.

El tiempo le dio la razón. Tras la sumisión aparente, algunos miembros de la élite local, ocultos en el anonimato, se propusieron exhibir ante todo el mundo la grieta por la que se filtraba la suciedad en la riqueza de aquel millonario generoso que ayudaba al populacho.

Era domingo. Orlando y Camila estaban en la terraza de su casa. Ella bebía café y él fumaba mientras leía el periódico. De pronto mordió el puro, soltó un escupitajo y con voz colérica gritó:

—Hijos de puta, no se saldrán con la suya.

—¿Qué pasa, quiénes?

Sin darle explicación alguna, le entregó el diario, se puso de pie y se fue a su despacho.

Camila leyó el periódico.

Alguien había logrado que Jaime Durán, un detenido acusado de tráfico de cocaína, señalara a Orlando Quiroga como uno de los jefes del cartel más importante de tráfico de droga en el país.

En la estación de tren, le habían incautado a Durán doscientos kilos de droga camuflados entre una colección de ropa. Desconocía al dueño de la mercancía, pero afirmó que la había recogido de un lugar al que identificó como la finca La Sierra, propiedad de Orlando Quiroga.

Respecto a cómo entraban los químicos necesarios para la preparación de la droga, el implicado especificó todos los detalles. El tren cruzaba la frontera sin problemas. En ese sitio todos eran ciegos, gracias a que el dueño de la mercancía contaba con aliados entre los aduaneros, quienes recibían miles de dólares cada vez que fingían no ver lo que pasaba frente a sus ojos. Una vez en el país, antes de llegar a la caseta de control en la que estaban los inspectores extranjeros, se tiraban los fardos por el camino, y rodaban cuesta abajo. Allí alguien los recogía y los llevaba a través de la selva hasta las orillas del río Los Sauces. Luego, al cobijo de la noche, eran metidos en camiones que emprendían la marcha hacia una quinta ubicada en las cercanías de un ingenio. Lo único que desconocía Durán era el modo en que después llegaban hasta la finca La Sierra.

La declaración sobre la facilidad con que entraban y salían los precursores químicos era creíble y podían atarse cabos para llegar a sus propietarios, debido a la estrecha amistad entre Rengo, jefe de la Policía Aduanera, y Orlando Quiroga.

Cuando Camila terminó la lectura del artículo, hizo pedazos el periódico como si con ello pudiera borrar su contenido. Hasta entonces desconocía la sordidez del origen de su riqueza. Las triquiñuelas que aparecían en el diario, le provocaron unas náuseas que sus obras de caridad no podían borrar. «¿Cómo pude ser tan estúpida y creer la historia del comercio honrado? ¿Cómo pude creer que una maleta y la habilidad comercial de Orlando produjeran tanta riqueza? ¿Le creí porque así me convenía? Lo creí, quise creerle, y aunque sospeché que cometía alguna trácala, jamás pude imaginarme que estuviera metido en el tráfico de drogas», pensó.

Confusa, dio vueltas por el jardín. Miró el reloj. Seguramente Emiliano ya había leído la noticia. ¿Qué pensaría de aquel asunto, de la pasividad cómoda que hasta ahora había adoptado ella? Una oleada de vergüenza le coloreó la cara al tiempo de invadirle un ansia incontenible. ¿Dónde quedaron los tiempos de estómago vacío, de trabajo mal pagado, empero de conciencia tranquila? Tiempos en los que podía llevar la frente alta y mirar a quien fuera, sin tener de qué avergonzarse.

Al cabo de un rato, entró en la casa.

En su mente seguía bailando la noticia periodística. Se llevó las manos a la cabeza; las sienes le latían perceptiblemente y sintió el acoso repentino de un ataque de asma. Fue a la cocina y preparó una infusión. Mientras la bebía observó el jardín. El viento que arrancaba de golpe las hojas de los árboles le recordó otra mañana, de hacía muchos años, cuando un viento semejante la empujó hacia la choza del curandero. Era extraño, la noche anterior había vuelto a soñar con don Atonal como había sucedido años atrás. Lo había visto, sentado en el borde de la cama, inclinado hacia ella. Él había levantado la mirada y las manos hacia el cielo como para advertirle de un peligro. «¿Qué pasa? ¿Qué quiere decirme?», le preguntó ella. Casi al instante el fantasma se había diluido en la niebla del amanecer. Al abrir los ojos vio a una lechuza parada en su ventana, mirándola con sus ojos redondos como platos. Fue un sueño tan real que más bien le pareció que él había estado ahí, pues hasta percibió un olor a copal quemado.

Sintió que se ahogaba. Aspiró una doble ración de aquel medicamento amargo que le aligeraba la respiración. La acosó un asco irrefrenable. Se echó a correr al baño. Se lavó la boca y se bañó, tallándose con brusquedad, como si quisiera arrancarse una costra de mugre. Envuelta en una gruesa bata, llegó hasta la cama y se tiró sobre ella. Quería dormir, dormir un sueño profundo y amnésico, y no despertar jamás.

Al día siguiente, ya había logrado serenarse y tomó una decisión: permanecería al lado de Orlando y asumiría todas las eventualidades que se avecinaban. No solo por considerarlo su deber, sino también porque quería descubrir la verdad de sus negocios. A esas horas, aprovechando que él estaba en la oficina, entró en el despacho y hurgó entre los cajones de su escritorio. Pegada con cinta adhesiva, bajo la tabla de su escritorio, encontró la llave del cofre que descansaba en el librero, detrás de la Biblia. Las manos le temblaron al introducir la llave en la cerradura. Lo abrió. Pero solo estaba el sobre que el padre de Orlando le había entregado antes de morir. Sacó la carta y la desdobló con el repentino presentimiento de encontrarse abriendo un foso de podredumbre cuyo hedor terminaría de desgarrar la venda de su ceguera.

Al leer aquellas líneas, descubrió la saña con que Orlando había destruido la existencia de su padre. Julio Torrico supo por aquel entonces, que sus días estaban contados y ello le alegraba, pues sintió que estaba de sobra en el mundo. Su madre ya había muerto y su esposa lo había abandonado hacía muchos años, llevándose a su hijo. Nunca más volvió a saber de ellos. El único que siempre estuvo cerca de él, fue Orlando; aunque solo hubiera sido para restregarle en la cara sus errores.

Y aunque le resultó espantoso descubrir el lado vengativo de Orlando, no encontró ningún indicio sobre las triquiñuelas de las que se le acusaba en los periódicos. Buscó en los cajones de su escritorio, entre sus archivos, libros y folios. Por todos lados encontró recibos de pagos, inversiones, facturas de compras y ventas, cuentas bancarias de sus negocios; nada comprometedor.

La noticia saturó los titulares de la prensa. ¿Era el generoso y tesonero Orlando Quiroga solo un narcotraficante disfrazado de gente decente? Las declaraciones de Jaime Durán tuvieron el efecto de una bomba cuyas ondas expansivas amenazaban con alcanzar a otros, pues sus acusaciones se extendieron a encumbradas figuras del mundo político como Chito Salinas y Milton Roig. También Rengo Reyes. A través de las transmisiones televisivas y radiales, miles de ciudadanos siguieron de cerca, las declaraciones que el narcotraficante prestó ante la Comisión Legislativa, encargada de investigar nexos entre la política y el narcotráfico.

Según él, las relaciones entre el general Roig y Orlando databan de años atrás, cuando el primero era ministro del Estado y, como petición de Orlando, Roig había destituido a un coronel de reconocida honorabilidad del puesto de director de la Policía Fronteriza para designar a Reyes, un expresidiario que a leguas olía a estupefacientes. Presumía que dicha designación respondía a una exigencia de Quiroga, pues se descubrió que al día siguiente de que esta tuvo lugar, en la cuenta de Roig apareció un depósito de un millón de dólares. Dinero que el general había utilizado para comprar un lujoso departamento en el extranjero.

Después, el detenido afirmó haber recibido ese dinero de manos de un empleado de Quiroga y haberlo entregado a uno de los hombres de confianza de Milton Roig. El acusado continuó su declaración, diciendo que recibió de manos de Rengo Reyes una buena paga por sus servicios y con ello entró al negocio de estupefacientes por cuenta propia. Tuvo mala suerte, pues al realizar las primeras operaciones, cayó en la cárcel.

El detenido reiteró sus declaraciones y describió cada detalle con una precisión asombrosa. Sin embargo, carecía de pruebas que avalaran su testimonio, pues tanto a

Quiroga como al general, quien por ese tiempo ocupaba un elevado cargo político, nunca los vio ni recibió de ellos orden alguna.

En un principio, Roig se mantuvo atrincherado en su quinta La Buena Vida, sin decir ésta boca es mía. No obstante, la envergadura del revuelo lo obligó a salir de su guarida a defenderse. Declaró, que durante su gestión dentro de la Administración Pública, la ciudadanía conoció la transparencia de sus actos y aquel barullo era una estrategia armada por algún enemigo, que se empeñaba en enlodar su imagen. O dichas declaraciones eran patrañas propias de un demente. Sobre su departamento en el extranjero, declaró que lo había adquirido con los ahorros acumulados durante años de trabajo.

Pero no pudo negar haber firmado el nombramiento de Rengo como director de la Policía Aduanal. Nadie creyó una sola palabra, pues sus declaraciones estaban contaminadas de una falsedad tan lamentable, tan poco acorde con los hechos como una expresión de candidez en el rostro de un asesino, o un libro de poemas en manos de Rengo. Aún así, nadie pudo presentar pruebas de su culpabilidad.

El escándalo no amilanó a Orlando, no dejaría que sus enemigos y su propia furia frustraran sus planes. No había consagrado la vida a derribar obstáculos de su camino para que ahora alguien, oculto entre en el anonimato, viniera a echarle abajo cuanto había conseguido. Se paseó de un lado al otro de su oficina, como fiera enjaulada, arrinconada por sus cazadores, pero indómita, que ruge hasta el último instante. Él no era de los que se ponían a temblar por cualquier insignificancia. «Para que me agarren, van a necesitar más que poner a un pendejo a declarar zonceras en público. Ya se me ocurrirá algo para salir de este atolladero. Arreglaré este lío con dinero, ese precioso metal que compra honras y conciencias, pues bien dice el dicho: "con dinero baila el perro"», farfulló.

De nuevo, Orlando puso de manifiesto su ánimo inquebrantable y sin intimidarse por el peso de las acusaciones, apareció ante los medios de comunicación tan sereno y erguido como solía mostrarse en todos sus actos oficiales.

De su boca no escapó ni una palabra que delatara su culpabilidad:

—La Comisión Legislativa está permitiendo que las declaraciones de un delincuente causen semejante revuelo y da pauta para que la ciudadanía decente esté viviendo momentos de canibalismo moral. Los pecados cometidos por mí, si es que así quieren llamarlos, fueron producto de la buena voluntad. Intervine con algunos allegados para dar empleo a quienes me lo pidieron y cuando estuvo dentro de mis posibilidades hacerlo. Además, a veces he regalado plata a los pobres para que se ayuden a salir de los problemas más urgentes, sin intención de pedirles nada a cambio. Últimamente doné una cantidad considerable para la ampliación del edificio de la Casa de la Mujer; refugio de mujeres llegadas del interior en busca de trabajo. Lo que me ha impulsado a realizar tales actos ha sido el reconocerme en ellos por su afición a la continua lucha por la superación. Nadie mejor que yo puede comprenderlos, pues, por experiencia propia, sé lo que es el hambre y el desamparo. Ese fue mi error.

Agregó, con voz dolida, que esas denuncias eran una estrategia proveniente de personas empeñadas en «anularle a Emiliano, mi hijo, la posibilidad de aspirar al poder en igualdad de condiciones». ¿Por qué sus acusadores no le comprobaban tales incriminaciones? Muy fácil, porque no eran ciertas. Una vez que insistió en su inocencia, soltó varias frases ocurrentes que divirtieron y convencieron a la audiencia de la sinceridad de sus palabras.

Gloria, a la sazón presidenta de la Sociedad de Damas del Comité Local, manifestó que el honor de familias de reconocida honestidad estaba en manos de un delincuente que no tenía nada que perder. Era inconcebible que frente al Congreso hubieran puesto a declarar a un malhechor. Aún así, a fin de deslindar responsabilidades, apoyaba a dicho órgano gubernamental para que efectuara una investigación transparente y los resultados se hicieran del conocimiento público.

Cuando Rengo fue llamado a declarar, presentó los documentos que lo acreditaban como un próspero agricultor y ganadero. Asimismo, afirmó que su amistad con Roig se remontaba a muchos años atrás, cuando él había ingresado como modesto policía. La amistad se afianzó con el trato diario. Sin embargo, él, por mérito propio, mediante el cumplimiento de su deber y la antigüedad en el puesto, había ascendido hasta director de la Policía Fronteriza. Para el efecto, mostró su flamante placa dorada de funcionario, así como la credencial que lo acreditaba como miembro militante del Partido Popular Nacional. Dijo que cuando el general fue nombrado candidato para senador, en nombre de esa amistad, le proporcionó apoyo logístico, a fin de que sus simpatizantes pudieran desplazarse por los lugares donde tenía lugar la campaña electoral. En agradecimiento, el funcionario le regaló una yegua pura sangre. De ahí no había pasado.

—Una vez que el general Roig ganó las elecciones, perdimos el contacto, pues como tengo harta chamba en mi puesto y en mis negocios privados, no me queda tiempo para asambleas y eventos del partido. Sin embargo, le he seguido los pasos desde lejos, y continúo ayudándole mediante mi administrador cuando necesita apoyo logístico.

Se mostró asombrado cuando le preguntaron si conocía el origen del millón de dólares que tiempo atrás había aparecido en la cuenta de Roig, supuestamente como pago por su puesto como director de la Policía Aduanera y con la cual, el general compró un departamento en el extranjero.

Sin titubear, afirmó desconocer el asunto.

—¿Conoce usted a su acusador? —le preguntó el fiscal al tiempo de señalar a un hombre sentado en la primera fila.

—No, jamás he cruzado palabra con semejante sujeto. Yo no trato con gente de esa calaña.

—¿Esta usted seguro? —Volvió a preguntarle el fiscal.

—Completamente.

—Recuerde que está usted bajo juramento.

—Por supuesto que lo recuerdo y vuelvo a repetirle: nunca he visto a ese individuo.

Tras su reiterada negativa, a una señal del fiscal, uno de sus colaboradores encendió una grabadora. Cuando las voces se dejaron escuchar, Rengo palideció, y la chabacanería de momentos antes desapareció de su rostro, transfigurándose en un gesto de pavor. En la grabación se reconocía la voz del acusador diciéndole a alguien que el asunto se estaba poniendo feo, pues la policía le estaba pisando los talones. Aquella mañana varios agentes lo habían detenido y sometido a un interrogatorio, porque querían saber el origen del dinero que él, le había entregado ya sabía a quién. Por suerte, había podido llamar a su abogado, quien logró sacarlo bajo fianza, aunque le advirtió que las investigaciones continuarían y cualquier día podían volver a llamarlo a declarar, ya que, al parecer, la policía ya había tomado nota del asunto. Necesitaba irse lejos y para eso necesitaba con urgencia dinero.

Un murmullo de asombro llenó la sala cuando se escuchó a su interlocutor. La voz de Rengo sonó nítida:

—No te apures, compadre, nadie va a agarrarte. escóndete unos días por ahí. Ya veré cómo me las arreglo para hacerte llegar una plata, la suficiente para que te vayas hasta el fin del mundo. Nomás aguántate tantito.

—¿Cómo para cuándo puede mandármela?

—Dame dos días.

—Tiene que ser mañana mismo. La policía me está pisando los talones y pueden hacerme cantar.

Silencio.

—Ta' bueno.

—A eso de las tres, frente a la plaza. No vaya a fallarme.

Se escuchó un clic y la conversación se cortó.

El fiscal apagó la grabadora y añadió:

—Al parecer usted sospechó algo, pues no asistió a la cita.

Sin poder controlarse, Rengo dirigiéndose al fiscal gritó:

—Miserable tramposo, crees que vas a atraparme con tus ardides, pero para eso te falta mucho.

—Yo no he dicho nada. Solo le estoy mostrando una prueba que contradice sus afirmaciones. Puede darnos una explicación de lo que acabamos de escuchar.

No pudo. No dio explicación sobre el contenido de la grabación. Y ante la presión del fiscal, dijo que le parecía recordar que cuando estuvo en el extranjero para comprar dos avionetas, Roig —a quien describió como un brillante político—, lo había invitado a almorzar. En esa ocasión, él le había mostrado su vivienda, tal y como se hace con los buenos amigos. Sin embargo no se le ocurrió preguntarle con qué dinero la compró.

—No lo consideré de mi incumbencia, —concluyó.

—¿De qué hablaron?

—De asuntos familiares; de su mujer y sobre todo de mi madre. Él le tiene muy buena voluntad a mi jefa. Había de ver cómo la trata cuando la llevo a visitarlo. Como una reina.

El sudor le corrió en hilos por la frente, parecía al borde del soponcio y sin saber qué hacer, dirigió una mirada suplicante a su abogado. Bajo el pretexto de que su cliente se encontraba indispuesto, su defensor pidió al juez un receso, evitando así que a causa del descontrol, Rengo pudiera decir alguna inconveniencia y agravar su ya comprometedora situación.

Tres días más tarde, como por arte de magia, desapareció la grabación. También el delator. Nadie pudo explicarse cómo había sido posible que un reo escapara de una prisión de alta seguridad, sin que nadie se diera cuenta. Los vigilantes de turno declararon que se encontraban realizando un encargo de su jefe cuando ocurrió esto. Por su parte, el jefe negó tal afirmación, acusándolos de cómplices y de deshonra para la institución policial por su proceder. Prometió llegar al fondo del asunto, darle a sus subalternos un castigo ejemplar y atrapar al prófugo.

No hizo ni lo uno ni lo otro.

La desaparición de la comprometedora cinta resultaba por demás misteriosa. Y aún más el proceder de los policías, pues ellos solían obedecer ciegamente las órdenes de sus superiores. ¿Cómo era posible que ahora, de buenas a primeras, se tomaran la libertad de hacer algo por cuenta propia y a sabiendas de ser descubiertos? Esas preguntas se quedaron en el aire, pues cuando se les quiso tomar su declaración ya no estaban. Según su jefe, debido al comportamiento irresponsable, habían sido destituidos de sus cargos y en cuanto abandonaron la cárcel, desaparecieron, como si se los hubiera tragado la tierra.

Ambos sucesos, aunados a los hábiles argumentos del abogado y las considerables sumas de dinero deslizadas sutilmente en las manos del juez, hicieron posible que Rengo Reyes tras acudir a varios interrogatorios, fuera declarado inocente. Fresco como una lechuga, abandonó el recinto judicial. Por supuesto, no sin que antes el fiscal le advirtiera que debía permanecer en la ciudad, por si acaso era requerido para nuevas consultas.

—No se preocupe, aquí estaré cuando sea necesario, —respondió, seguro de tener ganada la batalla.

El que salió mejor librado de todos fue Orlando, pues para disgusto de muchos, no se encontraron pruebas en su contra. El hecho de que él participara en el negocio a través de terceros, explicaba por qué había logrado que la balanza de la justicia se inclinara a su favor. En las redadas efectuadas, la policía antinarcóticos logró detener a vendedores callejeros y uno que otro distribuidor en pequeña escala, quienes jamás habían tenido tratos con él. Así, Orlando continuó haciendo negocios y postergando la realidad, que tarde o temprano le presentaría la factura.

Rengo no corrió con la misma suerte. Y cuando creía que el asunto estaba olvidado, pasadas unas semanas, ante la oleada de críticas, provenientes tanto del exterior como del interior, la Comisión Legislativa encargada del control de drogas decidió actuar en su contra.

Una madrugada de invierno, cuando Rengo roncaba a pierna suelta al lado de una gordita, varios agentes allanaron su quinta y requisaron los bienes y documentos que encontraron a su paso. No le dieron tiempo ni de intentar escaparse. Arrancado del tibio lecho, sumido aún en la modorra sudorosa y babeante, con los pantalones a medio abrochar, descalzo y en medio de un gran despliegue de violencia, fue aprehendido y llevado a la cárcel de máxima seguridad. Sobre él pesaban graves acusaciones, pues cerca de una de sus propiedades se había encontrado un laboratorio clandestino y se presumía que en una de ellas tenía almacenadas las sustancias químicas necesarias para la preparación de cocaína.

Las autoridades encargadas del caso decidieron abrir causa penal en su contra por el delito de elaboración de cocaína, y dispusieron el arraigo y anotación de sus bienes muebles e inmuebles. Aún así, necesitaban encontrar pruebas fehacientes, pues no encontraban las sustancias prohibidas.

La nerviosidad y el interés del abogado de Rengo por recuperar a toda costa una de las casas incautadas dio pauta a una larga cadena de errores, que fueron dejando a su paso un reguero de pistas que llevaron al descubrimiento de los precursores químicos. Alegó que la casa era propiedad de la madre de Rengo y su único patrimonio. Lo único que llamó la atención era que estaba reforzada con doble muro. Se montó un operativo, llegando al extremo de derribar la pared. Así, descubrieron que su reforzamiento no era precisamente para terremotos, sino para esconder tambos con ácido sulfúrico, acetona y ácido clorhídrico. Este hallazgo terminó de hundirlo. Rengo Reyes declaró que el dueño de los precursores era Chito Salinas, quien los había adquirido en el extranjero e internado al país a través de su empresa importadora.

No pudo comprobar tales afirmaciones porque Chito, cuyo nombre también figuraba en la lista de los sospechosos, había desaparecido el día anterior. Esto ocurrió cuando daba un paseo con su perro por los alrededores de su mansión. En vano la familia lo esperaba para cenar. Hasta la fecha no se han encontrado rastros de su paradero.

El nuevo domicilio de Rengo fue un cuarto de tres por tres en la cárcel del Cerezo. Una ventana diminuta con rejas, colocada a gran altura, le regateaba la luz a la sombría celda. En una mesa, al lado de su camastro descansaba la foto de su madre y una revista de caricaturas. En aquel agujero siniestro, con el miedo royéndole los huesos, esperó la ayuda y visita de quienes hasta el día anterior a su captura se disputaban su amistad. Ahora brillaban por su ausencia. En especial el general Roig, actual senador de la República, quien tanto le había reiterado que cuando lo necesitara, no dudara en solicitar su cooperación.

La madre de Rengo, recordando tal ofrecimiento, en repetidas ocasiones lo llamó por teléfono, pero no logró comunicarse con él. Desesperada, una tarde, se presentó ante las puertas de su residencia. El timbre dejó escuchar su largo ding-dong. Los perros ladraron abalanzándose a la puerta principal. Escuchó el ruido del abrir de una ventana y creyó ver cómo una silueta se asomaba. Pasaron los minutos y nadie acudió. Volvió a presionar el timbre; los perros volvieron a ladrar. Los criados tenían que estar ahí, pues ella sabía bien que la residencia jamás permanecía vacía. Pero los animales eran los únicos que reaccionaban al llamado y al reconocerla ya no ladraban, sino correteaban de un lado al otro, gemían, arañaban y metían el hocico por las rejas del portón como queriendo avisar a sus dueños de su presencia.

Quizás en ese rato, Carmiña y el general no se encontraban en casa y los criados aprovechaban para echarse una siesta. Eso era extraño. La costumbre de él era quedarse en casa los lunes y dedicar el día a despachar correspondencia y recibir visitas. De repente, Milton estaba atendiendo a alguna visita y no había alcanzado a escucharla. No se iría sin haberle hablado, pues solo él podía ayudar a Rengo. Volvió a oprimir el timbre. Esta vez lo hizo largo rato y al no obtener respuesta, comenzó a tocar la puerta con una moneda. Las empleadas de las residencias contiguas salieron a ver qué ocurría. De pronto renació su esperanza cuando la puerta de la sala se abrió y vio venir a un sirviente hacia el portón.

—Carajo, hace horas que estoy tocando y hasta ahorita se le da la gana de venir —dijo, aprestándose a entrar.

El empleado se acercó al portón y le dijo:

—Don Milton no puede recibirla, ni ahora ni nunca, y le pide que haga el favor de retirarse —sin esperar respuesta, el hombre regresó al interior de la casa.

Aquellas palabras fueron como una bofetada en pleno rostro para la mujer; sus mejillas enrojecieron y un sabor a centavo le llenó la boca. Avergonzada, inclinó la cabeza y se alejó de ahí. No hacía mucho tiempo, en ese umbral, Milton la recibía con un efusivo abrazo y un «adelante, está usted en su casa, doñita», y se desvivía por atenderla. La ayudaba a sentarse y le servía personalmente la bebida de su preferencia. Y ahora, cuando Rengo ya no le era útil, la trataba como una mendiga engorrosa.

Al girar la esquina, miró hacia la residencia de los Roig y se sintió desfallecer. Ahí donde tantas veces estaba segura, moría la última esperanza de salvar a su hijo. El general no quería comprometerse; lo único que le importaba era salir bien librado de cualquier sospecha, así fuera necesario renegar de los amigos.

Rengo estaba de pie junto a la ventana, de espaldas a la puerta cuando su madre lo visitó. Ella se acercó y lo abrazó largamente. No necesitó decir nada; él la comprendió: se había desvanecido la última posibilidad de salvarse . En la desgracia no hay amigos. No queda nadie. Milton Roig, su amigo del alma, había olvidado las deudas del pasado y no podía hacer nada para evitarlo. Desde que cayó en prisión, las únicas visitas que recibió fueron las de su madre, Camila y Emiliano. Apretó la cruz que le colgaba del pecho, la acercó a los labios y, cerrando los ojos, la besó. Hizo un esfuerzo por esconder la congoja y sonriendo despreocupado, le dijo:

—No te apures, madre, ya verás como salgo de esta. No es la primera vez que estoy en un penal, ni será la última.

No hizo comentarios sobre la actitud del general y, como solía, comenzó a bromear. Le sugirió que regresara al pueblo, donde él iría a visitarla en cuanto saliera.

¡Qué lejos estaba de sentirse sereno! Rengo, abandonó el cuarto de visita con aire alegre, como si fuera a una fiesta. Pero en cuanto desapareció tras de la puerta, el suspiro campechano se diluyó en un resuello de buey asmático. La certeza de su inexorable fin fue como la punzada de una espina de cacto en el corazón. El aire se le escapó de los pulmones entre súplicas desesperadas. Y aunque quiso llorar, sus ojos permanecieron secos, ni siquiera le quedaba el consuelo de desahogar su pesadumbre. Le faltaban fuerzas para suplicar, para lamentarse y seguir adelante. No era para menos. De un momento al otro, había sido despojado de su elegante uniforme. Sin flecos, insignias y cordones dorados y con aquellos trapos rotos y descoloridos, el Rengo de ahora era solo un presidiario más, un número; sin nombre y abandonado del mundo y de la mano de Dios.

Moverse, respirar le costaba trabajo y las piernas se negaban a sostenerlo. Con dificultad logró llegar hasta su celda. Ahí, en la soledad del cuartucho, entre un apretado tejido de sombras se dejó caer pesadamente sobre el camastro. Miró a los lados, sin distinguir más que las paredes cuyas hendiduras parecían emitir gritos de desesperación. Un olor mohoso ascendía del suelo. Hasta ahí había llegado su libertad y quizás su existencia.

Desde el día en que había entrado en ese «negocio» sabía que había caído como una mosca en una telaraña de la cual jamás podría liberarse. Ahora, sabía cuándo había ingresado, pero no cuándo saldría de prisión. Seguramente nunca saldría de ahí, «sólo con los pies por delante», pensó con inmensa aflicción. Quizás eso sucedería pronto, pues a nadie le convenía que hablase; los demás evitarían el riesgo de que pronunciara una frase comprometedora, un nombre inconveniente. Intentó aceptar su destino. Siempre supo cuál podría ser su fin; podrirse entre cuatro paredes, morir asesinado en plena luz del día o bien en un lugar oculto y sin dejar rastro, como quizás le ocurrió a Chito Salinas. Sin embargo, no se imaginó que iba a ser tan pronto.

¡Cuánto deseó percibir el olor a hierba fresca, gozar del calor del sol y contemplar el cielo, aunque fuera por última vez!

La pestilencia ayudada por la mugre se arrastró por el cuchitril, envuelta en nubes de sabandijas. Un ejército de hormigas prietas pareció brotar de las paredes y se desparramó entre los paquetes de galletas que su madre le había llevado, el camastro y todos los rincones. Al aplastarlas despedían un hedor fétido. Todo ahí olía a suciedad, a vergüenza; hasta el recuerdo de alegrías pasadas se le tornó opaco y amargo. Tampoco lo consoló que para su defensa, Camila hubiera contratado a varios abogados. Él sabía que ya nadie podía salvarlo, porque las autoridades internacionales antinarcóticos lo hacían imposible.

Dos semanas más tarde, un sábado por la mañana, Rengo no se levantó. Solía hacerlo al toque de corneta del presidio. Pero en aquella ocasión, se quedó encogido en un rincón del catre y por la noche continuó ahí, agobiado por agudos dolores en el pecho. Tenía varias costillas rotas y respiraba con dificultad. El día anterior, varios presidiarios le habían propinado una paliza. Rengo se fue apagando. La madrugada del domingo, sus labios cargados de secretos se cerraron para siempre. Su madre acusó a las autoridades carcelarias de haberlo asesinado, pues cuando él ingresó al presidio estaba sano y fuerte como un toro.

Tales acusaciones se diluyeron en el aire como el humo de un cigarro y nadie se dio por aludido.

Los recuerdos siguen brotando en el delirio. Rostros y siluetas olvidadas se presentan en la mente de Camila tan claros como el agua de una cascada.

Mi compadre fue nuestra única familia. ¿Había amado a alguna mujer? Jamás habló de ninguna. No había en su casa fotografías ni rastros de una presencia femenina. Hubo una parte de su vida que no conocí. Mejor así. ¿Para qué hubiera servido conocer el lado oscuro de su personalidad? Rengo siempre sería como mi hermano mayor y un segundo padre para Emiliano; ya nunca más volveríamos a verlo.

La muerte del amigo fiel con quien no se gastaban ceremonias y que siempre desempeñó nuestros deseos al pie de la letra, me caló en lo más hondo del corazón. El lunes por la mañana, metido en un cajón de madera rústica, sin practicarle la autopsia y sin un certificado médico que confirmara las causas del deceso, Rengo fue conducido a su viaje final. El sepelio transcurrió bajo el signo de la soledad y el olvido. Únicamente su madre, Emiliano y yo le dimos el último adiós. Las demás amistades, unidas bajo el sentimiento unitario del egoísmo, brillaron por su ausencia.

Todas sus propiedades pasaron a la custodia de Guido Monasterio, tío de Lilibeth, convertido por aquel entonces en ministro del gobierno gracias al apoyo de Orlando, cuando no al tamaño de su apellido. Guido pasaba por ser una persona de probada honestidad en aquella sociedad decadente y cuyo peso moral gravitaba sobre sus hombros. Prometió que los bienes de Rengo serían utilizados en obras sociales.

Esa tarde, al regreso del cementerio, Camila plantaba unas flores en el jardín. Estaba de cuclillas hundida en sus pensamientos, cuando llegó Orlando. Se acercó a ella y comprendió por su cabeza inclinada que lloraba. Desvió la mirada hacia otro lado, pues le disgustaba verla llorar. Ella advirtió su presencia y se pasó la mano por los ojos. Pensó en su aspecto del día anterior, tan enfurecido, prohibiéndole asistir al entierro y advirtiéndole que si lo hacía, él le daría un escarmiento del que se acordaría el resto de su vida. Notó la mirada de él clavada en su vestido negro y comprendió que sabía que lo había desobedecido.

Orlando lo sabía, pues aunque aparentemente no había nadie en el entierro de Rengo, las paredes, las calles parecían haber tenido ojos, oídos y enterarse de cuanto ahí ocurrió. Así, la noticia de su presencia en el panteón había recorrido en pocas horas toda la ciudad, llegando a oídos de los allegados de Orlando, suscitando inquietud. Ahora comprendía sus cuchicheos de aquella mañana. Él había alcanzado a escuchar algunas palabras sueltas, pero no pudo comprenderlas, pues hablaban del asunto con el rebuscamiento de las frases ocultas; nadie que las escuchara podría adivinar el fondo de la conversación. Luego, al percibir su presencia, cambiaban de tema, hablando de banalidades. Y en cuanto él se había retirado, ellos volvieron a enfrascarse en el afectado juego de palabras.

—¿Cómo pudiste poner en peligro mi cabeza y la de mis amigos?

—¿Cuáles? Tú no tienes amigos. Al único que tenías, lo dejaste morir solo como un perro. ¿No te das cuenta de que los demás te desprecian tanto como a Rengo, y que solo te utilizan para sacarte dinero? — respondió Camila, sin volverse a mirarlo.

Por un instante, Orlando se quedó impávido y mudo por la sorpresa. Después, la agarró de los cabellos, la levantó y con la mano abierta le cruzó la cara dos veces. Los sirvientes fueron testigos del ataque, pero no se atrevieron a intervenir hasta que él se había marchado.

Ayudada por el jardinero, Camila llegó hasta la cocina con la blusa teñida de rojo. Manaba sangre por la nariz y boca. Y mientras la cocinera le preparaba una infusión, la mucama le limpió el rostro con un pañuelo y le puso otro con hielo en la mejilla para evitar que se le hinchara.

En su despacho, Orlando se paseaba de un extremo al otro de la habitación, vociferando y pateando los muebles. Camila era una imbécil, que con su estúpida lealtad ponía en peligro su seguridad. ¿Cómo se había atrevido a desobedecerlo, y encima animando a Emiliano a seguirla en su locura? El futuro candidato a la Alcaldía asistiendo al entierro de un presidiario. «Debí haberla matado a golpes, por su rebeldía. ¡Maldita idiota! ¡Ganas no me faltaron de retorcerle el cuello!» Podía entender que lamentara lo ocurrido con Rengo, pero era el colmo de la insensatez desafiar a la sociedad, dando la cara por alguien que ya no tenía salvación. Era una torpe, que no tenía ni idea de cómo era el mundo. Y todavía atreverse a ofenderlo, diciéndole que él no era apreciado por sus actuales amigos.

Abrió un cajón del escritorio, sacó una botella de coñac y se la empinó de un jalón. El licor no tuvo la virtud de calmarle la ira y arrojó el frasco contra la pared. Resopló como si le faltara el aire y se sentó en el sillón. A medida que transcurría el tiempo, su furia iba decreciendo; su ego también.

El recuerdo de las palabras de Camila regresó como una quemadura y reconoció que sus actuales amistades estaban circunscritas al marco de los negocios. Hasta entonces, se había creído dotado del privilegio de ordenar y regir con el poder del dinero y el tono frío de su voz. Ella le había arrancado de sopetón su sueño de grandeza, recordándole que bajo el barniz de elegancia y honorabilidad no era más que un pobre diablo, sin afecto ni amigos. Toda su vida había soñado con ser grande, visible, verse rodeado por la atención de los demás, y lo había logrado: él era grande y visible como un desagüe de aguas negras, donde «sus amigos iban a tirar la podredumbre». Esta reflexión le horrorizó y la desechó al instante. No le gustó la forma en que sus pensamientos se arremolinaban, y los apartó decididamente de su mente antes de que adquirieran las dimensiones de una avalancha que pudiera sepultarlo bajo una profunda melancolía. Se levantó y con aire decidido salió a la calle.

En cuanto se sintió mejor, Camila se cambió de ropa, cubrió el moretón del rostro con maquillaje y, llevando una maleta de ropa y su bolso como único equipaje, salió de su residencia para dirigirse a la Casa de la Mujer, su nuevo hogar. Pasó la noche despierta, debatiéndose entre el pesar por la muerte de Rengo y la compasión por sí misma, por ese despertar tardío. En algún momento logró conciliar el sueño y al amanecer, cuando abrió los ojos, no recordó dónde se encontraba. Encendió la lámpara de la mesa de noche y observó la luz, que lanzaba haces oblicuos donde danzaban partículas de polvo. Sintió miedo al verse rodeada por las sombras de la nueva habitación. Todo estaba en calma, solo se escuchaba el murmullo del gotear de un grifo mal cerrado. Se levantó y fue al baño. Se miró al espejo y se lavó la cara con agua fría. Tenía la mejilla tumefacta y el ojo derecho amoratado. Abrió la ventana, respiró el olor a tierra mojada del patio y se sintió mejor. El sol salió temprano. A las siete de la mañana entró en la cocina, preparó café y saludó a las chicas que comenzaban sus labores. Al ver el lamentable estado de Camila y saber lo que le había ocurrido, temieron por su salud y ánimo. Pero ella les aseguró que se encontraba mejor que nunca.

Les dijo que la misma tenacidad que antes había empleado para rescatar su hogar, la emplearía para seguir adelante. La decisión de dejar su hogar significaba incertidumbre y desazón. Para ella, que había pasado los últimos años acudiendo y organizando reuniones sociales y escuchando pláticas trilladas, ahora la vida entre mujeres solas que tenían que luchar por el pan de cada día, algunas arrastrando hijos sin padre, le parecía interesante y llena de retos.

Orlando no se enteró de inmediato de su partida. Concentrado en su rabia, tras la discusión, había salido de casa y no volvió hasta la medianoche. Fue entonces cuando la cocinera le informó que la señora se había marchado sin decir adónde. En la soledad nocturna, un olvidado sentimiento de derrota lo dominó y las palabras de Camila volvieron a resonar en su mente. «Tú no tienes amigos. Al único que tenías, lo dejaste morir solo como un perro. ¿No te das cuenta de que los demás te desprecian tanto como a Rengo y que solo te utilizan para sacarte dinero?» Sacudió la cabeza tratando de desecharlas y encendió la televisión. Cambió varias veces de canal y finalmente la apagó. Decidió llamar a alguien para que viniera a hacerle compañía. Abrió su agenda. La leyó y releyó varias veces sin atreverse a marcar ningún número telefónico. «¿Qué les diré a nuestras amistades cuando pregunten por Camila? ¿Que se ha mudado a vivir entre criadas?, porque seguro que allá está. Eso es un escándalo, seré el hazmerreír de todos. ¿Cómo es posible que ella me desafíe de esa manera? Ninguna mujer es tan tonta para cambiar un mundo de lujo por una vida de trabajo duro entre campesinas. Camila lo hizo, porque es una loca que no sabe valorar lo bueno y no tiene apego a las comodidades y lujos. Aún así, no le daré el divorcio y tarde o temprano regresará.»

Dio un manotazo sobre la mesa, se levantó de su asiento, se sirvió un vaso de licor y volvió a sentarse. Continuó bebiendo y hablando hasta que perdido en un monólogo incoherente se durmió.

Emiliano estaba forjado en un metal noble y la actitud de su padre ante la muerte de Rengo lo había decepcionado hondamente. Ahora lo conocía tal y como era: calculador, deseoso de ascender en la escala social, aun a costa de la desgracia de su propio hijo y de su mujer.

Aquella noche, cuando paseaba por el jardín de su casa, le irritó recordar que la propiedad era un regalo de

Orlando. Era su padre y como tal debía respetarlo. Sin embargo, no podía evitar avergonzarse de su conducta cobarde, incapaz de dar la cara por ese amigo fiel que vivió para protegerlo y servirle.

Continuó reflexionando. Quería ser un político honesto, y por lo mismo, debía alejarse de su progenitor, el consejero menos adecuado para sus fines. El departamento de Santa Ana necesitaba un cambio radical y este no vendría con los programas establecidos por los asesores del partido de su padre. Tampoco estaba dispuesto a seguir siendo el títere de él y de su séquito de oportunistas. Actualmente tenía la perspectiva de ser alcalde y con ello la oportunidad de actuar con independencia y criterio propio. Eso le daría un sentido a su existencia y serenaría su alma. Porque, aunque nunca participó de sus oscuros negocios, sí de sus beneficios. De ahí en adelante, haría borrón y cuenta nueva; empezaría una vida afincada en sus propios principios.

Tras la desaparición de Rengo, ningún peligro se perfiló sobre Emiliano, pues el general Roig logró convencer a la élite santanense de las ventajas que representaba su presencia en el poder. La imagen del Partido Oficial estaba bastante deteriorada y sus representantes carecían de credibilidad a causa de sus escandalosos actos de corrupción. Por eso una futura coalición con el Partido Popular y Emiliano a la cabeza, un joven sin negros antecedentes, era lo adecuado para aspirar al poder gubernamental. Emiliano solo sería un parapeto para que ellos continuaran llevando las riendas del gobierno estatal desde la trastienda.

La élite le dio su apoyo.

Pero, para asombro de todos ellos, la campaña electoral de Emiliano dio un giro brusco y su relación de subordinación hacia las políticas tradicionales, llegó a su fin. Sus discursos fueron cambiando, intentando coincidir con las demandas de la población; reflejaron nuevas ideas y alentaron las esperanzas de la mayoría. Esto se ganó su simpatía, porque él constituía una apuesta por convertirse en el rostro social y la entrada de las masas a la política estatal. Su popularidad llegó a tal grado que la gente comenzó a llamarlo, el Amigo de los Pobres.

El fuerte contenido de sus discursos convocaba a todas las fuerzas políticas para que el departamento de Santa Ana dejara de funcionar como propiedad de un reducido sector, pues hasta entonces lo único que cambiaba era el nombre del gobernante. Con ello, Emiliano estaba atacando los intereses de grupos tradicionalmente privilegiados. Tal conclusión tuvo el efecto de una bomba entre los afectados y en lugar del apoyo que en otro tiempo le habían prodigado, comenzaron a darle la espalda.

Roig presionó a Orlando a fin de que metiera en cintura a Emiliano, haciéndole ver el riesgo que corrían, pues su candidatura había sido aceptada por los integrantes de la élite con la condición de no salirse de las reglas ya establecidas. Orlando no hizo nada por detener a Emiliano, pues desestimó los peligros y minimizó los afanes de independencia de su hijo.

—No sé qué mosca le picó a Emiliano; son chiquilladas del pela'o. Ya se le pasarán. Además, tú ahorita estás muy bien plantado en el gobierno y puedes arreglar fácilmente la situación. No hay motivo para preocuparse.

—Pues si sigue haciendo zonceras, pronto los habrá.

—Si tanto te preocupa, habla con él y dile cómo debe hacerlo.

El general le presentó a Emiliano el discurso que tenía que pronunciar en las próximas concentraciones. Había sido redactado por varios especialistas en cuestiones de campañas electorales y gente de su confianza. La arenga estaba repleta de frases inflamadas de patriotismo, con las promesas de siempre, ausentes de toda crítica hacia los actuales programas de gobierno. «Eso es paja y basura», dijo Emiliano al leerlo y lo arrojó a la basura. Redactó uno nuevo, donde los temas principales eran los cambios sociales y las críticas al actual gobierno.

De cuerpo macizo y mejillas rozagantes, Emiliano tenía toda la traza de un hombre del campo. Resultaba un personaje diferente a los políticos, generalmente de aire refinado, figura tiesa y sonrisa comedida. Esa diferencia resultó una ventaja para él, quien con su vocabulario sembrado de refranes chuscos, bromas fáciles y aderezado con gestos y movimientos de manos, se ganaba la simpatía popular. Solía compartir con los trabajadores lo mismo un aperitivo de jugo de naranja y pisco, que un guiso de carne de cerdo. Sin importarle el olor a sudor que de sus cuerpos trascendía, abrazaba a campesinos, albañiles, mecánicos y verduleras. También a menudo proporcionaba dádivas a quien lo necesitaba, en medio de frases y ocurrencias que divertían a sus seguidores.

Según una de las firmas nacionales encuestadoras, el partido de Orlando se colocaba en el primer lugar en las elecciones de alcalde con un sesenta y cuatro por ciento de los votos a su favor, el mejor resultado en la historia de un partido diferente al Oficial. Todo parecía marchar a pedir de boca.

No obstante, Emiliano lucía tenso, irritable, pues comenzó a tener problemas con el jefe de seguridad impuesto por el general, quien aparecía cuando nadie lo llamaba y desaparecía cuando lo necesitaba. Alguien cambiaba la organización de la campaña, citando a los medios de comunicación en lugares equivocados, los equipos de sonido no funcionaban, se iba la electricidad intempestivamente o fallaba el transporte para los simpatizantes.

Era lunes. Emiliano desayunaba en el hotel de la localidad, donde horas después, tendría lugar una concentración. Sonó el teléfono. El contenido de la plática nadie lo supo, pero su asistente, que se encontraba cerca de él, más tarde aseguraría haberlo escuchado contestar: «No renuncio y me atengo a las consecuencias.»

Después colgó sin hacer comentario alguno. Esa tarde, durante la concentración, cuando las cámaras de televisión hacían un recorrido entre los asistentes, allá al fondo se veía una pancarta que con pintura roja tenía escrito: «EMILIANO, ESTÁS MUERTO». El portador de la consigna desapareció, antes de que los responsables de seguridad pudieran detenerlo. Y desde ese instante las manecillas del reloj marcaron las horas de su estancia en el mundo.

El recuerdo del día de la corrida de toros permanecería inmóvil en su mente. También las llamas ardientes derramadas en el paisaje. Era esa imagen la que la perseguiría, las llamas corriendo hacia el cielo. Pero tardaría días hasta que el horror de lo ocurrido la alcanzara y se le clavara como un puñal en las entrañas. En la soledad del amanecer volvería a verlas. Oiría el rumor de los árboles agitados por el viento y el crepitar del fuego. La escena se petrificaría frente a sus ojos y ella la observaría. Estiraría las manos para auxiliarlos, tambalearía y perdería el equilibrio. Percibiría una herida en su corazón que ya nunca volvería a cerrar, un frío intenso en el cuerpo, como si el sol se hubiera apagado y las cosas hubieran perdido su color y todo se hubiera vuelto gris. En vano se preguntaría «¿Por qué él y no cualquier otro? ¿Por qué no yo, que ya viví tantos años?»

Dos días después del accidente aéreo a Camila la despertó una melodía que llegaba de la calle. «*Con este ritmo mi negra*»... La canción venía de lejos, como un murmullo que se mezclaba con el rumor de sus pulmones. Puso atención. «*...la saya morena*»... Cuando despertó del todo, la melodía se había ido.

Parpadeó y miró a su alrededor. Estaba en su casa. Se incorporó, pero como se sintió mareada volvió a dejarse caer sobre la almohada. Miró a su alrededor. Su libro de oraciones estaba abierto sobre la mesa de noche. Cerca escuchó pasos. Vio moverse el picaporte de la puerta y una figura apareció en el umbral: era Esther. Entró.

La luz del sol traspasaba las cortinas. Las agujas del reloj de rostro dorado seguían con su incansable tic-tac y cada latido hinchaba de aflicción su corazón. Aún así, en el primer instante, Camila no pudo recordar lo sucedido. Retacada de sedantes, se mantuvo lejana, sin desesperación ni aflicción.

—¿Qué pasó? ¿Por qué estoy aquí? —preguntó con voz trémula.

Esther se le acercó y acomodándole el cabello, dijo:

—¿Cómo te sientes?

—Mal, todo me da vueltas.

—Es normal, el doctor te ha inyectado varios sedantes —respondió Esther y señaló al hombre que estaba a su lado.

—Dime que no ocurrió, que solo fue una pesadilla.

—Querida amiga del alma, daría cualquier cosa porque no fuera cierto. No se qué decir.

—¿Dónde están? Quiero verlos.

—Te prometo que los verás, están en la sala.

—No quiero dormir más, quiero ver a mi hijo y a Orlando. Quiero acompañarlos, estar con ellos hasta el final.

—La entiendo, doña Camila. Mi más sentido pésame. El sedante no le producirá sueño, es solo para tranquilizar —respondió el médico.

Ella se levantó, fue hacia la ventana y levantó un borde de la cortina. Su mirada se posó en él. Una lluvia fina caía sobre el pasto y hasta ella llegó un olor a hierba tierna, a tierra removida. Ajenos a sus pesares, los pájaros hendieron el aire con su vuelo y se perdieron en el horizonte. Corrió la cortina. Recorrió el techo, las paredes y el cuarto. En cada rincón de la habitación se hallaba impresa la avasalladora presencia de Orlando. Cerró los ojos para no mirar, pero a través de sus párpados apareció la realidad con su tumulto de sentimientos encontrados. La muerte de su esposo era solo la punta del enredo de una infinidad de pesares. Se fue de este mundo, llevándose a Emiliano. No lamentaba su muerte. Sin embargo, estaba dispuesta a hacer la farsa de la viuda acongojada para no darle gusto a los enemigos de Orlando y confirmar que ni su propia mujer lo apreciaba. «Pero, ¿y, mi hijo? Quizás si no se hubiera metido en los enredos de la política, aún estaría vivo. Él tenía derecho a ser feliz, a vivir. No puede ser, no es cierto. Esto debe ser una pesadilla de la que tengo que despertar.»

De fuera llegó el revuelo de motocicletas ronroneando, motores de vehículos en marcha que frenaban y ráfagas de voces de gente. «Son los asistentes al funeral», pensó, y su rostro se contrajo en una mueca de congoja. Una espesa humedad mezclada con polen picante le penetró en la nariz. Una lágrima le mojó una mejilla. «¿Dónde estás, hijo, dónde? Llévame contigo», murmuró.

Esther la miró. Se abrazaron largamente, unidas en un sollozo. Gloria y Pablo aparecieron en el umbral. Inmóviles, contemplaron aquel cuadro, respetando su inmenso dolor, impotentes de decir algo que lo paliara. Una vez que recuperó el habla, Gloria dijo:

—La gente empieza a llegar. Si no te sientes bien, quédate aquí, Pablo se está encargando de todo.

—Bajaré, pues quiero despedirme de mi hijo. Dejarme abatir por la pena es un lujo que no puedo permitirme ahora —dijo con una voz apenas audible.

—Te acompañaré —respondió Esther.

Fue al baño y se miró en el espejo, que le devolvió la imagen de un rostro pálido y de ojos hinchados. Se maquilló, vistió y se puso unas gafas negras. Con los sentidos adormecidos por los numerosos sedantes, Camila conservaba un margen de lucidez. Miró la puerta que conducía hacia la planta baja. El tiempo y la vida parecieron detenerse un instante. Sacando fuerzas de su flaqueza, la abrió y lentamente descendió la escalera.

La casa de los Quiroga se encontraba impregnada de un hálito a velorio. Los féretros con los restos de los difuntos se hallaban entre un mar de flores cuyo perfume se mezclaba con el del incienso y el de los cirios, que derramaban sus lágrimas de cera. Varias mujeres movían las cuentas del rosario, rezando con fervor. Pablo Monasterio se encargó de los trámites del funeral. Y a esas horas, revoloteaba por la mansión dando órdenes a la servidumbre y recibiendo al gentío que inundaba el salón, los jardines, los pasillos y las calles aledañas. Había dispuesto las pompas fúnebres con la fastuosidad que al difunto le hubiera gustado. Entretanto, Gloria no se despegaba de Lilibeth, que sedada, dormía en la habitación contigua a la de Camila. Las otras víctimas del accidente estaban siendo veladas por sus familiares en los pueblos de los que procedían.

Aquel día los periódicos tuvieron que agregar varios anexos a fin de insertar los cientos de condolencias, fotos y comentarios de la vida de los fallecidos. Desde lejanos lugares, mujeres, hombres y niños acudieron en camiones, autobuses o a pie para dar a los Quiroga el adiós póstumo. El afecto que había despertado Emiliano entre el populacho sorprendió a todos. La gente se sentía agradecida por las obras de caridad que tanto Emiliano como Camila habían realizado en las zonas marginales. Allá, donde los políticos solo se asomaban durante las campañas electorales para prometer lo que nunca cumplían. Sus pequeñas obras habían logrado más agradecimiento que los discursos de la oposición, tan bien redactados y llenos de tecnicismos que nadie entendía.

Los gobernantes actuales y la gente de la oposición se apresuraron a hacer acto de presencia e interrumpieron la campaña electoral por cuarenta y ocho horas. Aquel día, el ejecutivo departamental decretó duelo nacional y las banderas en los edificios públicos ondearon a media asta. Él y varios ministros hicieron guardia ante los féretros y pretendieron acompañarlos hasta su última morada, pero las rechiflas del populacho los hicieron desistir, pues se sospechaba que algo habían tenido que ver en el trágico suceso.

A través del torbellino de asistentes que abarrotaban la iglesia, Camila se abrió paso y se dirigió hasta el altar. Después de persignarse, se acercó a los féretros. Permaneció ahí largo rato. La certeza del adiós se entrelazó en su pecho con una oleada de intenso dolor. Sintió deseos de huir, no mirar atrás, ni adelante, que un velo de olvido, de amnesia la envolviera. Mas no era posible. Ahora, solo le quedaba encerrarse en el silencio, reprimiendo un grito que amenazaba con escapársele de la garganta. Acarició y besó las tapas de caoba, despidiéndose, de quienes ya no estarían con ella. Seguida de una leve inclinación hacia el altar, regresó a su lugar. Sus pasos se alejaron, vencidos por la voz del sacerdote: «Oremos, lectura del Santo Evangelio según San Lucas…»

Bajo un cielo impasible marcharon al cementerio. Detrás de la carroza, iban Camila, Lilibeth y los Monasterio. Les seguían dirigentes de todos los partidos políticos, miembros de los diferentes clubes sociales y fraternidades de la ciudad, empleados de los supermercados Quiroga y más atrás, cientos de simpatizantes. Una banda tocó marchas fúnebres que se mecieron en la soleada mañana. Las campanas de la catedral repicaron, anunciando el paso del cortejo. En el cementerio, un representante del partido gobernante, en un intento de ganarse la simpatía popular y mostrar su afecto a los difuntos, los nombró hijos predilectos del departamento de Santa Ana. Y antes de que los ataúdes descendieran a las entrañas de la tierra, Camila tuvo que aguantar la insufrible ronda de discursos de varias personalidades del mundillo político y social, quienes aludieron a cualidades que los difuntos no tenían y que tampoco le habían reconocido antes; bombardeo de palabras tardías para unos oídos que ya no escuchaban.

Con la vista en el suelo y perdida en el sopor de un abatimiento que rayaba en la agonía, vio cerrarse las tumbas. Era abrumador imaginarse los restos de su hijo dentro del ataúd y no poder confesarle ese amor que le explotaba en el pecho como cartucho de dinamita. Como un relámpago le llegaron recuerdos de la infancia de su hijo. Emiliano correteando tras la cabra de los ojos color de miel, jugando con su papagayo de ojos de botón, echando a volar su papalote al viento, arrojando mangos a la ventana del vecino, contento, enamorado de Valentina y riendo feliz con Bruno en brazos. Ahora había desaparecido de la faz de la tierra. Adónde se había ido, dónde estaba. No existían palabras para describir tanto sufrimiento. Nunca pensó que se pudiera tener tanta tristeza junta.

En cambio, por la pérdida de Orlando sentía dos sentimientos opuestos: el de la compasión hacia un hombre golpeado por la fatalidad y el resentimiento de una persona ambiciosa y fría y a quien en los últimos tiempos había odiado por su desmedida hambre de poder.

Los días que se sucedieron transcurrieron para Camila en el vagar siniestro de la turbadora confusión de lo real y lo ficticio. Una mezcla de cordura y locura que acababa conduciéndola a más confusión. Lo único que sabía con certeza era que estaba muerta en vida. La última imagen que tenía de Emiliano era la de su beso fugaz, cuando se disponía a abandonar la plaza de toros, y así lo recordaba a cada momento.

Cuando se dormía, en sueños retornaba a la época en que vivían en Acubal. Emiliano era un niño pequeño montado en el lomo de una mula y Orlando un hombre joven que la ayudaba a pelar papas mientras ella encendía la lumbre y calentaba agua. Los tres se encontraban en la choza, sentados frente al fogón, saboreando un mate de coca. También su abuelo estaba ahí, dormido, acurrucado en un rincón. La visión era tan clara que podía sentir el calor de la lumbre, el olor de la paja y hasta escuchaba los berridos de la cabra. Jamás habían salido de Acubal. Todo lo demás no había existido nunca, había sido una pesadilla. Ella reía y por un instante era feliz. Levantaba los brazos para abrazar a sus seres queridos, pero solo encontraba el vacío, un vacío que la quemaba; eran las llamas que envolvían la avioneta. Escuchaba el atronar de la explosión. También los gritos de Emiliano y de Orlando pidiéndole auxilio. Ella corría a rescatarlos, pero la distancia se agrandaba y cuando estaba a punto de llegar, tropezaba y caía en una trampa. Se revolvía, gritaba, tratando de escapar. Tras un esfuerzo sobrehumano lo lograba. Demasiado tarde. El aire invadido por las llamas se convertía en humo negro. Despertaba. «¿Por qué él?

¿Por qué él?», se preguntaba. Los objetos a su alrededor permanecían mudos.

Ya nada le importaba, Emiliano se había ido para siempre, llevándose consigo su alma. Ella solo era un fantasma que respiraba, caminaba, comía y seguía viva gracias a la continua presencia de los Monasterio y de Bruno. Sobre todo, contaba con el apoyo incondicional de Esther que iba todos los días a hacerle compañía. Desayunaban juntas, la escuchaba o simplemente permanecía en silencio a su lado y no se marchaba hasta que la dejaba metida en la cama bajo el efecto de un tranquilizante. Un día, Camila le pidió al médico que se los fueran retirando. Ya era hora de afrontar la realidad. Asimismo, le dijo a Esther que aquel día no la visitara.

—Quiero comenzar a valerme por mí misma.

—De acuerdo. Pero si me necesitas, llámame a la hora que sea. Estaré en casa.

Aquella mañana Camila salió de casa. Con paso lento, deambuló por las calles y cruzó avenidas. Cuando llegó al cementerio, caminó por un sendero de piedras limitado por ramos de coloridas flores. Se detuvo frente a una tumba. Se acercó y pasó los dedos por la placa con el nombre de Emiliano, impreso en letras doradas. Por él, Orlando había acumulado dinero, sin reparar en cómo. Por él, ella había cambiado su apariencia, sus amistades, sacrificando hasta el más recóndito de sus deseos. Pero la muerte lo había arrancado de su lado, dejándole solo cenizas y la sensación de que le estaban arrancando las entrañas.

Tan abstraída estaba en sus cavilaciones, que no notó la presencia de alguien que se había acercado hasta que escuchó una voz.

—Lo siento mucho, señora. —se volvió sorprendida y se encontró con una silueta femenina.

—Valentina, hija —dijo.

—Su muerte repentina me quitó la oportunidad de reconciliarme con él. Hace apenas unos meses me negué a verlo y ahora daría la vida por poder hablarle, aunque fuera unos minutos, y decirle cuánto lo quiero y la falta que me hará. Ya es demasiado tarde.

—No te tortures con semejantes reproches. Emiliano supo cuánto lo amaste y la causa de tu alejamiento. Tú fuiste el amor de su vida. Sin embargo no supo defenderte como debía. Tampoco yo. Tal parece que mi destino es ir arrastrando remordimientos tardíos por lo que hice o dejé de hacer —dijo Camila.

Luego añadió:

—Ya habrá tiempo de hablar de muchas cosas.

Sentía deseos de hablar con esa desconocida, tan conocida a través de los relatos de Emiliano. Quería conocer los detalles de su vida en común, que los recordaran juntas, pues sería como si al hacerlo, recuperara algo de su hijo.

—Me gustaría platicar contigo.

—También a mí.

—Por favor, ven mañana a casa. Te espero a las cuatro para tomar el té.

Ella asintió con un movimiento de cabeza y desapareció entre las tumbas.

Cuando Valentina llegó al día siguiente, una sirvienta la condujo hasta la terraza. Ahí encontró a Camila con la mesa dispuesta para dos personas. Camila sirvió el té y le acercó la charola con bocadillos. Mientras bebían mate y comían las empanadas que Camila había preparado, hablaron de Emiliano.

—Él siempre alabó todo lo que usted preparaba. Decía que en el mundo no había una cocinera que se le comparara.

—Era un antojadizo. Siempre llegaba destapando ollas, probando aquí y allá. La sopa de maní, la yuca frita y el pan de arroz eran su debilidad —dijo Camila, mientras revolvía el té con la cucharilla—. ¿Por qué no habías venido antes a visitarme? —, preguntó Camila.

—No quería molestarla. Entiendo por lo que está pasando, pues lo experimento en carne propia.

—No, no puedes saberlo. El dolor de una madre es único. Tampoco tú fuiste testigo del accidente. Esa escena la llevo grabada en la mente como con un hierro ardiente. En vano, despierta y dormida, intento conjurar el terror de aquella escena sobrecogedora. Trato de sustituirla con la imagen de su rostro en su niñez y juventud.

Clavó los ojos en su interlocutora y sus miradas se fundieron en una sola: la mirada vívida y punzante de las reminiscencias.

—Emiliano nunca mostró interés por la política. Tampoco en codearse con la crema y nata de la sociedad. No obstante, a instancias de Orlando, que quería que fuera un hombre brillante de prestigio nacional y llegara a ser todo lo que él no había logrado, acudió a un colegio privado y tomó clases de inglés, equitación, tenis y golf. Sin embargo, en cuanto salió del bachillerato, Emiliano se inscribió en la Universidad Estatal, abandonando los deportes y las amistades elegidas por Orlando.

Bebió el último trago de té. Prosiguió:

—Aquella independencia no duró mucho. Orlando lo chantajeó para que siguiera sus objetivos al pie de la letra. Muchas veces me arrepentí de no haberme opuesto a sus planes. Todo esto ya lo sabes. Lo único que después realmente llegó a gustarle a Emiliano fue la posibilidad de obtener el puesto de alcalde para desde ahí cambiar el estado de la cosas en este país.

—Y eso fue su sentencia de muerte. A veces me pregunto si no fue demasiado arriesgado su afán de cambiar el estado de las cosas. ¿No se excedió, no fue demasiado lejos?

—Sus planes nada tienen que ver con lo sucedido; eran legítimos.

Valentina no respondió; la respuesta de Camila la sorprendió. ¿Es que no sabía lo que realmente había pasado?

El té se alargó. Durante horas, hablaron con la sinceridad que da el dolor de la pérdida de un ser querido en común. La tarde se escurrió del jardín. Iluminadas por las luces de las luciérnagas, escuchando la nota monocorde de los grillos y en medio del bochorno. Continuaron recordando a Emiliano con la amargura de las evocaciones, pero que al mismo tiempo las hacía revivir instantes felices.

—Mi hijo quería convertir Santa Ana en un departamento donde prevaleciera la igualdad y la justicia, arrancando de tajo los privilegios de que gozan solo algunos. Le declaró una guerra abierta a esta gente indomable. No ocultó en ningún momento sus intenciones y ante los ataques permaneció tranquilo. Era un soñador y con un corazón tan limpio que rayaba en la ingenuidad.

—Quizás ese fue su error, pues no tuvo la suspicacia para percibir que quienes sentían peligrar sus privilegios, lo atacarían por la espalda. Hubo señales de peligro, advertencias, pero él no se inmutó, siguió adelante y el resultado ya lo conocemos —concluyó Valentina.

—No niego que tenía enemigos. Sin embargo, ellos no tienen nada que ver con que la avioneta estuviera averiada.

Ambas permanecieron calladas, escuchando el incesante canto de las chicharras, mirando el cielo sin nubes, entregadas a la contemplación de la naturaleza. Su voz sonó ronca, cuando Camila murmuró:

—¿Qué haré ahora con esta agonía por la ausencia de Emiliano y el lastre de negocios de los cuales no tengo ni idea de cómo manejar?

Al concluir su frase, posó sus ojos en Valentina y notó el llanto que asomaba a sus ojos. Sin duda necesitaba consuelo. Pero esa tarde, con la pena quemándole las entrañas, Camila no podía ofrecerle nada mejor. Consiguió esbozar una sonrisa. De pronto, al escuchar el ruido de la caída de un mango al piso, Valentina dijo: —Por ahí corre el rumor de que el Partido Popular pretende postularla a usted para alcaldesa, pues su labor social fue el motor que despertó la simpatía de sus seguidores. ¿Le ha hablado la gente del partido de sus intenciones?

Camila estaba tan dolida y tan alejada de todo, que la sorprendió el comentario, aunque no le interesó.

—Después de verme zarandeada de este modo por la desgracia, solo deseo irme lejos y olvidarme de todo. En la Casa de la Mujer hay gente capaz de seguir dirigiéndola y quizás mi consuegro pueda hacerse cargo de los negocios de Orlando. Yo no puedo hacer nada por nadie —respondió.

—¡Eso jamás! Emiliano y su marido no perdieron la vida solo para que usted diga que no puede. Asómese a la calle, mire a la gente que llora su muerte. Debe agarrar las riendas de su destino, señora. No se queje de lo que ya no tiene remedio, piense en lo que puede hacer. Demuéstrese que aún le quedan rescoldos de valor, hágalo por su hijo. Le diré una cosa: despierta y dormida le he llorado a Emiliano, su muerte es para mí un dolor ininterrumpido que quizás jamás podré arrancarme. Y por eso no voy a quedarme con los brazos cruzados, sabiendo que una mano asesina causó el accidente. ¡Las primeras investigaciones han revelado que en una de las alas de la avioneta se encontró un orificio de bala!, —gritó Valentina con una certeza que no dejaba lugar a dudas.

—¿Qué estás diciendo?

—Lo que oyó: Emiliano y don Orlando fueron asesinados. Es necesario que, cuanto antes, usted solicite una investigación formal, pues lo mejor que se puede hacer para encubrir un asesinato es dejar pasar el tiempo y borrar todos los indicios.

Al principio, Camila no entendía sus tajantes palabras, y creyó que Valentina se rebelaba contra lo ocurrido. Pero comprendió que ella le estaba poniendo en palabras, la confusión que llevaba en el alma desde hacía tiempo. La casi certeza de que su hijo había sido asesinado fue como una sacudida que le arrancó la somnolencia y trocó su pena en la violencia de un volcán en erupción. Se levantó de un salto y zarandeó a Valentina.

—¡Mientes, no puede ser, no puede ser!

Tras un instante de desconcierto, Valentina logró librarse de ella.

—Lo es. La policía ya detuvo a dos sospechosos, pues varias personas aseguraron verlos cerca de la avioneta un rato antes de que Emiliano y su comitiva la abordaran. Según las primeras versiones, se trata de fanáticos, que cometieron el atentado para ganar publicidad. Los tienen incomunicados y pasado mañana van a presentarlos a la prensa. Esa es la versión que corre por toda la ciudad. No entiendo cómo usted no lo sabía.

—Quizás nadie quiso informarme para que no sufriera —respondió Camila, y sin darle explicaciones, la despidió apresuradamente, indicándole la salida.

Quería estar sola, aullar de desesperación, huir. ¿Adónde?, no sabía, nada sabía. Siguiendo su primer impulso, abordó su auto, hizo sonar la bocina con insistencia hasta que el jardinero corrió a abrir el garaje y ella salió convertida en un bólido. Se dirigió hacia la selva, quería escapar de la realidad. Condujo abriéndose paso entre helechos salvajes y platanales. El motor crujió, negándose a continuar. Los arbustos le dificultaron la marcha y rasgaron la pintura del auto. La antena se dobló, los espejos se estrellaron, las llantas se atascaron en el lodo y finalmente el motor se apagó. Ella bajó y echó a correr, desgarrándose la ropa, arañándose la piel y murmurando como poseída: «No puede ser, no puede ser». La impotencia contenida durante tantos años remontó desde el fondo de un abismo.

Mis seres queridos han sido asesinados y yo lo único que hago, es esconder la cabeza en la tierra como una avestruz. ¿Quedará ese crimen impune? ¿Es que «justicia» es un concepto inexistente para mí? ¡Yo soy la culpable de mi situación! Por pasiva y débil. Más cómodo me resultó quedarme en casa relamiéndome las heridas que asumir las consecuencias de un acto valeroso. Aunque tarde, no permitiré que semejante infamia quede impune y mientras tenga un aliento de vida, buscaré a los culpables.

El corazón no la engañó. La intuición le dijo siempre que tras la sonrisa de muchos, se escondía la envidia y el desprecio. Y aunque supuso que a causa de ello y de los negocios de Orlando, la fatalidad los seguía a todas partes, estrechándoles el cerco, que en cualquier momento podía darles el zarpazo final, nunca imaginó cómo. Orlando había sobrevivido a los peligros de la selva, a la persecución policial y a otras desventuras, pero aquel día su destino lo había alcanzado, llevándose consigo a Emiliano.

Ahí entre el verdor selvático y el parpadeo de las luciérnagas, jadeando con la cabeza entre las manos, cayó de rodillas, se embarró la cara con la tierra húmeda y la comió a puñados para luego levantar las manos al cielo. Un grito desgarrador rompió el silencio.

La noche seguía en el aire cuando regresó a casa y entró al dormitorio. Sus ojos tropezaron con la foto de Orlando, que presidía la cama de caoba y el mobiliario de la habitación. Con un movimiento leve, hizo a un lado las puertas corredizas del ropero. Repasó sus trajes; olían a tabaco, a agua de colonia, a él. Sobre la mesa de noche se encontraban su cadena, su esclava de oro y el anillo de rubíes. «La vida de Orlando convertida en cosas», murmuró. Tomó los objetos y los guardó en un cajón; ya no los necesitaba. Deslizó su mano por la cama, por el colchón ligeramente hundido, el espacio entibiado y ocupado por él durante tantos años, y en ese instante se dio cuenta de su condición de viuda.

Se tiró sobre la cama y ahí, en la soledad del cuarto, dio rienda suelta a la pena que la consumía. Sus murmullos fueron llenando de nuevo la habitación, mientras los ruidos de la madrugada se iban apagando. Y aunque le era difícil salir de la confusión en que su mente se debatía y comprender lo que estaba ocurriendo, poco a poco un sentimiento de rebeldía la fue dominando. Pese al cansancio, aún fue capaz de ir reviviéndolo todo. A medida que recordaba cada palabra o hecho de Orlando, iba tocándola por dentro. Él fue como la sombra avasalladora de un frondoso árbol que le había robado el aire y el sol, impidiéndole crecer y reduciéndola a una planta frágil. Ella no estaba acongojada por su deceso, sino sólo por Emiliano y por ella. Por ella, por haberse dejado modelar por Orlando, sin la menor consideración hacia sus propios sueños, y por ese despertar tardío que le cambiaría la vida, pero que no podía devolverle a su hijo.

Las oficinas del Partido Popular aún continuaban cerradas, sin dar señales de vida. Convencidos de que no había nadie que pudiera sustituir a Emiliano, para sus seguidores la derrota era un hecho. Para el Partido Oficial, también. Ahora tenían el camino libre para postular su candidato, que se perfilaría como ganador seguro.

No obstante, ante el asombro general, a tres semanas del accidente, resurgiendo de entre las cenizas del abatimiento, con la cabeza en alto, Camila apareció en las oficinas del partido, y desde ahí exigió a las autoridades correspondientes el esclarecimiento de las causas del incendio de la avioneta, pues las primeras investigaciones indicaban que se trataba de un asesinato, ocasionado por quienes se sentían incómodos por la intervención de Emiliano en la política local. Mencionó, además, la pancarta que alguien había exhibido en una de las manifestaciones de apoyo, donde se anunciaba su muerte. Desafortunadamente, al revisar el video no pudieron descubrir a su portador, pues llevaba el rostro cubierto con un pasamontañas. La pancarta había sido una advertencia.

Declaró que intentaría, con todos los medios que tuviera a su alcance, descubrir quiénes habían provocado la pérdida de su familia, el dolor más grande que puede sufrir un ser humano. Por eso, aquella mañana había llegado hasta ahí, sentándose en el escritorio de Emiliano y aceptando la proposición de sustituirlo como candidato. Fue el acto más seguro de su vida.

Emocionada, ante las agallas de la viuda, la muchedumbre abarrotó las oficinas del partido para hacer patente su solidaridad y apoyo absoluto. En el patio central del edifico se colocaron las fotos de Orlando y Emiliano atravesadas por un listón negro. Al llegar al recinto, frente a los retratos, los hombres se inclinaban y descubrían la cabeza y las mujeres se santiguaban, tocaban el marco a manera de saludo y murmuraban una oración. Los difuntos se convirtieron en una especie de santos a quienes incluían en sus rezos, les solicitaban favores y algunos hasta aseguraban que los veían en sueños.

Así, la derrota y el triunfo se mezclaron en un haz de luz único: Camila ganó las elecciones.

Y para sorpresa de muchos, en el discurso de la toma de posesión, no midió sus palabras al mencionar el artero asesinato de su hijo:

La presencia de Emiliano constituía la presencia de una Santa Ana marginada, que hasta la fecha no ha estado representada en las instancias de poder, y cuando por fin se vislumbraba la posibilidad de lograrlo, su autor fue aniquilado. Todo ello a causa de la intolerante élite obstinada en rechazar la idea de que en este país habitan diversas razas, con sus dialectos diversos y su costal de creencias, tradiciones, ilusiones y desventuras. Y esa diversidad debe mostrarse en la vida política, social y cultural.

Al final de su discurso, reiteró su acusación: «La muerte de los hombres de mi familia fue un crimen fríamente planeado.»

Nadie se dio por aludido.

Durante la campaña electoral, Camila había tenido oportunidad de conocer mejor a Valentina. La había impresionado su carácter íntegro y decidido. A medida que más la conocía, su estima por ella crecía, convirtiéndose en respeto. Mujer sencilla, poseía la ya casi inexistente virtud de la honradez. Aunque tenía deficiencias, porque su experiencia estaba reducida al mundo campesino y padecía de cierta desconfianza en cuanto a la integración de diversos grupos de la sociedad, Camila la tuvo en cuenta. Releyó su currículo y las referencias de sus anteriores trabajos. Había mostrado una conducta irreprochable y gran profesionalismo en los puestos que había ocupado hasta la fecha. Por ello la eligió como encargada del Departamento Jurídico. También nombró a Sergio Salinas, entrañable amigo de Emiliano, director de Finanzas. Su presencia dentro del equipo de Camila propició la reconciliación del actual gobierno con el grupo político conservador, al que pertenecían los Salinas. Así lo confirmaba la estatua levantada en honor al desaparecido Chito; un monumento que eternizaba su efímera existencia, aunque las palomas que revoloteaban en la plaza desconocieran el respeto al abolengo, pues la utilizaban como su retrete personal.

Las primeras semanas al frente de la Alcaldía, Camila se sintió perdida. Sus días transcurrían en medio de montañas de papeles, explicaciones técnicas embrolladas que la dejaban confundida. Pero lo que le faltaba de experiencia lo sustituía con buena voluntad y redobladas horas de trabajo. Olvidó sus achaques de asma y se convirtió en un remolino; parecía encontrarse a la vez en varias partes. Trabajadora y tenaz, no se daba respiro para descansar. Tampoco quería tenerlo, pues así olvidaba su aflicción. Valentina fue abriéndole los ojos, mostrándole los códigos de la corrupción y el mal servicio de la burocracia, los cuales hasta entonces ella desconocía. Decidida a comprobarlo por sí misma, se presentaba a diferentes horas, en los sitios más inesperados, haciéndose pasar por una ciudadana común, supervisando el trabajo y honestidad de los empleados públicos. Y cuando descubría a alguien *in fraganti* lo despedía de inmediato. Como cuando apareció en el departamento de tránsito, donde constató cómo un empleado exigía «coimas» a los solicitantes por firmar la solicitud de placas del auto. O en los mercados, donde los inspectores cobraban a los vendedores ambulantes por permitirles trabajar. Supervisar era como realizar una cacería sinfín que le producía impotencia, pues por doquier encontraba irregularidades.

Esther bromeaba cuando la veía encolerizarse por ello:

—No te exaltes Camila, porque uno de estos días te va a dar un paro cardiaco. Aun así, no cambiarás nada. Si sigues despidiendo a los tramposos y a los que no cumplen con su trabajo, pronto vas a quedarte sola.

—No importa, a todos esos voy a mandarlos a la cárcel.

Esther soltó una risotada y todo su cuerpo se rió con ella:

—No sabes lo que *decís*, querida. Si quieres meter a los corruptos en la cárcel, no tendrás quién ponga el candado. Además, se volverán contra ti y no tardarán en atacarte.

Y así fue. Los diarios daban amplia cobertura a sus controles exhaustivos y recibió el sobrenombre de la Inspectora, una mujer metiche que parecía no tener otra ocupación que fastidiar al personal a su cargo. También criticaban su ausencia en actos sociales como en la coronación de las reinas de belleza de un sinnúmero de concursos, cenas de clubes y otras agrupaciones sociales. Las críticas no le importaron, pues ella tenía el sartén por el mango. Una de las ventajas de su puesto era la posibilidad de quitarse la máscara de estudiada cordialidad; ya no se sentía forzada a complacer los caprichos mezquinos que le hacían perder su valioso tiempo en asuntos banales. Tampoco quería transigir con nadie sólo porque fueran gente conocida.

Camila llevaba una vida sencilla, asistida por una vieja criada, que durante años había atendido a Emiliano con devoción de madre. En todos los aspectos de su vida, se conducía como una ciudadana común. La elegancia de su otrora atuendo fue cambiando hacia vestidos sencillos de algodón a los cuales añadía, un pañuelo de seda. Había prescindido de los servicios de guardaespaldas personales por considerarlo un gasto y una precaución innecesaria. Si alguien quería hacerle daño con o sin vigilantes lo lograría. En su modesto despacho la acompañaban la foto de los difuntos y la de Bruno. Era evidente el contraste de esta forma de vida con la que llevaban los anteriores alcaldes, quienes siempre hicieron ostentación de su puesto y derroche de lujo. Esa desmedida opulencia que despertaba la inquietud y la desconfianza de los ciudadanos.

Sus presentaciones en público fueron exitosas, pues aunque no sabía expresarse con fluidez, su ímpetu, sus frases contundentes, inflamadas de buenas intenciones, lograron conmover a las masas. A la gente le gustaba su empuje, valentía y tozudez para promover el cambio. Por doquier fue dejando la huella de su paso.

Transcurrieron los meses. En las oficinas de gobierno el ambiente fue cambiando paulatinamente. Deshizo varios tejes y manejes de los empleados. El éxito de sus gestiones le produjeron un sentimiento de satisfacción que la ayudó a tomar las críticas como un reto para lanzarse con más empuje. Su deseo de acabar con la podredumbre era inexpugnable, una llama que la mantenía viva porque tenía la raíz en lo experimentado en carne propia. También ella cambió. Se volvió seria. La sonrisa se borró de sus labios al tiempo de desarrollar una tenacidad sin límites. Parecía hecha de granito. Aunque era solo apariencia. Por fuera era fuerte como la coraza de un pan duro, pero por dentro blanda como el relleno de un bollo de crema. Sus colaboradores fueron acostumbrándose a su severa disciplina y a la melancolía que a menudo se reflejaba en su rostro.

Solía destinar los jueves de cada semana para atender reclamos y solicitudes de los ciudadanos. Ayudaba, pero nunca daba algo que no fuera justamente ganado. Las oficinas de la Alcaldía, esos recintos reservados para un número limitado de personas, se convirtieron en el espacio del ciudadano común. Sus buenas intenciones y los servicios gubernamentales, aunque poco visibles al inicio, comenzaron a mejorar con el paso del tiempo. La gente confiaba en ella y eso constituía la recompensa a tanto esfuerzo y tropiezo. La gratitud y la satisfacción alternaban en su corazón como los acordes de una canción.

La noche anterior no había dejado de llover y una humedad penetrante dominaba el ambiente. Camila había sufrido una crisis de asma y respiraba en medio de estertores; solía ocurrirle en los días húmedos del invierno. Aquel día estaban causados más por nerviosidad que por el clima húmedo, pues el día anterior había contratado los servicios de una agencia de investigaciones para que se encargara de investigar las causas del accidente de la avioneta.

El embajador de un país vecino se la había recomendado, asegurando que trabajaban profesionales de reconocido prestigio internacional, capaces de encontrar una aguja en un pajar. La única desventaja era que cobraban sus servicios a precio de oro.

Cuando Camila habló con el encargado de la agencia, este le aseguró que hasta la fecha, habían resuelto el noventa y dos por ciento de los casos que se les habían encomendado. Pedían por adelantado un cincuenta por ciento del costo de la investigación, que en caso de fallar no le sería devuelto.

—Usted decide si acepta el riesgo, teniendo en cuenta de que se trata de una suma considerable de dinero.

—Acepto —había respondido Camila, sin inmutarse cuando escuchó la suma millonaria.

Aquella mañana la criada la despertó con una taza de infusión. Desganada, luego de tomarla, se levantó. Hubiera preferido quedarse en cama. Tenía mucho trabajo sobre su escritorio. Se vistió, se arregló deprisa y descendió la escalera. Valentina la esperaba en la sala y al verla, temblorosa y con el semblante cetrino de un palúdico, la convenció de que fuera a ver a Song, un médico coreano experto en moxiterapia, asentado en Santa Ana desde hacía varios años.

Era un hombre de pocas palabras. Pero la efectividad de sus tratamientos atenuaba la cortedad de su lengua y la aspereza de su gesto. Sin importar el rango de sus pacientes, los atendía por orden de llegada y sin distinción de clases sociales. Desde la primera consulta fijaba el precio y el tiempo del tratamiento, haciendo hincapié en que las quemaduras podrían resultar dolorosas y en que él no toleraba a la gente quejumbrosa. Solía cobrar por adelantado y de acuerdo a la traza del cliente. Para los de apariencia rica, la cuota era más alta y en dólares; a los de clase media en dólares, aunque un poco menos; los de aspecto humilde pagaban la mitad y podían hacerlo en moneda nacional y en abonos. El tratamiento consistía en estimular los nervios afectados, quemando el sitio donde se situaban con palillos hechos a base de hierbas medicinales, pues según su teoría, la mayoría de las enfermedades tenían un origen nervioso.

—Seguramente con usted en su calidad de alcaldesa hará una excepción y la atenderá de inmediato —dijo Valentina.

—Eso no es correcto. Esperaré mi turno igual que los demás y para evitar que me reconozcan, usaré un chal y lentes oscuros.

La sala de espera era un cuarto con techo de tejas coloradas y paredes encaladas. La única lectura a la vista era una Biblia descuadernada. En un rincón, cerca del techo, estaba colocada una bocina, de la que salía música oriental. Por toda la habitación, a medio metro del suelo, se desprendía una tabla de madera que hacía las veces de banco común. Aquel mueble era quizás el único sitio donde podía verse sentada a una campesina con enaguas de holán al lado de una acomodada ama de casa, de la esposa de un narcotraficante, de un ganadero y de un extranjero aquejado por dolores lumbares.

A fin de matar el tiempo, algunas mujeres llevaban consigo su tejido, revistas de moda y los hombres, periódicos. No obstante, nada los entretenía tanto como el intercambio de achaques y chismes. Aquel día y a la hora que Camila y Valentina llegaron al consultorio del doctor Song, la sala de espera estaba repleta de gente. Ellas tomaron asiento cerca de una mujer joven en cuyo regazo descansaba un perrito, de una chola, que abanico en mano, no cesaba de agitarlo en la cara de su escuálido marido, de una rubia desparpajada y de un ganadero aquejado de artritis.

—¿Cómo anda la salud de su papá, licenciada? —preguntó el ganadero muy reverencioso, al reconocer a Valentina.

—Mal. Ningún tratamiento parece efectivo, aunque le han recetado toda clase de medicamentos, no mejora y la mayor parte de las noches la pasa en vela.

—Pues ¿cuál es su mal?

—Insomnio, y ¿ usted ?

—Jodido de las rodillas, pues. La molestia no me deja en paz ni de día ni de noche. Me dan unas punzadas que ni caminar puedo.

—Pero ni así se le quita lo mujeriego. Por ahí rumorean las malas lenguas que usted no deja de cortejar chicas y que sus conquistas se cuentan por docenas —dijo la mujer del perrito.

—Me defiendo, y aunque con achaques todavía me queda vuelo pa' andar con peladas y traer al mundo chicos con la que esté dispuesta a quererme —dijo mientras dirigía una mirada insinuante en dirección a la rubia del escote amplio.

—¿Cuantos niños tiene?

—Con mi mujer cuatro, por ahí regados, con otras tres mujeres, nueve más.

—¿Se hace cargo de ellos? —preguntó la rubia, mezclándose en la conversación.

—No, el tiempo no da pa' tanto.

—Pero si da para que usted ande de pata de lana, ¿no? ¡Vergüenza habría de darle tanta irresponsabilidad, en lugar de andar presumiendo sus debilidades! Todos los hombres cortados por la misma tijera. ¡Carajo!, como si fuera motivo de orgullo engatusar ingenuas. Y todo para qué, en cuanto las dejen preñadas, pegan el vuelo —concluyó la mujer del perrito en un tono mitad broma, mitad serio.

El ganadero la miró con una especie de ofuscación, como si no lograra atrapar el significado de las palabras, las cuales tras de flotar en el aire un instante, regresaron hacia quien las dijo. Luego replicó:

—No vaya a creer que ese es mi caso, yo miro por mis chicos, de vez en cuando les doy platita.

—¿Cree que con unos pesos va a arreglarlo todo? ¿Quién se encarga de su educación, de aconsejarlos para que vayan derechos por el mundo? Nadie. Por lo menos usted no.

Por toda respuesta, el aludido desvió la conversación hacia el perro:

—¿Por qué no deja que camine el animal? Ya debe usted estar cansada de cargarlo.

—Lo que pasa es que Chiquis se niega a caminar en el piso de concreto; está acostumbrada al piso alfombrado, pues la mayor parte del tiempo está en mi recámara.

—¿No sale a la calle o al jardín?

—Casi no. La tengo tan mimada que hasta duerme conmigo y el único lugar fuera de casa donde camina es en la peluquería y el consultorio de su dentista.

La chola, sentada al lado de su marido, abrió mucho los ojos y paró la oreja al escuchar aquellas rarezas y sin poder contener la curiosidad preguntó:

—¿El perro tiene dentista?

—Claro, le están poniendo unos frenillos porque tiene los dientes chuecos y no puede tragar bien.

—¡Válgame Dios, cuánto remilgo con el bicho este! Seguramente que usted no tiene marido y por eso cuida tanto al animal —replicó el ganadero.

—Tengo, pero después de veinte años de matrimonio, prefiero al perro en la cama que a él.

—Habría que preguntárselo a su marido, pues a lo mejor es él quien prefiere dormir solo, pues como dice el dicho: «más vale solo que mal acompañado» —dijo el ganadero.

Todos rieron. En aquel instante se abrió la puerta del consultorio y se escuchó: «El que sigue.»

—Se necesita ser moneda de oro o don Sergio Salinas pa' caerle bien a todos —dijo la rubia del chicle, se levantó y estirándose la diminuta falda desapareció tras la puerta.

—Ni me mienten a ese ladrón —intervino la chola al escuchar aquel nombre. Luego, tomando aire, agregó—: la gente allá en el barrio está bien enojada con la alcaldesa. Tanto que decía durante la campaña que jalaba pa' nuestro lado y mírela ahora, se pone de parte de los ricos. Ya se le olvidó que era una como nosotros. Don Sergio es un sinvergüenza de siete suelas, bota los desperdicios del ingenio en el río, envenenándolo. Nosotros somos los fregados, pues vivimos de la venta del pescado y ahora ya nadie quiere comprarlos. Además no tenemos ni un trago de agua limpia. Todo por culpa de un fulano protegido por la funcionaria y ni protestar podemos, pues amenazó con echarnos a las fuerzas policiales si lo hacíamos.

Sorprendida por el cariz que tomó la conversación, Valentina miró a Camila y dijo:

—A lo mejor la alcaldesa desconoce la situación.

—*Pos* claro que la conoce. Le hemos mandado hartas cartas, contándole el problema y denunciando las pillerías de don Sergio, pero no ha respondido. Se volvió alcahueta de su amigote. No cabe duda que las autoridades en lugar de ayudar, joden. El coraje le hizo tanto daño a mi viejo, que se quedó medio paralítico y ni pa'trás ni pa'delante, con la curación.

—Debe haber un error. No estoy enterada del asunto. La espero mañana en la Alcaldía para que lo aclaremos —intervino Camila. Abrió su bolso, sacó una tarjeta de presentación y se la entregó a la mujer.

Todos voltearon al unísono a ver a la mujer con gafas oscuras, que había permanecido callada y en cuya presencia nadie había reparado.

—¿De qué barrio se trata ? —preguntó Camila.

—De Los Sauces —dijo la mujer al tiempo que tomaba la tarjeta, y cuando se dio cuenta de quién se trataba, estuvo a punto de darle un soponcio.

—Le prometo encontrar una solución a su problema, señora.

Una vez recuperada de la sorpresa, la mujer añadió:

—Los Sauces es una pequeña aldea, situada a las afueras de Santa Ana y cerca del río. No hace mucho el aire estaba poblado únicamente por el ruido del arado, de los ejes de las carretas y del sonido de los anzuelos atrapando peces. Ahora con el río contaminado por las aguas servidas del ingenio, ahí solo quedan despojos y nada que pescar.

—El que sigue —volvió a escucharse.

Camila se dirigió hacia la puerta del consultorio.

No podía dar crédito a la palabra de una sola persona. Quizás se trataba de un error, de un mal entendido. No obstante, debía comprobarlo con sus propios ojos.

Al salir del consultorio, sin pérdida de tiempo, marchó a Los Sauces con una determinación apenas malograda por las molestias del asma. Era mediodía cuando llegó al pueblo. Salió del auto, abrió su sombrilla y empezó a caminar a la orilla del río.

Horrorizada, contempló las aguas de una brillantez oleosa, que arrastraban peces y lagartos convertidos en carne putrefacta, cubiertos de hormigas y sombreados por una nube de moscas fosforescentes. Los árboles circundantes, vencidos ante el ataque ácido, mostraban su exangüe tejido subterráneo. Se enfureció ante la vista de los cabizbajos pescadores, imposibilitados para defenderse. Y más se enojó cuando se dirigió a las inmediaciones del ingenio azucarero de Salinas. Ahí, los campesinos que cortaban caña recibían cuatro dólares por dieciséis toneladas. Más allá de los cañaverales, donde la tierra parecía pegarse con el horizonte, se divisaba un amontonamiento de casuchas hechas con pedazos de plástico, láminas y cartón, en cuyo interior sus moradores parecían sancocharse en sus propios humores. El aire estaba saturado por el hedor avasallador a pescado podrido, a mugre y a desidia. Las mujeres preparaban comida en fogatas armadas a campo raso y con agua contaminada. Y a cientos de metros de ahí vivía Sergio, ausente de las tempestades de la vida real, en medio de toda clase de comodidades.

No podría olvidar esas escenas hasta que tomara medidas al respecto. Esa noche, en su casa, mientras se paseaba por la sala, recordó que no hacía mucho tiempo su secretaria había tratado de comentarle sobre el problema de Los Sauces. Entonces, Sergio había desviado la conversación de forma ocurrente, sin tomarse ni una pizca en serio, asegurando que se trataba de un grupo de fantoches deseosos de ganar notoriedad.

Demasiado tarde, ella comprobaba la verdad, pues al día siguiente, cientos de trabajadores desafiaron abiertamente a Sergio y al gobierno, cuando un compañero se trenzó a golpes con el capataz de su ingenio. Hasta la fecha, ellos no se habían atrevido a protestar porque el ojo amenazador del patrón estaba en todas partes. Pero en el obligado silencio se gestó el furor de la rebelión. Y ahora en medio del único camino que unía a Santa Ana con el poblado de Los Sauces, los manifestantes habían acampado. Hombres de cara cobriza, ojos irritados bajo la reverberación solar, cuerpos sudorosos y guaraches embarrados de lodo, se habían tendido en el suelo, mientras las mujeres le soplaban al fogón, cocían papas y preparaban limonada. La comunicación con Santa Ana fue interrumpida. Al mediodía, las colas de camiones repletos de verduras y ganado, autobuses y autos particulares se hicieron interminables de uno y otro lado de aquel hormiguero humano. Los conductores se pusieron a gritar, los niños a llorar, el ganado a berrear, al tiempo que se levantaba un olor a chiquero.

Impasibles, los trabajadores esperaron, dispuestos a no ceder hasta que el gobierno esclareciera los desatinos cometidos por el funcionario y dueño del ingenio azucarero más grande de la región. El líder del grupo presentó un pliego, en el que enunciaba las acusaciones en su contra: Atentados contra la naturaleza, violación a las leyes del trabajo y soborno a funcionarios judiciales, quienes los tenían amenazados.

Setenta y dos horas después, inició una huelga encabezada por Evo Hernández, el líder sindical. Empeñada en llegar al fondo de las cosas y verificar quién decía la verdad, Camila decidió entrevistarse con el sindicalista, que en esos momentos acababa de llegar a Los Sauces. Se aventuró a llegar hasta el pueblo. En el camino, advirtió el aire enrarecido por la certeza de que algo malo ocurría. Al pasar al lado de un grupo de manifestantes, que portando pancartas, gritaban consignas justicieras, alguien arrojó una piedra en el parabrisas de su auto. Para evitar más contratiempos, ella dio órdenes al chofer de detenerse y bajó del vehículo. Bajo la inmutable brasa solar y con el asfalto de chapopote derritiéndose bajo sus pies, se echó a caminar con paso seguro hasta el poblado. La muchedumbre le abrió paso y nadie se atrevió a atacarla. Se detuvo frente a una choza de techo de palma y paredes de barro, donde estaba un grupo de trabajadores en torno a un hombre que hablaba y gesticulaba con gravedad. Al percibir su presencia se hizo un silencio súbito y las cabezas voltearon hacia la intrusa.

El que dirigía la reunión, Evo Hernández, vino a su encuentro, la saludó y con un gesto la invitó a entrar. Se veía tenso, tenía la frente marcada con dos profundas arrugas, dos amplios surcos a los lados de la boca y una boca apretada por la tensión. La cabaña estaba ocupada por una mesa, una radio de onda corta, una lámpara de petróleo, varios bancos y una hamaca. En contraposición a la versión de Salinas, Evo Hernández afirmó:

—Ayer fui llamado de urgencia por un grupo de trabajadores y he venido en su ayuda. Así supe que muchos de ellos abandonan sus pueblos, encandilados con los ofrecimientos de contratistas pagados por Salinas, quienes les prometen el cielo y las estrellas en la zafra. Con la esperanza de ganar plata, aceptan de inmediato. Una vez aquí, ya no hay cómo volverse. Los sueldos son inferiores al mínimo estipulado por la Ley y para emparejarse trabajan hasta los domingos. Viviendo en un muladar, sin retretes y sin agua potable, hartos chicos se enferman y para consultar a un doctor y comprar los remedios, tienen que prestarse dinero con intereses de don Sergio. Pronto chapalean en deudas y el resto de su salario, se los paga con bastante retraso, pues dizque anda corto de plata. Algunos de ellos se atrevieron a protestar y Salinas los despidió.

Hizo una pausa, respiró profundo y añadió:

—Con los pescadores el problema es la contaminación que provoca el ingenio a las aguas del río. Ellos necesitan una solución inmediata a su problema, pues esto ha arruinado su medio de vida. En el pliego petitorio exigen la aclaración de las violaciones cometidas por Salinas a la Ley del Trabajo y a los lineamientos de la Secretaría del Medio Ambiente. Aquí tiene las declaraciones de los campesinos y los pescadores —concluyó.

Enseguida ella le hizo algunas preguntas, él contestó sin rodeos, con detalles que indicaban un claro conocimiento del problema y un agudo sentido crítico. Camila se fue interesando en la charla, que se prolongó varias horas. Al final, él la invitó a comprobarlo con sus propios ojos. Aunque amenazaba una tormenta, ella aceptó y juntos abordaron un bote, cruzaron el río y fueron al lugar donde habitaban los trabajadores. Camila contempló el paisaje sembrado de palmeras y jacarandas en flor, el suelo adornado por los matices de las sombras de los árboles y en cuyas copas parecía reposar la luna. Alternando con esta música de la naturaleza era una ironía escuchar las historias de los trabajadores que, uno por uno iban presentándose a contarle sus quejas.

Cuando al fin se quedó sola, a través de la oscuridad observó los cañaverales: le pareció que, las siluetas de la caña se transformaban en espectros de manos levantadas al cielo como pidiendo ayuda. Sintió admiración por Evo, quien se echaba a cuestas la responsabilidad de defender a ese puñado de desamparados. ¡Cuánta falta hacían personas del tamaño de él! Ella se jactó de conocer bien a Sergio y se había equivocado. Ahora sabía que era un hombre con alma mezquina y trucos de intrigante, que por su máscara de honradez logró que ella confiara en él, mientras en las sombras, realizaba infamias. «¿Dónde están las cartas que los campesinos me enviaron ? ¿Quién se encargó de que no llegaran a mis manos?», se preguntó.

—¿Un cigarro?

—No , gracias.

La presencia de Evo interrumpió sus reflexiones. Mientras tomaban la lancha de regreso, él se pasó la mano por los cabellos y golpeó con el puño cerrado de una mano la palma de la otra. Largo rato permaneció en silencio con la mirada perdida en la oscuridad nocturna. Por su rostro cruzaron vagas sombras y una expresión de desánimo le endureció las comisuras de los labios, cuando dijo:

—He dejado parte de mi vida trabajando en este país. Aquí, donde la injusticia, el abuso de autoridad, la ignorancia y la miseria minan las mejores intenciones y se frustra cualquier iniciativa humana. Aún así, el pensamiento sigue trabajando allá adentro, provocándome rebeldía, porque no puedo explicarme tanta pobreza de alma de personas como Salinas, que pisa a quienes no pueden defenderse —Suspiró hondo y concluyó:— qué poco han valido estos años de batallar para terminar acosado por los mismos imbéciles de siempre.

Mientras lo escuchaba, Camila observó el indefinido gesto de escepticismo que le recorría el rostro. Y cuando terminó de hablar, se limitó a asentir con un movimiento de cabeza, pues a pesar de la desconfiada distancia que él había guardado en un principio, se dio cuenta de que estaba hablándole de temas personales. A su vez, añadió:

—Lamento no poder ofrecerle una solución inmediata, porque antes de tomar una decisión, debo escuchar la versión de la otra parte. Pero de antemano le prometo que todo se arreglará, con estricto apego a la Ley. Esto es un hecho que desconocía y propiciado por mi afán de delegar obligaciones sobre los hombros de mis colaboradores. A pesar de ello, aún estoy a tiempo de enmendarlo. Investigaré el asunto a fondo y castigaré al culpable, sea quien sea. Solo necesito tiempo para recolectar las declaraciones de todas las partes. Tiene mi palabra.

Había tal sinceridad en su voz, que Evo aceptó su propuesta con un apretón de manos. Así fue como Camila conoció a Evo, quien logró despertarle sentimientos dormidos.

La misma fuerza de voluntad usada en aprender el quehacer público, la empleó Camila para aclarar aquel asunto. Como primer paso, informó a Salinas sobre el suceso y las medidas que tomaría al respecto:

—He citado a los medios de comunicación para una conferencia de prensa con el fin de aclarar la situación, y convocaré un careo con los partícipes del problema. Estoy dispuesta a todo, aun a costa de poner en peligro nuestra amistad con tal de que la verdad salga a la luz. Ya ni la jodes, Sergio. Una cosa es ser inexperto y equivocarse, eso se entiende. Pero lo que tú haces con esa gente, no tiene nombre.

—Por nada del mundo acudiré a declarar frente a esa gentuza. Eso sería rebajarme ante los ojos de todo mundo, a ponerme al nivel de un delincuente. Olvídese de lo que dijo Hernández, es un sedicioso al que deberíamos mandar a juicio por calumniador. Él es el culpable de lo que está pasando, pues con sus ideas subversivas, ha provocado la sublevación.

—O les ha abierto los ojos y con valor se ha echado a cuestas la responsabilidad de defenderlos.

—Solo es un instigador. Déjelo por mi cuenta, yo me encargo de amansar a ese bravucón —replicó Sergio.

—Gracias a Dios que todavía hay bravucones como él y no solo líderes sumisos y vendidos.

—Él también debe tener su precio, es cosa de llegarle.

—No lo creo, parece una persona honesta y buena.

—Buena, de embustera. Solo trata de sacar una buena tajada del asunto. Además, le repito, él está difamándome.

Ella levantó la vista, interrogándolo con incredulidad.

—Si es como dices, por qué temes enfrentarte con él. Tienes la oportunidad de aclarar los hechos frente a todo el mundo. En cambio, si no lo haces, darás pauta a comentarios de abuso de poder, de explotación y de destruir los recursos naturales del país. Aparte de eso, no se trata solo de Hernández, sino de mucha gente que se siente injustamente tratada por ti y por las autoridades a mi cargo.

—Solo se trata de una bola de campesinos engallados y mal aconsejados por el tal Evo, que anda metiendo la nariz donde no le corresponde.

—Lo dudo, pues con mis propios ojos he visto los desatinos que has cometido. Lo siento, pero no voy a volverme atrás. La Ley es la Ley y la cumpliré caiga quien caiga.

Ante el empecinamiento de Camila, Sergio perdió los estribos, su gesto amable se extravió en una imagen despectiva casi de cruel voluptuosidad, cuando le dijo:

—¿Qué puede reprocharme, usted? No va a decirme que a su familia la mataron por santa y que su riqueza y bienestar es producto del sudor de su frente… —Con una bofetada en pleno rostro, Camila cortó su perorata.

Que quien se decía amigo de su hijo, le insinuara el pasado de Orlando y hablara con aquel cinismo, remarcando la palabra «no por santos los mataron», la hizo perder el control.

—Con mis muertos no te metas. De lo que Orlando hizo, no fui responsable, pero de lo que pasa ahorita, sí. Y te prevengo; no voy a descansar hasta aclarar el asunto y castigar a el o los culpables.

Al día siguiente, Sergio no se presentó a trabajar. Su secretaria había entregado por la mañana un oficio, donde informaba que salía de vacaciones.

A raíz de ese escándalo se desencadenaron otros y en cuestión de días, Camila tuvo que enfrentarse con la disconformidad del personal de la Alcaldía, que al verse privado de su sueldo, decidieron protestar en masa. No comprendió el porqué del retraso, pues ella había firmado las nóminas de pago, a su debido tiempo.

—Ni siquiera hemos recibido la última quincena del mes pasado, don Sergio dijo que la Alcaldía se hallaba en aprietos económicos.

¡Qué ironía de la vida! Ella reclamando la honestidad de los servidores públicos y ellos mismos eran víctimas de atropellos de uno de sus más cercanos colaboradores. El colmo de los colmos fue que mientras los empleados pasaban apuros, esperando sus salarios, Sergio disfrutaba de unas inmerecidas vacaciones. Lo llamó por teléfono; nadie contestó. Fue a su casa. No lo encontró y la servidumbre no supo darle razón de su paradero. Comenzó a indagar más sobre él: su comportamiento, su modo de vida y de pensar.

La primera en soltar la lengua fue Esther.

—Es un sinvergüenza de siete suelas. Lleva una vida de lujo a costa de los demás. Al principio, cuando Gueddy se enteró de sus fraudes, quiso divorciarse, pero luego como toda mujer enamorada, cedió y hasta se convirtió en cómplice de sus triquiñuelas. Ambos con su pinta aristocrática aparentan ser gente bien. Se mueven y cuentan con el apoyo de gente del círculo social y político más alto del país.

Así que, cuando los estafados protestan por sus abusos, suelen acallarlos pregonando el calibre de sus relaciones sociales. Los perjudicados creen que no merece la pena envolverse en la maraña truculenta de jueces, abogados, y sobornos que terminan siendo más onerosos que el monto de la estafa y prefieren dejar el asunto por la paz.

Camila no supo qué hacer ni por dónde empezar. Tras largas cavilaciones, decidió que a como diera lugar debía localizar a Sergio. Por fin, tras una intensa búsqueda supo que estaba en casa de su suegra.

—El caballero no está en casa —le informó una sirvienta arrugada y seca como ciruela pasa.

—¿Cuándo vuelve?, por favor pregúntele a la señora —insistió.

—Él no vive aquí y la señora no sabe dónde.

Camila fingió retirarse, dio la vuelta a la manzana y regresó. Estacionó el auto a una distancia prudente, donde pudiera vigilar quién entraba y salía de la casa. Dos horas después, el auto de Sergio apareció al final de la calle y cuando este se disponía a meter la llave en la cerradura, escuchó a su espalda:

—Nosotros tenemos un asunto pendiente.

Se quedó estupefacto.

—Doña Camila, por favor… —dijo en tono de súplica, señalando a su suegra inválida, que en ese instante apareció en la puerta.

La sirvienta tomó la silla de ruedas y se retiró a la cocina, mientras él la invitaba a pasar.

—La empleada dijo que no vivías aquí.

—Disculpe. Esta gente es demasiado ignorante.

—O demasiado obediente. En fin, no he venido a discutir el nivel educativo de tu servidumbre, sino el destino de los fondos de las oficinas de Finanzas. No le has pagado a los empleados públicos desde el mes pasado. Sin embargo yo te firmé los cheques a tiempo y mi secretaria llamó al banco, donde le informaron que ya fueron cobrados.

—Así es. Apenas ayer pude retirar el dinero. Permítame explicarle, lo que ocurrió es que un empleado bancario extravió parte de la documentación. No comenté el problema con usted, porque creí poder arreglarlo pronto. Acabo de hablar con el director del banco. Está muy apenado por el lío en que me ha metido y hoy mismo le enviará a usted una carta, explicándole lo ocurrido. Discúlpeme, es humano cometer errores. Hoy mismo se le pagará a los empleados hasta el último centavo. Fue esa la causa por la que tomé vacaciones. Acabo de llevar el dinero a la oficina.

»También quiero decirle que lamento profundamente mi arrebato del otro día. No tengo palabras para disculparme. Emiliano fue mi mejor amigo, casi un hermano. Es por eso que me ofendió tanto su desconfianza, cómo es posible que dé más crédito a las palabras de un desconocido que a las mías. Me sentí tratado injustamente, pero aunque las apariencias me condenan, soy inocente.

El rostro de Salinas reflejaba auténtica sinceridad y había tal vehemencia en su voz y tanta exaltación en sus palabras que Camila aceptó la explicación y confiando en sus palabras, se marchó.

Pero Sergio no había llevado el dinero a la oficina como había asegurado. Más tarde, fue visto en el cine en compañía de Gueddy. Al día siguiente, Camila fue de nuevo en su busca y cuando la empleada pretendió cortarle el paso, entró a la fuerza.

—No está —respondió una voz temblorosa.

Era la madre de Gueddy.

—¡Qué vergüenza! Verme envuelta en éstos líos por culpa de esa sabandija. Ese matrimonio ha sido la fuente de tantos malos ratos. Me cuesta recordar que un día representara una alegría para esta familia. Cómo podía yo saber que tras esa cara de ángel se escondía el vivo Demonio. Créame, no sé dónde anda. No puedo ayudarla. ¡Retírese !, por favor —dijo.

Parecía al borde del colapso.

A Camila no le quedó más alternativa que interponer la Ley a la amistad y ese mismo día, declaró ante la junta de emergencia de los funcionarios departamentales, que Salinas sería despojado de su inmunidad política, destituido del cargo y llevado ante el juez como un delincuente común. Un murmullo de horror se levantó entre los asistentes. Eso era una locura para los políticos locales. Ahí donde el lema «entre bomberos no se pisa la manguera» se seguía al pie de la letra, ahora la alcaldesa había osado violar tal regla.

—Podemos declarar que ha habido fallas, pues es humano cometer errores, pero aceptar un abuso en contra de la ciudadanía con premeditación, alevosía y ventaja, jamás. Llevar a juicio a uno de los nuestros es dar pauta a que en lo sucesivo, cualquier hijo de vecino le pida cuentas al gobierno. Adónde iremos a parar, si ya a un don nadie como Evo puede acusar a un funcionario público —acotó uno de los funcionarios.

—Debemos mostrar que somos capaces de reconocer y castigar los abusos que uno de los nuestros comete. No debemos anteponer simpatías y amistades al cumplimiento de nuestras obligaciones. Los empleados han amenazado con ir a la huelga, pues no han percibido las tres últimas quincenas. Tampoco el aguinaldo y ellos viven al día y saben que Sergio ha desaparecido con el dinero —replicó Camila.

—Eso tiene arreglo. Podemos aprobar una partida extraordinaria del presupuesto y asunto arreglado.

—Lo haremos para pagar los sueldos a la brevedad posible. Pero las cosas no van a quedarse así. Mi obligación es aclarar los hechos.

Estaba decidida a actuar con mano firme. Hacía tiempo que había dejado de titubear, de caminar a tientas en las tinieblas de la inseguridad. Lo haría, a sabiendas del peligro que implicaba ir en contra de lo establecido, pues si no lo hacía, le restaría a su vida el sentido que le quedaba.

Y mientras ella continuaba discutiendo acaloradamente con sus colaboradores, los días transcurrieron. La huelga grande estalló. Estudiantes, obreros, transportistas y comerciantes se adhirieron a la causa de los cañeros, pescadores, defensores del medio ambiente y de los burócratas. La ciudad quedó paralizada. Mercados y oficinas públicas estaban cerrados, las máquinas de las fábricas enmudecieron, no había autobuses, autos de alquiler, ni periódicos. Ni un taxi circulaba por las calles, pues los huelguistas habían amenazado con pinchar las llantas. Las voces de los patrones repercutían a lo largo de los edificios abandonados, mientras en las calles, convertidas en canchas de fútbol, abarrotadas de chiquillería, ciclistas y comadres, los ojos inquietos de los empleados observaban con la inseguridad ancestral que los hacía desconfiar en la justicia gubernamental.

Un portavoz de la Alcaldía anunció que las conversaciones continuarían hasta llegar a un acuerdo. Y ante la certeza de que una huelga general llevaría la economía a la catástrofe, a la medianoche el gobierno cedió a las exigencias de los trabajadores, prometiendo cumplirlas a la brevedad posible. Como por obra de magia, Sergio apareció y entregó parte del dinero de los cheques. También pagó los salarios caídos a los cañeros y entregó un cheque por varios miles de dólares para iniciar la limpieza del río de Los Sauces. Sin embargo, Camila decidió continuar el juicio en su contra.

El dos de enero, Los Sauces despertó cuando sonaron las campanas de la parroquia. Lentamente el cielo se quitó su cobija de sombras y empezó a salir un sol tibio, cuyos rayos acariciaron la tierra y deshicieron la humedad en gotas de rocío. Los gallos cantaron, se prendieron las luces de las casas y el fuego en las cocinas, con el consiguiente aroma a café a pan fresco y a banano frito. Al mediodía, los trabajadores celebraron el éxito de las negociaciones con el gobierno. En las calles aledañas a la plaza colgaban festones de papeles de colores. A lo largo y ancho de la plaza se habían instalado tablones cubiertos de manteles de punto de cruz y bancos de madera. De un momento a otro se esperaba la llegada de la alcaldesa. Cuando apareció, Evo interrumpió la charla con sus colegas y se apresuro a recibirla. Los asistentes se arremolinaron a su alrededor, armaron un gran revuelo y la recibieron como a una heroína entre vivas y aplausos. Una niña le ofreció un ramo de flores en nombre de los habitantes de Los Sauces. Y tras un breve discurso de Evo, se sirvió a los asistentes guiso de pollo, papas rociadas con salsa de ají, horchata y aguardiente. La fiesta lució más animada con la actuación de una banda musical.

Empezaba a oscurecer y el jolgorio estaba en su apogeo, algunos animaban al del charango con las palmas mientras otros bailaban con salero. Varias mujeres repartían empanadas y helado de limón, y los hombres tiraban cohetes. Camila y Evo se alejaron de la muchedumbre, internándose en los vericuetos selváticos cercanos al pueblo y a los que se entraba por un sendero dibujado por el uso continuo. Contentos comentaban el final de las negociaciones entre gobierno y trabajadores. Luego, la conversación de los dos derivó al terreno personal. Evo comenzó a hablarle sobre su vida. Era un hombre sentimentalmente retraído, que después de enviudar había consagrado la vida a su hija y al sindicalismo. Mientras Camila lo escuchaba y contemplaba su rostro, imaginó sus correrías como trabajador, sus airadas protestas contra el gobierno, sus enormes fracasos y triunfos en una lucha continua, donde siempre parecía prevalecer la injusticia y el poder de las influencias y el dinero. La conversación llegó a un punto muerto y ellos guardaron silencio. Solo se escuchaba el canto de un pájaro nocturno y el croar de las ranas

Camila levantó los ojos y se encontró con los de él; su mirada parecía dura pero paradójicamente dulce. Camila volvió a mirarlo y sonrió, a medida que le dominaba el asombro ante cierta secreta armonía de sabor remoto y que se descubría frente a él. Él le acarició una mejilla y ella tembló como una adolescente. Evo la veía como una mujer centrada y serena en medio de la nube de problemas que zumbaban a su alrededor, pero sentimentalmente ingenua como una quinceañera. Pensando en su arrojo para defender sus principios, en su fogosidad al hablar y en el rubor de sus mejillas al sentirse observada por él.

En ese mismo instante, cuatro hombres montados a caballo, pistola al cinto y un pañuelo negro cubriéndoles el rostro, irrumpieron en la plaza de Los Sauces, se abrieron paso entre la concurrencia, tiraron mesas y bancos, y cuando estuvieron cerca de la mesa de honor, hicieron caracolear sus cabalgaduras y, llevándose la mano al cinto, desenfundaron la pistola y dispararon contra los asistentes, al tiempo de preguntar por el paradero de Evo Hernández. Nadie respondió. Gritos de horror extinguieron los acordes musicales al tiempo que el piso se teñía de escarlata. Alguien señaló hacia el verdor de la selva. Los jinetes se marcharon tan veloces como habían llegado.

Los cascos de los caballos retumbaron en el empedrado y su estruendo se diluyó por la calle. Tropezándose entre sí, la gente huyó despavorida. En la confusión, derramaron los jarros de horchata y aguardiente, y pisotearon las empanadas. En la plaza quedaron los muertos y heridos en medio de un charango y una guitarra hechos trizas, zapatos, sombreros, trozos de empanada entre jarros quebrados y botellas de licor.

Los disparos llenaron el campo y llegaron a oídos de Evo. Sobresaltado, jaló la mano de Camila y echaron a correr entre la espesura vegetal. Los relinchos se escuchaban cada vez más cerca. Él se detuvo un momento, miró hacia todos lados sin saber dónde esconderse. Finalmente, haciendo caso omiso a los arañazos de la piel, subieron a un árbol y se ocultaron entre las ramas. Sobre el suelo cubierto de hojas se escuchó el relincho y los cascos de los caballos. Desde su escondite, sintiendo que el corazón se les salía del pecho, vieron a los jinetes, que machete en mano, rastreaban el lugar. De pronto la rama donde ellos permanecían, crujió suavemente, uno de los hombres levantó la vista en el justo momento que un tecolote, aleteó y emprendió el vuelo hacía otro árbol. Por fin, un silbido agudo cortó el aire, uno de los embozados dio la orden de marcharse. Mucho rato después, Evo y Camila, con las extremidades acalambradas y el cuerpo entumecido, descendieron del árbol. Al saltar a tierra, ella trastabilló, golpeándose la cabeza, pero sin detenerse, corrieron desaforadamente, temiendo que la persecución continuara. Ella tuvo que quedarse un momento apoyada en un árbol para recuperar el aliento. Una tormenta se desplegó, envolviendo todo en una espesa cortina de agua; solo se oía el chapoteo del torrente líquido al caer sobre la tierra.

Poco a poco, sus ojos se fueron acostumbrando a la oscuridad y divisaron una cabaña. Entraron. Las paredes se estremecían bajo la lluvia huracanada. Empapados, temblando de miedo, parecían al borde de un infarto. En un rincón de la pieza colgaba una hamaca. Él ayudó a Camila a recostarse y comenzó a friccionarle las manos y los pies. Hizo una pausa para enjugarle el sudor de la frente, entonces percibió que de la sien derecha le corría un hilo pegajoso de sangre. Él arrancó una manga de su camisa y le vendó la cabeza. Mientras le acariciaba el cabello, diciéndole en voz baja que guardara silencio, aguzó el oído y escudriñó la oscuridad con sus ojos de conocedor de la selva, temiendo que sus perseguidores anduvieran cerca.

Cuando ella despertó más tarde, aún estaba oscuro. Intentó incorporarse. No pudo. Le pareció que el techo daba vueltas y dejó caer la cabeza de nuevo en la hamaca. ¿Qué había pasado? Lentamente recordó los gritos, los disparos y su huida. Sintiéndose entumecida de dolor, parpadeó varias veces y cuando por fin abrió los ojos y volvió la cabeza hacia un lado, se encontró con el rostro de Evo; él tocó la venda, había dejado de sangrar. Ella le tomó la cabeza entre las manos al tiempo que le acariciaba el cabello. Evo comenzó a besarla mientras le desabrochaba la blusa. Bajó el cierre de su falda y deslizó la prenda hasta sus pies. A Camila le temblaron las manos tanto que debió hacer varios intentos antes de lograr desabotonarle la camisa. Con el corazón maltrecho, ella dejó que él le curara las heridas de su alma y él le hizo el amor con el ardor de alguien acostumbrado al calor de la selva. En silencio, ebrios de pasión se dejaron llevar por el idioma de los sentimientos y los sentidos. El techo, la lluvia, los ruidos y sus perseguidores se diluyeron como tragados por un remolino de olvido. Solo quedaron ellos, unidos como la hiedra a la pared, dando salida a su pasión, que iluminó la choza con un resplandor de incendio.

El sol estaba en todo su apogeo, cuando ella despertó. De pie, frente a la ventana, contempló el cielo y la espesa vegetación. Él se acercó, la abrazó y la acarició y ella recostó la cabeza en su pecho. Luego se volvió hacia él y en silencio, permanecieron mirándose. Largo rato después, se vistieron y tomados de la mano, salieron de la cabaña. Evo se dirigió a un árbol, sacó su navaja y comenzó a tallar un corazón con sus iniciales. Camila delineó con los dedos las letras, a a la vez que dejaba correr libremente las lágrimas. Hacía tantos años que su alma estaba yerma como tierra gastada después de la cosecha… Ahora había vuelto a despertar, a querer, y estaba segura de ser correspondida. «Cásate conmigo», le propuso Evo. Ella no alcanzó a responder, porque en ese instante, los sacaron de su ensoñación voces que los llamaban y pasos acercándose. Eran compañeros de él que habían pasado la noche buscándolos, temiendo que hubieran muerto en la emboscada.

En breves palabras, los pusieron al corriente de lo ocurrido en la plaza y le aconsejaron a Evo que se ocultara durante algún tiempo; su vida corría peligro. Debía huir, irse lejos. Él se negó. Camila pidió a los recién llegados que los dejaran un momento a solas. Cuando entraron a la cabaña lo conminó a irse. El mundo se sostendría para ella a través del recuerdo de esa noche, de su aliento, de sus palabras y de su cuerpo. Con él había logrado aprisionar de nuevo la alegría por la vida. Pero antes de rehacerla, quería cerrar el capítulo del accidente de la avioneta. Tampoco quería asistir al entierro de otro ser querido, no tendría fuerzas para soportarlo.

—Tu vida también corre peligro —replicó Evo.

—Mi muerte desenmascararía a los culpables y me convertiría ante los ojos de muchos en mártir, y eso no es lo que ellos desean.

Abrazados, en medio de promesas y besos, por fin se despidieron. Entre tanto ya era el mediodía. Los pájaros de coloridos plumajes y pupilas brillantes revoloteaban entre los árboles. Y mientras Evo se perdía en el confín de la selva que tocaba la frontera del vecino país, Camila llegaba al lugar de la tragedia. La plaza estaba repleta de reporteros y patrullas. El olor a sangre se confundía con el de la caña de azúcar, los muertos yacían en la tierra, entre la comida esparcida, sandalias plásticas, rebozos de colores y estropicios. Gritos y la sirena de ambulancias llenaban el aire.

Esa noche, el pueblo estaba sumido en la penumbra. Palmeras de espaldas doblegadas se mecían como sacudiéndose la congoja del ambiente. En el aire flotaban murmullos de rezos. La alcaldesa se acercó hasta la casa donde velaban a los muertos. Varios hombres, sombrero en mano, se hallaban sentados a la entrada; lucían serios, como al acecho. En la cocina, un grupo de mujeres cocía infusión de mate, otras rezaban y consolaban a los familiares de los difuntos. Un niño lloraba cogido del rebozo de su madre. Ella saludó a los presentes con una inclinación de cabeza, se acercó a una de las viudas y deslizó unos billetes en su mano. Luego, sin decir nada, sin volver la vista atrás, se marchó. La mujer apretó el dinero como temiendo perderlo.

Sergio también acudió. Prometió ayudar a esclarecer los crímenes. Falsas promesas que se llevaría el viento. Abrazó a los dolientes, les dio su sentido pésame, un pésame que no sentía y olvidaría al traspasar el umbral de la choza de piso de tierra y techo de lámina, donde vivos y muertos se sancochaban de calor. Continuó el desfile de funcionarios gubernamentales y la retahila de palabras hechas. Sergio y los demás funcionarios abandonaron el lugar, abordaron sus autos y desaparecieron en la oscuridad.

Una pregunta seguía en el aire, ¿quién ordenó aquel ultraje? ¿Sergio Salinas? Nadie podía comprobarlo. Pero por lo menos, ella lo haría pagar por sus fechorías.

La costumbre de los trabajadores había sido hasta entonces la de aguantarse, y los que protestaban, iban a la cárcel, al cementerio o al destierro. El hábito de las autoridades, en cambio, era imponer, pisotear y cuando mucho seguir al pie de la letra el dicho popular: «errar es humano y echando a perder se aprende». Esta vez para beneplácito de unos y asombro de otros, a Salinas se le vio tras las rejas. Frente a las cámaras de televisión, portando sus típicas gafas de borde dorado, se encerró en un espeso mutismo, que solo rompió para reiterar su inocencia, pese a las pruebas fehacientes en su contra.

A través de un comunicado que envió a la prensa local, Evo no ocultó su optimismo, al observar que el gobierno daba pasos hacia el cumplimiento de sus promesas. Y así se lo hizo saber a los trabajadores. Para la élite santanense, la detención y reclusión de Sergio en la cárcel del Cerezo fue un acto inaceptable. Ante los azorados ciudadanos pasaron imágenes televisivas inconcebibles hasta entonces: desgreñado, con la corbata deshecha y la camisa desfajada, Sergio Salinas babeaba como perro rabioso mientras era introducido por la fuerza en una patrulla.

Al día siguiente, cuando Camila conversaba con Esther en la sala, llamaron de forma insistente a la puerta. En cuanto la sirvienta abrió, Gueddy entró hecha una furia. Apareció entre el calor tropical como un inusual viento gélido. Se paró en la mitad del cuarto, tapándole a Camila la vista hacia el jardín.

—¿Te imaginas a qué vengo?

Camila se recargó en el sillón y cruzó los brazos.

—Quizás quieres salvar a tu marido. Quizás a ti misma —respondió y sus ojos deambularon sobre el cabello y la silueta de Gueddy. Eran unos cabellos rojos como incendio y un vestido negro suelto que no delataba las formas de su cuerpo.

—Estoy horrorizada por lo que has hecho. No hubiera esperado eso de ti —dijo por fin Gueddy.

—¿Qué esperabas?

—No lo sé. Jamás, nadie ha hecho eso.

—¿Esperabas acaso que por amistad tolerara y pasara por alto los delitos de Sergio?

—¿Por qué no? Si cosas peores le perdonaste a tu marido —replicó Gueddy al tiempo de recorrer con la mirada la habitación. Sus ojos se detuvieron en una imagen de la virgen del Carmen y añadió—: Un extraño lugar para la pureza de una santa.

Un silencio opresivo lleno el cuarto.

—Creo que deberías irte a casa.

—Esto no va a quedarse así, nos has humillado públicamente y vas a pagarlo caro. Uno tras otro voy a voltearte a tus conocidos. Tú y nosotros somos muy diferentes. No voy a descansar hasta verte chapaleando entre el lodo, que es adonde perteneces y te haré regresar. Te lo juro por esta —dijo haciendo la señal de la cruz, y salió dando un portazo.

Al rato, la puerta de la sala volvió a abrirse: Era Lilibeth. Presintiendo la tormenta que se avecinaba, Esther pretextó tener una cita con su médico y se retiró. Lilibeth se dirigió a Camila a grandes voces.

—Ya estoy enterada del escándalo que has provocado. Eres una cueruda, no me explico cómo pudiste tomar una decisión tan absurda.

—Solo cumplo con mi deber, y defender a los trabajadores es parte del mismo.

—Qué deber ni qué ocho cuartos. Lo que has hecho ha causado un alboroto del carajo. Nuestras amistades están escandalizadas y no es para menos; mandar a la cárcel al mejor amigo de tu hijo y darle la razón a una manada de. populacheros.

—Estoy haciendo lo que debo y a esos populacheros, como los llamas, les debo el puesto.

—No me hagas reír, desde cuándo cuenta el voto de la chusma. El puesto se lo debes a nuestros amigos, ellos sí tienen el poder para hacerlo. Los problemas de esta gente, ni nos van ni nos vienen. Olvídate de la palabrería de justicia que repites como disco rayado en tus discursos, y que ya me tiene hasta la coronilla. Y si no puedes con el puesto, mándalo al Demonio y dedícate a la administración de los negocios que aún tienes. Cuando te quedes sin plata, vas a ir a llorarle a nuestra gente para que te ayuden, pero ellos van a darte con la puerta en la nariz. Debes recordar algo muy importante: estás sola. Pues, aunque la manada te apoye, no tiene ninguna influencia dentro del gobierno. Con excepción de Valentina, el resto somos de… Otra clase.

—Dinero y apellido no lo es todo. Lo más importante es no tener miedo y cumplir con quienes han depositado su confianza en nosotros.

—Pues hablando de miedo, te informo que los Salinas ya contrataron agentes privados para investigar la vida y milagros de tu familia: desde el mal paso de tu suegra Dionisia hasta los negocios turbios y escándalos que realizaba tu marido en La Sierra.

—Pues que se cuiden porque si lo hacen van a tener mucha cola que les pisen.

—No tanta como la de los Quiroga.

—Aunque no te guste, tú también eres una Quiroga.

Lilibeth guardó silencio y suspiró como si lo lamentara.

—Por esa gente no estoy dispuesta a sacrificios ni incomodidades. Tu deber está ahora con tu familia y nada más. Los demás no tienen vela en el entierro. Déjalos que se las arreglen solos.

—Eso es egoísmo, piensas solo en tu propio beneficio.

—Así debe ser, la que anda mal eres tú. Al Demonio con eso de ayudarlos. No pretendo hacer el papel de la madre Teresa. Lo único que vamos a sacarnos con tus aires de redentora de pobres es que nuestros amigos nos den la espalda y entonces ya verás si ese cholo del Hernández te saca de apuros.

—Por eso todo anda mal en este país, porque la gente no quiere ceder ni tan siquiera un poco del poder y responsabilidad que tiene, y al final lo perderán todo, Lilibeth.

—Déjate de burreras, pura influencia de la querida de tu difunto hijo. Tú serás la culpable de que me sienta incómoda en el club y de que la gente nos esquive como si fuéramos perros del mal. Porque con seguridad todos apoyarán a Gueddy Salinas. ¿Quieres convertirme en mártir?, pues eso sí te digo; conmigo no cuentas, no permitiré que me arruines la vida.

—Haz lo que quieras, pero no cambiaré de opinión —dijo Camila y dando por terminada la conversación abrió la puerta, invitándola a salir.

Esa noche, cuando se fue a la cama, Camila no pudo conciliar el sueño. Hacía un calor bochornoso. Lo prefería al ruido del aire acondicionado. Miró el cuarto y su vista solo se encontró con lámparas, muebles, adornos, teléfonos y más objetos que no le atenuaban su soledad. No le daban una sensación acogedora. Nada. En el aire aún flotaban las palabras de sus dos visitantes: «tú y nosotros somos diferentes». Se encogió de hombros. Eso lo había escuchado a menudo. No era como los demás. No lo había sido nunca. Para los que eran como Gueddy y Lilibeth, era una absoluta desilusión; para otros, una esperanza.

Recordó los incidentes del día. Necesitaba ser comprendida como nunca antes. Pero sus inquietudes se escurrieron en la incomprensión de su nuera. Otra vez una barrera infranqueable las separaba; se veían sin mirarse y se escuchaban sin escucharse. ¿Qué razón había en tratar de buscar su entendimiento si nunca lo había tenido? La presencia de Lilibeth se parecía más a una ausencia; no se palpaba, no se percibía. Era una presencia vacía, agazapada en la indiferencia. El único vínculo entre ellas era Bruno. Eran como el cielo y la tierra, dos cosas que en el horizonte parecen tan cerca, pero que jamás llegan a juntarse. Quizás eso fue posible, mientras había durado el amor de Lilibeth por Emiliano. Sin embargo, tras la muerte de este, el tiempo que todo lo marchita, había secado ese amor hasta deshacerlo en polvo, y ahora a ella solo le importaba disfrutar del bienestar que da el dinero, y cualquier cosa que atentara contra eso se tornaba en un estorbo que quitaría de su camino, sin importarle de quién o qué se tratara.

La vida la ponía ante una dura prueba.¡Qué sola estaba!, si no hubiera sido por Valentina, quien la consolaba, dejando para ella misma sus propias preocupaciones, quizás hubiera perdido la entereza. Su afecto era para Camila como un bálsamo para su apabullado corazón, pues no solo las unía el amor a la misma persona, sino que también sentían simpatía mutua y tenían intereses afines. No valía la pena lamentarse: las intrigas y la soledad eran parte de los gajes del oficio y de la vida. Ser una persona pública conllevaba desnudar buena parte de su vida privada y que muchas veces la gente diera a esa información el giro que más le convenía.

La vida era fácil para quienes, como Gueddy, habían nacido con buena estrella. No así para gente como Orlando o Dionisia que estuvieron en el lado oscuro de la vida, el de los perdedores. Influido por un ambiente marcado por la pobreza, él había sido presa fácil de la vida delictuosa, una víctima de las circunstancias como las que hoy ella deseaba cambiar. En sus manos tenía la oportunidad de evitar la existencia de más Orlandos. En cuanto a su suegra Dionisia no se había suicidado ni fue una prostituta. Se había entregado y muerto por amor. Los demás, incapaces de comprender la intensidad de ese sentimiento puro, lo habían rebajado a la calidad de vida cegada cobardemente. Cada uno manejaba la verdad como mejor le convenía.

Fueron y vinieron acusaciones. La tijera de la chismografía tuvo tela de dónde cortar. Los medios de comunicación dieron a conocer las declaraciones y acusaciones de Gueddy contra Camila. Los periódicos se vendieron como pan caliente y nunca antes los lugareños estuvieron tan atentos a los noticieros radiales y televisivos. Gueddy no midió los epítetos despectivos contra la alcaldesa. ¿Qué moral tenía la viuda de un narcotraficante para erigirse en juez de alguien que desde generaciones se había ganado un lugar en la sociedad? Una ex-sirvienta elevada a la categoría de señora y fundadora de una institución, en donde mujeres de su misma calaña aprendían cómo fastidiar a sus patrones, dirigía los destinos de Santa Ana por obra y gracia de a los que ahora atacaba. Al final, exigía la liberación inmediata de Sergio, presentación de excusas por las calumnias vertidas en su contra y su restitución en el cargo de responsable de finanzas.

Camila no se intimidó. Nada la detendría. Estaba decidida a cumplir con su deber con la convicción que da la seguridad de estar obrando de acuerdo al dictado de la conciencia. Su actitud reflejaba la indómita resistencia que mostró a la muerte de sus seres queridos. Declaró que jamás había escondido su origen y cada que vez se había presentado la ocasión de hablar de su pasado, lo narró con veracidad. Tampoco negó los posible nexos de Orlando con el narcotráfico. Estaba dispuesta a cargar con su parte de culpa, y a la fecha ya había pagado el monto exigido por la oficina fiscal por concepto de evasión de impuestos del difunto, vendiendo para ello buena parte de sus bienes.

Tal y como había asegurado Lilibeth, las familias agrupadas en el club de golf y demás asociaciones sociales tomaron partido, y Camila no fue las más favorecida. Le resultaba incómodo vivir apabullada por los cuchicheos, las expresiones despectivas de unos, los saludos forzados y las frases compasivas de otros. Con pesar, vio que esos a quienes un día, Orlando había favorecido, hoy le daban la espalda y murmuraban en su contra. Y solo unos cuantos se le acercaban con un gesto de franca solidaridad. Entre estos últimos estaban Esther y Gloria, quienes la apoyaron abiertamente en contraposición a sus respectivos maridos. Por su parte, Lilibeth enfrentó el alboroto donando dinero para eventos sociales, imponiendo su presencia y haciendo caso omiso a las indirectas que a veces le dirigían.

Días después de la detención de Sergio, en la sede del Comité de Damas Santanenses, Gueddy empezaba una huelga de hambre. La medida de presión fue iniciada en demanda del respeto a la integridad moral y física de su marido. Había iniciado el ayuno por la mañana y aseguró que lo mantendría hasta no verlo regresar a casa. El Comité la apoyó.

La alcaldesa no reaccionó a los requerimientos de Gueddy. Estaba convencida de que ella, con solo escuchar la palabra ayuno, estaría sufriendo de antemano por el suplicio que le esperaba y no aguantaría mucho tiempo las protestas de su goloso estómago. Y en caso contrario, le harían bien unos días de ayuno para disminuir las redondeces que circundaban el sitio donde una vez se ubicó su cintura.

No se equivocó en sus predicciones, pues la huelga de hambre de la Salinas duró poco. Después de treinta y cinco horas, tuvo una baja de presión y debió ser internada de emergencia en una clínica privada.

A fin de continuar la demanda, Camila pasó a manos del Ministerio Público un acta donde se encontraban las acusaciones en contra de Sergio Salinas: Malversación de fondos públicos, violaciones a la Ley del Trabajo y daños a la ecología. No obstante, transcurrieron las semanas sin que se vieran indicios de avance sobre la investigación. Cuando ella los pidió, el abogado encargado del caso se embrolló en explicaciones enrevesadas y no supo decirle por qué, pero hacía unos días el caso se había declarado sobreseído.

—¿Qué significa eso?

—Que el caso está cerrado y mañana el señor Salinas saldrá libre bajo fianza.

—Quiero hablar inmediatamente con el juez —dijo Camila a la secretaria del funcionario.

—No sé cuándo pueda recibirla mi jefe, pues está ocupado con otras personas y puede ser que tenga que esperar mucho rato.

—Lo esperaré el tiempo que sea necesario, así me salgan raíces en los pies.

Cuando estuvo frente a él, lo increpó por su decisión, por demás, dudosa.

—Usted bien sabe que Sergio Salinas es culpable de varios delitos y su decisión solo puede estar dictada por algún motivo oscuro. ¿Cuánto fue el soborno?

Fríos, los labios del funcionario se encogieron en una mueca de indiferencia al decir:

—La resolución está tomada y en nuestro país jamás se ha apelado ningún caso en la Segunda Instancia.

—Aunque tenga que voltear las leyes de este país, haré que el caso vuelva a retomarse y de esta, usted no saldrá bien librado —espetó ella antes de abandonar el despacho.

Una semana después de su liberación, ayudado por amigos influyentes, Sergio abandonó el país con rumbo desconocido. Nadie volvió a saber de su paradero. Gueddy negó saberlo y confió en que con el paso del tiempo el asunto quedaría olvidado. Se equivocó. Camila resultó un hueso duro de roer y no se dio por vencida, a pesar de que Esther le aconsejó que olvidara el asunto:

—Si te metes en líos con alguien tan bien relacionado, puedes lamentarlo. En medio del caos de la delincuencia en nuestro país suelen ocurrir «accidentes» y por un asunto de tan poca monta, no vale la pena arriesgarse.

—No temo al peligro. Mi deseo de cumplir con mi deber trasciende el miedo a perder la vida. Estoy sola y no tengo nada que hacer en el mundo, aparte de paliar la necesidad de otros. Por lo menos quiero cumplir con los deseos de mi hijo. Él soñaba con lograr un cambio y desterrar del gobierno males ancestrales como la corrupción, el favoritismo y la injusticia.

Suspiró.

—Recibió amenazas y no las tomó en serio. Quizás él estuviera aún con vida si hubiera retirado su candidatura. Pero no quiso. Pensaba que tenía una obligación para con sus seguidores. Lo único que me mantiene viva es el deseo de encontrar a los culpables del accidente de la avioneta. Los detectives que están trabajando me han prometido traerme resultados positivos. Por ahora solo me queda esperar. Entre tanto quiero poner orden en esta ciudad. Aunque para ello necesito de los servicios de un excelente abogado, y ninguno quiere echarse a cuestas la mala voluntad del juez y de una de las familias más connotadas de Santa Ana. ¿A quién puedo recurrir?

Inmersa en un laberinto donde todos los caminos conducían al engaño, Camila miraba el atardecer, cuando tuvo la idea de recurrir a la ayuda profesional de Valentina, la única capaz de atreverse a llevar un asunto de tal naturaleza. Sin pérdida de tiempo la llamó para invitarla a tomar el té en su casa al día siguiente.

Valentina llegó puntual a la cita. Su rostro de apariencia frágil tenía una inalterable firmeza. Tomaron el mate en la sala. Fuera, la reverberación del sol le sacaba vapor al piso de la terraza. Camila estaba muy exaltada y sin preámbulo, le explicó lo ocurrido y pidió que se hiciera cargo de revocar la resolución del juez.

—Será muy difícil ganar contra una resolución ya establecida. Jamás hasta la fecha se ha logrado —le advirtió Valentina.

—Pero si ganamos, sentaremos un precedente.

—Además debe tener en cuenta que se desconoce el paradero de Sergio.

—Tú lleva el caso a la Segunda Instancia, del resto me encargo yo. Conozco uno de los mejores despachos de investigación privada de Sudamérica y cuenta con detectives de fama internacional. Son los mismos que están indagando el asunto de la avioneta.

—Eso debe costar una fortuna.

Todos los gastos corren por mi cuenta. El dinero es lo que menos me preocupa. Orlando amasó una fortuna tan grande, que luego de haber pagado varios millones al fisco, donado una parte a la Casa de la Mujer y dado otra a Lilibeth, aún me queda lo suficiente para asumir estos gastos.

Al cabo de varios meses, Valentina logró que se girara orden de aprehensión contra Sergio. De poco servía, pues este seguía desaparecido. Camila ofreció una jugosa recompensa a quien diera pistas de su paradero, prometiendo además absoluta discreción sobre el nombre del informante. Los detectives, tras varios meses de intensas indagaciones, descubrieron que se encontraba en el extranjero y establecieron contacto con la policía de aquel país. A nueve meses de la huida de Sergio lograron localizarlo, girar orden de aprehensión y detenerlo. El elemento clave se lo proporcionó Gueddy, cuando inició el trámite de un pasaporte en favor de un tal Pedro Rojas, nombre que, como después se supo, utilizaba Sergio. Un trabajo criminalista determinó que los rasgos de la fotografía de Rojas eran de una fisonomía cambiada. Al verla difícilmente podía reconocerse cómo había sido anteriormente aquel rostro.

Salinas, en su afán de eludir a la justicia, se había sometido a varias intervenciones de cirugía plástica: se respingó la nariz, se hizo inyectar colágeno en los labios y lucía un coqueto hoyuelo en la barbilla. Además, cambió el color del pelo y se dejó crecer un bigote enroscado hacia arriba como pinzas de alacrán. Solo lo delató un detalle: sus inigualables lentes de filo dorado.

Después de la captura se supo que su localización fue producto de una larga investigación. Desde hacía semanas, varios agentes secretos se habían trasladado al vecino país para intensificar la búsqueda. Sabían que se hallaba cerca, pero aún necesitaban atar algunos cabos sueltos para dar con su paradero. La captura se realizó cuando Sergio se dirigía al centro de la ciudad para llamar por teléfono a Gueddy desde una caseta pública.

Sin embargo, la lucha aún no estaba ganada. «Está por verse de qué cuero salen más correas», aseguraba Gueddy. Los trámites de extradición fueron llenados con lentitud. Gueddy luchó hasta el último momento para que Sergio eludiera la justicia y horas antes de su traslado, logró deslizar una fuerte suma de dinero en los bolsillos de los custodios. A cambio de ello, debían facilitarle la huida. Ellos fingieron o decidieron aceptarlo. Nunca se sabrá cómo ocurrieron los hechos, pues casi de inmediato notaron la presencia de los agentes contratados por Camila. Entonces, ellos confesaron los planes de Gueddy. Simularían llevar a Sergio al aeropuerto y su mujer los seguiría. Al llegar a la gasolinera, lo bajarían y él entraría al auto de ella. Luego los custodios dirían que unos desconocidos los habían atacado y Sergio había logrado escapar.

—Pueden quedarse con la plata, nosotros no escuchamos nada y por parte de la alcaldesa tendrán una jugosa recompensa. Ahora simulen que seguirán los planes —dijo uno de los agentes a los custodios.

Vacilantes, ellos asintieron.

Los agentes estacionaron su auto en la oscuridad. Al rato, Salinas, custodiado por los policías salió y abordó la patrulla. Casi al mismo tiempo, el auto de Gueddy fue tras ellos; detrás los seguían los agentes. Al llegar al sitio indicado, para sorpresa de Gueddy, la patrulla se siguió de largo hasta el aeropuerto, haciendo caso omiso a los bocinazos, acelerones y frenazos de ella.

Una vez ahí, frente al director de policía, a gritos, ella alegó «haberle pagado» a los policías por la liberación de su marido. A lo que el funcionario arguyó que en tal caso sería acusada de intento de soborno. De inmediato, con una risa hecha temblor, retiró lo dicho.

Sergio fue extraditado.

En su enloquecido intento de librar a su marido del brazo de la justicia, Gueddy continuó repartiendo dinero a diestra y siniestra, sin percibir que su fortuna rodaba por el abismo de los sobornos. Mientras tanto, Valentina entregó al fiscal la documentación del caso Salinas, acompañada de documentos que probaban su culpabilidad.

El proceso del ex-funcionario se llenó de folios; tantos que era imposible leerlos en una sola sesión. A Sergio la seguridad se le iba derrumbando como castillo de arena allí, sentado frente a un juez y un jurado, pronunciando un juramento con la mano sobre una Biblia y viendo un dedo y unos ojos acusadores que lo señalaban. Sobrecogido por el miedo, escuchaba la narración de hechos verídicos, que ya no podía seguir negando. Nítidamente escuchaba el insistente tecleo de una máquina de escribir anotando las declaraciones de sus acusadores y que él percibía como el bamboleó de la espada de Damocles sobre su cabeza. Su destino continuaba tejiéndose lenta pero seguramente.

Finalmente se dictó la sentencia. Y tras el pago de una fianza millonaria, la restitución de los fondos públicos y la indemnización a sus trabajadores, quedó libre.

Los ánimos fueron serenándose y el respeto de la gente hacia Camila, aumentando con un deslumbramiento nacido de sus actuaciones y de lo que el vulgo inventaba sobre ella. En ese tiempo su posición política se estabilizó. Con muchas dificultades había logrado vencer la resistencia al cambio de los empleados públicos y convencerlos de las ventajas del orden y la honestidad. Y si ella, al principio, agobiada por las dificultades y la enorme responsabilidad, no le faltaron ganas de renunciar al puesto, con el tiempo percibió que le gustaban los retos. Descubrió en su interior una capacidad innata de organización ignorada hasta entonces, y lo que había empezado empujado por el puro deseo de venganza, acabó siendo el centro de su vida. Sin duda tales logros y el amor de Evo en otras condiciones le hubieran bastado para ser feliz. Pero el dolor por la pérdida de Emiliano y la obsesión por encontrar a los culpables de su muerte se lo impedía.

Transcurrió el tiempo y la gente se fue olvidando del caso Salinas. Lo único que continuó igual fue la amistad de Camila y Esther. En una de sus cotidianas recaídas de ánimo, Camila le confesó su desaliento. Le habían bastado unos días para asumir la viudez con serenidad. No obstante, de la pérdida de su hijo, no se recuperaría jamás. La idea de vivir le resultaba intolerable. Casi siempre, cuando lo recordaba, sentía como si tuviera el cuerpo adormecido, le faltaba el aire para respirar y las fuerzas hasta para dar unos pasos. En su corazón llevaba una profunda herida que ardía, helaba y congelaba, y solo la idea de dar con los culpables, la impulsaba a sobreponerse y atrapar los pedazos de su desintegrada fortaleza.

—Si no fuera por ti, por Valentina y la esperanza de volver a ver a Evo, ya me hubiera muerto.

—¿Tienes noticias de él?

—Sí. Cada vez que puede me llama por teléfono y me envía mensajes con alguna persona de su confianza. Desde lejos me infunde ánimo y asegura que en cuanto sea posible regresará a Santa Ana; quiere que nos casemos.

—Me alegro mucho por ti. Es una bendición que hayas encontrado un segundo amor.

—No sé si podré hacerlo feliz. La partida de Emiliano ha dejado en mi vida un vacío que jamás podré llenar. Jamás podré acostumbrarme a su ausencia y vivir en paz.

—¿Cómo va la investigación del accidente?

—De mal en peor. Muchas pruebas han sido extraviadas o sustraídas y pese a los esfuerzos de Valentina no se ha logrado hablar con los presuntos culpables, que más bien parecen chivos expiatorios. No se sabe por qué las autoridades judiciales los mantienen incomunicados. Además, según Valentina, uno de ellos es un chico pacífico, con mediana educación, enemigo de la violencia y que ni siquiera vivía en Santa Ana. Para colmo de males, se ha nombrado encargado del caso a un procurador inexperto, sin la más mínima noción de los quehaceres policiales. De esta forma, gracias a su incompetencia, los verdaderos culpables están ganando tiempo. Me pregunto, ¿quién tiene el poder de liquidar, de manejar leyes, de desaparecer pistas y gente y quedar impune? Solo políticos de alto nivel.

—Pero nada prueba que ellos hayan tenido algo que ver en el asunto.

—Por Dios, amiga. No seas ingenua. ¿Quién pudo organizar un asesinato tan perfecto y no dejar huellas? Únicamente gente del grupo que ha estado siempre en el poder. No importa, seguiré investigando. No descansaré hasta descubrir la verdad, aunque me cueste la vida.

La vida siguió su curso y el día menos pensado, la atención pública se concentró en torno al caso Quiroga. Eso ocurrió la mañana cuando, por fin, los supuestos culpables del atentado fueron llevados ante el juez. Durante la sesión, ambos aceptaron los cargos que se les imputaban. Sin embargo, uno de ellos se retractó, cuando Valentina Hernández le ofreció protección y le habló sobre las consecuencias de su declaración.

—Si acepta su participación en el crimen, pasará el resto de sus días tras las rejas. Y eso sería injusto, porque estoy convencida de que usted es solo un chivo expiatorio y por miedo está encubriendo a los verdaderos culpables. Diga la verdad, sin temerle a nadie, pues cuenta con el apoyo absoluto de la alcaldesa. Ella no permitirá que a usted ni a su familia les pase nada grave.

—Soy inocente —gritó el acusado, y explicó que el día del accidente, le habían practicado la prueba de parafina y resultó negativa.

Agregó que, cuando fue introducido en la patrulla, fue golpeado y amenazado de muerte si no afirmaba que un partido de izquierda le había pagado para asesinar a los Quiroga. Después, le vendaron los ojos y lo llevaron a un lugar, donde los golpes y amenazas se repitieron con la intensidad de un repicar estridente de campanas. Le advirtieron que su madre estaba siendo torturada y que la violarían si no se declaraba culpable del delito, y enseguida le inyectaron algo que lo sumió en la somnolencia y finalmente en la inconsciencia.

Ante las declaraciones del detenido, Valentina creyó encontrarse con la punta del ovillo para armar el rompecabezas de la investigación. Poco le duró el gusto, pues esa misma noche, los dos presuntos culpables escaparon de la cárcel. Al día siguiente, uno de ellos apareció atropellado por un taxi que transitaba de madrugada por la ciudad. El conductor lo llevó al hospital con la esperanza de salvarle la vida y cuando le confirmaron el deceso, se entregó a las autoridades. Declaró que cuando conducía por esa calle, alguien le arrojó un bulto, que quiso evadirlo, pero todo fue tan intempestivo que no lo logró.

Nadie le creyó y su declaración fue tomada como un afán de evadir el castigo por su delito.

El jefe de la policía alegó que había dos posibilidades. O bien el fugitivo, en su loca carrera por escapar, había cruzado la calle sin percatarse del vehículo, o el taxista se le echó encima al conducir con exceso de velocidad. Sin embargo, cualquiera que hubiera sido el caso, el fugitivo había fallecido, y ya no podía responder por sus delitos.

Los compungidos familiares del muerto se aprestaron a cumplir con los ritos del último adiós sin contratiempos. Y así se hubiera cerrado el caso, de no haber sido por la suspicacia de Valentina, que exigió la autopsia que, conforme a la Ley, debe realizarse a toda persona muerta de forma violenta. Días más tarde, el forense entregó el informe al juez sexto de Instrucción en lo Penal. El dictamen reveló que el occiso primero fue torturado para luego atravesarle el cuello con un cuchillo y dispararle con una pistola, cuyo proyectil ingresó por la mejilla derecha y salió por la boca. Una hora antes de ser atropellado, ya estaba muerto. Señaló como causa del deceso una herida del cuello que cortó el fluido sanguíneo hacia el cerebro.

Fue así como quedó descartado el accidente de tránsito, pues una persona al ser aplastada, presenta fracturas de huesos y se le revientan órganos frágiles, como el hígado y el bazo, provocando acumulación de sangre. No obstante, los hematomas en la frente reflejaban traumatismos a causa de una probable golpiza. El taxista fue declarado inocente y se abrieron las interrogantes de cómo el occiso pudo salir de una cárcel de alta seguridad en las narices de los vigilantes, quién lo torturó y por qué el jefe de la policía había ordenado prescindir de la autopsia.

Aquel descubrimiento dio pie para continuar con las investigaciones. Valentina Hernández manifestó a la prensa que existían razones para pensar que miembros de la policía estaban implicados en el crimen. Para el efecto, presentó la declaración del ahora occiso, donde afirmaba haber sido forzado a incurrir en falsos testimonios. Otra prueba era su asesinato encubierto y la desaparición del otro sospechoso. Sin duda el universo de implicados en el hecho podría ampliarse a gente de altos puestos de la policía nacional, pues quienes propiciaron la escapatoria, lo hicieron sin temerle a nada ni a nadie, lo cual hacía suponer que contaban con la protección de alguien tan influyente que creía poder manejar las leyes a su antojo.

Como respuesta a dicha presunción, el jefe de la policía se defendió, declarando que su orden se debió a pedido del encargado del caso Quiroga, un abogado inexperto y por eso susceptible de cometer errores, más por desconocimiento que por mala intención. Añadió que la verdad saldría a la luz y los implicados serían investigados y de confirmarse que incurrieron en delito, serían sancionados de acuerdo a la Ley.

Transcurrieron las semanas y aunque la fuga de los supuestos implicados levantó más polvareda que un tornado en Arizona, la policía no hizo nada. El caso pareció estancarse de nuevo.

Aquella tarde, Camila estaba sentada en la oficina. El teléfono no había dejado de sonar. Se sentía frustrada. El cielo nublado y los relámpagos que iluminaban el cielo de cuando en cuando, anunciaban un aguacero. El teléfono volvió a sonar. Contestó desanimada, sin saber que aquella llamada cambiaría su vida.

—Soy Faustino Sánchez, el prófugo y el que era jefe de seguridad de su difunto esposo. Puedo darle a conocer la identidad de los autores del doble crimen y le ofrezco pistas. Sin embargo, solo lo haré bajo ciertas condiciones.

—Las que quiera.

—Tiene que garantizarme su protección, un pasaporte y una fuerte suma de dinero.

—Trato hecho. Tiene mi palabra de honor.

Camila aceptó y acordaron encontrarse a las dos de la tarde en la fonda *El Barril*, que se encontraba en la carretera, a las afueras de la ciudad.

Al mediodía dos autos se estacionaron directamente frente al local. Cuando Camila se disponía a bajar de uno de los vehículos, un hombre se apresuró a abrir la puerta trasera. Tres más salieron del vehículo y lo rodearon. Ella les dijo algo y se dirigió al local sola; un remolino de arena la envolvió y golpeó su piel como cientos de agujas. Unos metros atrás los ocupantes del segundo auto vigilaron sus pasos con la mirada.

En la fonda, la recibió el soplo ardiente del asador y el olor a grasa que tenía un deje de miseria añeja. La gente comía acodada en las mesas plásticas de Coca Cola. Rostros sombríos la miraron fijamente. Trabajadores sudados con los pelos aplastados y estudiantes con los libros bajo el brazo comían arroz y guiso de gallina en platos de plástico y servilletas de papel envoltorio. En la mesa de una esquina la esperaba Faustino. Camila lo reconoció por los lentes oscuros y las gruesas cadenas doradas en el cuello y las muñecas; típico atuendo de un guardaespaldas. Se puso de pie para saludarla y con un gesto la invitó a tomar asiento. Camila llamó al mesero y pidió dos churrascos y dos cervezas. Hablaron del calor y de la falta de un ventilador. En la sinfonola tocaban una Saya. La aparición de las espumeantes cervezas, la carne y el plato de yuca frita suspendió la charla. A Camila el corazón le amenazaba con salírsele del pecho y tratando de ocultar la impaciencia que la consumía, comió yuca. Tras tomarse la cerveza de un tirón, Faustino se limpió con una servilleta de papel los bigotes embarrados de espuma y con apetito engulló la comida. Pidió una segunda ración. Por fin, cuando hubo saciado su hambre y limpiado la boca con una servilleta de papel, habló del asunto que a Camila le interesaba.

Era gatillero profesional desde hacía veinte años y aunque tenía en su haber varias muertes, ejecutadas por órdenes de sus antiguos jefes, en la última que le achacaban, no tuvo nada que ver. Sospechaba que el desperfecto de la avioneta lo había efectuado el mecánico de uno de sus jefes. Días antes del accidente, el autor intelectual le había ordenado que se reportara enfermo, pues como había sido anteriormente su empleado, podía despertar sospechas. Su única culpa era haber facilitado el ingreso del mecánico y su mala suerte haber aparecido por error en el lugar y a la hora del accidente. Sobre la perforación de bala en el ala de la avioneta no se explicaba cómo había ocurrido.

—¿Quién o quienes fueron? —preguntó ella ansiosa. El hombre se acercó a su oído y pronunció un nombre. Al escucharlo, Camila palideció. Quiso salir corriendo del lugar para buscarlo y llevarlo a rastras ante la justicia. Su descontrol, duró solo un instante. Sentada y apretando los puños bajo la mesa, escuchó hasta el final.

El mesero se acercó y Faustino pidió otra cerveza. Casi de inmediato, volvió el empleado con la bebida. Mientras la servía guardaron silencio.

—¿Por qué escaparon, cómo, con ayuda de quién? —preguntó ella.

—Las declaraciones del otro detenido lo pusieron en apuros y terminaron de arruinar la ya deteriorada credibilidad de los encargados del caso. Estoy seguro de que por eso las autoridades carcelarias me propusieron escapar. Ignoro qué sucedió con el otro detenido. A mí me dijeron que la huida sería el día de mi salida hacia el juzgado. Saldría en la patrulla, por la puerta principal, seguido de otro vehículo. En lugar de dirigirnos al centro de la ciudad, el chofer se desviaría hacia las afueras. Más adelante, cuando no hubiera testigos, yo bajaría del vehículo y abordaría otro que me llevaría a la frontera. A cambio de plata, el chofer se declararía víctima del atraco de varios hombres armados.

Prosiguió su relato y Camila pudo poner en imágenes sus palabras.

Nada fue como le dijeron, pues al internarse en el camino de la carretera vieja, a la altura del umbral de la selva, la camioneta que venía tras ellos, los rebasó, cerrándoles el paso y obligando al conductor a salirse del camino. De inmediato, hubo una descarga cerrada y la exangüe cabeza del chofer rodó sobre el pecho de él. La patrulla se detuvo bruscamente en medio de cristales rotos y salpicaduras de sangre. Como pudo, él se deshizo del fardo sanguinolento y saltó a tierra. Sin percatarse de sus heridas, echó a correr entre los verdores impenetrables del ramaje, desgarrándose la ropa, cayendo, levantándose y volviendo a caer. Por una herida en el brazo manaba la sangre con abundancia. Se arrancó un pedazo de camisa y apretó la herida para evitar ir dejando huellas. De pronto encontró un hueco en una roca, disimulada por una masa densa de arbustos que entretejía una pared verde, entre él y sus seguidores. Ahí se metió. La sangre no dejaba de brotar. Al presionar el improvisado vendaje con los dientes, sintió el sabor metálico de la sangre.

Llegó la noche compacta y negra. La espesura selvática no dejaba intersticios a la luna y él, dominado por el pánico, siguió ahí, sin atreverse a salir de su guarida, en medio del atroz suplicio del terror y la inmovilidad. El tiempo se le torció, solo recordaba deshilvanados fragmentos de lo ocurrido. No supo cuándo dejó su escondite, desde cuándo vagaba sin rumbo, pues parecía que caminaba en círculos. Tras una intensa búsqueda, sus perseguidores debieron darlo por muerto. Cosa que casi resultó cierta, pues sobrevivió de milagro. Torturado por las picaduras de bichos carniceros, comiendo hierbas, bebiendo agua de los charcos y con la herida gusarapienta, creyó enloquecer en medio de la selva que amenazaba con devorarlo. Un día, el sol asomó media cara sobre el follaje que verdeaba el horizonte, la aureola amarilla coloreaba los árboles de oro, cuando se echó a andar hacia donde la espesura verde y la claridad del cielo se volvían una. De pronto, en un recodo de la selva, la vegetación se abrió para dar paso a una choza. Con las últimas fuerzas se dirigió hasta allí, donde una mujer molía maíz. Sintiendo que los árboles bailaban y la tierra se agitaba bajo sus pies, como barco en alta mar, se desplomó.

¿Cuánto tiempo se debatió entre la vida y la muerte? Quién sabe. Por fin sus deseos de vivir prevalecieron. Cuando despertó se encontró acostado en un jergón. Era de noche. Los árboles con musgos colgantes que resaltaban contra el fondo del cielo iluminado por la luna semejaban espectros, y él creyó que ya estaba muerto. Entre brumas, vio en un rincón de aquel cuarto a un anciano y a su mujer fumando y hablando en voz baja. Al verlo despierto, le preguntaron cómo se sentía.

—Como si me hubiera pasado una aplanadora encima —respondió él. Le contaron que había pasado una semana, ardiendo de fiebre, delirando y gritando.

—Creí que se nos iba de este mundo. Se veía usted más para allá que para acá. Pero, gracias a Dios y a los emplastos de hierbas y las limpias curativas que le hizo mi mujer, logró recuperarse. De todos modos, aún está usted muy débil y necesita descansar —respondió el anciano.

Días después, el anciano le ofreció un morral con víveres y le indicó el camino hacia el pueblo más cercano. A pie, con pocos alimentos en la bolsa y harto miedo en el pecho, el retorno fue largo y penoso.

—Desde entonces vivo a salto de mata, escondiéndome cada día en un sitio diferente, durmiendo a pedazos, creyendo escuchar a cada rato pasos o sentir el frío cañón de un arma sobre la sien. Dudé en encontrarme con usted. Sin embargo la certeza de que en cuanto el funcionario supiera que estoy vivo, acabaría conmigo, me impulsó a buscarla. Como ya le había dicho por teléfono, a cambio de darle santo y seña de uno de los autores intelectuales del crimen, usted debe proporcionarme protección, un pasaporte y dinero suficiente para irme fuera del país.

—¿Cree usted que hubo más implicados en el accidente? —le preguntó Camila.

—Es posible, pero no podría asegurarlo. El caballero

hablaba mucho sobre su hijo y esposo con alguien. Pero nunca supe de quién se trataba, pues lo llamaba por su apodo —respondió él, y se lo susurró al oído.

—El sobrenombre no me resulta conocido.

—Tampoco a mí. Quizás su gente puede investigarlo.

El pistolero hizo una pausa, bebió la cerveza y con la arrugada servilleta, se limpió el sudor que le abrillantaba la cara. Ella le reiteró el cumplimiento de lo acordado. Le proporcionaría protección hasta el día del juicio, le daría la suma que él dispusiera y conseguiría el pasaporte.

—Ahora no tiene nada que temer.

—¿Dónde me esconderá?

—Donde nadie lo encontrará. Fuera lo esperan cuatro hombres, que se encargarán de custodiarlo. Son gente de toda mi confianza y profesionales de renombre internacional y con métodos inmejorables.

Camila pagó la cuenta.

Al salir, él miró desconfiado hacia todos lados y clavó la mirada en cada transeúnte. Dos automóviles se pusieron en marcha.

—Tranquilícese. Se trata de las personas que se encargarán de protegerlo. Todo va a salir bien —dijo la alcaldesa, y le señaló el vehículo que debía abordar.

—Dios la oiga. Ojalá salga bien librado de esta. Pero si algo sale mal, por lo menos una vez en la vida habré hecho algo que valga la pena. En mi conciencia pesan muchas muertes y sé bien que el que a hierro mata, a hierro muere —dijo Faustino al tiempo de estrecharle la mano.

Fue un temor certero, unas calles adelante, al vehículo donde él y los cuatro guardaespaldas viajaban se le emparejó una camioneta. Una descarga cerrada llenó el aire. Nadie sobrevivió.

Sobre el acontecimiento, la policía manejó la versión de que se había tratado de un fuego cruzado entre dos bandas criminales. Con la muerte de Faustino, se dio por cerrado el caso de la avioneta y con el correr de los días, la noticia cedió lugar a otras, sobre tragedias pasionales, catástrofes naturales y concursos de belleza.

Llegó la competencia de golf más esperada del año: la del día de las Fiestas Patrias. Frente a los jardines de la casa-club, en torno al punto de salida se arremolinaban los participantes. Para resguardarse de los candentes rayos del sol, algunos se habían atado un pañuelo al cuello y otros embadurnado crema protectora solar. Había ricos y más ricos. Enfundados en trajes deportivos y sombreros al estilo del golfista profesional australiano, Greg Norman, hacían rechinar la suela de sus zapatos, se calaban los guantes y exhibían con orgullo sus costosos palos y bolsas de golf, artefactos que igualaban en calidad a los de los golfistas profesionales.

Se trataban entre sí con la familiaridad de viejos amigos. Hablaban con la seguridad de un experto sobre la calidad de las pelotas, los palos de grafito, de *tees* de plástico y de madera, del estado del lugar de entrenamiento y de la cancha. Relataban el inicio de su carrera deportiva, mostrando los callos de sus manos o un dedo torcido como si se trataran de trofeos de guerra. Se ofrecían cigarros, fuego y enumeraban sus experiencias, coloreadas de una que otra vicisitud y alguna exageración de grandeza: sobre la precisión y lejanía de sus tiros y la metida de la bola en el hoyo al primer o segundo intento, y cosas por el estilo.

Mientras tanto, el capitán formaba grupos de tres, de acuerdo a la categoría y al *handicap* de los participantes, y el profesor anotaba en el pizarrón sus nombres.

Para distraerla de sus apuraciones, Esther había animado a Camila a que participara en el torneo y se ofreció a acompañarla. A las siete de la mañana, cuando ella practicaba en el campo de entrenamiento, una risa conocida la hizo girarse. Era Gueddy que, en compañía de su *caddy* se preparaba para practicar. Una sensación de angustia inmovilizó a Camila y perdió la concentración. Intentó recuperarla. No pudo. Parecía que aquella mañana cualquier intento de concentrarse estaba destinado al fracaso.

Mala cosa los nervios. Sin embargo ahí estaban, cual gusano en medio de una chirimoya. Debía relajarse y guardar la calma por su propio bien. Borrar aquella voz, risa y presencia incómoda, sustituirla por imágenes alentadoras y agradables. Cerró los ojos y respiró hondamente. El agobiante barullo de su alrededor y la ebullición de su mente se perdieron entre el canto de los pájaros y el murmullo de la suave brisa que la invitaba a mecer los brazos entre su tibieza. Lentamente, fue borrando de la mente imágenes y emociones desagradables, sustituyéndolas por otras agradables y positivas. Respiró despacio y profundo. Contó sus aspiraciones y espiraciones, diez veces. Sus pulmones se llenaron de aire fresco y su alma de serenidad. Largo rato permaneció con los ojos cerrados, atendiendo solamente al ritmo de su respiración y de su cuerpo. Paulatinamente, regresó a la realidad y abrió los ojos.

Su mirada tropezó con la casa-club. Era una construcción de cristal y acero, rodeada de flores, que destacaba desde lejos por el anuncio de una enorme bola de golf que adornaba la cúspide. A un lado, se situaba el parque de diversiones donde docenas de niños jugaban acompañados de sus respectivas niñeras.

Sonrió y continuó entrenando.

En la casa-club, sobre una gran mesa, un empleado colocaba los trofeos para los ganadores de los tres primeros lugares en las diversas categorías. El resto de las mesas arregladas con ramos de flores ya estaban ocupadas en su mayoría por damas que conversaban y se disponían a desayunar. Entre los asistentes se lanzaron apuestas: en la categoría A de mujeres, el primer lugar se lo disputarían Camila y Gueddy. Esta última, con un mohín petulante en los labios, relataba su participación en eventos de gran magnitud donde había jugado en canchas difíciles y ganado los primeros lugares. Era la favorita, considerando sus años de experiencia y las clases tomadas con profesores extranjeros de reconocido prestigio.

Eran las siete de la mañana. El general Roig, en su calidad de presidente del club debía hacer acto de presencia para anunciar el inicio del torneo y la salida de los participantes. No apareció. Vanos fueron los intentos del club por localizarlo. Por ello, a las siete y treinta minutos, el capitán lo sustituyó y en su nombre dio inició al evento. El profesor informó el hoyo de salida de cada grupo. A Camila le tocó jugar con dos asiáticos provenientes de otro club y comenzar en el número dos. Vinieron las presentaciones y el intercambio de tarjetas. Después, el trío, seguido por sus *caddies*, se encaminó hacia su sitio de salida.

Camila se preparó para dar el primer golpe, cuidando de no desviarse a los lados, limitados por grupos de árboles. Contiguo al hoyo dos se encontraba la casa del general. A lo lejos, en la terraza de la quinta de Roig, vio a Carmiña Roig y a Guido Monasterio. Levantó la mano para saludarlos. No le respondieron, pues no la vieron; parecían muy concentrados en la plática. Se encogió de hombros y siguió su camino al tiempo de echarle una mirada a su reloj. Eran las siete cuarenta y cinco. Tras el perfil de una subida de la cancha perdió de vista la casa.

Al cabo de largo rato, ocupada en medir la distancia y la precisión de sus tiros, se olvidó del incidente. Al cruzar el hoyo ocho alcanzó a ver el ganado en la quinta del general; un montón de vacas desparramadas, paciendo y sacudiéndose las moscas. Observó el paisaje: sobre los sembrados que se extendían en los alrededores del club se derramaba el sol arrebolado de la mañana y el viento traía consigo el olor a tierra y el aliento a limones. Por todos lados se veían pájaros carpinteros picoteando los árboles, pimpollos revoloteando entre los troncos de los árboles, búhos de ojos de plato parapetados en las bocas de sus nidos, como alertando a los jugadores sobre la existencia de sus pequeñuelos.

En el hoyo diecisiete, el grupo de Camila tuvo que esperar, pues el de adelante estaba retrasado. Se sentaron en el banco bajo la sombra de una palmera. Ahí abundaban los pájaros copetones que solían corretear por el campo, persiguiendo las pelotas de golf, confundiéndolas con sus huevos. Al lado derecho, se divisaban avestruces de cabeza erguida y mirada desconfiada, que al percibir su presencia, se atrincheraron entre la hierba crecida que avasallaba los límites del campo. En el flanco izquierdo había una laguna repleta de peces y un lagarto. El paisaje, la brisa fresca y la compañía de los sonrientes asiáticos le proporcionaron una agradable sensación de bienestar. El tiempo transcurrió de prisa y casi sin sentirlo.

Eran las doce y media del día cuando el grupo de Camila terminó la ronda de dieciocho hoyos. Vino el recuento de puntos y la firma de la tarjeta. Los asiáticos se despidieron de ella con una reverencia y se encaminaron al restaurante. El profesor recibió su tarjeta y anotó los puntajes en el pizarrón. Camila se unió a Esther y a las otras mujeres que estaban reunidas en torno a la piscina. Comentaban las vicisitudes suscitadas durante la ronda de juego, que les hicieron ganar o perder puntos: un excelente tiro largo, una bola metida en el hoyo al primer intento, una buena salida del banco de arena, la precisión o falla en el tiro corto, una pelota que cayó al agua, su pérdida en la maleza o el choque de la misma contra un árbol.

Un mesero se acercó a ofrecerles bocadillos y bebidas. Camila reía de las ocurrencias de una de las participantes. De pronto su risa se cortó. Gueddy se unió al grupo y al punto se convirtió en el centro de la atención.

Gueddy era una persona cuyo nombre sonaba por todo el club de golf. Las mujeres le rendían pleitesía; los hombres respeto. Solía vestir ropa de marcas conocidas. Compraba sus prendas de golf en Estados Unidos. Sobre todo tenía debilidad por los sombreros. Aquel día, llevaba uno de ala ancha, sobre la cabellera teñida. Todo en ella era artificial; desde la risa hasta el busto rejuvenecido gracias a la destreza de un buen cirujano plástico. En cuanto llegó, se convirtió en el centro de la atención. Entre las mujeres ahí reunidas, Gueddy gozaba de la fama de persona católica, que vivía con el Ave María en la punta de la lengua.

Jamás faltaba a la misa dominical, reprobaba cualquier medio anticonceptivo, tenía trillizos y estaba dispuesta a tener cuanto chico, Diosito y las ardientes noches tropicales le quisieran enviar. Sobre todo se jactaba de ser muy activa y organizada, pues pese a las agobiantes responsabilidades que sus actividades sociales y familiares le acarreaban, se había tomado el tiempo para participar en el campeonato deportivo.

Dio el toque final.

—Cosa que no se puede decir de todo mundo, pues hay gente que es incapaz de hacer dos cosas al mismo tiempo. No las culpo, solo tienen una célula cerebral. Por eso no pueden pensar y orinar al mismo tiempo.

Gueddy observó a Camila, sonriendo maliciosamente. Notó que el bocadillo se le atoraba en la garganta y que bebía un sorbo de limonada para poder tragarlo.

Durante un rato, Camila sobrellevó la serie de indirectas que de manera sutil la Salinas dejaba caer. El sol calcinante penetró en el metal de las argollas de la hamaca hiriéndole los ojos y aturdiéndole el juicio. En el aire resonó el canto de las chicharras y el crujir de la hierba. Camila respiró hondo, tratando de controlar la rabia que la acosaba. Por un rato lo logró. Pero lo que en un inicio fueron gotas de ácido, al calor del ron se tornaron en chorros de veneno, cuando Gueddy se refirió a los «nuevos ricos, arribistas y primitivos.»

Por un instante, Camila miró las flores coloradas, el pasto verde y la piscina aguamarina, en un intento desesperado de calmar su agitado ánimo. Inútil. La última frase fue la gota que derramó el vaso de su cordura, estallando la cólera incubada durante tanto tiempo. Como si la luz brillante del mediodía la hubiese herido, se acercó a Gueddy, que parada al borde de la piscina bebía piña colada y sin detenerse a tomar aliento, embistió su lista de desatinos, calificándola con todos los atributos que la ira le dictó.

—¿En qué consisten tus agobiantes obligaciones sociales? ¿En tomar café y viborear? ¿Cuáles tareas hogareñas te ocupan? Si no eres capaz ni de calentar agua para café porque se te quema. ¿Cómo puedes darte aires de buena madre?, los niños no te desvelan; los pariste como gata de vecindario y luego los abandonaste en brazos de las niñeras. Así cualquiera puede tener no tres, sino una docena de criaturas.

Con aquellas frases, Camila cerró su perorata y antes de que Gueddy pudiera decir ni pío, la arrojó al agua de un empujón. Su coqueto sombrero quedó más aplastado que una tortilla y su alborotado peinado convertido en un puñado de cabellos ralos. Las mujeres solo atinaron a lanzar exclamaciones de asombro, mientras Camila se limpiaba las manos en el vestido como si se hubiera librado de un costal de estiércol.

Esther la agarró del brazo y la forzó a retirarse del grupo.

—¿Adónde vamos?

—A comer algo.

—Yo no tengo hambre.

—No repeles y camina, vamos a probar el asado. Después de haber empujado a esa ballena al agua necesitas reponer fuerzas.

—Tienes razón.

—La que se te va a armar.

—No te preocupes por eso. ¿Dónde está tu sentido de diversión?

Se miraron y Camila al recordar la cara de ratón mojado de Gueddy, se echó a reír. Esther sonrió. Volvieron a mirarse y rieron a carcajadas. Rieron tanto que les dolió el estómago.

Su risa quedó cortada al ver una patrulla detenida frente a la casa club.

—La policía —dijo Esther.

A medida que se acercaban al restaurante, los rumores de voces alteradas y el tumulto de caras con gesto grave, aumentaron su curiosidad.

Entraron. El lugar estaba repleto de gente.

Uno de los policías se dirigió a ellas.

—¿Qué pasa?— preguntaron las dos al unísono.

Uno de ellos le dijo a Esther que, sabiendo que el general Roig era el presidente del club y su ex esposo, venían a informarles su deceso. Su actual mujer lo había encontrado colgando del barandal de la escalinata a eso de las diez de la mañana. Se presumía que se trataba de un suicidio. Aún así se realizarían las investigaciones de rutina.

En el momento en que varias mujeres, con Gueddy a la cabeza, hacían su aparición en la casa-club para denunciar la malcriadez de Camila, fueron prácticamente arrolladas por la turba que salió corriendo en dirección a la casa del general. Nadie se acordó de la entrega de premios. El tropel de policías, mujeres histéricas y amigos del difunto se llevó entre los pies, los manteles: trofeos, jarras de limonada, botellas de whisky, licor de coco, bocadillos de mariscos, listas de ganadores y discursos. Aquella revoltura de ingredientes quedó convertida en una plasta olorosa y colorida, que pronto fue cubierta por una nube de moscas fosforescentes.

Al llegar a la residencia de Milton Roig, los golfistas se encontraron con un cadáver feo y una viuda hermosa como virgen candorosa. La primera en entrar fue Esther. Con paso seguro cruzó la estancia, acercándose al cuerpo. Estaba en el suelo, sobre la espalda, con los manos y pies extendidos, mechones de pelo caídos a un lado y los ojos abiertos. Parecía como asombrado de su propia muerte. O que la estuviera mirando. En realidad, Milton estaba muerto. El sol entraba a borbotones por la ventana y el aire acondicionado no funcionaba. La habitación olía a sudor y a humores humanos.

Días atrás, se negó a escucharlo, cuando quiso comunicarle algo que, según dijo, era de vital importancia. Ahora comprendía que sus súplicas eran como un presagio certero de lo que más tarde acontecería y ahora ya no había manera de preguntarle la causa de tales inquietudes; esa incógnita quedaría para siempre flotando en el aire.

Buscó en su interior su resentimiento hacía él: había desaparecido. Lo único que sintió fue lástima. «¡Pobre Milton!, quién le hubiera dicho que iba a terminar así: tirado en medio de un charco de orines, con la lengua salida y ese gesto de miedo pintado en el rostro. Si pudiera verse, se volvería a morir, pero de pura vergüenza», pensó. La escena más que trágica le resultó cómica, pues mientras el difunto yacía bajo la escalinata a un lado de una corbata roja, allá en el estudio Carmiña con expertos de una firma de eventos disponía la organización de las pompas fúnebres como si se tratara de un baile de carnaval. A Esther la cara se le llenó de un gesto irónico y al percibirlo apretó las mandíbulas, se mordió los labios y salió de ahí.

Los enfermeros de la Cruz Roja cubrieron a Roig con un plástico negro. Necesitaron seis hombres para poder levantar un cuerpo de semejante envergadura y colocarlo en una camilla de hierro.

Al pardear la tarde, se detuvo una carroza frente a la mansión de Roig, de la que sacaron un lujoso féretro. Detrás venía un camión con una banda musical. El general, que había sido gran amante del bullicio, cada vez que se le presentó la ocasión había dicho: «cuando muera, en mi velorio no quiero chillidos, sino jarana con música, una opípara comida, estallido de petardos y hartos balazos al aire, para que sepan que ya se fue su rey.»

Así las cosas, Carmiña le cumplió el último gusto. No hubo rezos, ni lágrimas, sino música, churrasco, cerveza, aguardiente y mucho *despelote*. En la sala, la joven viuda, enfundada en un diminuto vestido negro y con gesto solemne, recibió las condolencias de quienes iban llegando.

La gente confundida por el atronar de los cohetes y la música, creyó que se trataba de alguna feria y la colonia se prendió en una gran fiesta. Los vendedores callejeros instalaron puestos de cigarros, limonadas y juegos de lotería. Varias caseras encendieron sus braseros y comenzaron a preparar empanadas fritas y guiso de tripas con papas. Un grupo de prostitutas acompañadas de varios músicos le entró al fandango y en un santiamén con varias sábanas armaron una habitación. Un rato después, la carretera que llegaba al club quedó bloqueada y quienes acudían al velorio debieron abandonar sus vehículos y caminar hasta la mansión de los Roig, en medio de una fiesta multitudinaria, de calles alumbradas con faroles coloridos y fuegos artificiales, tropezando con borrachos, bailarines y un cómico que exhibía un par de guacamayas charlatanas cuyos gritos ensordecían a los paseantes. Otro hombre mostraba un mono amaestrado, enfundado en un saco de policía, quien descaradamente desvalijaba a la concurrencia. Pero la irrupción de otro con un burro envuelto en una capa recamada de medallas de latón dorado, al cual la chiquillería le colgó por un lado un silabario y por el otro una botella de aguardiente, arrancó las carcajadas de grandes y chicos.

Por todos lados llegaban torbellinos de música, risas y los cantos desafinados de los borrachos. A fin de desalojar al populacho, la policía lanzó varios disparos al aire. Sin embargo, el ánimo de parranda no decayó. Al contrario, las detonaciones alegraron aún más la fiesta pues, entre disparo y disparo, se elevaba la algarabía de la concurrencia, quienes entre gritos de gusto, lanzaban sus sombreros al aire.

El lunes a mediodía, en medio del júbilo colectivo, los ríos de aguardiente y las actuaciones carnavalescas, partió el cortejo con el muerto tieso, de cara ceniza y lengua afuera. Entonces, la fiesta popular llegó a su fin y la muchedumbre agotada, embotada de aguardiente y sin un centavo en el bolsillo, se fue dispersando en grupos.

Por la tarde, Esther y Carmiña se encontraron en el despacho del abogado de Roig. Este, tras un intercambio de saludos y las acostumbradas frases de condolencia, leyó el testamento. El general nombraba a Esther como heredera única, y para su actual familia, solo dejaba una modesta mensualidad.

Tomada por sorpresa, Carmiña enmudeció por un instante.

Y una vez que recuperó el aliento, se dirigió a los presentes. A Esther, la llamó bruja suertuda, porque se había vuelto millonaria sin tener que aguantarle el mal genio y la presencia a aquel animal macerado en alcohol. Al abogado no le bajó un dedo de mequetrefe y alcahuete, porque jamás la informó sobre el contenido del testamento, pese a que ella lo atendía a cuerpo de rey y lo alimentaba hasta el hartazgo cada vez que la visitaba. Finalizó profiriendo la amenaza de ir a juicio y pelear por lo que le correspondía:

—Pues no he sacrificado los mejores años de mi vida, acompañando a ese borracho, gordo y fofo como chancho de engorda, para al final recibir una limosna. Maldito, panzón, seguramente ahorita debe estar retorciéndose en las llamas del fuego eterno —. Dicho esto, abandonó el despacho con un sonoro portazo.

Cuando Esther se disponía a retirarse, el abogado la detuvo para entregarle un sobre.

—El general lo depositó en mi casilla postal hace unos días, con la orden explícita de entregárselo a usted en caso de que le ocurriera algo.

A la mañana siguiente, Esther se entrevistó con el encargado del caso de su ex marido. Grande fue su sorpresa al enterarse de que él no parecía convencido con la teoría del suicidio, pues afirmó haber percibido en la casa huellas de pelea: jarrones rotos, un cuadro caído y sobre la cama una blusa hecha jirones. Además, la viuda, cuando llamó por teléfono, dijo que el ahorcamiento había tenido lugar en el baño, luego en la sala y al final en la barandilla de la escalera. Lo más extraño era que la corbata con que se ahorcó estaba intacta, cuando debió quedar casi desecha por haber sostenido en vilo durante tantas horas a aquel cuerpo tan pesado.

También se preguntaba, por qué la viuda había demorado diez horas en denunciar el hecho y por qué el fiscal no le había practicado la autopsia . Las sospechas se acrecentaron cuando, platicando con Camila, salió a relucir que el día de la competencia, ella vio a Carmiña y a Guido conversando en las inmediaciones del campo de golf antes de las ocho de la mañana. Eso era comprobable, teniendo en cuenta la hora en que había comenzado el torneo. Tal afirmación no concordaba con la declaración de la viuda, quien declaró que Guido acudió a la casa pasadas las diez de la mañana, cuando ella lo llamó y él, a su vez, notificó lo ocurrido a la policía. Aquellas contradicciones, reforzaron las sospechas de un asesinato.

Ni tarda ni perezosa, Esther contrató los servicios de Valentina, que para esas fechas, era la mejor abogada de la ciudad. El Ministerio Público le permitió el acceso a la información sobre el caso. En el expediente se encontraba el testimonio de la viuda. Según su versión, no era la primera vez que el difunto había atentado contra su vida. Con anterioridad, en repetidas ocasiones, había amenazado con suicidarse. La primera vez había querido estrellarse en el auto. Eso ocurrió cuando Rodrigo tenía unos meses de muerto. La última vez, fue el día anterior al campeonato de las Fiestas Patrias, que el general había llorado al contemplar la foto de Rodrigo.

—En vista de ello, le propuse que se sometiera a un tratamiento psicológico. Pero él se negó a contarle sus preocupaciones a un extraño; prefirió ahorcarse —había confesado Carmiña.

Al leer dicha declaración, Esther sonrió con sarcasmo. Tal afirmación era falsa. Bien sabía ella que Milton despreciaba a Rodrigo. Por él no había derramado una lágrima y su muerte solo le había provocado alivio.

Valentina pidió realizar la inspección ocular del sitio del suicidio y la reconstrucción de los hechos. La diligencia fue autorizada para efectuarse el miércoles. Sin embargo, a última hora, la fiscalía no la autorizó, argumentando que primero debían concluir con la toma de declaraciones a las personas que pudieran aportar datos al caso. Valentina pidió el cambio de fiscal y solicitó un permiso para exhumar el cadáver e inspeccionarlo frente a testigos, y que un patólogo tomara pruebas de laboratorio. Así podrían establecerse las verdaderas causas del deceso y buscar otros posibles indicios. Bajo la sospecha de asesinato, el jueves se realizó la necropsia.

El cadáver del militar fue enterrado, desenterrado y vuelto a enterrar, en menos de noventa y seis horas. El patólogo extrajo muestras de jugos gástricos, bilis y orina para determinar si existían restos de fármacos que hubieran podido incidir en el suceso. Días más tarde, el laboratorio informó haber encontrado en el cadáver residuos de fármacos anticonvulsivos e hipnóticos, utilizados en padecimientos epilépticos tales como Fenitoína, ácido valproico y fenobarbital.

El médico del general expresó su sorpresa ante los resultados del análisis de laboratorio que revelaban la posibilidad de una enfermedad convulsiva en el occiso. Él había estado en contacto permanente con Milton Roig durante los últimos cuatro años y nunca le prescribió dichos medicamentos y tampoco sabía que padeciera de convulsiones.

—Me deja sorprendido. Creo que nadie lo vio con ese tipo de síntomas. Una persona que utiliza estos medicamentos necesariamente entra en somnolencia, la cual causa una depresión neurovascular. Además con el ejercicio físico que él desarrollaba, generalmente se hubieran desencadenado crisis, y eso nunca ocurrió.

Por su parte, Carmiña declaró que no se opondría a ninguna requisa policial para aclarar el asunto. Añadió que la relación con su esposo había sido buena y le dolía mucho quedarse ahora con un hijo pequeño, huérfano y sin un centavo en el bolsillo.

Dos días después, la viuda se presentó en el Ministerio Público a declarar. Iba acompañada de su abogado y de la sirvienta que la ayudó a descolgar el cadáver.

—Mi marido y yo nos queríamos. A veces teníamos desavenencias, algo normal en cualquier matrimonio. Aquel día, como a las cinco de la tarde, Milton despertó de la siesta de mal humor, y comenzó a gritarme porque el aire acondicionado hacía ruido. Dijo que debí haber llamado al técnico y que por flojera no lo había hecho. Una cosa llevó a la otra y no paró de injuriarme. Llegó al grado de arrojar un jarrón contra la pared y quiso aventar por la ventana mi joyero. No pudo, pues alcancé a echarlo debajo de la cama. Entonces sí que me llenó el hígado de piedritas y le rompí su figura de porcelana preferida. Forcejeamos. Me rompió la blusa y quiso pegarme, pero yo alcancé a coger el jarrón roto y amenacé con marcarle la cara. Él sabía que soy de armas tomar, así que prefirió irse al despacho, en la planta baja. Yo me encerré en el cuarto del niño y como allá tenía varios biberones con leche, no volví a bajar.

—¿Sabía usted que estaba enfermo, lo vio alguna vez comprar medicinas?

—Una vez le oí decir que padecía de un achaque, pero no supe de qué.

—¿Qué médico lo atendía?

—No sé, nunca me lo dijo.

—¿No tuvo usted la curiosidad de preguntárselo?

—Él era un colérico de lo peor y no le gustaba que le preguntaban cosas que no quería contar.

—Por lo menos debió ver alguna receta o las medicinas que el finado tomaba.

—Como le dije antes, él se enojaba mucho cuando yo le hacía preguntas. Así que pensé, ¿para qué picarle la cresta? Allá él y su salud.

—¿Cómo puede explicarse que por ningún lado se hayan encontrado las cajas o frascos de los medicamentos?

—Quien debe encontrar la explicación es usted, que es la autoridad, no yo.

—¿Dónde estaban los sirvientes ese día?

—Les di el día libre, pues a veces trabajaban de corrido dos meses y luego yo les doy una semana libre para que puedan ir a su pueblo. Nunca me quedo sola, siempre dejo por lo menos a uno para que me ayude con mi criatura y me acompañe. Ese sábado me quedé con ella —dijo, y señaló a la sirvienta—. Aunque por la noche le di permiso de visitar a su hermana, advirtiéndole que regresara el domingo en la mañana.

—¿No sintió curiosidad de ver qué hacía su marido?

—No era la primera vez que se encerraba en el despacho. Lo hacía seguido y siempre ordenaba que nadie lo molestara. Esa vez, tampoco fui a la planta baja hasta por la mañana del domingo, a eso de las diez, cuando tocó la empleada, y al ir a abrirle, vi a Milton colgando de la barandilla.

—¿Usted ayudó a bajar al difunto? —preguntó el agente del Ministerio Público, dirigiéndose a la sirvienta.

—Sí.

—¿Por qué no cortaron la corbata para bajarlo en cuanto lo descubrieron?

—Yo quise hacerlo, pero la patrona dijo que no porque nosotros no podríamos sostener tanto peso y de todos modos él ya estaba bien muerto. La señora llamó a los vecinos. Cuando vinieron, entre todos descolgamos a don Milton. Mientras yo desanudaba la corbata, ellos lo sostuvieron.

—¿Qué hicieron después de bajarlo?

—La Doña llamó por teléfono a la policía. También a don Guido y le pidió que viniera.

—Así es. Me tomé la confianza de llamarlo porque mi marido y Guido llevaban una buena amistad, tan buena que hasta habían planeado asociarse para construir un centro comercial —intervino Carmiña.

—El caballero Guido era también bien amigo de la señora —intervino la sirvienta.

—¿Cómo era la relación entre el finado y usted, señora?

—Como ya dije antes, nos llevábamos bien. Y como cualquier matrimonio peleábamos algunas veces.

Animada por la mirada interrogativa del agente , la sirvienta intervino:

—¿A veces? Más bien siempre andaban de la greña. El general de hija de p... no la bajaba. Pero mi señora también se sabe defender y de...

—Buena de exagerada que es esta atrevida que se mete donde no la llaman y tan burra que no sabe ni lo que dice —intervino Carmina al tiempo de dirigirle una mirada asesina a la empleada.

La sirvienta se sonrojó y guardó silencio.

—¿Estaba usted enterada de que en los últimos tiempos había mucha tensión entre su marido y don Guido? —preguntó el agente del Ministerio Público a Carmiña.

—No.

—¿Qué hay respecto a una relación amorosa entre usted y don Guido Monasterio?

—Falso, totalmente falso. Nosotros tuvimos algo que ver, pero eso fue mucho antes de que me casara con Milton —respondió tajante.

Días después, pese a los contundentes indicios, la sospechosa fue declarada inocente. Segura de su culpabilidad, la chusma se arremolinó frente al juzgado para arrojarle huevos y tomates podridos y gritar: «muerte a la asesina». Tales manifestaciones no eran porque sintieran la muerte del general, sino una protesta contra la burla infringida a la Ley, pues les irritaba que la gente influyente gozara de tanta impunidad. La policía tuvo que intervenir a fin de evitar su linchamiento. Al anochecer, en medio de un gran despliegue policial, la sospechosa, acompañada de Guido Monasterio, logró llegar hasta el aeropuerto, donde abordaron el primer vuelo rumbo al país del Norte.

Y mientras en el extranjero, Guido y Carmiña recostados sobre la arena, gozaban del sol y la playa, allá en Santa Ana, el club de golf realizaba un torneo en honor del general, iniciando con un minuto de silencio y un toque de clarín. A la misma hora, Esther visitó a Camila. Bajó del auto y atravesó el jardín. Esa tarde, los azahares perfumaban el ambiente, los hibiscos lucían más coloridos, adornados por diminutos colibríes. Pero ella no pensaba en tales cosas, tampoco en la alharaca de los loros, sino en el documento que le había dejado Milton. Venía a entregárselo a Camila y aunque le costaba trabajo hacerlo, eso le debía a su amiga; era una decisión honesta. Ambas estuvieron encerradas en el estudio. De lo que ahí se habló, nadie supo una palabra.

Más tarde llegó Valentina Hernández. Entró en la sala y encontró a Camila sentada en una esquina en un sofá y sin encender la lámpara. Apretaba los brazos contra el pecho. Cuando oyó pasos, se apresuró a limpiarse las lágrimas. Sobre la mesa de caoba descansaban papeles y un sobre abierto. Valentina se sentó en el borde del sofá frente a ella con el saco en la mano y los dedos jugando con un botón.

—Has llorado.

Camila no respondió. Le entregó el sobre. Valentina se estremeció, sus manos vacilaron al sacar su contenido y al leerlo; tembló con todo el cuerpo.

Los días siguientes, Camila lució casi contenta, como si comenzara a recuperarse. A tal grado que decidió festejar su cumpleaños con una gran fiesta y propuso a Lilibeth que se encargara de organizarla. Tenía carta abierta para invitar a quien deseara y gastar cuanto quisiera. Lo único importante era que fuera la fiesta más concurrida de que se tuviera memoria. Solo hubo un detalle que Camila decidió por cuenta propia: la lista con los nombres de los invitados, que por nada del mundo debían faltar.

Lilibeth acogió la idea con júbilo y concluyó que aquel evento sería la oportunidad de limar las asperezas entre ellas y sus amistades. Organizaría la fiesta más elegante y ostentosa de la que se tuviera memoria. De inmediato, dio a conocer a los medios de comunicación y a todo mundo sobre la magnitud del evento. En las semanas siguientes, se dedicó a poner la residencia de Camila en perfecto orden. Decidió pintarla, cambiar las flores del jardín, limpiar la fuente y contratar los servicios de una renombrada firma internacional organizadora de banquetes. Esta le sugirió varios menús, tipos de arreglos florales, bebidas, entremeses, conjuntos musicales, imprentas de renombre para elaborar las invitaciones, modistas y peluqueros profesionales que se harían cargo de los vestidos de fiesta y el arreglo, no solo de las mujeres de la familia sino también de las chicas encargadas de recibir a los invitados.

Gente entraba y salía a toda hora. Electricistas, carpinteros, albañiles, jardineros, floritas, decoradores…, llegaban camiones cargados de flores, cajones y paquetes de todos tamaños y formas. La ciudad entera hablaba de la fiesta.

Era otoño. La ciudad estaba sumida en una atmósfera de oro con las calles tapizadas de hojas amarillas y bañadas de sol. Aquella noche se celebraba el cumpleaños de Camila. El Parlamento departamental suspendió la sesión de aquel viernes para acudir al evento. Los asistentes más populares eran: Esther Roig, la cumpleañera y su nieto, Bruno Monasterio. Mil quinientas personas con o sin invitación se las ingeniaron para ingresar en la quinta. La crema y nata y los que creían serlo acudieron a la fiesta.

Profusamente iluminada, la quinta parecía un arca por cuyas ventanas se desparramaba oro fulgurante. Desde la entrada, los invitados eran escoltados por bellas chicas por un camino iluminado con antorchas. Al final, un amplio paseo rodeaba una fuente, en cuyo centro se elevaba una sirena de mármol, que borboteaba agua en una lluvia constante. Y al fondo estaba la casa. En el inmenso salón se encontraba la cumpleañera, Camila, vestida de negro y reanimada con unos aretes de plata, sonreía misteriosamente y, de cuando en cuando, presionaba la mano de su nieto. Su rostro mostraba que había acumulado mucha vida, denotando gran sencillez.

Un murmullo de sorpresa de los convidados llenó el salón cuando Lilibeth Quiroga apareció profusamente enjoyada, cual árbol de Navidad. Llevaba vistosos pendientes, un grueso collar y en cada uno de sus dedos regordetes, una sortija recamada de piedras preciosas. El pelo teñido de rubio y su cinturón dorado resaltaban con la seda negra de su vestido.

En el salón y el jardín todo combinaba con todo, desde los arreglos florales que adornaban las mesas, el colorido de los manteles, el escenario, los tragos tropicales, la decoración de bufete y hasta el atuendo de las azafatas, que ofrecían puros cubanos y chocolates suizos. Sobre las mesas destacaba la porcelana, el cristal cortado, los cubiertos de plata y las servilletas de lino. El bufete internacional había sido preparado por un equipo de cocineros traídos desde el vecino país. Estaba compuesto de entradas de caviar, ostiones en sus conchas de madreperla decorados con perejil y cintas de cáscara de limón, que volaron en un santiamén. Había diferentes tipos de carne: lechón, res, pavo, pollo, pescado y mariscos acompañados de ensaladas, arroz, pastas y un sinnúmero de tipos de panecillos preparados especialmente para la ocasión por la firma Gringa y Compañía. Los postres estaban como para hacerse agua la boca y más de una de las invitadas fanáticas de las dietas suspendió su régimen alimenticio para probar el pudín de maracuyá, la tarta de mora y el flan casero.

Las azafatas le indicaban a las personas sus lugares en las mesas. También se habían colocado lugares extras para quienes no tenían invitación. Las bebidas comenzaron a circular. Alrededor de las diez de la noche, mientras los invitados comían, hizo su presentación un cuarteto musical con guitarras y violines cuyos acordes apenas se escucharon sobre el rumor de risas y conversaciones. Le siguió la presentación de una orquesta que interpretó música del altiplano. El evento que coronó la noche, para deleite de los caballeros, fue el grupo brasileño Macumba, el cual, con su buen ritmo y cuya bailarina principal tenía asegurado el trasero en un millón de dólares, alborotó a los hombres con un estrépito de selva y a las mujeres las dejó con las ganas de redoblar las horas de gimnasia.

Alguien le tocó en el hombro a Camila. Volteó y se encontró con Valentina y un desconocido, quienes le hicieron una seña. Se puso de pie y seguida por ellos, atravesó el lujoso vestíbulo, encaminándose al despacho. Abrió la puerta y los invitó a pasar. El escritorio del despacho estaba cubierto de papeles, documentos y hojas rociadas de anotaciones. Hizo a un lado algunos objetos y dejó espacio en el centro de la mesa. Tomó asiento en su sillón, le señaló al desconocido la silla frente a ella, en tanto Valentina se paseaba impaciente de un lado al otro de la habitación.

—¿Se han distribuido ya las copias del documento como dispuse? —preguntó.

El hombre asintió al tiempo de entregarle un sobre rojo atado con una cinta negra. Ella lo dejó caer sobre sus rodillas. La herida en su corazón volvía a abrirse.

Con un apretón en el brazo, Valentina la conminó a serenarse.

Camila miró el reloj, aún era temprano. Luego, dirigiéndose al visitante, dijo:

—¿Algo más?

—Era todo, señora.

Ella se levantó y encaminándose a la puerta le mostró la salida. Al rato llegó la niñera acompañada de Bruno. Camila jugueteó con él: era un niño vivaz y gracioso, que a pesar de su rollizo cuerpo, bailoteaba con la agilidad y gracia de una gacela. Finalmente le dio un beso en la mejilla y lo mandó a la cama.

A medida que avanzaba la noche, las copas iban vaciándose y llenándose una y otra vez. Los meseros servían más bebidas y la fiesta estaba en su apogeo. Lilibeth se deslizaba entre la multitud, distribuyendo sonrisas, haciendo citas para futuros compromisos sociales y, llevando agua a su molino, comentaba: «yo solita me encargué de la organización de la fiesta: la música, el banquete, los adornos…, de todo tipo de trabajadores, y las firmas colaboradoras y de todo». Pablo bailaba con Gloria. Sentada en una silla en el jardín, Camila consultaba por décima vez su reloj, cuando una limosina se detuvo en la entrada de la quinta. Un guardaespaldas se apresuró a abrir la portezuela y un hombre vestido de rigurosa etiqueta descendió. Guido Monasterio, con un tucán en el hombro, penetró en el salón atestado de gente y ruidos. Hacía apenas unas horas que acababa de bajar del avión. Y aunque estaba agotado, había venido como respuesta a la invitación personal de la cumpleañera. Al verlo entrar, Camila acudió a saludarlo. Lilibeth la secundó.

—Señora Camila, muchas felicidades —dijo el recién llegado al tiempo de hacerle entrega de un ramo de flores y una bolsita de seda —, es un anillo diseñado especialmente para usted por un joyero americano —agregó.

Por toda respuesta, ella asintió. Llamó a un mesero y le entregó los obsequios para que los colocara junto a los demás.

—Todo está precioso, elegante, digno de usted —dijo Guido, y continuó hablando una banalidad tras otra, deteniéndose en cada detalle.

Camila lo interrumpió:

—No puedo continuar escuchando sus comentarios. Debo atender a mis demás invitados. Con permiso.

—Adelante, querida —respondió él, sorprendido del abrupto corte de la conversación.

—Qué genio se carga tu suegra, querida sobrina. Eso le pasa por tomarse tan en serio el puesto de alcaldesa. Quién puede entenderla, primero se deshacía de amable, insistiendo en que viniera a la fiesta y ahora me trata como si fuera un intruso —dijo Guido dirigiéndose a Lilibeth.

—Eso no es nada. Ahí como la ves, está tolerable. Hasta tuvo la idea de hacer esta fiesta para reconciliarse conmigo y con la sociedad. Si tú la hubieras visto hace unos meses, estaba de no aguantarse.

—No es para menos, pues perdió al marido y al hijo al mismo tiempo.

—También yo perdí a mi esposo y sin embargo no le hago la vida difícil a nadie.

—Tú usas la cabeza, sobrina, y no te dejas comer por hechos que ya no tienen remedio. El muerto al hoyo y el vivo al pollo.

—No creas, al principio sentí que se me acababa el mundo. Pero después pensé que Bruno necesita de una madre fuerte que le haga frente a la vida. Y aquí me tienes.

Era la media noche. La hora del *Happy Birthday*. La orquesta comenzó a tocar las mañanitas. Los invitados la secundaron y se arremolinaron en torno a la festejada. Atronaron los aplausos y vivas que, seguidos del estallido de los fuegos artificiales colocados en los jardines, arrancaron una ruidosa gritería. Uno tras otro salieron los cohetes disparados al cielo y tras un estallido se desintegraron en chispas de colores. Camila cortó el primer pedazo de la torta de siete pisos coronada con cuarenta y cuatro velas. Pablo Monasterio, acompañado de varios diputados y ministros, pidió un minuto de atención y pronunció unas palabras en honor a su consuegra. Cuando terminó de hablar, la orquesta tocó una diana con gran estrépito, seguida de los aplausos de la concurrencia; vigorosos, interminables.

Cuando retornó la calma, los asistentes la conminaron a abrir los regalos. Ella se volvió hacia su derecha, donde se encontraban los obsequios. Algunos se veían a simple vista y ya habían tomado su lugar en la casa: dos gatos siameses y un perro pastor alemán. Cada objeto era motivo de expresiones de asombro: un álbum de tapas recamadas en plata, una acuarela, una colección de libros, un collar de piedras semipreciosas...

—Agradezco todos y cada uno de ellos. Imposible abrirlos todos esta noche. Solo abriré uno más —dijo dirigiéndose al desconocido que un rato antes había llegado acompañado de Valentina. El hombre le entregó un sobre rojo atado con una cinta negra.

—Aquí esta la gran sorpresa de la noche —anunció.

—¿De quién es? —preguntaron.

—El mensajero no importa sino el contenido —respondió Camila, y deshizo la cinta. En el extremo superior izquierdo estaba escrito: «CONFIDENCIAL.»

—Que lo abra, que lo abra... —gritaron los invitados.

—Seguramente es una propuesta matrimonial —dijo alguien entre la concurrencia.

Estallaron las carcajadas. Sin embargo, la seria expresión de ella, la gravedad de su voz y el color de la envoltura y la cinta intrigó a la concurrencia.

—Pido la atención de los asistentes —intervino Valentina.

Un extraño presentimiento llenó el ambiente de silencio. Camila abrió el sobre.

—Antes de dar lectura a esta nota, deseo informarles sobre las pesquisas realizadas por mí en torno al asesinato de mi hijo y marido —dijo, y comenzó a narrar su encuentro con Faustino Sánchez. La emotividad de su voz, logró que la concurrencia fuera poniendo sus palabras en imágenes nítidas, como si se tratara de una película.

—Desafortunadamente el testigo fue asesinado antes de que pudiera declarar y el caso se estancó.

Un barullo infernal llenó el aire. Todos querían saber los nombres de los supuestos autores intelectuales y si tenía pruebas de sus afirmaciones. Únicamente el recién llegado ministro, sentado frente a la agasajada y disfrutando de su tercer coñac, permaneció callado.

Tras pedir a los asistentes que guardaran silencio, Camila continuó:

—Una prueba son los depósitos millonarios en la cuenta de los implicados. Los encargados de realizarlos fueron asesinados en el vecino país un día antes del accidente de la avioneta. Según informes del jefe de la policía de ese país, por mera casualidad, unos campesinos encontraron sus cuerpos en el fondo de un barranco, pues la presencia de numerosas aves de rapiña atrajo su atención.

»La mencionada autoridad declaró que los muertos portaban credenciales que los acreditaban como empleados de la Cámara de Diputados departamental, en ese tiempo a cargo del general. Por otra parte, el asistente de Emiliano, quien estuvo con él en sus últimos días, declaró haber escuchado, cuando Roig le ofreció dinero proveniente de un cartel de narcotraficantes, y cómo mi hijo lo rechazó. Además afirmó que la mañana del día de su muerte, alguien lo llamó por teléfono para exigirle su renuncia. A lo que Emiliano se negó diciendo: «No renuncio y me atengo a las consecuencias.»

Los murmullos no se hicieron esperar y nuevamente Camila pidió a los asistentes guardar silencio.

—La prueba más contundente es este fax escrito en clave, que Esther Roig me entregó. Salió del despacho de un funcionario público y fue recibido por Milton, su marido, una hora después del accidente de la avioneta. El mensaje reza así:

«Miro. Cóndor en picada, cielo despejado. Misión cumplida conforme a reglas establecidas. Loros regresan a sus lugares. A la espera de instrucciones. Alerta roja. Tucán.»

»Aprovechando la confianza de Orlando, Tucán introdujo a su servicio al autor del desperfecto. Los detenidos fueron chivos expiatorios. A uno lo eliminaron porque se negó a cargar con culpas ajenas y a Faustino porque sabía demasiado y podía soltar la lengua. Así todo resultó perfecto, pues Tucán y el general continuaron sin peligro alguno sus negocios con el tráfico de polvo blanco, y ellos y la gente para quien Emiliano constituía un estorbo, podía volver a detentar el poder político. El general ya no puede responder frente a la justicia, pues murió en circunstancias extrañas. Pero su cómplice sí puede. Se trata de la persona que ha estado visitando la Comunidad Internacional en busca de ayuda para respaldar la lucha contra el narcotráfico, y esta noche se encuentra entre nosotros: El ministro Guido Monasterio, cuyo seudónimo es el nombre de su ave favorita: Tucán —concluyó.

El vaso de coñac resbaló de las manos del ministro y su inexpresiva cara de lagarto se contrajo en una mueca de asombro, mientras una exclamación llenó las bocas de los asistentes. A primera vista parecía imposible asociarlo con un matón. Aquel hombre de mirada lánguida, maneras delicadas y risa comedida, más parecía un párroco rural que un asesino.

De un salto, Guido se le acercó y trató de arrebatarle los documentos.

Camila, se encogió de hombros.

—Es inútil destruirlos, pues desde hace rato hay miles de copias regadas por toda la ciudad; pegadas en los postes de luz, clavadas en los árboles de las avenidas, metidas bajo las puertas de las casas y en los buzones. También han llegado a manos de la Agencia Internacional Antinarcóticos, por lo cual dichas autoridades desean hacerle algunas preguntas —concluyó, dirigiéndose a varios agentes confundidos entre los invitados.

Guido Monasterio quiso ganar la salida. Fue una decisión inútil, pues ya los agentes, vestidos de civil, le cerraban el paso. Preso de impotencia, con un movimiento relámpago desenfundó el arma de uno de ellos y se dio la vuelta. Tres disparos, seguidos de un alarido general llenaron el aire. Camila sintió un agudo dolor en el pecho. Un temblor le agitó el cuerpo hasta convertirse en conmoción. Su voz se deslizó del balbuceo hasta el quejido para luego extinguírsele en la garganta. Todo a su alrededor se tornó lejano, neblinoso, como un paisaje ennegrecido por la noche. Se llevó las manos al pecho y cual palmera vencida por un huracán, cayó de bruces al suelo. Los documentos se deslizaron como agua entre sus dedos y el viento los aprisionó en un remolino para luego dispersarlos por el jardín.

Tras un instante de desconcierto, el silencio se pobló de voces.

—¿Hay un médico entre los presentes? —, preguntó Valentina.

Había varios, que se apresuraron a auxiliarla. Los agentes tras someter por la fuerza a Guido lo introdujeron en un auto negro y desaparecieron del lugar. A Pablo Monasterio como por arte de magia se le bajó la borrachera y confundido entre la multitud histérica abandonó la fiesta mientras Lilibeth y Gloria yacían desvanecidas. Murmullos de asombro y cuchicheos se escucharon por doquier.

—¿Increíble, no?, pensar que la alzada familia Monasterio, que se daba aires de aristócrata, resultó todo un estuche de monerías. ¡Pobre doña Camila!, ella sí que es toda una dama.

En ese instante nadie hizo alusión a su origen humilde y mucho menos a los oscuros negocios de su extinto marido. Una vez que los médicos le dieron los primeros auxilios, aguardaron la llegaba de la ambulancia. No podían hacer más. Camila debía ser operada de emergencia.

De rodillas, a su lado, Valentina le acariciaba la cabeza en tanto murmuraba: «aguanta, aguanta, por amor de Dios». A su vez, Camila quiso besar sus manos bondadosas, pero sus labios inmóviles ya estaban imposibilitados para la caricia.

Por sus párpados se deslizaron nubes de agonía y en el curso de su delirio, volvió a escuchar el augurio aciago del hechicero. Las frases le retumbaron en los oídos y le cayeron en el corazón. «Tu familia se nutrirá como el zopilote que se nutre de la carroña. Callar será tu culpa. Por eso padecerás más que el ruiseñor que ha perdido la voz, y tanto como el ave sin rumbo y sin nido.»

Cuánta verdad había en esas palabras. La certeza de que el dinero les daría la felicidad fue la mentira que envolvió la ilusión. Orlando, convencido de lo contrario, cometió errores graves en el afán de acumular dinero, de cobrarse las ofensas infringidas por su familia paterna, por su deseo de hacerse visible y grande ante quienes le rodeaban. Y a ella la muerte de sus seres queridos se lo hizo sentir con cruel intensidad. Riquezas y halagos solo constituyeron un espejismo que ahora la noche arrastraba entre su oscuro velo.

En la quinta de los Quiroga todo era espanto y consternación. Solo Camila sentía una dulce calma. Echó un vistazo a la mansión. Una mansión hecha de muerte y mentiras, con muros de vanidad y miedo que chorreaban podredumbre. Años atrás, había decidido vivir, prolongando así su agonía. Desde que faltó Emiliano había comenzado a morir, a diluirse como la luz del atardecer bajo el peso del velo de la noche, en la gris rutina de una vida árida, donde los días se habían convertido en espacios tediosos iguales.

Las ganas de seguir adelante se le habían ido apagando entre las sombras del vacío interior y la certeza de vivir al borde de un precipicio. Había intentado engañar su desazón e iba anhelante corriendo por la vida, buscando la forma de distraer la disconformidad, deseando rescatar algo de la felicidad perdida. Acudía a la oficina, a eventos oficiales y a la inauguración de obras sin que nada moviera sus sentimientos; entre el mundo y ella había una barrera infranqueable.

Recordó que debía atender a los invitados, debía apresurarse.

Sin embargo, no quiso hacerlo, se estaba tan bien así, flotando, sin peso y sin prisa. Ahora la cercanía de la muerte le cerraba los ojos y le abría el corazón para confirmarle que había tenido razón, pues la felicidad no residía en la posesión de bienes. Su existencia no fue más que un tejido de ilusiones y errores. ¡Llegar a ser alcaldesa, un sueño de oro y fuego, que se hizo humo en el infierno de la traición!

Aunque no todo había sido negativo, pues había logrado introducir cambios dentro del gobierno y no todo lo empezado perecería; alguien más pensaría y sentiría como ella. Estaba segura de que contaba con seguidores que continuarían su labor. Si ahora la gente de la élite se apoderaba del mando, se vería obligada a adoptar algunas de las reglas impuestas por ella, y con el tiempo terminarían identificándose con las mismas. Ante aquel pensamiento, en su rostro se dibujó un gesto de conformidad.

Las voces de su alrededor se escucharon cada vez más lejos y una ráfaga de viento arrastró lejos las imágenes actuales. De pronto, creyó ver frente a sí a Bruno. Él añadió una pincelada de alegría y color a la rutina cotidiana. Su vida se sostuvo a través de la sonrisa y la mirada de sus ojos. Por ello, había valido la pena vivir. A lo mejor la desgracia es el aguacero por el que corre la vida y la alegría el rocío que salpica las flores por la mañana.

Y mientras el mundo presente se desvanecía ante sus ojos, el tiempo retrocedía. Frente a ella pasaron raudas como un relámpago las escenas de su vida, y tuvo la sensación de mirarse en el agua clara del lago. Vio la imagen del hombre de los ojos verdes y el niño de la sonrisa blanca acercándosele. Susurró sus nombres al tiempo de unir su mano a las suyas. Arriba, en el cielo, había una luna redonda y grandota cuyos plateados rayos se filtraron en el pálido rostro de Camila al tiempo que un pájaro madrugador gorjeó alto, rompiendo el silencio en el que se habían sumido los atónitos invitados.

El alba venció a la noche, delineando el contorno de la ciudad. Las hojas amarillentas fueron barridas por el viento en dirección del horizonte, donde la ciudad y el río se unían.